[俄] 安东·契诃夫 ——— 著　汝龙 ——— 译

契诃夫
论
文学

Антон
Павлович Чехов

Чехов о литературе

东方出版社

图书在版编目（CIP）数据

契诃夫论文学 /（俄罗斯）安东·契诃夫著；汝龙译 . —北京：东方出版社，
2021.11
ISBN 978-7-5207-2310-7

Ⅰ . ①契…　Ⅱ . ①安…　②汝…　Ⅲ . ①契诃夫（Chekhov, Anton Pavlovich
1860–1904）－文学研究　Ⅳ . ① I512.064

中国版本图书馆 CIP 数据核字（2021）第 144215 号

契诃夫论文学

（QIHEFU LUN WENXUE）

- -

责任编辑：王夕月　邢　远
出　　版：东方出版社
发　　行：人民东方出版传媒有限公司
地　　址：北京市西城区北三环中路 6 号
邮　　编：100120
印　　刷：北京印刷集团有限责任公司印刷一厂
版　　次：2021 年 11 月第 1 版
印　　次：2021 年 11 月第 1 次印刷
开　　本：880 毫米 ×1230 毫米　1/32
印　　张：16.5
字　　数：235 千字
书　　号：ISBN 978-7-5207-2310-7
定　　价：89.00 元
发行电话：（010）85924663　85924644　85924641

- ·

目　录

第一部　摘自书信和论文

第二部　同时代人回忆录中所载
安·巴·契诃夫论文学的话

第一部

摘自书信和论文

1879 年

写给米·巴·契诃夫[1]

4 月 6 日到 8 日之间，在达冈罗格

……要是你在看书，那很好。要养成看书的习惯。总有一天你会重视这习惯。比切尔·司托夫人挤出了你眼泪吗？[2] 我早先看过这本书，半年前带着研究的目的又读了一遍，读完以后却有一种不愉快的感觉，如同人吃多了无籽葡萄干或者黑葡萄干以后的感觉一样。……你该看一看下列各书：《堂吉诃德先生传》（全文本），那是一个好作品。那是塞万提斯的著作，他差不多跟莎士比亚齐名。我要劝我家的兄弟们读一读屠格涅夫的《吉诃德先生和哈姆雷特》，如果他们还没读过的话。至于你，弟弟，却还看不懂。要是你想看一本不枯燥的游记，那就看冈察洛夫的《战船巴拉达号》之类的书好了……

---

[1] 本书所收信札只摘录有关文学问题的意见的片段。所有材料都是根据 1944 年到 1951 年苏联国家文学出版社的《契诃夫著作与信札全集》版本。

[2] 指司托夫人所写的《汤姆叔叔的小屋》（或译《黑奴吁天录》）。据契诃夫家人回忆，安东·契诃夫小时候不止一次模仿这本书搬上舞台后的失败的演出；他把手放在弟弟肩膀上，叫道："你的手还很有劲！"

1880 年

在长篇小说、中篇小说等作品里最常遇见的是什么? [①]

伯爵、只留下当年美貌的遗痕的伯爵夫人、邻居男爵、自由思想的文学家、家道中落的贵族、外国音乐师、笨听差、保姆、女家庭教师、德国籍总管、大地主、从美国来的继承人。脸相不美,然而可爱、动人。男主人公把女主人公从狂奔的马上救下来,满身是胆,善于抓住一切适当机会露一露两个拳头的力气。

天空极高,远方模糊,无边无际……莫名其妙,总之:大自然!!!

淡黄色头发的朋友和棕红色头发的仇人。

阔绰的舅舅——至于他是自由主义者还是保守主义者,那要看情形而定。舅舅的教训对主人公来说不及舅舅的死亡有益。

住在唐波夫的姑妈。

医生——脸色忧虑,对重病表示大有希望,常拿一根圆顶手杖,秃头。凡是医生出场的地方,总有积劳成疾的风湿病、

---

① 本文初次发表在《蜻蜓》杂志 1880 年第 10 期上。

偏头痛、脑炎；他照料因决斗而受伤的人，老是劝人到温泉去疗养。

仆人——当老主人还在世的时候就已经在当差，为主人什么都愿意干，赴汤蹈火在所不辞。他说起俏皮话来极为出色。

样样都会、只有不会说话的狗，鹦鹉和夜莺。

莫斯科近郊的别墅、已经抵押出去的南方庄园。

在大多数情形下使用得驴唇不对马嘴的电力。

俄国皮子做的皮包、中国的瓷器、英国的马鞍、永远不会不发火的手枪、别在纽扣眼上的勋章、菠萝、香槟、麦蕈、牡蛎。

无意中的偷听成为大发现的根据。

多到数不清的感叹词，极力要恰当地使用专门名词。

十分重大的事却只有轻微的暗示。

常常没有结局。

开头是七重死罪，结尾却是婚礼。

完了。

写给尼·亚·列依金

1月12日，在莫斯科

……我特别乐意给《花絮》① 写稿。您的杂志的倾向、外貌、经营的得法，吸引了不止我一个人——过去如此，现在也还是这样。

我是全力拥护小作品的。要是叫我办一个幽默杂志，我就会拒绝一切长文章。在莫斯科各刊物编辑部里，只有我一个人反对冗长（不过这并没有妨碍我偶尔给一个刊物写点长东西……硬要以卵击石可也不行啊），不过同时我也得承认："从这儿起到那儿止"这样一个框子给我带来不少苦恼。忍受这类限制有时候很不容易。比方说……您不认可一篇文章超过一百行，这自有您的理由。……我呢，有了一个题材，我就坐下来写。可是"一百行"和"别超过"这种念头从我写第一行起就不住地扰惑我。我极力压缩、过滤、删削，有的时候（我那作者的感觉告诉我）

---

① 《花絮》是彼得堡的幽默周刊（1881—1917）。从1882年起到1905年止，这刊物的主编和业主是列依金。契诃夫给它写稿前后有五年之久。

这样做损害了题材和形式（主要的是形式）。等到压缩和过滤完结，我数起来。……我一数到一百到一百二十或一百四十行（我给《花絮》写的东西从没超过这行数），就害怕了，于是……我就不把它寄出去了。我在小张的信纸上刚刚写到第四页，心里就起疑，于是我……又不把它寄出去了。最常发生的，是只好草草收场，把不想寄出去的东西也寄出去了。……作为我这种苦恼的例子，我现在寄给您一篇《唯一的方法》①。我已经把它压缩过，现在就按压缩到极点的形式寄给您。不过我仍旧觉得对您来说它还是长得厉害，然而我要顺便说一句，我觉着要是把它加大一倍，那么其中的妙处和内容也会加大一倍。比较短的作品是有的，只是我为它们担心。有时候我想寄出去算了，可是总下不了决心。……

因此就产生了一个请求：请您把我的权利扩大到一百二十行吧。……我相信我难得利用这权利，只是心里有了底，知道自己有这种权利，那我就不至于缩手缩脚了。……

---

① 这篇小说最初发表在《花絮》杂志 1883 年 1 月 22 日第 4 期上。

写给亚·巴·契诃夫

2月20日以后，在莫斯科

……你就是在作品里也极力注意那些无聊的东西。……可是顺便说一句，你并非天生就是抱主观态度的作家。……这不是生来如此，而是后天养成的。……丢掉这种后天养成的主观态度，就跟喝水一样容易。只要老实一点就行了：完全撇开自己，不要把自己硬塞到小说的主人公身上去，哪怕只把自己丢开半个钟头也好。你有一个短篇小说[①]，那里面一对年轻的夫妇在吃一顿饭的工夫里老是接吻啦、哼哼唧唧啦、胡闹啦。……一句正经话也没有，一味的轻飘飘！你不是为读者写它。……你写它，是因为你自己觉着这种扯淡有意思。……可是你该这样描写这顿饭：他们怎样吃，吃些什么，厨娘是什么样儿，你的男主人公满足于游手好闲的幸福，是怎样的庸俗，你的女主人公也怎样的庸俗，她爱上这么一个围着食巾、心满意足、塞得饱饱的蠢鹅是多么可笑。……人人都喜欢看见吃得挺饱、心满意足的人，这是实在的，不过为了描写他们，光说他们讲些什么，吻了多少回，那却不够。……应当换一种写法：丢开甜蜜的幸福在一切没有恶感的人们心上留下的那种个人印象。……主观态度是一种可怕的东西。它所以不好，是因为它把可怜的作者连胳膊带腿都露出来了。……只要丢开这种主观态度、这

[①] 这封信所谈到的这篇小说终于没有发表。

种奇梅烈夫①的风格，你就会成为一个最有益处的艺术家。……

写给尼·亚·列依金
4 月 17 日以后，在莫斯科

……您顺便还讲到我的《柳树》和《盗贼》②对《花絮》来说未免太严肃。也许是这样吧，然而，要不是因为我在寄稿子的时候受到一种考虑的影响，我原不会把这两篇不逗笑的作品寄给您。我认为一个严肃的作品，短短的、只有一百行左右，是不会十分刺眼的，尤其因为《花絮》的刊头上没有标明"幽默及讽刺"字样，没有规定非绝对幽默不可。短小的作品（不是指我的，而是指一般的）只要相当轻松，合乎杂志的精神，即使包含一点深意，加上一点抗议，照我看来，读者仍旧会乐于读一读，也就是说不会变得枯燥乏味的。再者，顺便说一句，您的刊物上，在诙谐的 и·格莱克③的小文章里面偶尔也有些力求严肃的小作品，细腻、优雅，使人吃过饭后干脆就拿它来代替水果或糕点了。这类作品并没显得格格不入，而是刚好相反。……再者，里奥多尔·伊凡诺维奇④也不是永远嘻嘻哈哈，不过《花絮》的读者当中恐怕没有一个会放过他的诗不读的吧。作品不管怎样严肃（我

---

① 奇梅烈夫是《莫斯科小报》的写稿人，他写过一本书，名叫《饱汉和饥汉》。
② 这两个短篇小说分别发表在《花絮》杂志 1883 年 4 月 9 日和 16 日的第 15 和 16 期上。
③ 幽默作家比里宾的笔名。
④ 诗人巴尔明。

不是指数学或者高加索的运输情况），只要轻松短小，就不会使人读着不轻松。……求上帝保佑，千万别写得枯燥无味，然而在复活节对一个已经做了流放犯的盗贼说一句温暖的话，也不至于就把幽默扼杀了。（再者，说老实话，一味追求幽默是困难的！有时候人只顾追求幽默，胡乱写出一些东西，连自己看着都恶心。人就不由自主地钻进严肃的领域里去了。）降灵节①前我会给您寄一篇像《柳树》那样碧绿的东西去。我是只到大节日才严肃一下的。……

写给尼·亚·列依金

9月19日，在莫斯科

……前不久我受了点诱惑。我应布克瓦②的邀请，给《蜻蜓丛刊》写点东西。……我受了诱惑，就写了一个篇幅很大的小说，有一个印张那么长。这篇小说还不错，名叫《瑞典火柴》，内容仿效犯罪小说。结果它成了一篇很可笑的小说。……

---

① 基督教节日，在复活节后第七个星期日。
② 《蜻蜓》主编瓦西列夫斯基的笔名。

1884 年

摘自《莫斯科生活花絮》[1]

我们的报纸分成两派：一派用社论吓唬公众；一派呢，用长篇小说。这世界上，可怕的东西素来就有，现在也还有，从波里菲麦司[2] 起到思想开明的巡官止，然而这样可怕的东西（我说的是现在由我们莫斯科的吃纸人[3]，如恶魔、各种颜色的骨牌[4] 等用来款待公众的长篇小说）却还从来也没有过。……谁要是读到这种东西，谁就会吓一大跳。这也真是可怕！天下会有那么可怕的脑筋，从那里面会爬出那么可怕的《弑父者》《惨剧》等。杀人啦、吃人肉啦、百万卢布的输赢啦、幽灵啦、假伯爵啦、城堡遗迹啦、猫头鹰啦、骷髅啦、梦游者啦……鬼才知道在这种入了邪道的、醉醺醺的思想下还有什么东西没写出来！有一位作者的主人公无缘无故打亲爹的脸（作者分明在追求效果），另一位作

---

① 契诃夫在《花絮》上从 1883 年年中起到 1885 年 10 月止用笔名鲁威尔和乌里斯连续发表以《莫斯科生活花絮》为总名的评论。这儿发表的一部分是从这杂志 1884 年 11 月 24 日第 47 期上摘录下来的。

② 希腊神话中的酋长。

③ 指那种消耗大量纸张的作者。

④ "恶魔""蓝色骨牌"等是《每日新闻》报纸上刊载的长篇小说作者的笔名。

者把莫斯科近郊的湖泊描写得有蚊子，有信天翁①，有策马狂奔的骑士，有热带的酷暑；第三位作者的主人公每天早晨用贞洁少女的血洗热水澡，不料后来改邪归正，不要陪嫁钱就结了婚。……

"请您赶快结束您的长篇小说，某某先生！"有一位主编对他所雇用的长篇小说作者说。

这位长篇小说的作者就把所有的人物一古脑儿装进了库库耶甫卡列车②，悲惨的结局就此准备停当了。情节可怕、人物可怕、逻辑和修辞可怕，不过最可怕的却要算是生活知识。……县巡警局长跟检察官用法国话相骂，少校大谈1868年战争，火车站长逮捕人，扒手流放到西伯利亚做苦工等。……开头的地方写流血，到结尾的地方却出现了什么从唐波夫来的姑妈、从萨拉托夫来的表姐妹、已经抵押出去的南方庄园、医治重病的医生。心理描写占据最显著的地位，这可是我们的长篇小说作者的拿手好戏。他们的人物就连吐一口痰，嗓子里也会发出点颤音，而且按紧了"跳动的"太阳穴。公众读得头发都竖起来，肠胃也翻个个身，不过他照样把它吃下去，还称赞它呢。……我们这些糟糕作家倒也合他们的意。……Suum cuique。③……

---

① 一种海鸟名。
② 1882年，莫斯科—库尔斯克铁路上，在库库耶甫卡村附近发生一次重大翻车事故。
③ 拉丁文：各人有各人的口味。

写给尼·亚·列依金

1月22日，在莫斯科

……《花絮》我读得很勤。……这杂志不错，至少比其他一切幽默刊物都好。……然而您不觉着《花絮》有点枯燥吗？依我看来，它之所以会枯燥，是因为杂文太多：и·格莱克也写，鲁威尔[①]也写，切尔尼果维茨[②]也写，外省人也写。……所有这些杂文千篇一律，陈腔滥调，主题陈腐。……и·格莱克的小文章挺可爱，不过不知不觉地也渐渐滑到那类杂文里去了。切尔尼果维茨的有韵的小品枯燥得发僵，真的，要读完它都很难。小说在您的杂志上不是摆在第二位，可也不是摆在第一位，而是占了一个折中地位。……那些小说也干巴巴，不容易消化。人看到的不是轻松的风俗画，也不是讽刺画和漫画，而只是巴兰采维奇的累赘的长故事（楚公契科夫[③]简直可怕）。这篇小说也许不错，可是《圣经》上写得好：月亮有月亮的荣耀，星星有星星的荣耀。……对《绘画评论》[④]合用的作品往往对幽默刊物就不合用。波尔菲列夫枯燥到了 nec plus ultra[⑤]。应当多有一点优雅才对！……

[①] 契诃夫自己的笔名。
[②] 切尔尼果维茨是新闻记者兼翻译工作者菲·乌·维希涅夫斯基的笔名。
[③] 巴兰采维奇的短篇小说《婚礼》中的一个人物。
[④] 从1872年起在彼得堡印行的一个周刊。
[⑤] 拉丁文：极点。

1885 年

写给尼·亚·列依金

10 月 12 日，在莫斯科

……《花絮》遭到的屠杀^①震动了我，好比晴天打了个霹雳。我一方面惋惜我那些作品，一方面觉着有点憋闷、难受。……当然，您说得对：与其让杂志去冒以卵击石的危险，还不如委屈求全啃树皮的好。人也只好等待、忍耐。……不过，我想这种不得已的委屈求全不会有尽头。今天得到批准的东西明天就不得不到委员会^②那里去听候发落，过不了多久就连"商人"这个品类也会成为禁果。是的，文学给人吃的是一小块不牢靠的面包。您真聪明，生得比我早，那时候^③不论呼吸和写作都轻松得多。……

---

① 1885 年 10 月 10 日，列依金在写给契诃夫的信上说到书报检查官对《花絮》的"屠杀"。
② 指"书报检查委员会"。
③ 指 60 年代。

1886 年

写给亚·巴·契诃夫

1 月 4 日，在莫斯科

……你做做好事，把你那些受压迫的十四等文官丢开吧！难道你用鼻子就嗅不出来这种题材已经过时，现在只能惹人打呵欠了吗？你究竟在你那个亚细亚洲[①]什么地方发现过你小说里那些小官所经历到的苦恼呢？老实跟你说：这种小说读起来简直可怕！……短篇小说《新衣》[②]的构思倒不错，然而……又是官吏！要是你用一个性情温和的平民来代替那个官吏，不要去管他的长官和同僚，你的《新衣》就会成为从前被艾拉基达饱餐过的那种鲜美的龙虾[③]了。再者别让人家来缩短和大改自己的作品。……要是从每一行文字里都可以看出列侬金的手笔，那未免不像话。……讲到不让人家缩短和大改，那很困难；比较容易的倒是利用一种现成的方法；自己把自己的作品缩短到 nec plus ultra，

[①] "亚细亚洲"在这儿指"谁也没见过的地方"。
[②] 亚·巴·契诃夫所写的一个短篇小说，发表在《花絮》1885 年第 51 期上。
[③] 艾拉基达是契诃夫家乡达冈罗格的一个希腊籍的掮客，有一次他到契诃夫的父亲的商店里去吃了很多龙虾。

自己来大改一番。你自己越缩短得厉害，人家倒会越常发表你的作品。……不过顶重要的是尽量清醒、抱定宗旨、埋头苦干，把每篇小说都改写五次，缩短它，等等；要记住，全彼得堡都在注意契诃夫弟兄的工作。……

写给维·维·比里宾
2月1日，在莫斯科

……巴尔明是诗人的典型，要是您承认有这种典型存在的话。他有诗人性格，永远满腔热忱，满脑子的主题和思想。……跟他谈话不会厌倦。固然，要跟他谈话就不得不喝很多酒，不过另一方面您又可以放心，一连谈上三四个钟头，您不会听见一句假话、一句庸俗的话，那么即使喝他一醉也就值得了。

他顺便跟我一块儿为我的小书想一个名字。我们绞尽脑汁，然而除了《猫和鲫鱼》以及《花和狗》以外，什么也没想出来。我本来想用这样的书名：《请买这书，否则揍你》或者《请问您买什么？》，可是诗人想了一想，认为这些名字又旧又俗。……您想得出一个名字来吗？讲到我，那么依我看来，所有那些具有文法上"集合名词"意义的书名都很粗鄙。……我宁可用列依金打算用的那个名字，那就是《安·契洪捷，小说和随笔》这就行了。……然而这样的书名只适合于名家，对我这样的人又不恰当。……《杂色的故事》倒也适当……现在有这样两个名字……请您在其中挑一个，通知列依金吧……有一回我跟您和您的未婚妻谈到青年作家，向你们说起柯罗连科……您还记得吗？要是您想对他有所认识，那就请您拣出《北方通报》，把第四期或第五期上的文章《流浪汉》^①读一遍。我向您推荐这篇作品。……

写给尼·亚·列依金

2月3日，在莫斯科

……寄上短篇小说一篇……其中写的是大学生，可是没有一点非自由主义的地方。现在应该丢开礼貌，该怎么写就怎么写了。……

写给尼·亚·列依金

2月16日，在莫斯科

……请您把2月15日《俄罗斯新闻》星期六副刊上谢德林的故事^②读一遍。那是篇好东西，您会读得满意，惊奇得摊开手来。就大胆来说，这个故事完全是从前才有、现在已经没有的作品了！

---

① 在《北方通报》1885年第4期上，柯罗连科发表了《流浪汉小说集》的第一篇小说《索科里涅茨（西伯利亚随笔之一）》。契诃夫在1888年1月9日写给柯罗连科的信上对这篇小说评价很高。

② 谢德林的小说《空谈》，它发表在《俄罗斯新闻》1886年第45期上。

现代的效果 ①

我们俄罗斯的剧作家在追求效果方面似乎已经异想天开，要把绿鬼和白象也搬出来了。可不是，这种时候也真到了！凡是自然界所有的最可怕、最苦最酸、最使人昏眩的东西，都已经被剧作家看中、搬到舞台上来了。顶高的悬崖、月夜、夜莺的啼鸣、汪汪叫的狗、死马、火车头、春乏……所有这些早已成为"无所谓的小节"，就连绥兹兰和楚赫洛玛②的道具师和布景师也觉着很好办，更不要说大城里了。……男女主人公往往跳进深渊、投河自尽、开枪打死自己、上吊、害恐水病……他们照例害些就连最完备的医学教科书上也没有的可怕病症而死掉。

讲到我们一切最新的剧作家那么喜爱的心理学和精神病学，那更是洋洋大观。……这儿有房塌地裂，深渊陷阱，从五层楼上一跃而下。比方说，有这样一种花招：女主人公能够同时哭、笑、爱、恨；虽然怕青蛙，可又能够用英国猛犬式六响连发手枪放枪……所有这些居然都在同一个时候发生！

可是"效果狂"到这步田地还不能满足，它不能停在一个地方不动。这也不能不是这样。在上面列举的种种美妙东西当中只缺一种效果，一种最有成效、最热闹、最耸动听闻的效果，它可以使人背上皮肤战栗，本身还带着一种思想倾向。在种种效果当

---

① 这篇杂文最初发表在《彼得堡日报》1886 年 2 月 20 日第 50 号上。契诃夫的写作动机是由于他看了在柯尔希的剧院上演的尼古拉耶夫的剧本《特别的使命》（莫斯科，1885 年）。
② 两个内地小城。

中只缺……文学工作者了。

于是文学工作者果然给搬上台了。请您回想一下吧，一切最新的剧本几乎没有一个不让文学工作者上场的。

不错，偶尔也会遇到一些剧本不用这种效果，不过责任不在剧作者身上，而在于纯粹外部性质的原因上：书报检查官、朋友、演员等劝他删掉这类人物，不要用多余的人物使得剧本臃肿。

作为最有成效的效果被搬上舞台的文学工作者，在所有剧本里有同一种面貌。这些人照例像是野兽，头发蓬松，从不梳理，粘着麦秆和鸭绒；他们不用烟灰缸和痰盂，借了钱就不还，说谎，酗酒，敲诈。这些人一提到自己，就不说别的，总是说"我们""当代的文学"。作者希望您在这些废物身上看见的不是彼得·彼得罗维奇，也不是伊凡·伊凡诺维奇，而是文学工作者，出版界的代表人，具有集合意义的人。

所有的作者都在努力，不过谁也及不上《特别使命》的作者尼古拉耶夫先生，他把这个 quasi ① 典型塑造得"成功"极了。在这个季节里，这个戏在莫斯科柯尔希剧院里上演二三十次，每个礼拜演三场，场场客满。这个戏里除去怀中的婴儿、淹死的大人、西班牙式的露台、女主人公在宁静的月夜唱《快活的战争》里的情歌的时候用来伴奏的六弦琴以外，还描写了一个文学工作

---

① 拉丁文：假想的。

者穆兴。在这个剧本所有的二十二个①效果当中，作者对这个效果分明特别注意。他显然下了很大的功夫"制造"这个效果。他的穆兴是一个挨饿的可怜虫，在这出戏里从头到尾装腔做势，卑躬屈膝，在强者面前低三下四；他胡说八道，扯谎，毁谤，到头来……偷了一万个卢布。……好一个典型！在戏报上他被叫作文学家，在舞台上他写文章，大讲"我们的报纸"；其余的人物把他完全看作文学家，"当代的出版界"和"当代的思潮"的代表人。……他们跟他争执，跟他激烈地吵架。……

您坐在正厅座位上，瞧着这个穆兴，暗自觉得作者本人的灵魂就在戏院里人们头上飞来飞去，瞧着观众中的报纸工作人员，恶毒地说：

"怎么样，您瞧见您的模样了吧？那您就受着吧！"

作者在这个可怜的穆兴身上流露了多少幸灾乐祸的、挑衅的、得意扬扬的意味啊。……要是有个剧作家气不过报纸工作人员的剧评，哪一天起意要报复一下，那他满可以向尼古拉耶夫先生借用他的穆兴。……

现在，当然，有了一个问题：尼古拉耶夫先生在哪儿见过这样的文学家？目前在俄罗斯，写作的人还不能用百位来计算，而是用个位和十位来计算，他们都多多少少地知名——即使不是在公众当中，也至少在作家们自己的圈子里知名。那么尼古拉耶夫先生是根据哪个人写出他的穆兴来的？他是从什么观象

---

① 意思是"形形色色的"。

台上观察到这个"典型"而加以研究的?

如同二乘二等于四一样，可怜的穆兴之所以被搬上舞台，只是因为作者要制造效果罢了（给那二十二个效果再凑一个上去）。他的精神面貌不是从别的什么地方勾勒下来的，其实完全是从尼古拉耶夫先生"内在的世界观"的深处榨出来的。

不过也应当为尼古拉耶夫先生说一句公道话，从效果来看不能说没有获得成功：他给演员一个角色演，他逗得最高楼座的观众发笑。至于他本人是不是有道德，这样做是不是聪明，那却是另外一个问题了。

写给尼·亚·列依金
3月4日，在莫斯科

……今天早晨我开始写一个短篇小说①。思想内容还不坏，而且开头写得也还将就，然而苦恼的是我不得不写一阵停一阵。……

可是写一阵停一阵却跟脉搏间歇一模一样。

您要我率直地谈一谈您的小说（《教师信札》）。依我看来，题材很好，很有意思，对《花絮》来说这样的题材很合宜。您的写法我也很喜欢，虽然我有一种看法，认为用书信体叙事已经是陈旧的方法了。要是全部的精华都包含在书信本身里面（例如县

---

① 指短篇小说《毒药》，发表在《花絮》1886年第10期上。

巡警局长的公函、情书），这种方法还合适，然而作为文学形式来说，它却在许多方面不合适：它把作者嵌进了一个框子——这是主要的一点。……要是您把这题材写成小说，那就好多了。……

写给德·瓦·格利果罗维奇

3月28日，在莫斯科

我热爱的、仁慈的报喜使者，您的信像闪电那样震动了我。当时我差点哭出来，我激动，现在呢，我觉得您的信在我的灵魂里留下了深深的印记。求上帝安慰您的老年，就跟您爱抚我的青春一样；至于我自己，却找不出一句话来，也想不出该做一件什么事来报答您。您知道人们通常用什么样的眼光看待像您这样杰出的人；因此您可以判断您的信对我的自尊心会起什么作用。这封信比任何奖状都高，对初写作的人来说不论现在或将来都是一种酬劳。我好比陷在烟雾里。我没有力量判断自己配不配得上这么崇高的奖励。我只能再说一遍：这种奖励震动了我。

如果我有值得尊重的才能，那么我要在您纯洁的心灵面前起誓：我一直没有尊重过它。我觉得才能我是有的，可是我一向认为这点才能无足轻重。只要有一些纯粹外部性质的原因，就足以使人对自己不公正，极端怀疑，极端不信任了。……我现在回想起来，在我这里这类原因是十分多的。凡是跟我接近的人素来用鄙夷的态度对待我的写作事业，不断地好心好意劝我不要用这种乱涂乱抹的行当来代替正经的工作。在莫斯科我有几百个熟人，其中大约有二十个写作的人，我记不得有谁肯读我的作品，或者把我看作艺术家。莫斯科有一个所谓"文学小组"，那些有才华的和平庸的作家，老老少少，形形色色，每个礼拜一回，在一个饭馆的雅座里聚会，天南地北闲谈一阵。要是我上那儿去，哪怕只摘您信上的一小段话念一遍，他们也会对着我的脸大笑起来。我在报刊上前后写了五年稿子，大家认为我在文学方面毫无成绩，这种普遍的看法已经深入我的心灵，我很快就习惯了用鄙夷的态度对待自己的工作，于是就那么写下去了！这是第一个理由。……第二，我是医生，医务工作忙得不得了，因此我深受"两只兔子"那句俗谚①的害，弄得睡眠都不足了。

我写这些，只是为了在您面前稍稍开脱自己的大罪。在这以前我对自己的文学工作一直极其轻浮、漫不经心、马马虎虎。我想不起我有哪一篇小说是用一天以上的工夫写成的，您喜欢的那篇《猎人》我是在浴棚里写成的。我写小说好比新闻记者写火灾消息：随随便便写下去，心不在焉，一点也没有顾到读者，也没有顾到自己。……我一面写，一面极力不把我所珍爱的形象和画面用在小说里，上帝才知道我为什么那么爱惜它们，把它们珍藏起来。

头一回使得我反省的是苏沃林写来的一封很客气的、而且依我看来也很诚恳的信。我开始准备写点扎实的东西，可是对自己在文学上能不能作出扎实的成绩，却仍旧缺乏信心。

可是现在，出其不意，您的信突然在我面前出现了。请您

---

① "同时捉两只兔子，就一只也提不着。"

原谅我做一个比喻，它对我所起的影响不亚于总督下一道命令："限二十四小时内离开这座城！"也就是说，我忽然感到迫切的需要，想加紧努力，赶快从原来困守着的地方跳出来。……

我同意您的一切意见。您指出我的鄙俗的描写，我自己在刊物上读到《巫婆》的时候就已经感觉到了。如果我不是用一天，而是用三四天工夫写成这篇小说，那就不会有这种毛病了。……

我要摆脱这种赶工的工作，可是还不能很快就办到。……目前我不可能从我陷进的车辙里挣扎出来。我不怕挨饿，以前我就挨过饿，可是问题不在我一个人身上。……我写作只能用闲暇的工夫，白天两三个钟头，再加上夜晚一点点时间，也就是说这点时间只适宜于写小东西。到夏天我的闲工夫会多一点，家用也会少一点，那时我就可以做严肃的工作了。

在我那本小书上印上我的真姓名，已经办不到了，因为时机已经太迟：封面设计已经做好，书也印好了。还在您来信以前，我的许多彼得堡朋友就已经劝我不要用笔名来糟蹋书，可是我没听从，大概是出于虚荣心吧。我很不喜欢我那本小书。这是一锅大杂烩，是大学生习作的七拼八凑，而且被书报检查官和幽默刊物编辑们拔光了毛。我相信许多人读完以后会失望。要是我早知道我的书有人读，您又那么注意我，我就不会出版这本书了。

所有的希望都在将来。我才二十六岁。虽然光阴跑得快，可是说不定我还是会有所成就的。

请原谅我写这么一封长信。请您别怪罪这个人：这还是他生平头一回敢于让自己享受给格利果罗维奇写信的快乐呢。

如果可能，求您寄给我一张您的照片。我受到您的爱抚这么多，又激动得这么厉害，因此我似乎不是用一张张纸在给您写信，而是用整令的纸在写。求上帝赐给您幸福和健康，请您相信我真诚地深深尊敬您，感激您。

写给亚·巴·契诃夫

4月6日，在莫斯科

……所有那些你寄来托我转交列依金的短篇小说都冒出浓重的懒惰气息。你是用一天工夫把它们写成的吧？从这一大堆稿子里我只选得出一篇出色的、有才气的小说，其余的都只够得上席甫契克① 的手笔。……题材简直不像话。……要知道，只有懒汉才会在一个由书报检查官审查的杂志上写神甫给婴儿在一个盆里施洗礼！……这是一种不动脑筋、一挥而就、马马虎虎的懒惰。……你在哪儿见过一对夫妇像在你小说里那样一边吃饭，一边大谈论文？……再说天下哪儿有那样的论文？看在基督份上，要尊重你自己，在脑子犯懒的时候别让两只手放肆！每个礼拜至多只能写两个短篇小说，然后把它们缩短，好好修改，为的是让作品像个作品。别胡诌自己没有经历过的痛苦，别硬画自己没有见过的画面，因为扯谎在小说里比在谈话里还要乏味得多。……

时时刻刻要记住：你的笔、你的才能，对你来说，将来比

---

① 契诃夫故乡达冈罗格巡警局里的一个职员。

现在更加需要，千万别滥用它们。……

你用不止一个傍晚的工夫写过一篇东西吗——哪怕一篇？只有《梦游者》了。……我问你啊，你这小丑，你写过吗？当然没有！一定没有！对你来说，文学不成其为劳动，然而这又的确是劳动啊！如果你是个正派人，为一个短篇小说（从一百五十行到二百行）下五天到七天的工夫，那结果会怎样不同！那你在你的文章里就会认不得自己了，如同眼下你照一照镜子也会认不得自己一样。要知道你手边并没有堆满要赶工的工作，因此尽可以用几个傍晚写一篇小东西。

……我用前几天接到的格利果罗维奇的信上的一段话来结束这篇说教："为了这个缘故就必须尊重上帝难得赐予的才能。……爱惜您的印象，把它留给深思熟虑、精心结构、而不是一挥而就的作品用。……您会立刻得着报酬，先在敏感的人们的心目中，然后在全体读者的心目中取得显著的地位。……"

写给米·盖·契诃夫
4月11日，在莫斯科

……俄罗斯有一个大作家德·瓦·格利果罗维奇，您可以在您那本《当代活动家》里找到他的照片。我跟他素不相识，可是前不久突然接到他写来一封信，有一页半长。格利果罗维奇是个非常受人尊敬、享有盛名的人，所以您想象得到我那种愉快的惊奇是什么样子了！我给您引一段他信上的话："……您有真正的才能，这才能使您远远超出新一代的文学工作者的圈子。……
我已经满六十五岁了，不过我对文学仍然怀着那么多的热爱，
抱着那么热烈的心情注意它的成就，碰到文学界出现了生气蓬
勃的、有才华的作品总是那么高兴，因此，就跟您现在看见的
一样，我忍不住向您伸出了双手。……如果您有机会到彼得堡
来，我希望能够跟您见面，拥抱您，就跟现在您不在此地我也
在心里拥抱您一样！"

　　信很长，我没有工夫把它全抄下来；等我们日后见面，我
会给您念一遍：这封信很动人。博物馆尚且重视这种人的信，那
我怎能不重视呢？我在回信上这样说："我热爱的、仁慈的报喜
使者，求上帝安慰您的老年，就跟您爱抚我的青春一样！"

　　我的回信感动了这个老人。我接到他的另一封长信和一张
照片。他的第二封信写得好极了。……

写给亚·巴·契诃夫

5月10日，在莫斯科

　　……《未来的城市》不论就它的新颖来说，或者就它的有趣
来说，都是一个很好的题材。我认为要是你不犯懒，你就会写得
挺不错，可是鬼才知道你是个什么样的懒汉啊！《未来的城市》
一定要符合下列条件才能成为艺术品：①不要那种政治、社会、
经济性质的冗长的高谈阔论；②彻底的客观态度；③人物和事物
的描写得真实；④加倍简练；⑤大胆和独创精神，避免陈腔滥

调；⑥诚恳。

依我看来，自然的描写应当非常简练，而且带一种偶然的性质。俗套头是这样的："落日沉浸在发黑的海浪里，海面上洋溢着紫红的金光"，等等。"燕子在水面上飞翔，快活得啾啾叫。"——这类俗套头应当丢开。描写风景的时候应当抓住琐碎的细节，把它们组织起来，让人看完以后，一闭上眼睛，就可以看见那个画面。比方说，要是你这样写：在磨坊的堤坝上，有一个破瓶子的碎片闪闪发光，像明亮的星星一样，一只狗或者一只狼的影子像球似的滚过去，等等，那你就写出了月夜。要是你不嫌弃，肯于使用自然现象和人类行动的对比等等，那么景物就会生动地出现了。

在心理描写方面也要注意细节。求上帝保佑你，千万不要用俗套头。最好还是避免描写人物的精神状态；应当尽力使得人物的精神状态能够从他的行动中看明白。……不必追求人物的众多。重心应当有两个：他和她。……

我以一个具有明确的文学趣味的读者身份给你写了这些话。我写这些话，还为了让你在写作的时候不致感到孤独。创作活动中的孤独感是一种沉重的东西。不好的批评总比一无批评好。……不是这样吗？……

写给尼·亚·列依金

5月27日，在巴勃基诺

……《斯土金和赫鲁斯达尔尼科夫》这本书^①我很喜欢，因此让大家都把它看一遍。这本书之所以好，是因为它不是描写某一个单独的银行，而是概括地描写俄罗斯的银行制度。这在您所有的书里是最好的一本。另一方面，它又是自成一类的书，拿它跟别的书相比是不可能的。……

写给玛·符·基塞列娃

9月29日，在莫斯科

昨天我收到阿历克塞·谢尔盖耶维奇交来的您的《套鞋》，可敬的玛丽雅·符拉季米罗芙娜。我一收到这个稿子，就马上幸灾乐祸地微笑，眨巴眼睛，不怀好意地搓着手，开始读下去。……

关于《套鞋》的答复，您将来会收到。眼前我只能说：这个短篇小说写得有文学味、流畅、简练——大体说来就是这样。我想我日后的答复会使您觉着中听的。

笔名"夹鼻眼镜"挺好。

当然，我用不着向您保证：我很高兴做您的稿酬的中人，

---

① 列依金在1886年发表的一部长篇小说。

做您的向导。这个职责满足我的虚荣心，而且执行这个职务也不难，就跟往常您钓鱼回来，我提着桶跟在您身后走一样。如果您一定要知道我的条件，那就竭诚奉告：

（一）请您尽量多写！！请您写，写，写……写到手指头断了为止。（人生大事就是写得干净漂亮嘛！）您得多写，您不但要顾到群众的精神方面的发展，还要考虑到这样一件事：由于您跟"小刊物"还生疏，起初您的小文章会有一大半退回来。稿子一旦退回，我决不会蒙哄您，不会假充好人，不会瞒着，这是我敢担保的。希望退稿也不致使您狼狈才好。就算有一大半稿子退回来，那也比在《儿童——波希米亚人的休憩》①上写东西有益。至于自尊心……我不知道您会怎么样，不过我是早已习惯了。……

（二）请您写各式各样的题材，可笑的和可悲的，好的和坏的。请您写短篇小说、小故事、轶事、俏皮话、双关语等等。

（三）根据外国作品改写是一件完全合法的事，不过也有一个条件，那就是违犯"第八诫"②的罪行可别干得太扎眼。……（过了1月22日③您会为《套鞋》入地狱的！）要避开那些大家都知道的题材。不管我们的编辑先生们怎样糊涂，可是要利用他们对巴黎文学的无知，特别是对莫泊桑的无知，那还不是一件容易事。

---

① 这是契诃夫对杂志《儿童的休憩》的戏称，他弟弟米哈依尔用笔名"波希米亚人"在那本杂志上发表文章。
② 指基督教徒所信奉的"十诫"中的第八诫：不可偷盗（见《旧约·出埃及记》）。
③ 基塞列娃的命名日。

（四）请您写东西要一气呵成，对自己的笔要有充分信心。我不是假惺惺，而是老老实实跟您说：要是跟您相比，那么"小刊物"上十分之八的作家都只算得是皮匠和箭管豌豆①。

（五）在小刊物上，短小被认为是头一项优点。最好的尺子就是信纸（就是现在我给您写信用的这种信纸）。只要写满八页到十页就赶紧打住！况且用信纸寄出去也便当点。……所有的条件都在这儿了。……

写给尼·亚·列依金

10月23日，在莫斯科

……里奥多尔·伊凡诺维奇②是一个 sui generis③ 诗人。……他只能是巴尔明。……要叫他改变一下，写别的题材，那就跟叫他胖起来一样难。众神已经钻进他的血和肉，他跟他们已经结下不解缘，爱上他们了；他认为其他一切东西都俗气，配不上他的笔。照我看来他是对的，劝他改变主张是一件徒劳无益的事。

再者，依我看来也不必把他变成另一个人。他是个独创一格的诗人，尽管他的作品单调，可是他远比几十个专写世俗生活问题的诗人站得高，他的作品也更使人爱读。

---

① 一种喂牲畜用的饲料。
② 即巴尔明。
③ 拉丁语：自成一类的。

前日我寄给您一篇短篇小说《妖怪》[①]，不过，似乎写得不行，至少比您的《节日的》[②] 差得多，您那篇小说可写得成功极了。那是一个很好的短篇小说。只是其中有一句话，损害总的调子，那是巡警说的："你把政府官员引入魔道。"这话使人觉得牵强和杜撰。那个庄稼汉写得逼真，我想得出他那模样。……

写给玛·符·基塞列娃

10 月 29 日，在莫斯科

……我急着要把您的小说的命运通知您。

（一）现在《套鞋》摆在我的桌子上，只等新年一过，就要以缩短过和修改过的面貌发表了。这篇小说的法国气味非消除不可，要不然就得像改写的作品那样发表出去，这是不利的，而且也不妥当，因为新手永远应当凭独创的作品开始他的事业。要是您的头一部短篇小说就是"剽窃来的"，那么大家就会带着偏见来看待您以后所有的作品了。

（二）我给那篇描写疯子的短篇小说起了个名字：《谁更幸福》。那是一篇很可爱、很热情、很优雅的短篇小说。就连列依金这条狗，素来除去自己和屠格涅夫以外对别人一概不承认，却也认为这个短篇小说"还不坏，有文学味"。……

---

① 这篇小说发表在《花絮》1886 年第 43 期上，后来改名为《怪僻的人》。
② 列依金的一个短篇小说，发表在《花絮》1886 年第 42 期上。

……我应当说明在您小说上做某些修改的理由。……比方说，您的《谁更幸福》的开头糟得很。……这个短篇小说富于戏剧性，可是您开头却用顶诙谐的口吻写了一句："他对自己开了它一枪"。其次，"歇斯底里的笑声"是一种过于陈旧的效果。……情节越单纯，那就越逼真，越诚恳，因而也就越好。……《套鞋》里有许多小毛病，例如"门牌第49号"，莫斯科是没有门牌的。……

写给阿·谢·苏沃林
12月21日，在莫斯科

……我非常喜欢别热茨基。早先我只凭《手套》和旅行随笔而对他有所认识，可是现在您把他这本书[①]送给我以后，我读了《军人》，简直不明白他为什么没有出名了。他的《被枪杀的》远比屠格涅夫的《犹太人》好；如果凭其余的小说来判断，那么他要是有心，就会成为俄罗斯所缺乏的那种作家，也就是军事作家。他的一切非军事的小说，除了《穆罕默德的天堂》以外，都写得差。他有趣，引人入胜，用女人的话来说，他招人疼。……

---

① 别热茨基（玛斯洛夫的笔名）的短篇小说集《战争中的军人》(1886年)。

写给尼·亚·列依金

12 月 24 日，在莫斯科

……我读了新的写稿人库拉科夫的一个短篇小说[①]。我觉得他能够写作，而且已经写得相当不错。我不喜欢他头一篇作品就写酗酒。请您写信告诉他说，为了写醉话而描写酗酒是一种冷酷无耻的行为，再也没有比利用醉汉取胜更便当的事了。……

[①] 库拉科夫的这个短篇小说发表在《花絮》1886 年第 51 期上，题名是《他想办报（外省生活）》。

1887 年

写给玛·符·基塞列娃

1月14日，在莫斯科

您的《拉尔卡》很可爱，可敬的玛丽雅·符拉季米罗芙娜。粗糙的地方是有的，不过小说的简练和男子般的手笔弥补了一切。我不愿意做您的后裔的唯一审判官，就把它寄给苏沃林去看一遍，他是一个理解力很强的人。到时候我自会把他的意见通知您。……现在呢，请您容许我对您的批评回敬几句。……就连您对我的《在路上》①的称赞也缓和不了我的作家的愤怒，我急着要为《泥潭》②报仇了。请您留神。为了免得昏倒，请您扶住椅背，抓得紧一点。好，我开始了。……

每一篇批评文章，即使是出于谩骂，即使不公平，通常也只会遇到沉默的鞠躬——这原是文学界的礼貌。……这种批评照

---

① 契诃夫的一部短篇小说。
② 契诃夫的一部短篇小说。基塞列娃是契诃夫亲密的朋友，她在写给契诃夫的信上尖锐地否定了《泥潭》的主题。依她看来，契诃夫不该写生活的阴暗面。"这世界上充斥着肮脏、坏男子和坏女人，"基塞列娃下结论说，"他们产生的印象并不新鲜。然而另一方面，如果有一个作家在领着您穿过粪堆的那股臭气的时候在那儿拣出一颗珍珠来，那么人们对他会多么感激啊！"

例得不到回答，凡是回答批评的人都受到公正的责难，怪他太爱面子。然而您的批评带有"黄昏时分在巴勃基诺的小屋门廊上或者正房阳台上闲谈，并且有玛·巴①、造假钱的②、列维丹在场"的性质，而且这批评不提那篇小说的文学的一面，却把问题移到一般的基础上，因此如果我容许自己把我们这种谈话继续下去，就不能算是违背礼节了。首先，我也跟您一样，并不喜欢目前您跟我谈到的这个流派的文学。作为读者和平民来说，我情愿躲开它。不过如果您问起我在这方面的坦率真诚的意见，那我就要说：这个流派文学的生存权利问题至今还是悬案，谁也没有解决，虽然奥尔迦·安德烈耶芙娜③自以为已经把它解决了。我也好，您也好，全世界的批评家也好，都没有任何可靠根据足以使人有权利来否定这种文学。我不知道究竟是谁对：是荷马、莎士比亚、洛普·德·威加，总之，是那班不怕挖掘"粪堆"，然而在道德方面远比我们靠得住的古人呢，还是那班在纸上道貌岸然、然而在灵魂里和生活里却冷酷无耻的现代作家？我不知道究竟是谁的趣味低劣：是那些毫不害臊地照爱情在美丽的、自然界中实际存在的那样来歌唱爱情的希腊人呢，还是加勃留、玛尔里特、彼尔·包包④的读者们。这个问题如同勿抗恶和意志自由等问题一样，只有到将来才会解决。我们只能想起它，至于要解决它，

---

① 即玛丽雅·巴甫洛芙娜，契诃夫的妹妹。
② 一条狗的名字。
③ 即女小说家和女剧作家戈洛赫瓦斯托娃。
④ 作家包包雷金的游戏性的绰号。

就无异于要我们走出我们的能力范围。您引证避开"粪堆"的屠格涅夫和托尔斯泰，那也不能澄清这个问题。他们的嫌恶是什么也不能证明的。要知道，在他们前一代的作家不但认为"坏男子和坏女人"是污秽，甚至认为描写农民和九品以下的文官也肮脏呢。再者，一个时代不论怎样繁荣，也不能给我们权利作出有利于这一派或者那一派文学的结论。讲到上述流派的腐化影响，也不能解决问题。在这个世界上，一切都是相对的、相近的。有些人，就连儿童文学都能使他们腐化，他们带着特殊的乐趣阅读《诗篇》和《索洛门寓言》里那些挑动人心的章节。不过也有些人越是熟悉生活中的肮脏，反而变得越纯洁。政论家、律师、医生等，摸透人类罪恶的全部秘密，却并不以不道德出名；现实主义作家常常比寺院方丈更有道德。再者归根到底，任何文学，不论它怎样丑恶，总胜不过实际的生活；对那些已经喝下一整桶酒的人，您用一杯酒是灌不醉的。

（二）讲到这世界上"充斥着坏男子和坏女人"，这话是不错的。人性并不完美，因此如果在人世间只看见正人君子，那倒奇怪了。然而认为文学的职责就在于从坏人堆里挖出"珍珠"来，那就等于否定文学本身。文学所以叫作艺术，就是因为它按生活的本来面目描写生活。它的任务是无条件的、直率的真实。把文学的职能缩小成为搜罗"珍珠"之类的专门工作，那是致命打击，如同您叫列维丹画一棵树，却又吩咐他不要画上肮脏的树皮和正在发黄的树叶一样。我同意"珍珠"是好东西，不过要知道，文学家不是糖果贩子，不是化妆专家，不是给人消愁解闷的；他是一个负着责任的人，受自己的责任感和良心的约束；他既然套上了轭索，就不应该说自己不够强壮；不管他觉着怎样难受，他还是得克服自己的嫌恶，用生活中的污秽来玷污自己的想象。……他跟普通的新闻记者一样。要是新闻记者出于嫌恶的感觉或者给读者凑趣的愿望，光是描写廉洁的市长、高尚的太太、品行端正的铁路人员，那您会怎么说呢？

对化学家来说，世界上就没有一样东西不干净。文学家应该跟化学家一样的客观，他应当丢开日常生活中的主观态度，知道粪堆在风景里占着很可敬的地位，知道恶的感情如同善的感情一样也是生活里本来就有的。

（三）文学家是自己时代的儿子，因此应当跟其他一切社会人士一样受社会生活外部条件的节制。为此，比方说，他们就得绝对正派。我们有权利向现实主义作家要求的也只有这一点。不过您没有说一句不满意《泥潭》的写作手法和形式的话。……可见我是正派的。

（四）说来歉然，我写小说的时候不大跟自己的良心交谈。这要用我的习惯、我的工作的渺小来解释。因此，在我叙述文学方面这样那样的意见的时候，我没有考虑到我自己。

（五）您写道："如果我是主编，那我会为您的利益把这篇小品退还您。"那么，您何不更进一步？何不索性责成发表这种小说的主编本人负责？何不严厉申斥出版总局没有封禁不道德的报纸？

假如文学的命运，无论大文学或小文学的命运，只凭个人见解来随意处理，那就可悲了，这是一。第二，没有一种警察会认为自己在文学业务方面内行。我同意：不用马勒和棍子是不行的，因为就连文学界也有骗子钻进来，可是不管您怎么想，您再也想不出对文学来说还有比批评家和作家自己的良心更好的警察。要知道，自从开天辟地以来大家都在想，可就是没有想出什么更好的办法。……

是啊，您巴不得我损失一百十五个卢布的收入才好，巴不得主编把我羞辱一场才好。另外却有人，连您父亲也在内，对这篇小说入了迷。此外还有人写了谩骂的信，寄给苏沃林，极力辱骂报纸和我，等等。到底谁对呢？谁才是真正的审判官呢？

（六）您接着又写道："请您把这类东西让给各式各样精神状态低下、时运不济的末流作家们去写吧，例如奥克列依茨、夹鼻眼镜、阿洛耶[①]……"要是您写这几行的时候是出于真心，那就求上帝饶恕您吧！只因为小人物小，就用傲慢轻蔑的口气奚落他们，那不会给人的心灵添上什么光彩。在文学界如同在军队里一样，低微的品级是不能缺少的——这是头脑说的话，至于心呢，那就应该说得更多一点了。……

您读了我的《在路上》。……那么，您觉着我的胆量怎么样？我在写"心灵方面"的东西了，我不怕。这篇小说在彼得堡引起

[①] 奥克列依茨是当时一个反动的文艺评论者，小说家。夹鼻眼镜是基塞列娃本人的笔名。阿洛耶是亚历山大·契诃夫的笔名。

很大的轰动。在那以前不久我讨论了"勿抗恶"[1]，也使得读者惊奇。各报的新年号纷纷赞扬我，在经常发表列夫·托尔斯泰小说的《俄罗斯财富》的十二月号上有一篇奥包连斯基的文章（有两个印张长），标题是《契诃夫和柯罗连科》。这个人对我大为赞扬，证明我比柯罗连科更是一个艺术家。……多半他是在说假话吧，不过我仍旧渐渐感到自己有一项功劳：我，也只有我，一向没有在大杂志上发表作品，只写些拍屁股文章，却获得了两耳垂肩的批评家的注意——这样的例子以前还没有过。……《观察家》骂过我[2]，因此它大倒其霉！在 1886 年的年尾，我觉得自己成了丢给许多条狗的一根骨头了。……

我用四张四开纸写了一个戏[3]。用十五到二十分钟就可以把它演完。这是全世界最小的一个戏。如今在柯尔希剧院里服务的名演员达维多夫，将来要在这个戏里表演。这剧本要在《季节》上发表，因此会流传到各处去。总之，小作品比大作品好得多：矫揉造作少，而又能获得成功。……此外还要怎样呢？我用一个钟头零五分钟就把它写成了。……

---

① 契诃夫在短篇小说《妹妹》里讨论了"勿抗恶"，发表在《新时报》1886 年第 3586 号上；后来这篇小说收进契诃夫自编的文集里，改名《好人》。
② 奥包连斯基对《杂色的故事》一书的否定评论。
③ 即《天鹅歌》，发表在《季节》丛刊上。

写给亚·巴·契诃夫

1月17日，在莫斯科

……我真愿意根本不给《花絮》写稿才好，因为我讨厌写小东西了。我想写比较大一点的东西，要不然就索性搁笔不写了。……

写给米·盖·契诃夫

1月18日，在莫斯科

……应当告诉您，现在我成了彼得堡的顶红的作家了。这从报纸和杂志上就可以看出来，它们在1886年的年底为我大忙了一阵，千方百计提到我的名字，把我赞美得过了分。我的文学名望这样增长的结果是拉稿和应酬特别多，这结果是加紧干活，精神疲劳。这种工作使我神经不安，心情兴奋，要求精力的紧张。……这是社会工作，责任重大，因此使它加倍地沉重。报纸上每一篇评论都使得我自己和全家兴奋。……比方说，十二月号的《俄罗斯财富》上，批评家奥包连斯基写了一篇文章，题名是《契诃夫和柯罗连科》，在那篇十五页到二十页的文章里那位批评家把我捧上了天，证明我比另一个青年作家柯罗连科还要高明、还要好，而柯罗连科的名字在我们两个大城①里是十分响亮的。

---

① 指彼得堡和莫斯科。

这篇文章闹得我们家里动荡不宁；《新时报》和《彼得堡新闻》，彼得堡的两份大报，也总是提到契诃夫。……我的小说在晚会上当众朗诵，不管我到哪儿去，总有人伸出手指头指点我，熟人多得没法应付，等等，等等。……没有一天是平平静静过去的，随时觉着自己好像坐在针毡上一样。……

写给尼·亚·列依金

1 月 26 日，在莫斯科

……为什么彼得堡的文学界同行们不为纳德松[①]做一回安魂祭？纳德松是一个比当代所有诗人加在一起（连众神附体的里[奥多尔]·伊[凡诺维奇][②]也算在内）都大得多的诗人。在我所知道的一切初学写作的青年当中，只有三个人可以提一提：迦尔洵、柯罗连科、纳德松。……

写给尼·亚·列依金

2 月 8 日，在莫斯科

……是的，纳德松也许被夸大了，不过这也是应该的：第一，我倒不是要侮辱里奥多尔·伊凡诺维奇，纳德松确实是当代

---

① 纳德松在 1887 年 1 月 19 日去世。
② 诗人巴尔明。"众神附体"指他对神话形象的爱好。

最好的诗人；第二，他受到诽谤。那就只可能用夸大的推崇来向这种诽谤抗议。……

写给德·瓦·格利果罗维奇
2月12日，在莫斯科

我刚刚读完《卡烈林的梦》[①]，现在有一个问题强有力地盘踞在我的心上：您所描写的梦真实到什么程度？我觉得您把睡眠的人的脑筋活动和一般感觉描写得很艺术，就生理方面来说也正确。当然，梦是主观现象，梦的内部只能由做梦的人来考察，不过所有的人的做梦过程都一致，因此我以为每一个读者都可能用自己的尺度来衡量卡烈林，每个批评者也都不得不主观。我也就根据自己常做的梦来判断它了。

首先，您所描写的寒冷感觉非常准确。夜间每逢被子从我身上掉下去，我就开始梦见黏滑的大石头、秋天的冰冷的河水、荒凉的河岸——所有这些都模模糊糊，像在雾里，天空没有一块蔚蓝的地方；我在沮丧和愁闷中，仿佛迷了路或者被人丢开了似的，瞧着石头，而且不知因为什么缘故感到非渡过这条水深的河不可；同时我又看见小小的拖轮，它拖着大木船、水上的圆木、木筏等。一切都无限严峻、沮丧、灰色。等到我从河边跑

---

① 这是格利果罗维奇的未完成的长篇小说《往年的彼得堡》中的一段，发表在《俄罗斯思想》1887 年第 1 期上。

开，一路上就遇见磨坊坍下来的门、出殡的行列、中学时代的教师。……同时我周身浸透一种奇特的、非常难受的寒冷，那是在醒着的时候不能想象、只有睡着的人才能感到的。我读到卡烈林的前几页，特别是第五页上半页说到坟墓般的寒冷和孤独的地方，我就很清楚地想起了那种梦。……

我觉着如果我生在彼得堡，而且经常在那儿生活，我一定会梦见涅瓦河岸、元老院广场、大基石。……

我在梦中觉着冷的时候，回回都看见人。我偶尔读到《彼得堡新闻》上的一篇批评[1]，怪您不该写一个"近乎大臣的高官"，因为他破坏了小说总的庄严调子。我不同意他的看法。破坏调子的不是人物，而是人物的性格描写，这种描写在好几个地方打断了梦景的画面。……梦里总要看见人，而且一定是不招人喜欢的人。比方说，我觉着冷的时候就梦见在我小时候侮辱过我母亲的那个仪表优雅、颇有学问的司祭长，梦见在我醒着时候从没见过的坏人、凶狠的人、阴险的人、幸灾乐祸的笑着的人、庸俗的人。火车车厢窗子里的笑声正是卡烈林的恶梦很有特色的征象。每逢人在梦里感到恶势力的压迫，不可避免地要在这恶势力下灭亡，那他总会看到像这种哄笑之类的东西。……我也梦见我喜爱的人，可是他们一出现，照例总是跟我一块儿受苦。……

等到我的身体习惯了寒冷，或者我的家人给我盖好了被子，

[1] 指拉多日斯基（彼捷尔森的笔名）的论文《批评札记》（1887 年第 37 号）。

那寒冷的感觉、孤独的感觉、恶势力压迫人的感觉，就渐渐消失了。随着温暖，我开始感到自己像在柔软的地毯上或者草地上走着，看见太阳、女人、孩子。……画面不断更换，而且比醒着时候换得快，以致醒来以后很难想起这个画面怎样过渡到那个画面。这种转换的奇突在您的小说里表现得极好，加强了梦的印象。

还有一种被您注意到的自然现象也有力地扑进读者的眼帘：做梦的人在表现自己心理活动时总是很冲动，形式尖锐，跟孩子一样。这非常真实！做梦的人远比醒着的人爱哭、爱喊叫。

请您原谅，德米特里·瓦西列维奇，我这样喜欢您的小说，简直打算给您写满一打信纸了，虽然我自己也分明知道我不可能对您说出什么又新又好的、又有道理的话。我担心您会看得厌烦，又担心自己说出不近情理的话，就制止自己，不再说下去了。我只想说：我觉着您的小说很出色。读者认为它"模模糊糊"，可是对品味每一行文字的写作之人来说，这种模糊却比洗礼的水还要透明。我费尽力气也只能在这个小说里找到两个不重要的小毛病，不过就连这也不免是牵强附会：（一）人物的性格描写打断了梦景，这种描写使人觉得像是花园里树木上钉着的说明牌子，那是由博学的园丁钉上去的，可是破坏了风景；（二）小说开头的寒冷感觉由于屡次用"冷"这个字反而使读者有点麻木，见惯不惊了。

此外我再也找不出什么来了。我承认：在我的文学生活里，我觉着经常需要使我笔下的形象面目一新，于是《卡烈林的梦》成了一个光辉夺目的榜样。正是因为这个缘故，我才忍不住向您表达了我的一点点印象和思想。

请您原谅这封信太长，请您接受我的诚恳善良的全部祝愿。我是忠实于您的。

写给亚·巴·契诃夫

2月23日，在莫斯科

……比里宾开始文思枯竭了。他的东西，特别是发表在《彼得堡日报》上的作品，读起来枯燥无味。这个人无法理解：不但可以用游戏的轻松的笔墨写小姐、薄饼、钢琴，甚至可以写眼泪和贫穷。……他不明白作家的独创精神不仅表现在文体方面，而且也表现在思想方法方面、信念方面，等等，而他在这种种方面却显得跟乡下娘们儿一样守旧。……

写给米·巴·契诃夫

3月10日，在莫斯科

……当然，我是在最紧张的情形下走的①。我梦见棺材和举火炬的人，仿佛看到了伤寒、医生，等等。……总之，那一夜

---

① 契诃夫由于接到大哥亚历山大患病的电报，就从巴勃基诺赶到彼得堡去。

糟糕得很。唯一的安慰是亲切可爱的安娜①；我一路上读着这本书。……

写给亚·巴·契诃夫
6月21日，在巴基勃诺

……《星期六增刊》上的草原故事②就因为题材好而使我自己都觉得可爱，你们这些傻瓜却没有找到这样的题材。这是一篇充满灵感的作品。Quasi③交响乐。

其实这是胡扯。读者是由于眼睛的错觉才喜欢它的。全部奥妙只在于插进像绵羊之类的装饰品，只在于个别辞句的润饰。就是描写咖啡渣吧，也可以耍点奥妙的花招而使读者吃惊呢。……

写给亚·巴·契诃夫
8月2日到5日之间，在巴勃基诺

……你最近的一个短篇小说《在灯塔上》④真好，真妙。多半你是从哪个大作家那儿偷来的吧。我自己读了一遍，后来吩咐米

---

① 列夫·托尔斯泰的长篇小说《安娜·卡列尼娜》中的女主人公。
② 指契诃夫自己的短篇小说《幸福》，发表在《新时报》1887年第4046号的《星期六增刊》上。
③ 拉丁语：宛似。
④ 这个短篇小说发表在《新时报》1887年第4102号上，署名"亚·契"。

希卡①大声读了一遍，再后又叫玛丽雅②读一遍，在这许多次里我一直暗暗惊奇：你凭这篇灯塔的故事超过了以前的成就。在蒙昧的昏天黑地里终于现出了耀眼的火花！在过了三十年糊涂岁月以后终于说出了聪明话！我高兴极了，因此才给你写信，要不然你不会这么快就等着我的信……（我懒！）那个鞑靼人写得精彩，那个爸爸写得好，那个邮政局长只用三行文字就已经写得很生动，题材太可爱了，形式也不是你的，而是别人的，又新又好。要是把小说的开头拆开，插在小说中间的什么地方，那么开头就不会是这么俗了：奥丽雅也差，就跟你笔下的一切女人一样。你简直不懂女人！我的好哥哥，不能老是绕着一种女人的类型转啊！你在哪儿而且在什么时候（我不是说你的中学时代）见过这样的奥丽雅？如果在那个鞑靼人和爸爸这样美妙的人物身旁放上一个可爱而活泼的真女人（而不是洋娃娃），那岂不聪明些、有才气些？你的奥丽雅对灯塔那样壮丽的画面来说简直是侮辱。姑且不提她是洋娃娃，单就这个形象本身来说，她也模糊，没有光彩，使人生出这样的印象：她夹在别的人物当中，像是一双不发光的湿靴子夹在许多双擦得亮晃晃的靴子当中一样。你得敬畏上帝才成，因为你的小说里没有一篇有真正的活女人，她们都像是颤颤摇摇的胶状果冻之类的东西，用通俗喜剧里撒娇女孩子的腔调讲话。

---

① 契诃夫的弟弟米哈依尔的爱称。
② 契诃夫的妹妹。

我认为在《新时报》的编辑部里这个灯塔把你抬高了三俄丈①。可惜当初没有人劝你在小说上署上你的全名。看在上帝份上，继续按这种精神写下去吧。好好润色你的作品，要一直到看见你的人物生动起来，看出你没有胡诌得违背现实，才可以把东西拿出去发表（在《新时报》上）。在《笑话的扑满》②上倒还可以胡诌；你在那上面发表的作品里，村长居然变成统计学家（！），文书员熟知刑法（！！）。《新时报》的《星期六增刊》给你金钱和名誉，那你在那上面发表作品就得当心。……不要再写那种受审的音乐师，因为谁也没有像他那样受审过。再者顺便要提到，就连慈善团体也不必再写，那种题材已经陈旧。在你所有的小说里只有一样东西是新的：穿花布长衫的省长太太。

把《灯塔》收起来。要是你另外又写了十个这样的小说，你就可以出一个集子了。……

写给伊·阿·别洛乌索夫

8月3日，在巴勃基诺

最和善的伊凡·阿历克塞耶维奇，我向您致最诚恳的谢意，多谢您寄给我那本可爱的书③。您的殷勤使我有机会更亲切地认

---

① 一俄丈合中国六尺六寸。
②《花絮》上一个专栏的名字。
③ 伊·阿·别洛乌索夫寄给契诃夫一本他自己的译品：《平民歌手谢甫琴科选集》（基辅，1887年）。

识您的才能，也使我可以避开平常的客套话，带着信心证实您有权利取得诗人的称号。您的诗充满活泼的诗意，您热情、有灵感，善于驾御形式，而且无疑的有文学味。单从您选中谢甫琴科这件事来说，就证明您有诗情，译笔相当恳切。坦白跟您说，您这本小书虽然小得很，却比当前那些最新的诗集更像我们所谓的"著作"。

当然，您会挨骂的。这本小书的主要缺点是篇幅不大。诗人如果有才华，就不仅凭质量抓住读者，也凭数量；根据您这本选集却很难对您有充分了解，也难于了解谢甫琴科的面貌。如果您说您还年轻，您还是"新手"，这个借口却不能为您辩解：您既然决定出书，那就得叫读者看出作者的面貌。

诗句里有些粗糙的地方。例如：

"ипь оин от скуки ради……"（第二十七页）

这一句有两个前置词：от 和 ради。

又："ъеседуют два часовьıх."（第三十二页）

如果换成 Толкумт двое часовмх，那就响亮多了，也有趣多了。又：

"城外流河"（第二十六页）和"走红""老子"之类的字眼。

这就不是严谨的翻译了。依此类推。

我觉得精彩的，是诗《寡妇》、第二十页、第二十三页、《乌克兰之夜》。我是个很差的批评家，因此不能够对您的小书作出应有的评价。我只能以在我们书坊间偶尔出现的一切好书的喜爱者和崇拜者的资格，从心底里盼望您充分发展您的才能、信心、力量、成功；只要您不慌不忙、按部就班地做下去，您就会达到您的目的——这是我深信不疑，而且预先为您高兴的。……

写给尼·亚·列依金

8月11日，在巴勃基诺

……不管写稿人是怎样小的人物，谁也不能抹杀他的人格。要是您认为自己有编辑权，可以删削文章，不发表文章，那为什么不承认写稿人也有权利提出抗议呢？……

您的《阿库丽娜》①的结尾我读得断断续续，因为我到南方去的时候失掉了小说的线索。我抱歉不能不对您说一说我的意见，借此来报答您对我最近那些短篇小说的赞辞。据我所记得的，在有些片段里，您给特利封和阿库丽娜添上了悲剧的色彩，有些地方很成功，恰到好处，不过我担心阿[库丽娜]和特[利封]在小说的结尾会跟在小说的开端不同了。您用报纸连载方式一段一段地写大东西的本事，您的记忆力，都不能不使人惊奇。……莫非您不记得您在一个月前写了些什么？莫非您不在写结尾的时候读一下开端？这样的事我就办不到。……

---

① 列依金所著长篇小说《森林神和山林水泽女神》(或《特利封·伊凡诺维奇和阿库丽娜·斯捷潘诺芙娜的故事》)，发表在 1887 年的《彼得堡日报》上。

写给弗·奥·谢赫捷尔

8月12日，在巴勃基诺

……我向您推荐一本有趣的新书：《回忆索洛古勃先生》，在苏沃林的书店里可以买到。或许您跟我一样也是回忆录的爱好者，所以我向您推荐它。……

写给尼·亚·列依金

9月2日，在莫斯科

……关于您刊物上的写稿人怎样才能面目一新、朝气蓬勃等，早先我们已经面谈过，也通信谈过。您现在写道，我们这些老撰稿人总是翻陈货。不，我们仍旧跟先前一样，因为我们没法改变我们的文学面貌，所以才显得我们在翻陈货。我们写得太勤，这倒没有惹得读者厌烦，读者是常常变换的，然而这却使得我们自己厌烦了；再过五年，我们的文章还会惹人恶心，不过也只是惹得我们自己恶心。我想由于新生力量的涌现，读者倒沾不着多少光，不过我们却会沾很大的光；我们就可以取得权利，按我们本心所想的那样来写，写出来的东西也会比现在这种天天打杂的东西更像文学作品，我们对自己也会比现在满意多了。

我个人愿意每个月为《花絮》写一两篇东西，而且准定写幽默的东西。看来，格鲁津斯基和叶若夫已经开始渐渐代替我了，因此我才这样办。

老撰稿人应当管束自己，小心在意，这一方面也为的是"不要诱惑哪怕一个青年作家"。老撰稿人的每天打杂、胡乱写成的东西使得青年作家和新手堕落，因为，您知道，年轻人过于喜欢模仿。……

写给尼·亚·列依金

10 月 7 日，在莫斯科

……您的《阿依瓦左甫斯基》，我很喜欢，因此拿给我的房东去看。那位房东喜欢看快活的故事，他把那篇东西带到医院去，在那儿大声朗诵了一遍。

批评：在您的《打猎》①里，猎人在树林中射击鹧鸪。鹧鸪总是在树林的边沿上，从来也不会在树林里的树上。……

写给亚·巴·契诃夫

10 月 6 日到 8 日之间，在莫斯科

……请你告诉布列宁，说我为了他那篇评论②特意托你向他转达我由衷的感激，我保存着那篇评论，预备留传给子孙了。请

---

① 《阿依瓦左甫斯基》和《打猎》都是列依金所写的短篇小说，发表在《彼得堡日报》1887 年第 261 号上。
② 指布列宁对契诃夫的书《在昏暗中》所做的评论，刊载在《新时报》1887 年第 4157 号上。

你转告他，说我是跟柯罗连科一块儿读那篇评论的，柯罗连科完全同意他的看法。那篇论文很精彩，可是布列宁先生不该把一桶黑煤油倒在一勺蜜①里，那就是说，不该在称赞我的时候讥诮去世的纳德松。

……我的戏②写得很轻松，像是一片小小的羽毛，没有一点冗长的地方。这题材还没有人写过，我大概把它交给柯尔希去排演（如果柯尔希不吝啬的话）。……

请你告诉布列宁和苏沃林，说柯罗连科到我这儿来过。我跟他长谈了三个钟头，觉得他是一个有才能的、极好的人。告诉他们说，据我看来，他会有很大的成就。……

写给亚·巴·契诃夫
10 月 10 日到 12 日之间，在莫斯科

我写这个戏③是出于偶然的，那是在跟柯尔希谈过一次话以后。我上床睡觉，想出一个题材，就写出来了。我是用两个星期把它写成的，或者说得精确点，是用十天，因为在这两个星期里有几天我没有写，或者写别的东西。我不能判断这个戏有什么优点，它短得可疑。大家都喜欢它。柯尔希在这个戏里没有发现一

---

① 俄国原有一句谚语："把一勺黑煤油倒在一桶蜜里"，相当于我国谚语"一条鱼腥一锅汤"；现在契诃夫把这句谚语做了一点改动，意思未变，只是加强了。

② 契诃夫的剧本《伊凡诺夫》。

③ 指《伊凡诺夫》。

个违背舞台条件的错误和罪恶——这证明我的审判官们多么好，多么敏感。我头一回写戏，ergo①——错误是一定有的。情节复杂而不愚蠢。我结束每一幕跟结束一个短篇小说一样：我让每一幕都和平安静地进行，到结局我打了观众一记耳光。我把全部精力用在几个确实强烈而鲜明的地方，可是连接这些地方的桥梁却没有价值、没有力量、陈腔滥调。不过我仍旧高兴，不管这个剧本怎么坏，可是我创造了一个有文学意义的典型，我写出了只有像达维多夫那样的天才演员才能够担任表演的角色，在这个角色上演员可以施展和显示他的才能……

在这个戏里有十四个人物，其中有五个是女人。我觉着我这些女人，除了其中的一个以外，都加工不够……

写给弗·加·柯罗连科

10月17日，在莫斯科

我收到了您寄来的书②，十分感激，我尊敬的弗拉基米尔·加拉克契昂诺维奇；现在我正在重新读它。我的书您那里已经有了，因此我眼下所能做的，只能限于向您道谢了。

为了让这封信不至太短，我要顺便告诉您：我能够跟您相识，觉得非常高兴。我说这话是诚恳的，而且出自一颗清白的

---

① 拉丁文：自然。
② 契诃夫是为了柯罗连科的书《特写和短篇小说》（1887年）而向他道谢的。

心。第一，我深深尊重而且喜爱您的才能；有许多理由使我觉得您的才能珍贵。第二，我觉得，如果您跟我在这个世界上再活十年到二十年光景，那么将来您跟我不会不发现有共同一致的地方。在当前所有顺利写作着的俄罗斯人里面，我是最轻浮而不严肃的一个，我受到了批评。用诗人的语言来说，我爱我那纯洁的诗神，可是我没有尊重她，辜负了她，而且不止一次把她带到她不该去的地方。您呢，严肃、踏实、忠心。您看得出来，我们中间的区别是很大的，可是话说回来，我当初读您作品的时候，我现在跟您结交以后，却觉得我们彼此并不生疏。我说的对不对，我不知道，不过这样的看法在我是愉快的。

顺便附上《新时报》的剪报一份。您从这份剪报上可以看出托罗①是怎样一个作家，以后我会把他这作品继续剪下来，为您保存着。第一章使得读者生出很大的期望，那里面有思想，有生气，而且独创一格，不过很难读下去，布局和结构太糟。种种思想，美的和丑的，轻松的和沉闷的，堆在一起，拥挤不堪，彼此压得冒出了油，随时都要夹痛得尖叫起来。

等您到莫斯科来的时候，我会把托罗的剪报交给您。眼下，再会，祝您健康。

我的戏大概会在柯尔希剧院里上演。如果是这样的话，我会通知您上演的日期。说不定这个日子跟您到莫斯科来的日子正好在一天，那就请您去看戏。……

---

① 1887年《新时报》第4177号上发表了美国作家亨利·达维德·托罗的《在树林中》的片断。

写给亚·巴·契诃夫

10 月 21 日，在莫斯科

……只有在我跟柯罗连科平分奖金的情形下，我才肯拿这笔奖金。可是现在，谁比较好，谁比较差，还不知道，只有十个到十五个彼得堡人认为我有才能，而整个莫斯科和整个彼得堡都认为柯罗连科有才能，那么单单给我奖金就无异于迎合少数人、侮辱多数人了。……

写给亚·巴·契诃夫

10 月 24 日，在莫斯科

……现代的剧作家们一开笔，就专写天使、恶棍、小丑，可是你走遍全俄国去找一找这种人吧！不错，你找来找去会找着的，然而他们的面貌绝不像剧作家们所需要的那么极端。人就不能不从脑子里硬挤出这样一个人物，出上一身大汗，然后丢掉了事。……我要与众不同：不描写一个坏蛋，也不描写一个天使（不过我舍不得丢掉小丑），不斥责什么人，也不袒护什么人。……在这方面究竟办到没有，我不知道。……这出戏一定演得开——柯尔希和演员们都这么相信。可是我不相信。演员们不理解这个戏，说废话，他们肯担任的角色却不是他们该担任的角色；我呢，跟他们力争，相信如果这出戏不照我安排的那样分派角色而上演，那么这出戏就会演垮。要是他们不按我的意思办，那么为了避免坍台，我只好收回剧本。总之，这是一件棘手的、极不愉快的事。要是我早知道会这样，我早就不跟他们打交道了。……

写给尼·米·叶若夫
10月27日，在莫斯科

……如果可以相信像达维多夫那样的审判官，那我就是善于写戏的了。……原来我凭本能，凭敏感，连自己也没注意到就写出了十分完美的东西，而且连一个舞台方面的错误也没犯。从这一点就得出了一个教训："年轻人，别胆怯！"

当然，您偷懒，写得少，是不好的。您是名符其实的"新手"，在任何情形下都不应当忘记：现在的每一行文字都是将来的资本。如果现在您不肯让自己的手和脑子习惯于纪律和急行军，如果您不肯加紧努力，定好调门，那么再过三四年就嫌迟了。我认为您和格鲁津斯基应当在一段很长的时期里天天训练自己。你们两位都写得少。应当用尽气力鞭策自己才对。我始终也没有说服格鲁津斯基为《星期六增刊》写东西！至于您老先生，我也没法劝得您答应一定给每期《花絮》寄一个短篇小说去。你们两位在等什么，我简直不懂。在稀少的、胆怯迟疑的工作下，你们只会等着倒霉，也就是说，没写出什么东西就文思枯竭了。……

写给尼·亚·拉依金

11月15日，在莫斯科

……您那几行关于剧本排演的话，弄得我莫名其妙。您写道："作者只会搅乱排演。使演员为难，而且在大多数情形下只会作出愚蠢的指示。"关于这个，我要简短地回答您：（一）作者是剧本的主人，不是演员；（二）分配角色的事到处都是由作者负责，如果作者在当地的话；（三）到现在为止，我的一切指导都有了益处，一切都是照我的指示办的；（四）连演员自己也请求指导；（五）在小剧院里，跟我的戏同时排演的还有希巴仁斯基的一个新戏，他三次更换家具，逼得国库 ① 三次花钱做布景。诸如此类。如果把作者的参与取消，鬼才知道会变成什么样子。……您想一想看，果戈理在自己的戏排演的时候是怎样暴躁！

难道他不对吗？……

写给亚·谢·拉扎烈夫—格鲁津斯基

11月15日，在莫斯科

……这是一封谈正事的信。大致是这样：演员先生们在我

---

① 因为小剧院是属于皇家的。

把《丹麦王子哈姆雷特》①的内容简略地告诉了他们以后，热烈地表示希望至迟不过一月就上演，也就是说，尽快上演。打铁得趁热。您写出一点了吗？照我们要求的那样写出来了吗？克服了结构和舞台条件方面的困难吗？不管怎样，请您赶紧写信详细告诉我，您已经想出了什么，写出了什么，以后打算写什么。同时请您把我的原稿抄一份副本留在您那儿以后寄给我（按印刷品寄）。我把自己的稿子跟您的对照着看一遍，想一想，立刻把我的意图和计划告诉您。有些条件请您注意：（一）情节要闹得一团糟；（二）每个人物都得有个性，用自己的语言说话；（三）千万不要冗长；（四）动作不间断；（五）应当写出一些适合格拉多夫、斯维特洛夫、希米特果夫、基塞列甫斯基、索洛甫佐夫、符亚左甫斯基、瓦连契诺夫、柯谢娃、克拉索芙斯卡雅、包罗兹季娜上演的角色；（六）对剧院秩序加以批评；缺了这种批评，我们的通俗喜剧就会没有意义了。……

---

① 契诃夫已经开始跟拉扎烈夫－格鲁津斯基合写一个通俗喜剧《丹麦王子哈姆雷特》。契诃夫为这个通俗喜剧写好一部分稿子，寄给拉扎烈夫－格鲁津斯基了，可是这份稿子没有留存下来。

1888 年

写给弗·加·柯罗连科
1月9日，在莫斯科

……我听从您的友好劝告，开始给《北方通报》写一个短短的中篇小说 [①]。我初次为大杂志写稿，写的是草原，草原上的人和我在草原上经历过的事。题材好，写得也畅快，然而不幸，由于我不习惯写得长，又担心写出废话来，我就落到另一个极端里去了：每一页都变得紧凑，像一篇小小说；画面堆砌起来，挤在一起，互相掩盖，破坏了总的印象。结果它就不成其为画面，因为在画面上，所有的细节如同天上的星一样，都得汇合成一个总的东西才成；可是这篇小说成为一个大纲，一个干巴巴的印象记录了。一个作家，例如您，就会了解我，可是读者却会读得烦起来，吐口唾沫，不看了。……

您的《索科里涅茨》。我觉得是近来最杰出的一个作品。它写得像一个艺术家根据本能所提示的种种规则写成的一篇好乐曲。总之在您的书里，您是一个健全的艺术家，有巨大的力量，

---

① 指《草原》。

甚至您最大的缺点，换了在别的艺术家的书里就会刺眼，而在您的书里却引不起注意就放过去了。例如，在您所有的书里根本没有女人，这是我不久以前才嗅出来的。

写给伊·列·列昂捷夫（谢格洛夫）
1月10日，在莫斯科

……对于您，不应当因为您写得好而夸奖您，倒应当因为您写得少而骂您、羞辱您才对。在那篇挺好的《明奥娜》里我发现了好几处败笔，这是只能用您写得少来解释的。把自己点上火吧！要知道您很容易燃烧起来！"对作家来说，写得少是这样的有害，就跟医生缺乏诊病机会一样"（《苏格拉底》，第十章第五节）。……

写给德·瓦·格利果罗维奇
1月12日，在莫斯科

……这儿，我回答您信里的一个重要部分：我是在着手写大东西①。我已经写了两个印张多一点，大概还要写三个印张。如今我在大杂志上初次露面，写的是草原，这久已没有人写了。我描写平原、淡紫色的远方、牧羊人、[……]、教士、夜晚的雷

————————

① 指《草原》。

62

雨、客栈、运货的车队、草原上的鹰等。每一章各自成为一个短篇小说，各章被近亲关系联系起来，像是卡德里尔舞①里的五个舞式。我极力要在这些章里有一种总的气氛、总的调子；为了能够比较容易地做到这一点，我就让一个人物在各章里出现。我觉着我已经克服许多困难，有些地方有干草的香气了，不过总的说来，我这篇东西却成了一种古怪的、过分别致的东西。由于不习惯写得长，又经常地、习惯地担心不要写出废话来，我就落到另一个极端里去了。我把每一页都写得紧凑，仿佛经过压缩一样；种种印象拥挤不动，堆砌起来，互相压榨；那些画面，或者用您起的名字，那些"闪光的东西"，彼此挤得紧紧的，穿成一根连绵不断的链子，因此使人读着吃力。总的说来，这不成其为画面，而成了干巴巴的、详细的印象记录，一种近似大纲之类的东西；我没有对草原作出艺术的、完整的描写，却把一本"草原百科全书"献给读者了。这真是开张不利。不过我也不胆怯。就是百科全书或许也有点用。说不定它会打开我的同时代的人的眼睛，让他们看见有什么样的财富，什么样的美的宝藏，始终还没人碰过，因而对俄罗斯作家说来路子还不能算窄。如果我这短短的中篇小说使我的同行们记起了被人忘记的草原，如果在那些被我干巴巴的胡乱涂成的题材里，哪怕只有一段文字给一个诗人带来一个深思的机会，那我也就心满意足了。我知道，您会了解我的草原，因此会原谅我在无意中

---

① 一种由四人分成两对而进行的舞蹈。

犯的罪。我也真是在无意中犯了罪，因为现在才看出来，我还不会写大东西。

那个中断的长篇小说^①，我到夏天再接着写下去。这个长篇小说包括了全县（贵族们和地方当局）和几个家庭的私生活。《草原》多多少少是一种例外的、专门性的题材。如果不是顺便描写它，却是专为描写它而描写它，它就会因为单调、因为老是一派乡村风光而使人厌烦；可是在那长篇小说里写的却是平凡而聪明的人，女人、爱情、婚姻、孩子，于是人家就会觉着像在自己家里一样的自在，不会疲劳了。

一个十七岁男孩的自杀^②是一个很有意思的、诱人的题材，不过要知道，动手写它却是可怕的！对于一切恼人的问题也应当作出使人痛苦的回答，可是我们这辈人有足够的内在力量吗？没有。您断定这个题材会获得成功是凭您自己下断语的，可是您那一辈人除了有才能以外，还有博学、阅历、磷、铁，而当代有才能的人却没有这类东西。老实说，他们不碰严肃的东西倒是应该高兴的事。要是您把您这个男孩给他们，那我相信某甲就会出于清白的心，不自觉地进行诽谤、扯谎、诬蔑；某乙乘机发表浅薄而苍白的思想倾向；某丙用精神病来解释自杀。您那个男孩具有纯洁可爱的天性，他寻求上帝，他有一颗充满热爱的、敏感的

---

① 还在1887年，契诃夫就起了写长篇小说的心思。从此以后他不止一次回到这想法上来，不过这个想法始终也没有实现。
② 格利果罗维奇在自己的信上劝契诃夫写"一个17岁男孩的自杀"这样一个题材，认为这是"当代的问题""迫切需要解决的社会问题"。

心，受过深深的侮辱。为了占有这样的人物，自己就得能够痛苦才成；而当代的歌手却只善于唉声叹气，哭哭啼啼。至于我，除了上述的一切以外，还有疲沓和懒惰。……

前几天符·尼·达维多夫到我家里来过。他在我的《伊凡诺夫》里表演，因为这机会我跟他交成了朋友。他听说我打算给您写信，就振作起精神，在桌旁坐下，写了一封信，我现在把这封信附给您。

您读过柯罗连科和谢格洛夫的作品吗？关于谢格洛夫，大家议论纷纷。照我看来，他有才能，独创一格。柯罗连科仍旧是读者和批评家的宠儿；他的书销得很多。在诗人里，福法诺夫开始崭露头角了，他确实有才能；至于别的诗人，作为艺术家来说，就一文不值了。散文作家还行，诗人却糟得很。人们没有教养，没有知识，没有世界观。普拉索尔·柯尔佐夫，虽然写得不合文法，可是比当代所有青年诗人加在一起还要完整得多，聪明得多，有教养得多。

我的《草原》要在《北方通报》上发表。我已经写信给普列谢耶夫，要他吩咐人给您留一份校样。……

我很高兴，您不痛了。这种痛就是您的病的实质，别的都不那么重要。咳嗽并没有什么严重的性质，跟您的病也无关。这咳嗽无疑地起因于感冒，会随着冷天一齐消灭。今天我恐怕要喝很多酒，为那些教我解剖尸体和开药方的人干杯。多半也要为您干杯的，因为我们没有一个纪念会不赞扬屠格涅夫、托尔斯泰、您，且为你们干杯的。文学家们为车尔尼雪夫斯基、萨尔蒂科夫、格·乌斯宾斯基干杯。可是公众（大学生、医生、数学家等），却仍旧守着老一辈的作家，不愿意背弃那些亲爱的名字[①]；我作为医生，也属于这些公众。我深深地相信，只要在俄罗斯还有森林、悬崖、夏夜，只要鹬还叫，田凫还啼鸣，大家就不会忘记您，不会忘记屠格涅夫，不会忘记托尔斯泰，就跟不会忘记果戈理一样。您描写过的人会死亡，被人忘记，可是您始终会完整无恙。您的力量就有这么大，这是说您的幸福就有这么大。……

写给亚·彼·波隆斯基

1月18日，在莫斯科

……为什么您说您的散文长满青苔、披上了霜呢？如果只因为现代的公众除了报纸以外什么也不读，那也还不足以下这种真正冷酷的、像秋天一样的判决。我从开始看您的散文的时候起就怀着信念，或者不妨说带着成见——这样说更恰当些。事情是这样的：当初我学习文学史的时候，已经知道一种现象，而且我差不多把它提高到规律的地位上来了：俄罗斯的一切大诗人都能很好地驾驭散文。您就是用钉子也不能把这个成见从我的头脑里剜出去；甚至在我读您的散文的那个傍晚，这个成见也没有离开我。也许我说的不对，然而姑且不提别的诗人的散文，只说莱蒙

[①] 指上述的屠格涅夫等。

托夫的《达曼》^①和普希金的《上尉的女儿》^②，就都直接证明俄罗斯的响亮诗歌和优美散文有密切的血统关系。

至于您有意把您的诗歌献给我^③，我只能用鞠躬和请求来回答——请您允许我将来把我带着特别的热爱写成的一个中篇小说献给您^④。您的深情感动了我，我永远也不会忘记。除了这种深情的温暖和作者的呈献所包含的内在魅力以外，您的《在门旁》对我来说还有一种特殊的价值：它配得上权威人士来写满满一篇赞不绝口的评论文章，因为多亏它，我才在公众和同事的眼睛里长高了足足一俄丈呢。

关于在报纸和画报上写稿，我完全同意您的见解。夜莺在大树上或者在灌木里歌唱，不都是一样吗？要求有才能的人仅仅在大杂志上写稿，那是浅薄之见，颇带点官气，而且有害，如同一切偏见一样。这个偏见愚蠢而可笑。在从前这种看法还有点意义，那时候刊物的领袖是一些具有清楚面貌的人，例如别林斯基、赫尔岑等；他们不但付给作者稿费，而且吸引他们、教导他们、教育他们；可是现在居刊物首脑地位的不是文学面貌，却是一批灰色的人和穿狗皮领子的人，那么对大刊物的偏爱就经不住批评了，最厚的杂志和便宜的小报中间的差别仅仅是数量上的差别，也就是说，从艺术家的观点看来不应该受到任何尊敬和注

---

①② 都是小说。

③ 即在诗歌集卷首题明"献给某人"。

④ 波隆斯基在1888年1月8日写给契诃夫的信上表示愿意把他的诗《在门旁》献给契诃夫。契诃夫就把自己的小说《幸福》献给他作为报答。

意。其之所以不可以拒绝在大杂志上写稿，也只是因为那有一种方便：长作品不至被割裂，而可以一次登全。我写了大东西，就把它送到大杂志去，至于小东西，那就随我的方便，任凭风把它带到哪儿去就在哪儿发表。

顺便说一下，我正在写一个大东西，大概会在《北方通报》上发表。在这个不大的中篇小说里，我描写了草原、草原上的人、鸟、夜、雷雨等。我写得挺高兴，只是担心：由于不习惯写得长，我一再脱离总的调子，变得厌倦、词不达意、不够严肃。有许多地方，批评家也好，读者也好，都不会了解，他们会觉着那些地方没什么道理，不值得注意。不过我现在也预先高兴，因为总有两三个文学上的美食家会了解而且重视这些地方，这在我也就够了。整个说来，这个短短的中篇小说让我不满意。我觉得它笨重、枯燥、太专门。对现代的读者说来，像草原和草原上的风景人物之类的题材是显得专门，而且没有什么意义的。……

写给阿·尼·普列谢耶夫

1月19日，在莫斯科

我正在写草原。题材颇有诗意。要是我始终不脱离小说开头的那种调子，那我就会写出一种"与众不同"的东西了。我觉得在这个短短的中篇小说里有些地方会招您喜欢，我的可爱的诗人；不过总的说来，我恐怕不会使您满意。……我已经写了四五个印张；其中有两个印张尽是描写大自然和地方——枯燥得很！……

写大东西很乏味，而且比写小东西难多了。将来您读过以后，就会明白我这个没经验的脑子吃过多少苦。……

写给伊·列·列昂捷夫（谢格洛夫）

1月22日，在莫斯科

《周刊》上那篇文章①确实不坏。关于那位客气的作者叫作"缺乏威力"的我们的那种无能，我自己也想到过。在我们的才能里，磷很多，铁却没有。我们也许是美丽的鸟，唱得挺好，然而我们不是鹰。……

您……唉，您这个信心不坚的人——想知道我在您的《明奥娜》里发现了什么样的败笔。……在指出这些败笔以前，我要警告一声：与其说它们具有文学批评方面的趣味，还不如说只有"悲剧性的"趣味。只有写作的人才看得出它们，读者是无论如何也看不出来的。好，我就说这些败笔吧。……我觉得，您是一个多疑的、信心不坚的作家，担心人物和性格不够显著，就把太大的地方拨给仔细详尽的描写了。结果就造成了过分的庞杂，很坏地影响了总的印象。您担心读者不相信您，您为了证明有时

---

① 指1888年第1期《周刊》上发表的论文《论青年作家们的缺乏威力（新年的深思）》署名"季"（即季斯捷尔洛）。

候音乐能多么强烈地起影响，就热心地只顾描写您的准尉的心理；在心理描写方面您倒是成功了，不过另一方面，在"amare，moriri①"这类重要因素和开枪射击中间，那间隔显得太长，读者还没有读到自杀，就因为"amare，moriri"所引起的痛苦而停下来了。可是让他停下来是不行的，应当让他保持紧张。如果《明奥娜》是一个很长的中篇小说，这种指点就用不着。又大又厚的作品自有它的目标，它要求最细致的描写，不管总的印象会怎样。可是在短小的短篇小说里，最好不要说透，只要叙述就行，因为……因为……我也不知道因为什么！……无论如何要记住，您的败笔只有我一个人才认为是败笔（而且是非常不重要的、"悲剧性的"），可是我常常出错。说不定您正确，我不对。……应当说明，我常出错，从前说过的话往往跟现在所想的不同。因此我的批评是没有什么价值的。……

我的中篇小说要在《北[方]通[报]》上登出来。这篇小说有点古怪，不过有个别的地方我还满意。使我生气的是其中没有恋爱情节。中篇小说缺少女人，就跟机器缺少蒸气一样。不过，我这篇东西里，女人倒是有的，然而不是妻子，也不是情妇。我不能没有女人啊！！！……

---

① 拉丁文：爱，死。——在列昂捷夫的小说《明奥娜》的歌词中有这两个字。

写给阿·尼·普列谢耶夫

1月23日，在莫斯科

　　……您在信上对我的中篇小说说了那么多好话，弄得我都害怕了。……您期待我写出一种特别的好作品，可是这会引起多大的失望啊！我怵怵惕惕，深怕我的《草原》不成样子。我不慌不忙地写着，好比美食家吃鹬：带着感情，带着兴味，细嚼烂咽。老实说，我是在把它硬挤出来，我使劲，我打气，不过大体说来仍旧不能使我满意，虽然其中有些地方也可以算是"散文诗"。我还不习惯写得长，再者我又懒。短小的作品已经把我惯坏了。

　　我结束《草原》大约在二月一日和五日之间，不会更早，也不会再迟。我一定直接寄给您，因为这是我在大杂志上初次露面，我想请您做我的教父①。

　　奥斯特洛夫斯基②，我是非常、非常喜欢的。跟他在一块儿不但不烦闷，甚至很快活。……是的，他适宜于做批评工作。他有好嗅觉，读过许多书，显然很喜欢文学，而且有独立见解。我听到他随口说出一些定义，这类定义可以全部印在《文学理论》教科书上。我一写完《草原》，准去找他。我跟他谈到我的《伊凡诺夫》流产以后，我就认清这类人对我们这班人具有怎样的价值了。……

---

① 意思是"想请您指导和帮助"。
② 指著名剧作家奥斯特洛夫斯基的弟弟。

写给阿·尼·普列谢耶夫

2月3日，在莫斯科

……《草原》已经写完，而且寄出去了。我本来觉着它一钱不值，现在忽然又觉得它还值几文钱了。我本来想写两三个印张，不料写了足足五个印张。……我累了，因为不习惯写得长而苦恼。我写得颇为紧张，而且觉着写了不少废话。

求您大度包涵啊！！

《草原》的情节没什么道理；要是它日后获得哪怕一点点的成功，那我就要把它作为一个大的中篇小说的基础，继续写它。您会发觉其中没有一个人物值得注意、值得扩大描写的。

我写的时候，觉得四周弥漫着夏天和草原的香气。到那边去走一趟才好！

看在上帝面上，我亲爱的，别讲客气，请您写信告诉我说我的中篇小说相当糟，而且平庸，如果它真是这样的话。我很想知道赤裸裸的真理。

要是编辑部认为对《北[方]通[报]》来说它还合用，那我很高兴有为它和它的读者服务的机会。请您代为疏通一下，让我的《草原》全部一次登完，因为割裂它是不行的，等您读到它的时候，您自己就会相信这一点。请您给我留几份校样。我想寄给格利果罗维奇、奥斯特洛夫斯基……

我的《草原》不像中篇小说，而像草原的百科全书。

写给玛·符·基塞列娃

2月3日，在莫斯科

……我累得要命。昨天我写完了那个中篇小说，今天寄出去了，您会在三月份的《北方通报》上看到它。其中有许多地方会招您喜欢，也有许多地方您会很不喜欢。不管怎样您总会看出来我为它花了多少心血和精力。大杂志上久已没有这样的中篇小说了，我是以独创一格的面目出现的，不过我会因为独创一格而挨骂，就跟以前为《伊凡诺夫》挨骂一样。大家会议论纷纷的。……

写给亚·谢·拉扎烈夫—格鲁津斯基

2月4日，在莫斯科

……为了我的《草原》，我费了许多心血、精力、磷，写得紧张，费劲，极力压榨自己，累得不成样子。这篇小说写得成功不成功，我不知道，不过无论如何它是我的力作，再好也写不出来的；正因为这个缘故，您那句安慰的话："有的时候作品会不走运（万一作品失败）"，就不能安慰我。这是我第一次在大杂志上试笔，用了大量的精力、紧张、好题材等——在这种情形下，您那个"有的时候"恐怕使不上。要是在这样的条件下我尚且写得坏，那么在更不顺心的条件下我会写得更糟。……

是啊，我的老兄！您还有前途（两三年），可是我却在经历危机了。要是现在我得不着奖，那我就在开始走下坡路了。您却用那个副词"有的时候"来安慰我！等您日后要死的时候，我就写信给您说："有的时候人会死的"；等到您耗尽您原有的一切，将要在哪方面初次露一露头角的时候，我就写信对您说："有的时候初露头角的人会倒霉的。"于是您得到了安慰。……

写给阿·尼·普列谢耶夫

2月5日，在莫斯科

……我急着想看柯罗连科的中篇小说[1]。在当代作家中，他是我所喜欢的一个。他的颜料鲜明而浓重；语言无可指摘，虽然有些地方未免雕琢；形象高尚。……列昂捷夫也好。……他不及柯罗连科那么大胆，那么美，不过比他热情，温和，秀气。……只是——我的天！——为什么他俩各专一门啊？柯罗连科不肯离开他那些囚犯，列昂捷夫呢，光用尉官来供应读者。我承认艺术中的专门化，例如世态画、风景画、历史，我理解演员的定型[2]、音乐家的流派，然而我不能容忍像囚犯、军官、教士之类的专门化。……这已经不是专门，而是偏爱了。在你们彼得堡那儿，大家不喜欢柯罗连科，在我们这儿，大家不读谢格洛夫的作品，然而我强烈地相信他俩的前途。唉，要是我们有像样的批评家就好了！……

我很想看柯罗连科的《在路上》……

---

① 指弗·加·柯罗连科的中篇小说《在路上》，发表在《北方通报》1888年第2期上。
② 例如某些演员专演风流小生或反派角色等。

写给德·瓦·格利果罗维奇

2月5日，在莫斯科

……前天我写完了我的《草原》，把它寄给《北方通报》了，关于这篇东西我已经写信告诉过您了。

我知道在另一个世界①里果戈理正在生我的气，他在我们的文学里是草原的皇帝。我是带着好意溜进他的国土的，可是也写了不少废话。这个小说我有四分之三没有写好。

一月十日左右我寄给您两封信，一封是我自己的，一封是符·尼·达维多夫写的。您收到了吗？我在自己的信上顺便提到您的那个题材——一个十七岁男孩的自杀。我有心使用这个题材，做了一点拙劣的尝试。我让一个九岁的男孩穿过我那《草原》的前后八章。他将来要在彼得堡或者莫斯科落户，结局一定很糟。如果《草原》获得哪怕一点点的成功，那我就要继续写它。我故意把它写成这样，让它给人留下一个印象：这是一个还没完工的作品。您看得出来，它像是一个篇幅很大的中篇小说的第一部。至于那个小孩，为什么我把他写成这样，而不写成别的样子，等您看完《草原》后我再告诉您。

我不知道我了解了您的意思没有。您所说的那个俄罗斯青年的自杀是一种特殊现象，欧洲人是不熟悉的。艺术家的全部精力应当转到两种力量上：人和自然。一方面是身体虚弱，神经

---

① 指死后所在的那个世界。

质，春情发动期提早，热烈地渴求生活和真理，热望像草原那样广大的活动，心神不宁地分析种种事情，知识的贫乏跟思想的奔放同时并存；另一方面是辽阔的平原，严酷的气候，灰色而严峻的人民以及他们的沉重冷酷的历史，暴力统治，官僚横行，贫穷，愚昧，京城的潮湿等。俄罗斯生活把俄罗斯人砸得粉身碎骨，如同有一千普特①重的石头砸下来一样。在西欧，人们灭亡是因为那边又挤又闷，活不下去；可是在我们这儿，人们却是因为地方太广阔而活不下去。……这儿太广阔，弄得小人物没有力量确定方向了。……

这就是我对俄罗斯的自杀事件的看法。……

我把您的意思了解得正确吗？不过，在信上谈这种事是不行的，因为地方太窄。这倒是谈天的好题目呢。……

写给阿·尼·普列谢耶夫

2月9日，在莫斯科

……明天柯罗连科要到我这儿来。他是一个好人。可惜书报检查官把他的《在路上》删削了一通。这是艺术的、然而又显然光秃的东西（不是指书报检查官，而是指《在路上》）。为什么他把它送到一个必须受书报检查官审查的杂志去呢？再者，为什么他把它称为"圣诞节故事"呢？

---

① 一普特约合33斤。

我正在匆匆地坐下来写小东西，不过我自己热切地巴望着再写一个大东西。啊，要是您知道我的脑袋里有一个多么好的长篇小说题材就好了！多么美妙的女人！什么样的葬礼，什么样的婚礼！要是有钱的话，我就跑到克里米亚①去，坐在柏树下面，花一两个月时间写成那个长篇小说了。您想想看，我已经写好三个印张啦！不过，我说了假话：我手里真要是有钱，我就会忙这忙那，所有的长篇小说就都完蛋了。

等我写完这个长篇小说的第一部，如果承蒙您许可，我就把它寄给您看一遍，然而不要送到《北方通报》去，因为我的长篇小说不宜于交给在书报检查官审查下的刊物。我贪心，喜欢在自己的作品里写很多的人物，因此我的长篇小说就会变得长了。此外，我所描写的那些人对我来说是亲切可爱的，我对那些可爱的人是愿意多费些工夫的。

至于叶果鲁希卡②，我要继续写它，不过不是在现在。有点愚蠢的克利斯朵佛尔神甫③已经死了。德兰尼兹卡雅小姐④（布兰尼兹卡雅）生活得很糟。瓦尔拉莫夫⑤仍旧在转来转去。您在信上写道，作为素材来说，您很喜欢迪莫夫⑥……像捣蛋鬼迪莫夫这样的性格，生活把它创造出来，不是为了做分裂派⑦，不是为了流浪，不是为了过定居的生活，而是干脆为了干革命的。……

---

① 俄罗斯南方的一个疗养胜地。
②《草原》中的人物。
③④⑤⑥ 都是《草原》中的人物。
⑦ 指基督教的一个宗派。

在俄罗斯，永远也不会有革命，因此迪莫夫的下场不外乎酗酒或者关进监狱了事。这是一个多余的人。……

写给尼·阿·赫洛波夫

2月13日，在莫斯科

……我看完您的短篇小说了[①]。它挺好，大概会被编辑接受的，因此我认为我向您尽早而且尽快地说明下述意见就不是多余的事了。如果您把这篇小说看作严肃的大事，用它作为走进文学界的第一篇东西，那么在这个意义上，依我看来，它不会取得成功的。原因不在题材上，也不在描写手法上，而在一些可以改正的小地方上——您在作品的加工上和某些细节上表现了纯粹莫斯科式的草率，那些地方固然不重要，可是看上去刺眼。

首先，常常可以遇见一些像石头那么重的句子。例如，在第二页上有这样一句话："在半个钟头这一段时间里他到我这里来了两次。"或者："在姚纳的嘴唇上闪出长久的、略带困惑的微笑。"人不能说："不断的雨下着"，因此您会同意"闪出长久的微笑"这句话不妥当。不过，这是小事，……然而，有些地方却完全不能说是小事：您在什么地方见过教堂监督西多尔金？不错，教会委员或者施主是有的。可是不论什么样的委员或者监督，即使是最有势力的商人，也没有权力和力量把一个教堂职员

[①] 指赫洛波夫的短篇小说《第十一》。

从一个地方调到另一个地方去。……这是主教所管的事情。……如果您的姚纳简单地因为酗酒而从城里调到乡下去，那倒更合情理些。

有一个地方描写姚纳为两俄亩①地忙碌得就跟蜘蛛忙着捉苍蝇一样，写得精彩，可是为什么您要毁坏这地方的魅力，描写一种不可能的、难以叫人相信的事：他拿木犁弄来弄去？难道这是必要的吗？您知道，凡是生平头一回耕地的人总是挪不动犁头的，这是一；对教堂职员来说，把自己的土地租给外人种要有利些，这是二；无论拿什么样的面包也没法把麻雀从村子里引诱到田野上来，这是三。……

"我骑在连接农舍和堆房的梁木上"（第十六页）。哪儿有这样的梁木呢？文书员穿着短小的上衣、头发上沾着草屑的那种外形是一种陈腔滥调的描写，而且是滑稽刊物捏造出来的。文书员比一般人想象的聪明得多，也不幸得多，等等。

在小说结尾教堂职员唱道（这是很动人、很恰当的）："我的灵魂，求主保佑它，让它快活。……"这样的祷告是没有的。有这样的："我的灵魂，求主保佑它，求您的神圣的名字保佑我内里的一切。……"

最后说一句：标点符号是阅读时候的音符，在您的小说里却用得像是果戈理的市长制服上的纽扣。虚点太多，句号却缺少。

---

① 一俄亩约合中国 16 亩。

这些小事，依我看来，破坏了您作品像音乐一样和谐。如果没有这些，这篇小说就会被人看作模范的作品了。当然，您不会因为这种"教训"而生我的气，您明白我是以受您委托的人的资格写的，而且有个目的：由于上述的种种，您不觉着需要把这个短篇小说修改一下吗？润饰一下，重抄一遍，需用两个钟头，不会多，然而这篇小说就不会失败了。

我再说一遍：就是不修改，姚纳也挺好，会被登出来的，但要是您有心严肃地把它作为您的第一篇作品拿去发表，那么按照我对彼得堡那些审判官的理解来说，它是不会获得成功的……

写给伊·列·列昂捷夫（谢格洛夫）

2月22日，在莫斯科

亲爱的上尉！您所有的书我都看完了，这以前我只是断断续续读过一些。如果您要我批评一下，那就请听吧。首先我觉得不能照您的一切评论者那样拿您跟果戈理、跟托尔斯泰、跟陀思妥耶夫斯基相比。您是一个 sui generis [①] 作家，独立自主，好比天空中的鹰。如果一定要比一比谁，那我宁可拿您跟波米亚洛夫斯基相比，因为他和您同是小市民作家。我说您是小市民作家，倒不是因为在您所有的书里对副官和参加晚会的人们透露了纯粹小市民式的憎恨，而是因为您跟波米亚洛夫斯基同有一种倾向，

---

① 拉丁文：自成一格的。

要把灰色的小市民阶层和他们的幸福加以美化。崔波琪卡好吃的西葫芦、戈利奇对娜嘉的爱、士兵的报纸、作者透彻理解的上述那个阶层的口语，其次还有在描写"ma tante"①家里的舞会时所流露的明显紧张和主观态度——所有这些加在一起，支持了我认为您有小市民气息的看法。

要是您愿意，那我也许还可以拿您跟都德相比。您那些可爱的、很好的"马迷"，您只略略地勾勒了一下，可是他们落到我眼帘里来的时候，我总是觉着我在读都德。

一般地说，将谁比谁，是应当小心谨慎的。尽管这种比拟没有恶意，可总是不免在无意中引起怀疑和责难，仿佛某个作家在摹仿和伪造。看在造物主的面上，您不要相信那些责难您的人，您只管照以前那样继续工作下去。您的语言、风格、人物性格、长段的描写、小小的画面都显出您自己的特色，别致而优美。

您的最好的孩子是《不可解的谜》②。这是个出色的作品。多少人物，多么丰富的情节啊！旅馆生活、舒拉克一家人，因为喝啤酒而脸庞浮肿的戈洛沙波娃、雨、列尔卡、她的妓院、戈利奇的梦，特别是俱乐部里化装舞会的描写——所有这些都写得精彩。在这个长篇小说里，您不是木匠，而是旋工。

---

① 法文：我的姑妈。
② 列昂捷夫的长篇小说（圣彼得堡，1887年）。

按成绩来说，《谜》的后面应当紧跟着《波斯彼洛夫》[①]。人物新颖，构思别致。在整篇小说里，仍感到了屠格涅夫式的风味。我不知道为什么批评家忽略了这一点，没有责难您模仿屠格涅夫。波斯彼洛夫是动人的，他是个有理想的人，是个英雄。然而可惜，您主观极了。您不应该描写您自己。真的，要是您在他的路上摆上一个女人，把您的感情放在她身上，那就会好得多。……

　　我把《牧歌》放在所有作品的最后，虽然我也知道您喜欢它。开头和结尾都精彩，一气呵成，严整而熟练，可是中间部分却使人感到很大的松懈。首先，您用方言破坏了作品的整个音乐，那些方言散布在整个中间部分。大酒缸啦、打开门儿啦、说话啦等等——大俄罗斯人是不会因为这些而向您道谢的……语言大量地受到损害，包木包奇卡常常出现，阿吉谢夫颇为苍白……最好的地方是玛祖卡舞的描写……

　　总之，读完您所有的书，人就得到一种十分明确的印象，这印象强有力地说明您的前途极有希望。现在，如果在您的书以外再加上您的剧本《别墅里的丈夫》《明奥娜》《响尾蛇》[②]，要是此外再注意到您的《贵族的迟钝》以及对研究工作的爱好（《俄罗斯思想家》）[③]，那就不能不得出结论：您是个大人物。姑且不

---

① 指短篇小说《波斯彼洛夫中尉，摘自一个青年军官的札记簿》。于 1887 年收入列昂捷夫的军事速写与短篇小说集《第一次战役》。

②《别墅里的丈夫》是喜剧，《明奥娜》和《响尾蛇》是短篇小说。

③ 指《果戈理作品中的思想及摘录、他的书信和关于他的回忆录的选集》《伊凡·谢格洛夫集辑》（1887 年）。

提您的才能。您是向多方面发展的，好比一个老派的演员，不论在悲剧里也好，在通俗喜剧里也好，在小歌剧里也好，在乐剧里也好，一律表演得精彩。这种千变万化是阿尔包夫所没有的，巴兰采维奇也没有，亚辛斯基也没有，就连柯罗连科也没有；这却不像有些批评家所认为的那样是狂放的征象，其实是内心丰富的征象。……

写给阿·尼·普列谢耶夫

2月23日，在莫斯科

……寄给您的这份原稿是出自莫斯科作家尼·阿·赫洛波夫的手笔，他写过几个戏（《在大自然的怀抱中》等）。这是一个有才能的、胆怯的好人，被莫斯科的淡漠的冰封锁得不能发展。他极力想跳出来，就要求我在彼得堡为他帮一下忙。您觉得可以把他这个短篇小说登在《北方通报》上吗？这小说短小，不矫揉造作，写得十分有才气……

写给阿·尼·普列谢耶夫

3月6日，在莫斯科

今天，亲爱的阿历克塞·尼古拉耶维奇，我读了两篇关于我的《草原》的评论：布列宁的杂感和彼·尼·奥斯特洛夫斯基的信①。那封信写得极动人，极亲切，极有道理。除了构成那封信的实质和目标的温暖的同情以外，那封信有许多甚至纯粹属于外部性质的优点：（一）如果把这封信看作一篇批评文章，那么它写得有感情、有条理、有风趣，好比一篇优秀而认真的报告，在这封信上我没有发现一句废话，因而跟平常的批评文章迥然不同，那类文章总是布满兜圈子的话和废话，如同荒废的池塘里长满水藻一样；（二）这封信是极容易看懂的，他的打算一目了然；（三）这封信没有卖弄隔世遗传、引古证今之类的深奥学问，朴素而冷静地阐明基本的事理，像是一本好教科书，它极力要求准确，等等，等等——这是举不胜举的。我把彼［得］·尼［古拉耶维奇］的信读了三遍，现在我才惋惜他不该隐藏起来，不跟公众见面。在为刊物写作的人们中间他会成为很有用的人。要紧的倒不在于他有明确的见解、信仰、世界观（目前每个人都有这些东西），要紧的在于他有方法，对于从事分析的人来说，如果他是学者或者批评家，方法就是才能的一半。

明天我要到彼［得］·尼［古拉耶维奇］那儿去，对他提一件事。我要叫他回想1821年和游击战争②，那时候任何一个有心人，不穿军装也可以去打法兰西人。说不定他会喜欢我这种想法，那就是在我们这时代文学被两万种伪学说所俘虏的时候，游击式

---

① 布列宁的桑感指《批评随笔》，发表在《新时报》1888年第4316号上；彼·尼·奥斯特洛夫斯基的信是在1888年3月4日写的（参看《国立列宁图书馆手稿处期刊》莫斯科版，1941年第8期）。
② 指抵抗法国入侵的俄国卫国战争。

的、非正规的批评就绝不是多余的东西。他是不是愿意在杂志和报纸经过他面前的时候，从埋伏着的地方跳出来，像哥萨克那样来一回袭击呢？如果我们想到小型刊物的方式，那么这就是完全可以实行的了。小型刊物现在正当令，它不贵，读着又轻松。……

写给尼·阿·赫洛波夫

3月22日，在莫斯科

……昨天我接到您的短篇小说的时候，就把它看了一遍：那是在我动身搭火车以前的一两个钟头里面。最后几行我没有看完，没有工夫了，不过我认为它比《第十一》强[①]。我把它面交苏沃林本人了。苏沃林答应尽快把它看一遍。

现在谈一谈《第十一》。这儿抄一段普列谢耶夫老头儿信上的话："这个短篇小说写得颇有点幽默味道，可以在《北方通报》上发表，不过这儿积下了许多短小的小说，整整一大堆，因此不知道什么时候它才可以登出来。说不定要过半年，乃至一年才登得出来，这对作者来说恐怕是不合胃口的。……"

您希望在彼得堡写作，我很高兴，而且在我这方面我也诚恳地希望您在这个方向上获得成功，百折不挠。……只要顽强地干，百折不挠，在挫折面前不肯气馁，您的事业就会一帆风顺，这是我愿意担保的，因为您有才能。……

---

① 那是说写得强。——契诃夫注。

写给亚·彼·波隆斯基

3月25日，在莫斯科

……我就要出版一个我的小说的新集子了。在这个集子里将要刊载短篇小说《幸福》，我认为这在我所有的小说里是最好的一篇。请您赏脸，答应我把它献给您。您这样做，会使我的诗神感恩不尽。这篇小说写的是草原：平原、夜晚、东方发白的黎明、羊群、三个人影——他们在谈论幸福。我静候您的许可。……

写给卡·斯·巴兰采维奇

3月30日，在莫斯科

……讲到《迦尔洵纪念》文集[1]，我只能跟您握手，道谢。您的想法单从一点来看就值得同情和尊重，那就是这类思想除了它的直接目的以外，对于那些为数众多、分散过活、彼此孤立的写作同行来说，还是一种借此可以联系起来的水泥。我们彼此间的团结越紧，互助越多，我们才会越快地学会互助尊敬和重视，

---

[1] 迦尔洵在1888年3月24日去世以后不久，文学家们就起意出版文集来纪念这位作家。巴兰采维奇和普列谢耶夫在筹备两个独立的文集（《红花》和《迦尔洵纪念》）的时候，差不多同时向契诃夫提出要求，请他参与他们的出版物。迦尔洵在一生中最后的那些天里恰好遇到《草原》刚刚出版，就热烈地加以赞美，契诃夫素来对迦尔洵的作品评价很高，对这种赞美很重视。普列谢耶夫在一封写给契诃夫的信上说，迦尔洵把那篇小说"一连读了两次""高兴得要发疯"。迦尔洵纪念文集《红花》在1888年底出版。

我们的相互关系也才会越正确。将来，不见得我们大家都盼得到幸福。也不一定是预言家才能说明：烦恼和痛苦会比太平和钱财多。正是因为这个缘故，我们才需要互相扶持；也正是因为这个缘故，我才觉着您的想法和您最近的这封信动人——在那封信上您对迦尔洵流露了那么多的热爱。

我一定给那个集子寄一点东西去。您只要费心写封信告诉我：我必须在哪一天以前把文章寄去，已经发表过的东西能不能放进那个集子里去。关于第二点，我希望得到肯定的答复，因为我力不从心，已经失掉写小东西的能力了（我不知道这情形会不会维持很久）。我也许会写一个不长的短篇小说，不过我要预先声明（绝不是谦虚）：那篇东西会写得又糟又空洞，一种古怪的心情来到了我的心头。……

如果集子里可以收已经发表过的东西，那它是不会失败的：每个作家都会选一篇最好的东西。……

写给阿·尼·普列谢耶夫

3月31日，在莫斯科

……今天我在《俄罗斯公报》上读到阿利斯塔尔霍夫的文章①。在大人物的名字前面，那是什么样的奴颜婢膝啊；而问题

---

① 阿利斯塔尔霍夫是阿·伊·符温坚斯基的笔名。契诃夫指的是他的论文《杂志的反响》，发表在《俄罗斯公报》1888年第89号上。

一牵涉到刚开始写作的人，又摆出父辈的架子用不屑的口气嘟哝起来了！所有这些批评家，又是马屁精又是胆小鬼。他们既不敢称赞，也不敢斥骂，只顾在一个可怜的灰色的中心点上转来转去。要紧的是他们不相信自己……《活数字》[①] 是胡说八道，叫人读不下去，也难于理解。阿利斯塔尔霍夫很吃力地读着，读不懂，可是他有足够的勇气承认这一点吗？我的《草原》他看得很吃力，然而如果别人喊着："这是天才！天才！"那他还能承认他看得吃力吗？……

写给阿·尼·普列谢耶夫

3月31日，在莫斯科

……我到迦尔洵家里去过两次，可是两次都没见到他。我只看见了那座楼梯[②]。……

可惜我始终没有熟悉这个人。

只有一次我有机会跟他谈话，然而就是这一次也没谈上几句就过去了。……

---

① 《活数字(摘自乡村居民的札记)》是乌斯宾斯基的随笔，发表在《北方通报》第1、2、3期上。

② 那座楼梯就是迦尔洵自杀的地方，他从楼上跳进那座盘旋的楼梯中间的空隙而跌死。

写给阿·谢·苏沃林

4月3日，在莫斯科

……谢谢您送给我的那本关于克拉木斯科依的书①，我现在正在读它。这是一个什么样的聪明人啊！如果他是作家，就一定会写得长、别致、诚恳，我真惋惜他不是作家。我们的小说家和剧作家喜欢在作品里描写画家，现在读了克拉木斯科依，我才看出来他们和社会人士对俄罗斯画家理解得多么少、多么糟。我不认为克拉木斯科依是独一无二的，在列宾和巴卡洛维奇的世界里大概有不少出色的人。

在这本书里，依我看来，《附录》那一栏有缺漏，而所缺的在很多人却似乎很要紧：这儿缺少在医学会上由谢[尔盖]·彼[得罗维奇]·包特金宣读的论文，或者更精确地说，关于克拉木斯科依的病情和死亡的报告。

我要为了那篇关于迦尔洵的杂感向维克托尔·彼得罗维奇②道谢。据说迦尔洵想写历史小说，大概已经开始写了。惹人注意的是他在死前的一个星期里已经知道他要跳向楼梯中间的空隙，准备着这样的下场了。不堪忍受的生活啊！而且那楼梯很可怕。我见过：它又黑又脏。……

在晚近的作家们当中，对我来说有价值的只有迦尔洵、柯

---

① 指《伊凡·尼古拉耶维奇·克拉木斯科依：他的生活、书信、艺术批评论文》一书，由斯塔索夫编，苏沃林发行（1888年）。

② 指维·彼·布列宁的杂感《批评随笔》，发表在《新时报》1888年第4343号上。

罗连科、谢格洛夫、玛斯洛夫。这几个作家都是很好的、不狭隘的人。亚辛斯基的作品很难看懂（他要么是个勤恳的扫垃圾人，要么是个聪明的滑头），阿尔包夫和巴兰采维奇从排水管里的阴暗和潮湿中观察生活。其余的人都庸庸碌碌；他们混进文学界来只是因为文学是一个可以发挥谄媚、容易挣钱、可以偷懒的广大场所罢了……

奥斯特洛夫斯基到我这儿来过。我们一块儿坐车到特烈恰科夫斯基绘画陈列馆去了一趟。他在我这儿认识了柯罗连科。

我愿意起誓，柯罗连科是个很好的人。不但跟这个汉子并排走是一件快活事，就是跟在他的后面走也是一件快活事……

写给阿·尼·普列谢耶夫

4 月 17 日，在莫斯科

……现在来谈一谈这个中篇小说[①]。您警告我不要过分润色作品，深怕我过劳苦反而会变得冷淡、泄气。这个理由固然是个大理由，不过问题在于先前我信上所说的与润色根本无关。我已经把这个中篇小说的整个架子重新搭过，所剩下的只有基石没有动。我不喜欢的是整个小说，而不是一枝一节。那么我原定写一个月，现在就不得不坐下来写整整三个月了。一般地说，这个中篇小说还不算太糟，批评家们只能尖起鼻子嗅一阵，却嗅不出

[①] 指契诃夫的小说《亮光》。

什么坏味道来。在这方面我不故意谦虚。这个中篇小说的优点是简练，颇为新颖。……

写给卡·斯·巴兰采维奇
4月25日，在莫斯科

……昨天我收到您的信和一堆别人的信，现在我先来回您的信。您不忙着张罗那个集子，这可不好。应当在两条路中选一条：要么趁印象还新鲜，马上就出版，要么拖到秋后去……至于这个集子会在俄罗斯文学史上落一笔，那却不是什么值得安慰的事，因为这个文学史是由阿利斯塔尔霍夫和斯卡比切夫斯基之流写的，而他们却尽写些坏评论。……其次，青年作家的团结也不会只因为他们的姓名同印在一个目录上而产生。要团结，还得有些别的东西；所需要的如果不是相互间的爱，那么至少也是相互间的尊重，相互间的信任，彼此相处绝对正直，也就是说在我临死的时候，我得相信死后比比科夫先生不会在《世界画报》上发表荒谬的关于我的回忆文章，同行们也不会许可列曼先生在我的坟墓上假借青年作家们的名义发表演说，其实列曼先生没有权利算是青年作家，因为他不是作家，只是一个玩台球的好手罢了；我生前必须不嫉妒、不怀恨、不造谣中伤，而且我得相信同行们也会这样回报我，我们得原谅彼此的缺点，等等，等等。可是一个集子是不能起这种种作用的！……

写给弗·加·柯罗连科

5月2日，在莫斯科

最亲爱的弗拉基米尔·加拉克契昂诺维奇，星期四我到乌克兰去。……

在路上我要读您的《盲乐师》，并且研究您的手法。……

写给尼·亚·列依金

5月11日，在苏梅

……我那本《森林神和山林水泽女神》^①出了一件恼人的事。还在您到达莫斯科以前，我这本书就给一个装订工人拿去了（他是给我弟弟的学校做工的）。他拿了去，尽顾喝酒，直到福玛周^②才给我送来。我还没有能够读完，虽然我很想把您稍稍批评一下。我原是在报上读到那个长篇小说的，我还记得那商人、阿库丽娜、女魔鬼卡捷丽娜、律师、潘捷列，还记得开端和结尾；可是我对小说人物和内容还了解得不充分，因此不敢下判断。这个长篇小说里人物生动，不过要知道，对长篇小说来说，这是不够的。人还得知道您是怎样布局的。总之，我对您那些大作品很感兴趣，我带着很大的好奇心读它们。《斯土金和赫鲁斯达尔尼

---

① 即列依金的长篇小说。请参看前面 1887 年 8 月 11 日写给列依金的信的注。
② 复活节后的头一个礼拜。

科夫》① 依我看来是很好的作品，远比玛奇捷特那种娘们儿气的人烤出来的长篇小说好得多。《斯土金》比巴兰采维奇的《奴隶》②高明……您的大作品的主要优点是不矫揉造作，口语精彩。主要缺点是您喜欢重复，在每一个大作品里潘捷列和卡捷丽娜把一些话反复说很多次，使得读者有点疲倦。其次，还有一个优点：情节越简单越好，而您的情节就简单，有生活气息，不花哨。如果我处在您的地位上，那我就会按照奥斯特洛夫斯基的风格写些关于商人生活的、短小的长篇小说；我会写普通的爱情和家庭生活，不要天使和坏蛋，不要律师和女魔鬼；我会用平和安静的普通生活作为题材，照它原来的面目写出来；我会描写"商人的幸福"，如同波米亚洛夫斯基描写小市民的幸福③一样。俄罗斯商人生活比阿尔包夫、巴兰采维奇、穆拉甫林等所描写的那些垂头丧气的人和自尊自大的人的生活更完整、更有益、更合理、更典型。……

写给阿·谢·苏沃林

5月30日，在苏梅

……他④ 在这儿跟在彼得堡一样，也就是说他是一个大家向

---

① 列依金的长篇小说。
② 卡·斯·巴兰采维奇的长篇小说。
③ 指他的中篇小说《小市民的幸福》。
④ 指阿·尼·普列谢耶夫。

他膜拜的神像，因为它古老，而且从前跟别的创造奇迹的神像挂在一起。除了他是一个很好、很热情、很诚恳的人以外，我个人还看出来他是一个盛满传统、有趣的回忆、优美的老话的容器。

……您所写的关于《亮光》的话，完全公正。"尼古拉和玛莎"像一条红线那样贯穿着《亮光》，然而这有什么办法呢？我不习惯写得长，因此总是心里起疑；我一边写，一边总是想着我的中篇小说会长得出了格，就害怕，极力把它写得短。我觉得工程师和基索琪卡的结局是个不重要的细节，徒然塞得小说发胀，就把它丢掉，不得不用"尼古拉和玛莎"来代替它了。

您写道：关于悲观主义的那些话也好，基索琪卡的故事也好，都丝毫也没有动摇和解决悲观主义问题。我觉得不该由小说家来解决像上帝、悲观主义等问题。小说家的任务只在于描写怎样的人，在怎样的情形下，怎样说到或者想到上帝或者悲观主义。艺术家不应当作自己的人物和他们所说的话的审判官，而只应当作它们的不偏不倚的见证人。我听见两个俄罗斯人针对悲观主义说了许多杂乱的、什么也没有解决的话，那我就应当把这些话按照我原来听见的那种样子转达给读者，让陪审员，也就是读者来评价它。我的任务只在于我得有才能，那就是我得善于把重要的供词跟不重要的供词分开，善于把人物写活，用他们的语言来说话。谢格洛夫－列昂捷夫怪我不该用这样一句话来结束这篇小说："这世界上没有一件事情弄得明白！"依他看来，艺术家兼心理学家应当把事情弄明白，他正是在这一点上才称得起是心理学家。可是我不同意他的看法。写文章的人，特别是艺术家，现在总该承认：这世界上没有一件事情弄得明白，就跟以前苏格拉底这样承认过，伏尔泰也这样承认过一样。群众以为自己什么都知道，什么都理解；他们越愚蠢，他们的眼光倒好像越广阔。如果群众所相信的艺术家敢于声明他虽然看见了种种事情，却什么也不明白，那么单是这个声明就是思想领域里的巨大认识，向前跨出了一大步。

至于您的剧本①，那您不该骂它。它的缺点不在您的才能和观察能力不够，而在您的创作能力的性质方面。您比较倾向于严谨的创作手法，这是由于您常读古典的典范作品并且热爱它们而培养出来的一种倾向。请您想象一下，如果您的《达吉雅娜》是用诗写成的，那您就会看出来它的缺点换了另一种面目。如果它是用诗写成的，那就谁也看不出来所有的人物用同一种语言说话，谁也不会怪您的人物不是在说话，而是在谈哲理，做文章，所有这些在古典的诗体里就融合成为一色的背景，如同烟和空气一样，于是人就不会注意到剧本里缺乏俗常的话语和俗常的、琐碎的动作，这类话语和动作在现代的话剧和喜剧里必须很丰富，而在您的《达吉雅娜》里却根本没有。如果给您的人物换上拉丁语的姓名，穿上古罗马的宽上衣，那也会产生同样的效果。……您的剧本的缺陷是没法补救的，因为这类缺陷是属于根本性质的。您应该安慰自己，因为这类缺点在您那里是您的优良的素质的产品，假如能够把您这些缺点送给别的剧作家，例

---

① 指苏沃林的副本《达吉雅娜·列宾娜》。

如克雷洛夫或者季洪诺夫，那么他们的剧本倒会有趣得多，隽永得多了。……

写给伊·列·列昂捷夫（谢格洛夫）

6月9日，在苏梅

……无疑的，您是一个有才能的人，有文学气质，经历过战斗的风暴，聪明伶俐，没有受到先人之见和思想体系的压制，因此您可以放心：您那剧本的烤炉里会出好货色的。我用两只手祝福您，而且向您热诚地致意一千次。您打算把自己完全献给舞台，这挺好，这很值得一干，不过……您有足够的力量吗？需要十分紧张的精力和坚韧的精神才能担起俄罗斯剧作家的担子。我担心您还没有到四十岁就泄气了。要知道，每个剧作家（您想做的职业剧作家）写十个剧本，总有八个失败，人人都得经历失败，这失败有时候又一拖好几年，那么您有足够的力量来承受这些失败吗？您由于您那种神经质很容易把每件小事都看得挺大，一点点失败就会弄得您难过，这对剧作家来说是不适宜的。其次，我担心您会变成彼得堡剧作家，而不是俄罗斯剧作家。为舞台写作而且在全俄罗斯获得成功的，只可能是间或到彼得堡去作客，而不是在土契科夫桥①上观察生活的人。您应当离开彼得堡才对，不过您恐怕没有决心终于脱离冻土带和男爵夫人吧。您写过《在

---

① 彼得堡城里的一座桥名。

高加索山中》①，是因为您到过高加索，您写过军事生活是由于您在俄罗斯漫游过。彼得堡呢，只给了您《别墅里的丈夫》。……要是您说《不可解的谜》是彼得堡的观察的产品，那我不会相信您的话。我写这些话另外还存着险恶的私心——引诱您上我这儿来，哪怕来一会儿也是好的。您来吧！我应许您准能搜集到十来个题材、一百个人物。

关于我的《亮光》的结尾，对不起，我不能同意您的话。心理学家的任务不在于理解他不理解的东西。再者，心理学家的任务更不在于装得理解任何人都不理解的东西。我不会骗人，因此就直截了当地声明：这个世界上没有一件事情弄得明白。只有傻瓜和骗子才什么都知道，什么都懂……

请您不要嫌弃通俗喜剧，写它几十出吧。通俗喜剧是好东西。目前内地的人都用它做精神食粮。……

写给阿·尼·普列谢耶夫

7月5日或6日，在苏梅

……我为吉里亚罗夫斯基高兴②。他是一个很好的人，颇有才能，不过在文学方面没有修养。他非常喜好滥调、可怜的字

---

① 谢格洛夫在回忆契诃夫的文章里写道："契诃夫承认他在柯尔希剧院里看过我的《在高加索山中》以后，才头一次对我有好感，起意跟我结识；不过他绝不认为那出戏是喜剧，而认为它仅仅是'俄罗斯独创一格的通俗喜剧的圆满例证'。"

② 1888年7月2日，普列谢耶夫写信给契诃夫，告诉他说：吉里亚罗夫斯基的短篇小说就要在《北方通报》上发表了。

眼、夸大的描写，相信缺了这些装饰就不行。他能感觉到别人作品里的美，知道短篇小说的首要魅力就是朴素和诚恳，然而他在自己的短篇小说里却不能做到诚恳和朴素：他缺乏足够的勇气。他好比一些宗教信徒，不敢用俄罗斯语言向上帝祷告，而用古斯拉夫语言①，其实他们自己也明白俄罗斯语言更接近真实、接近心。

还在去年十一月，他的书就被没收了②，因为那里面所有的人物（解职的军人）都讨饭，而且饿死了。那本书的总的气氛阴郁而暗淡，如同居住着癞蛤蟆和土鳖的井底一样。……

写给伊·列·列昂捷夫（谢格洛夫）

7月18日，在菲奥多西亚

……请您把《剧院的麻雀》寄给我。假如您真是写了喜剧，那您可是好样儿的，了不起。您加油吧，而且您现在想写什么就写什么好了。您想写悲剧就写悲剧，想写荒唐的通俗喜剧就写荒唐的通俗喜剧。您没有那种能够使您顺应别人的见解和判决的天性。您应当遵从自己的内心感觉，这对神经质的、敏感的人是最好的晴雨计。您越多写戏越好。……

---

① 教会和《圣经》用这种语言。
② 这书是被书报检查官检扣的。

写给阿·尼·普列谢耶夫 [①]

8月27日，在苏梅

……您等着吧，《俄罗斯思想》还会玩出比这更惊人的把戏呢！在科学、艺术、被压制的自由思想的旗帜下，在我们俄罗斯称霸的将要是一些连西班牙在宗教裁判所时代都没听说过的癫蛤蟆和鳄鱼。您早晚会瞧见的！胸襟的狭隘、极度的自负、非常的虚荣、文学良心和社会良心的完全缺乏，就会造成这样的后果。这些戈尔采夫之流会放出难闻的臭气，弄得文学界每一个朝气蓬勃的人都恶心得不知怎么办才好，于是一切骗子和披羊皮的狼就有地方可以说谎，假装正经，"光荣地"死掉了。……

写给阿·尼·普列谢耶夫

9月15日，在莫斯科

……讲到迦尔洵的集子，我不知道该跟您说什么好。不给这集子一个短篇小说，那是我不愿意的。第一，像去世的迦尔洵这样的人，我是用整个灵魂热爱的，我认为我有责任公开承认我对他的同情；第二，迦尔洵在他一生的最后那些天里很关心我，

---

① 1888 年 8 月 19 日，普列谢耶夫在写给契诃夫的信上说：出版总局的首长菲奥克斯克斯托夫在私人谈话中说明了在戈尔采夫主编下出版的《俄罗斯思想》杂志的特色，他说："《俄罗斯思想》完全站在我们这一边。它所写的正是我们所希望的：样样事情它都跟我们商量。"

这是我忘不了的；第三，拒绝参加这个集子，就是做不义气的事，也就是说，只有蠢猪才会这样做。所有这些我都是痛切感到的，然而请您想一想我目前的荒谬处境：我简直没有一点适用于这个集子的东西啊。

当前我所有的东西，要么很俗气，要么很快活，要么很长……我本来有一个平常的题材，可是就连这个我也已经用过，写成一篇不长的随笔，寄给《新时报》了①，因为我对那份报欠下不少的债……不过我另外还有一个题材：一个不平凡的青年，具有迦尔洵那样的气质，为人正直，非常敏感，生平头一回到妓院去②。对严肃的事应当说严肃的话，因此在这个短篇小说里，所有的东西都得用它们的真正的名字。说不定我能够把它写得合乎我的愿望，产生一种使人感到气闷的印象；说不定小说会写得挺好，对集子合用，不过，亲爱的，您能担保书报检查官，乃至编辑部，不会把其中我认为重要的地方删掉吗？要知道，这个集子附有插图，因此要由书报检查官审查。要是您能担保连一个字也不会删掉，那我就会用两个傍晚写成它；要是您不能担保，那就请您再等一个礼拜，我再给您最后的回答：也许我会想出一个题材来！

祝福写过很多东西的谢德林和莎士比亚！当然，写得多总比什么也不做强，您对青年作家的责备是完全应该的。然而另一

---

① 即短篇小说《美人》。
② 契诃夫后来把他写在短篇小说《神经错乱》里。

方面，多写并不适合每个作家。比方拿我来说，在过去的一年里我写了《草原》、《亮光》、一个剧本、两个通俗喜剧、一大堆短小的短篇小说、给一个长篇小说开了头……不过，怎么样呢？要是在一百普特的这类沙子里面淘金（如果不把稿费算在内的话），就只能淘到五个左洛特尼克[①] 的金子。……

要是您那关于柯罗连科的推测[②] 是正确的，那就很可惜了。柯罗连科是缺少不得的。读者喜爱他，大家都读他的作品，再者他也是个很好的人。坦白地说，我很难过，因为连米哈依洛夫斯基也不再给《北方通报》写东西了。他有才能，有头脑，只是近来的文章枯燥一点；用普罗托波夫或者 Impacatus[③] 来替换他，就跟用蜡烛来替换月亮一样难。……

写给阿·谢·苏沃林
10 月 2 日，在莫斯科

……《别墅里的丈夫》失败了[④]，让·谢格洛夫变成阴影了。这个剧本写得草率，腰衬[⑤] 和假牙跟枯燥的说教连在一起。它做作，相当粗俗，有卖淫的气味。剧本里没有温柔、没有轻松、没

---

① 俄罗斯的重量单位，每个左洛特尼克合 4.266 克。
② 1888 年 9 月 8 日普列谢耶夫在写给契诃夫的信上说，他推测柯罗连科可能脱离《北方通报》杂志。
③ 这个笔名是拉丁文：“心神不定的”。
④ 指伊·谢格洛夫的喜剧《别墅里的丈夫》在柯尔希剧院里的演出。
⑤ 一种装饰品，妇女用来放在裙子里垫在臀部，为了显得丰盈。它和假牙同是不自然的装饰。

有妻子、没有丈夫、没有巴甫洛甫斯克①、没有音乐、没有风趣、没有气氛。我看见舞台上出现了堆房和小市民，作者夸大小市民，把他们处死，其实他们的错处只应该加以嘲笑，而且不能用别的方式，一定要用法国人的方式加以嘲笑才成。您猜怎么着，为了对比，竟将打扫院子的工人和女仆这两个品行端正的农民拉到台上来，叫他们老老实实地相亲相爱，因为不用腰衬而夸耀。他们仿佛在说：请你们，诸位先生，拿我们做榜样吧……真叫人难受！应该叫仆人光是胡闹一阵，惹人发笑才对。可是不行，这在亲爱的让看来是不严肃的，他硬把廉价的说教跟扫帚和围裙连在一起。结果就出现了鬼才知道是怎么回事的一盘杂碎。格拉玛不是表演妻子，而是表演卖淫妇；格拉多夫不是扮演丈夫，也不是扮演一个文官，而是扮演一个小丑……布景惹人讨厌。眼下，让正在我身边走来走去，"修改"他的剧本，他哀叫道：

"要是格拉玛把腰衬垫得再高点，要是提台词的人不大声喊叫，要是柯尔希舍得花钱，那……"

那可是仍旧会一无结果的。《高加索山》之所以获得成功，是因为它没有矫揉造作，只是惹人发笑，可是《别墅里的丈夫》又想惹人发笑，又想有悲剧的味道，于是把腰衬提到严肃问题的高度上去了……

---

① 彼得堡附近的一个避暑地。

写给阿·尼·普列谢耶夫

10月4日，在莫斯科

……让·谢格洛夫到莫斯科来做客。他的《别墅里的丈夫》在莫斯科没有获得成功，不过看样子却会在彼得堡和内地获得成功。巴甫洛甫斯克也好，别墅里的丈夫也好，别墅里的女仆也好，在衙门里做官也好，在莫斯科都是不可理解的事。这个剧本很轻快，逗笑，同时又惹人生气：作者把说教发挥到别墅里的妻子的腰衬上去了。我认为，要是亲爱的让继续按照《别墅里的丈夫》的精神写下去，他那剧作家的事业不会超过上尉的品级。老是写同一类型的人物、同一个城市、同一类腰衬，那是不行的。要知道，在俄罗斯除了腰衬和别墅里的丈夫以外，还有许多逗笑的、有趣的东西呢。第二，应当丢开廉价的说教。《高加索山》就没有硬要说教，因此才获得很大的成功。我劝让写大型的喜剧比方说分五幕，而且劝他无论如何不要丢下小说不写。……

写给阿·尼·普列谢耶夫

10月4日，在莫斯科

……我怕那些在我的文章里找思想倾向的人，怕那些把我看作一定是自由主义者或保守主义者的人。我不是自由主义者，不是保守主义者，不是渐进论者，不是修士，不是旁观主义者。我想做一个自由的艺术家——如此而已。我惋惜上帝没有给我力量，使我能够成为这样一个艺术家。我痛恨以一切形式出现的虚伪和暴力，不管宗教法院的秘书也好，诺托维奇和格拉多夫斯基也好，我一律厌恶。伪善、愚蠢、专横，不是仅仅在商人家庭里和监狱里盛行；我在科学方面，文学方面，青年当中，也看见它们……因此，宪兵也罢，屠夫也罢，学者也罢，作家也罢，青年也罢，我一概不存特殊的偏袒。招牌和商标，我认为是偏见。我心目中的最神圣的东西是人的身体、健康、智慧、才能、灵感、爱情、最最绝对的自由——免于暴力和虚伪的自由，不问这暴力和虚伪用什么方式表现出来。如果我是个大艺术家，那么这就是我要遵循的纲领。……

写给尼·亚·列依金

10月5日，在莫斯科

……首先我要为那本《绒毛和羽翼》[①]道谢。版本很好，插图不坏，而且忠实。那些小说也选择得恰到好处。我觉得正是这类小说才是您的最动人的作品。在这些小说里，有朴素，有幽默，有真实，有分寸……我特别喜欢其中的一篇，那里面有两位总管坐车到东家的别墅里来做客，东家就对他们说："你们快呼吸吧！为什么你们不呼吸啊？"这是一篇出色的小说。

顺便提一提。似乎我还没有把我对《森林神和山川水泽女

---

① 列依金的短篇小说集（1888 年）。

104

神》的看法写信告诉您。要是您愿意知道我的看法，那么首先，《森林神和山川水泽女神》比《斯土金和赫鲁斯达尔尼科夫》差得远。《森林神》是一个纯粹地方性的、彼得堡的长篇小说，它抓住的是一块狭窄的而且早已有人研究过的地区。所有那些扎科洛夫、阿库丽娜、潘捷列、狄钦金（也许阿库丽娜·丹尼拉的丈夫应当除外），都没有什么新颖的地方。这些都是大家所熟悉的；他们的恋爱也是老一套，卡捷莉娜的阴谋也不新鲜。这个长篇小说读起来轻松快活，常常引人发笑，结局变得有点忧郁，此外就什么也没有了。可是《斯土金》呢，虽然批评家一点也没有注意到它，却是一个全新的作品，描绘了至今还没有一个作家描绘过的东西。《斯土金》有严肃的意义，有很大的价值（根据我的看法），而且会成为我们这时代银行丑恶情形的唯一纪念碑；再者，出场的人物也不是阿库丽娜，不是卡捷莉娜，而是地位高得多的家伙。如果《森林神》里有些细节好，那么《斯土金》整个说来好。请您原谅这种前后不连贯的批评。我不善于批评。……

写给阿·谢·苏沃林

10 月 4 日至 6 日之间，在莫斯科

……讲到《俄 [罗斯] 思 [想]》，那么在那边坐着的不是文学家，而是熏鲑鱼，他们对文学的理解不亚于猪对橙子的理解。此外，那边的书报述评栏由一位太太主持，如果在天空飞翔的野鸭可以看不起在畜粪和水洼里翻寻吃食、认为这样很不错的家鸭，那么艺术家和诗人也应当看不起那些熏鲑鱼的智慧。我实在愤恨《俄 [罗斯] 思 [想]》以及所有莫斯科的文学！……

写给阿·尼·普列谢耶夫

10 月 7 日或 8 日，在莫斯科

……难道在最近这个短篇小说里①人会看不出有什么"倾向"吗？您有一回对我说：我的小说里缺乏抗议的因素，我的小说里没有同情，也没有恶感……可是难道在这篇小说里我不是从头到尾都在对虚伪提出抗议吗？难道这不是思想倾向吗？不是？好，那么，这是说我不会咬人，或者我只算得是个跳蚤……

我怕书报检查官。他会删去我描写审判长彼得·德米特利奇的那些地方。可是话说回来，现在法庭里的审判长都是这个样子！……

写给德·瓦·格利果罗维奇

10 月 9 日，在莫斯科

……当然，对我来说，奖金②是幸福；如果我说它并没有使我

---

① 指契诃夫的《命名日宴会》(或译《宴会》)。契诃夫的这封信是答复普列谢耶夫在 1888 年 10 月 6 日写来的信的。诗人在那封信上说他在《命名日宴会》里没有看出任何思想倾向〔参看《语言》丛刊第 2 期，莫斯科出版，1914 年)。
② 契诃夫因短篇小说集《在昏暗中》而被科学院授与普希金奖金，共 500 卢布。

兴奋，那我就是说谎了。我觉着自己好像除了以前在中学和大学以外，如今又在第三个什么地方毕了业。昨天和今天我从这个房角走到那个房角，像是一个在恋爱中的人，没有写作，光是在思索。

当然，这是没有任何疑问的：我不应该把获得奖金这件事归功于自己。有些青年作家比我高明，更为社会所需要，例如柯罗连科，他就是一个很不坏的作家，一个高尚的人，要是他把自己的书送上去，就会得到这笔奖金。得奖的念头是亚·彼·波隆斯基想起来的，苏沃林赞成这个想法，于是把我的书送到科学院去了。而您原就在科学院，为我出了不少的力。

您会同意：要不是仗着你们三位，我就不会看见这笔奖金，就跟不会看见我自己的耳朵一样。我不想故作谦虚，一味对你们说，你们三位偏袒我，我不配得这笔奖金等。这种话陈腐了，无聊了；我只想说我不应该把我的幸福归功于自己。我向您道谢一千次，而且会一生一世感激您。

从新年起我已经不给小刊物写东西了。我把我的小作品发表在《新时报》上，长一点的，就交给《北方通报》，在那边他们付我每个印张一百五十卢布的稿费。我没有脱离《新时报》，因为我跟苏沃林相好，再说《新时报》也不是小刊物。我没有将来的明确计划。我想写长篇小说，也有美妙的题材，有时候起了热烈的愿望，想坐下来专心写它，可是显然我的力量不够。我已经写开头了，可是不敢往下写。我决定要不慌不忙地写，而且专挑精神好的时候写，仔细修改，慢慢推敲；我要为它花上几年的工夫；要我一口气，在一年当中写完它，那我的勇气不够，我怕自己的无能，再说也没有必要赶工。我有一种本领，到了今年就会不喜欢去年写的东西；我觉着来年我会比现在更有力量些；这就是为什么现在我不忙着冒险，不跨出坚决的步子的缘故。要知道，如果这个长篇小说写得很差，那我的事业就会永远断送了。

在我的脑子里聚积起来供长篇小说用的那些女人、男人、风景画，至今都还完整无恙。我不会把它们浪费在小作品上，这是我要向您担保的。我这个长篇小说包括几个家庭，整个县，以及树林、河流、渡船、铁路。在这个县的中心有两个主要人物，一男一女，在他们四周聚集着别的棋子。政治方面、宗教方面、哲学方面的世界观我还没有；我每个月都在更换这类世界观，因此我不得不只限于描写我的人物怎样相爱，结婚，生孩子，死掉，以及他们怎样说话。

趁现在还不是写长篇小说的时候，我要继续写我所喜爱的东西，也就是短小的故事，占一个到一个半印张，或者还要少一点。把不重要的题材往大里拉，铺在大画布上——这虽然有利，却无味。不过，使用大题材，把我所珍贵的形象耗费在赶工的日常工作上，那也可惜。我要等到比较适当的时候再用。……

写给阿·尼·普列谢耶夫

10月9日，在莫斯科

……我十分感激您，因为您读了我那个短篇小说，还因为您最近写来了这封信。我看重您的意见。我在莫斯科找不到一个可以谈谈的人，我庆幸在彼得堡还有些很好的人认为跟我通信不是乏味的事。是的，我亲爱的批评家^①。您说得对！我那篇小说的中间一部分枯燥、灰色、单调。当初我写它的时候懒洋洋地，漫不经心。我写惯了只包括开头和结局的、短小的小说，因此我在感到自己写中间那部分的时候，我就厌烦，开始写俗套头了。此外，您做得对，您不心软，您直截了当地说出您的怀疑：我不怕被人看作自由主义者吗？这就给我一个机会，让我检查一下我的内心。我觉得人们尽可以责备我贪吃，责备我酗酒，责备我轻浮，责备我冷淡，爱责备什么就可以责备什么，可是单单不能责备我有意露出或者不露出自己的本心……我从来也不躲躲藏藏。如果我喜欢您，或者喜欢苏沃林，或者喜欢米哈依洛夫斯基，那我从来也不掩饰这一点。要是我同情我的女主人公，思想开明、念过书的奥尔迦·米哈依洛芙娜，那我在小说里也不掩盖这一点，而且这一点似乎十分明显。我也不掩饰我对我所喜欢的地方自治局和陪审裁判制的尊敬。不错，人们可以怀疑我在这篇小说里企图把正面的东西和反面的东西保持平衡。然而话说回来，我要平衡的不是保守主义和自由主义，这些在我都不是主要的问题，我是要把主人公的虚伪和真情平衡起来。彼得·德米特利奇在法庭上虚伪，装模作样，他使人觉得难于相处，没有希望，不过我不能掩盖这样一点：照天性来说，他是一个可爱而温柔的人。奥尔迦·米哈依洛芙娜步步作假，可是也不必掩饰这样一点：这种作

---

① 在这里契诃夫回答了普列谢耶夫关于短篇小说《命名日宴会》的批评意见。

假使得她痛苦。乌克兰民族主义是不能作为辩护的证据的。我并没有想到巴威尔·林特瓦烈夫①。求基督跟您同在②！巴威尔·米哈依罗维奇是个聪明谦虚的、深藏不露的人，从不把自己的思想硬塞给任何人。林特瓦烈夫这种人的乌克兰民族主义是对温暖的天气、对民族服装、对民族语言、对故乡的热爱！这是亲切动人的。我所想到的是那些装作聪明的白痴，他们因为果戈理没有用乌克兰语言写作而骂他，他们尽是些呆笨的、平庸的、苍白的懒汉，脑子里和心灵里什么也没有，却极力装得高出一般水平，神气活现，为了这个缘故就在自己额头上贴上商标。讲到六十年代的人，我在描写他的时候极力小心而简略，实则他是值得人来通盘描绘一番的。我怜惜他。这是那种暗淡无光、缺乏活动的庸才，打着六十年代的旗子唬人；这种人在中学五年级抓住五六个陌生的思想，从此冻结在这些思想上，就这么顽强地数说它们，唠唠叨叨一直到死。这不是骗子，而是蠢货，他相信自己唠叨的那些话，可是不大懂或者完全不懂自己唠叨的是些什么。他愚蠢、颟顸、没心肝。您会听见他用自己不理解的六十年代的名义抱怨自己没有看见的现在：他骂大学生，骂中学生，骂女人，骂作家，骂一切现代的东西，认为这就是六十年代的人的根本的

① 林特瓦烈夫一家人是契诃夫的亲密的朋友，他在乌克兰林特瓦烈夫的庄园"鞍头"上度过两年 (1888 年和 1889 年)。又，普列谢耶夫在分析小说《命名日宴会》的那封信上，劝契诃夫删掉两个人物：乌克兰民族主义者和 60 年代的人。契诃夫为玛尔克斯所出版的文集做准备工作的时候，部分地采纳了这个劝告：在这篇小说的第二次校订稿中，60 年代的人的形象没有了。

② 意思是"请您不要误解！"

素质。他像一个深坑那样的无味，对那些相信他的人又像金花鼠那样有害。六十年代是神圣的时代，如果允许愚蠢的金花鼠利用它，那就无异于使它庸俗化。不，我不会删掉乌克兰民族主义者，也不会删掉这个使我厌恶的蠢鹅！还在读中学的时候，他就使我厌恶，现在也仍旧使我厌恶。我描写这类人或者讲到他们的时候，我并没有想到保守主义，也没有想到自由主义，而是想到了他们的愚蠢和自命不凡。

现在来谈一谈小问题。当军医学院的学生被人问到在读什么系的时候，他总是简单地回答：医学。至于学院和大学的区别，只有对这感到兴趣、不觉得乏味的大学生才会用普通的口语来向人解释一番。您说得对：跟孕妇的那段谈话有点托尔斯泰的味道。我现在也看出来了。不过这段谈话没有意义：我把它像楔子那样嵌进去，只是为了让流产不致于显得 ex abrupto① 罢了。我是医生，为了免得丢脸起见，应当在小说里为医学事故写出理由来。关于后脑壳，您说得也对。我在写的时候也感觉到了，可是我没有足够的勇气放弃我观察的后脑壳，这真可惜。

有一点您说得也对：刚刚哭过的人不会作假。不过这话只有一部分对。作假好比酒瘾。作假的人就是到了死的时候也要做假的。

---

① 拉丁文：突然。

写给阿·谢·苏沃林

10 月 10 日，在莫斯科

……在《闹钟》《蜻蜓》《小报》①上写稿的那些 X，3，H，都吃一惊，带着希望注视自己的将来了。我要再重复一遍：二流和三流的报纸小说作家应当给我立一块纪念碑，至少也应当送给我一个银烟盒；我给他们铺平了一条通到大杂志去、通到桂冠去、通到正派人心里去的道路。眼前，这是我的唯一的功劳；至于我以前所写的并且因而得到奖金的作品，在人们的记忆里是连十年也不会留存的。……

写给阿·谢·苏沃林

10 月 18 日，在莫斯科

……您和我是主观的。比方说，如果人家对我们泛泛地讲到动物，我们立刻就会想起狼和鳄鱼，或者想起夜莺和美丽的母鹿；可是对动物学家说来，狼和母鹿之间并没有区别：对他来说那点区别太不足道了。您是在广泛的程度上了解"报纸工作"这个概念的，那些使得公众激动的局部的东西，在您看来，是微不足道的……您了解了总的概念，因此您把报纸事业办成功了；而那些只能够领会局部的东西的人却失败了。……在医学方面也一

---

① 三个滑稽小刊物的名字。

112

样。凡是不善于照医学概念思考而只凭局部的东西下判断的人，就否定了医学；可是包特金、扎哈林、维尔霍夫、皮罗果夫，无疑都是聪明而有才能的人，他们相信医学就跟相信上帝一样，因为他们终生终世跟"医学"的概念血肉相连了。在文学方面也一样。"思想倾向"这个术语正是由于人们不擅于升高到局部的东西上面去才产生的。……

写给亚·谢·拉扎烈夫—格鲁津斯基

10月20日，在莫斯科

……按我所记得的来说，我从来也没有骂您是个阿谀的人，也没有否定过您；我只向您说过大作家往往容易有这样的危险：文思枯竭、心中厌倦、胡乱成篇，于是书的销路大减。我个人更容易在最严重的程度上有这种危险，我想您既是一个头脑清醒的人，对这一点就不会否认。第一，我是"出身贫寒的幸运儿①"，在文学界我是从《娱乐》和《波浪》的深处跳出来的波捷木金②，我是做了贵族的平民，这样的人不能支持多久，就跟一下子绷紧的琴弦一样。第二，最容易出轨的是那种不顾天气怎样、不顾燃料多少、天天开动、不得休息的火车。……

当然，奖金是大事，而且不只对我一个人来说是这样。我

---

① 摘自普希金的诗《波尔塔瓦》，指彼得大帝的宠臣孟什科夫公爵。
②《娱乐》和《波浪》是不出名的小刊物，波捷木金借喻"红人"。

很快乐，因为我为许多人指出一条通到大杂志去的路，现在我也同样快乐，因为多亏我，那许多人才能指望科学院的桂冠。过上五年到十年，我的全部作品就会被人忘记，不过我铺平的那条路却会完整无恙，这是我唯一的功劳。……

我喜欢您的小说：您一年年地写得好起来了，也就是说越写越有才气，越有道理了。然而您写得慢，应当加快才成。要是您不来个强行军，那您就会错过时机：您的地位就让别人占去了。

您的缺点是您在小说里不敢让自己的天赋尽情发挥，怕冲动和错误，也就是说怕那种显出才气的地方。您过分谨慎，过分推敲，凡是您觉着大胆和尖锐的地方，您统统加上括弧和引号（例如《在庄园里》）。看在造物主的份上，把括弧和引号丢开吧！用插句的时候有很好的符号，那就是破折号（——插句——）。有两种作家用引号：胆小的和没有才能的。胆小的怕自己的大胆和独创性，没有才能的（涅菲多夫是这样，包包雷金也部分地是这样）给一些字加上引号，是想借此说道：看啊，读者们，我想出了多么独特、大胆、新颖的字！

您也不必模仿比里宾！应当刚强有力才对，可是您在描写蜜月之类的事情的时候却落进感伤的、轻佻的、婆婆妈妈的调子里去了，而这种调子是比里宾才用的。不应当这样……您的风景描写很不错；您最怕琐碎和俗套头，这是对的。不过在这方面您仍旧没有让您的天赋尽情发挥。因此您缺乏手法方面的独创精神。您在描写女人的时候应当让读者觉着您的坎肩敞开着，您没有系领带；关于描写风景，也应当这样。要让自己自由自在。……

写给阿·尼·普列谢耶夫

10月25日，在莫斯科

……现在谈一谈嫉妒。要是他们给我奖金不是因为我有成绩，那么这奖金所引起的嫉妒就不真实。只有比我高明或者跟我相等的人才有道义上的权利嫉妒和烦恼，至于列曼先生之流却绝没有这种权利，我为他们已经费尽气力开辟一条通到大杂志去、通到这种奖金去的道路了！这些狗崽子应当高兴，不应当嫉妒。他们缺乏爱国精神，缺乏对文学的热爱，所有的就只是虚荣心。他们看见我和柯罗连科获得成功就恨不得把我们绞死。假如我和柯罗连科是天才，假如他跟我一块儿拯救了祖国，假如我们建立了一座所罗门神殿，那我们反而会更加被痛恨，因为列曼先生之流看不见祖国，看不见文学，所有这些对他们来说都是扯淡；他们只注意别人成名和自己没有成名，别的一概不在心上。凡是不会做仆人的，那就不能让他做主人；谁不能够为别人的成功高兴，谁就对社会生活的利益漠不关心，那就不能把社会工作交在他的手里。……

尼·米·普尔热瓦尔斯基 [①]

尼·米·普尔热瓦尔斯基临死的时候，要求把自己葬在伊塞克湖的岸边上。上帝给这垂危的人一种力量，使他完成了另一个伟大事迹——压下自己心里对故土的怀恋，把自己的坟墓交给荒野。他已经去世了，可是像这一类的人在一切时代和一切社会里，除了学术成绩和为国家建立的功勋以外，还有巨大的教育意义。单是一个普尔热瓦尔斯基，或者单是一个斯丹莱，就抵得过几十个学校和几百本好书。他们坚持思想原则，他们的高尚的荣誉心以国家的荣誉和科学的荣誉作基础；他们具有顽强的精神，他们的目标一旦确定，任何困苦、危险、个人幸福的诱惑，都不能征服他们对这个目标的追求；他们知识广博，热爱工作，习惯了炎热、饥饿、对乡土的怀恋、消耗体力的热病，他们热烈地信仰基督教文明和科学——所有这些，使得他们在人民眼睛里成为体现高度道德力量的苦行者。只要在什么地方这种力量不再是抽象的观念，而是体现在一个或几十个活人身上，那么那个地方就形成一个强大有力的学校。难怪每个学生都知道普尔热瓦尔斯基、米克路霍—玛克拉依、李文格斯统，难怪沿着他们走过的道路，人民编出有关他们的传奇。弱小的十岁小学生幻想跑到美洲或者非洲去建立功勋，这是顽皮，然而这并不是简单的顽皮；不

[①] 这篇文章发表在《新时报》1888年10月26日第4548号上，文章上没有标题，也没有署作者的姓名。10月27日契诃夫在写给叶·米·林特瓦烈娃的信上说："对于像普尔热瓦尔斯基这样的人，我是怀着无限热爱的。"

识字的阿布哈兹人 ① 述说关于第一个奉召者安德烈 ② 的荒诞的神话，不过这也不是简单的胡扯。这是那种由丰功伟绩产生而必然在人世间蔓延的有益的传染病的微弱征象。

在我们这病态的时代，懒惰、生活苦闷、缺乏信仰等正在侵袭欧洲社会。到处是对生的厌恶和对死的恐惧，它们古怪地配合在一起，就连最优秀的人也揣起手坐着，借口缺乏明确的生活目标而为自己的懒惰和堕落辩护。因此在这时候苦行者就不可缺少，好比太阳一样。他们是社会上最富于诗意和生活乐趣的中坚分子，他们鼓舞人们，安慰人们，使人们变得高尚。他们这些人是活的证据，向社会表明：除了那些争论乐观主义和悲观主义的人以外，除了那些因为烦闷无聊而写些平庸的小说、不必要的方案、廉价的论文的人以外，除了那些用否定生活的名义而堕落放荡的人以外，除了那些为混饭吃而作假的人以外，除了那些怀疑主义者、神秘主义者、精神病者、耶稣会教徒、哲学家、自由主义者、保守主义者以外，还有另一种人，他们是建立功勋、信心坚定、明确意识到自己的目标的人。如果文学家所创造的正面典型是有价值和有教育意义的东西，那么生活里原有的同一种典型的价值就没法计算了。在这方面，像普尔热瓦尔斯基这样的人就特别宝贵，因为他们的生活、业绩，目标、精神面貌等的意义连小孩都能理解。事情永远是这样的：人越靠近真理，他就越单

---

① 居住在格鲁吉亚。
② 基督教的圣徒，相传是乌克兰首都基辅城的建立者。

纯、越容易理解。普尔热瓦尔斯基为什么把自己最好的岁月在中亚细亚度过,这是容易理解的;他让自己经历危险和困苦,这究竟有什么意义,也容易理解;他在远离故土的异乡去世怎样可怕,那也容易理解;他临终的愿望:死后继续自己的事业,用自己的坟墓来使得荒野充满生命——这也容易理解。……读着他的生平事迹,谁也不会问:这是为什么?什么缘故?这有什么意义?大家只是说:他是对的。

写给阿·谢·苏沃林

10月27日,在莫斯科

……我有时候传布些异端邪说,不过还没有发展到绝对否定艺术中的问题。我跟写作的同行们谈话的时候总是主张:解决狭小的专门问题不是艺术家的事。要是艺术家去过问自己所不懂的事,那是不好的。专门问题自有我们的专家来管,他们的责任就在于评断公社,评断资本的命运,评断酗酒的害处,评断靴子,评断妇女病……艺术家呢,应当只评断他自己懂得的事,他的圈子跟其他每个专家一样的有限制,这是我一再说过而且永远这样主张的。至于在艺术家的领域里没有问题,完全都是答案,那是只有从来没写作过、跟形象没有打过交道的人才会说出口的。艺术家观察、选择、推测、配合——光是这些活动就预先在一开头提出了问题;如果一开头没有给自己提出问题,那就没有什么可以推测的,也没有什么要选择的。为了把话说得简短一点,我要用精神病学来结束我的话：如果否认创作包含着问题和意图，那就得承认艺术家事先没有意图，没有预谋，只是一时着了魔才进行创作。因此，假如有个作家对我夸耀说，他写小说并没有事先想好的意图，而只是凭一时的兴会，那我就要说他是疯子。

您要求艺术家对自己的工作要有自觉的态度，这是对的，可是您混淆了两个概念：解决问题和正确地提出问题。只有"正确地提出问题"才是艺术家必须担承的。在《安娜·卡列尼娜》里，在《奥涅金》里，一个问题也没有解决，然而这些作品还是充分使您感到满足，这只是因为书中所有的问题都提得正确罢了。审判官应当正确地提出问题，然后让陪审员各按各的口味去解决问题。……

您写道：我的《命名日宴会》的主人公是一个值得细写的人物。天啊，我到底不是没有感觉的牲口，这一点我也知道。我明白我在宰割我的人物，破坏他们，我的好材料白糟蹋了……凭良心说，我巴不得为《命名日宴会》花上半年工夫才好。我喜欢从容不迫，仓促发表作品对我并没有什么吸引力。我会心甘情愿、饶有乐趣、饱含感情、慢条斯理地描写我的整个主人公，描写妻子临盆时候他的灵魂怎样，描写他怎样受审，描写判决无罪开释后他有多少卑劣的感觉，描写接生婆和医生晚间怎样喝茶，描写下雨。……这只会使我快乐，因为我喜欢挖掘和忙碌。可是我有什么办法呢？我在九月十日开始写这篇小说，心想我得在十月五日写完它——这是最后的期限；要是我拖延下去，我就骗了编者，而且手边没钱用了。开头我还写得心平气和，不着急，可是写到中间部分，我就开始胆怯，担心我的小说太长了。我得记住《北方通报》钱少，而我是稿费高的写稿人当中的一个。就因为这个缘故，我的小说的开头总是给人很大希望，仿佛我在写长篇小说似的；中间部分就忙乱、胆怯了，而结尾和短篇小说的结尾一样，像是烟火①。人在写小说的时候总是不由自主地先忙着搭好它的架子：从一群人物和半人物里只取出一个人物——妻子或者丈夫，把这人物放在背景上，专门描写他，使他突出，把其余人物随便撒在那背景上，像小铜币一样，结果就成了一种像是天空的东西：中间是一个大月亮，四周是一群很小的星星。可是月亮没有获得成功，因为只有在别的星星被人理解的时候，它才能被理解，可是星星却没写好。结果我写出来的就不成其为文学作品，倒像是补缀过的特里希卡长衫②了。怎么办呢？我不知道，我不知道。我只好指望那医治一切的时间了。……

再凭良心说一句，我虽然获得了奖金，其实我的文学活动还没开始。我的脑子里聚集着许多素材，够写五个中篇小说和两个长篇小说用。其中有一个长篇小说已经构思很久，以致其中有些人物由于没有写出来而变得苍老了。人物在我的脑子里排成了队伍，纷纷要求出世，正在等候命令。这以前我写过的一切作品要是跟我现在打算写而且会很高兴地写出来的作品相比，简直算不得什么。对我来说，反正都是一样，写《命名日宴会》也好，

---

① 意思是"很快就结束了"。
② 意思是"支离破碎的东西"。典出克雷洛夫寓言：特里希卡发现自己的长衫的肘部磨破，就剪下一段袖子补上去。人们嘲笑他。他为了补救袖子，又剪下底襟补在袖子上。

写《亮光》也好，写通俗喜剧也好，给朋友写信也好，所有这些都枯燥无味，软弱无力；我看到批评家把我的作品，例如《亮光》，看得很有意义，我就烦恼；我觉着我好像用自己的作品骗了他，就跟我用我的过于严肃或快活的脸相骗过许多人似的……我获得成功，我并不喜欢；那些关在我脑子里的素材带着懊恼心情嫉妒那些已经写出来的材料。它们生气，因为无聊的东西倒写出来了，好东西反而搁在仓库里，像是滞销的存书。当然，在这些埋怨的话里有许多夸大的地方，有许多地方只是我觉得仿佛如此罢了，不过其中也有一部分真理，而且是很大的一部分。我所说的好东西是什么呢？就是那些我认为最好的形象，我所喜爱而且珍藏起来、免得胡乱用掉，免得为了那篇赶工的《命名日宴会》而加以宰割的那些形象……要是我的爱犯了错误，那我就说错了，不过话说回来，我的爱很可能没有犯错误！我要么是傻瓜，是过于自信的人，要么真是一个能够成为好作家的人；凡是我现在写出来的东西都不中我的意，使我厌烦；凡是关在我脑子里的东西却使我发生兴趣，打动我的心，使我兴奋。因此我得出结论：大家所做的都不是应该做的事，只有我一个人知道应该怎样做。多半，所有写作的人都这样想吧。不过，在这些问题上就连魔鬼都会摔断脖子。①……

---

① 意思是"这些问题难于解决"。

写给阿·谢·苏沃林

11月3日，在莫斯科

……《北方通报》十一月号上有诗人梅列日科夫斯基所写的一篇关于我的文章①。那是一篇长文章。我推荐您读一读那篇文章的结尾。那结尾很有特色。梅列日科夫斯基还很年轻，是个大学生，大概是学自然科学的。凡是通晓科学方法的奥妙，因而善于按科学方法思索的人，总会经历不少迷人的诱惑。阿基米德想要把地球翻一个身，现代的发热的头脑却想要按科学方法理解不能理解的东西，想要找出创作的物理定律，想要发现那些被艺术家本能地感觉到以后用来创作乐曲、风景画、小说等的一般法则和公式。这样的公式在自然界多半是存在的。我们知道在自然界有абвгд，有1、2、3、4、5（音符），有曲线、直线、圆形、方形，有绿色、红色、蓝色……我们知道这类东西在一定的组合下就产生旋律，或者诗句，或者图画，就跟简单的化学元素在一定的组合下产生树木，或者石头，或者海洋一样。不过我们只知道这种组合是有的，可是这种组合的规律我们却不知道。谁精通科学方法，谁就会从心里感到一首乐曲和一棵树有一种共同的东西，两者都是按照同一种正规而单纯的规律创造出来的。因此产生一个问题：这些规律到底是什么？因此也就来了诱惑——写一本创作的生理学（如包包雷金），比较年轻而胆怯的人就大谈科

---

① 指梅列日科夫斯基的《新天才的老问题》，这篇论文发表在《北方通报》1888年第11期上。

学和自然法则（如梅列日科夫斯基）。创作的生理学在自然界大概是存在的，可是打算发现它的那种热望却应该从一开头就加以制止。如果批评家立足在科学的土壤上，这是不会有好结果的，他消磨掉几十年，写成许多废话连篇的文章，反而把问题弄得更混乱，如此而已。按科学方法来思考，对任何事情都是好的，然而麻烦在于用科学方法思考创作，到头来就不得不终于探索那种控制创作能力的"细胞"或"中枢"，然后就会有个愚蠢的德国人在脑的颞颥部一个什么地方发现这种细胞，又会有另一个德国人不同意他的发现，而第三个德国人却同意，于是就会有一个俄国人把关于那种细胞的论文草草看完，立刻写出一篇论文，发表在《北方通报》上，《欧洲通报》就来分析这篇论文，在俄国的空气中就会一连三年弥漫着扯淡的瘟疫，给蠢才带来收入和名誉，可是对明白人来说却只能引起激愤。

那些对科学方法入迷的人，被上帝赐给稀有的才能而善于用科学方法思考的人，依我看来，只有一条出路——创作的哲学。他们可以把各时代艺术家创作的最优秀作品搜集起来，放在一起，使用科学方法来理解其中有一种什么共同的东西使得它们彼此相近，成为它们的价值的原因。这种共同的东西就是法则。那些被称为不朽的作品有很多共同点，如果从其中每个作品里把这类共同点剔除干净，作品就会丧失它的价值和魅力。这是说那些共同点是不能缺少的，是一切有志于成为不朽的作品的 conditio sine quanon①。

---

① 拉丁文：不可缺少的条件。

对年轻人来说，写批评文章比写诗更有利。梅列日科夫斯基写得流畅而年轻，不过在每一行文字里他都胆怯，常常预先声明，留下退步，这是表明他自己没有认清问题的征象。……他管我叫作诗人，管我的小说叫作 novelli ①，管我的人物叫作失意的人，这是说尽是些陈腔滥调。现在真应该丢开什么失意的人啦、多余的人啦，等等，应该想出点自己独创的东西来了。梅列日科夫斯基管我那个写赞美歌的修士②叫作失意的人。然而，这怎么会是失意的人呢？求上帝让每个人都能像他那样生活才好：又信仰上帝，又有吃有喝，又善于写作……把人分成得意的人和失意的人，只不过是用先入为主的狭隘观点来看人的性格罢了……您是得意的人不是呢？那么我呢？拿破仑呢？您的瓦西里呢？那么标准在哪儿呢？人得成为上帝，才能区别得意的人和失意的人而不致犯错误。……

……如果演员、艺术家、文学家真是社会中最优秀的一部分人，那就叫人叹惜了。要是社会中最优秀的一部分人在光彩、愿望、意图方面尚且这样苍白，在审美的趣味、美丽的女人、主动的精神方面尚且这样缺乏，那这社会一定糟糕透了。……

我今天收到列侬金的信。他说他上您那儿去过。这是一个好心肠的、没有恶意的人，不过他是彻头彻尾的市侩。如果他到什么地方去，或者说什么话，那他一定暗藏着什么用意。他所说

---

① 法文：短故事。
② "写赞美歌的修士"指的是修士尼古拉。这是契诃夫在短篇小说《复活节夜晚》里所写的一个人物。

的每一句话都经过严格思考；您所说的每一句话，不管怎样出于无心，他也总要记在心里，十足地相信他列依金必须这样做，要不然他的书就会销不出去，敌人就会得胜，朋友就会离去，声望就会大落。……狐狸随时为自己的毛皮担心，他就是这样。这是一个细心的外交家！要是他谈到我，那就是说他要骂那些"虚无主义者"（如米哈依洛夫斯基），说他们损害我。他骂我哥哥亚历山大，因为他恨亚历山大。他在写给我的信上警告我，吓唬我，劝我，对我透露种种秘密。……这是个不幸的、瘸腿的殉教徒！他本来可以安安静静活到死，可是不知什么魔鬼搅得他不能这样活下去。……

……我希望《诱惑者》^① 排演出来。我倒不是为玛斯洛夫张罗，而只是怜悯舞台，而且是出于虚荣心罢了。我们应当用尽全力把舞台从商人手里夺过来，交在文学界的人手里，要不然戏剧就要倒霉了。……

写给尼·亚·列依金
11月5日，在莫斯科

……我那个小喜剧《熊》在柯尔希那儿上演，获得很大的成功。这只熊很可能长久留在保留剧目单上，在内地和业余剧团的舞台上也会常常上演。可惜我没有时间和兴致来为舞台写幽默的东西了。……

---

① 指《诱惑者谢维尔斯基》，玛斯洛夫（即别热茨基）的剧本。

写给伊·列·列昂捷夫（谢格洛夫）

11月7日，在莫斯科

　　……请您把您的《别墅里的丈夫》交给威尼斯共和国的首领①吧，不过不要在下一个季节以前交给他。别急着交出去。反正时间也不会走掉。为什么现在不可以交出去呢？等见面的时候我再告诉您，现在信纸上写不下了。请您让《剧院的麻雀》上演吧，并且请您给我处理排演事宜的生杀大权。请您允许我分派角色，出席一次排演，在删削文字方面做您的全权代表。我不会做得很糟。

　　您已经开始写一篇大的东西了吗？

　　别热茨基的《诱惑者谢维尔斯基》是一个不坏的剧本。它值得上演。……

　　……我请求您，您不要再留恋舞台了。真的，舞台上好东西很少。好东西被夸张得上了天，坏东西却戴着假面具。我认为维·克雷洛夫对舞台生活、楼座观众、男演员、女演员是满腔痛恨的，因此才会获得那样的成功。他冷冰冰、死硬、严厉……他说自己是狗崽子，这话不实在，不过他说他用简单冷淡的态度对待戏剧工作以及在那工作四周生活的人，那却是深刻的实话。当代的剧院是疹子，是城市的恶性病。应当用扫帚把这病扫掉，喜爱它就不正常了。您会跟我争论，说些老生常谈，什么

---

① "威尼斯共和国的首领"指彼得堡文学戏剧委员会的委员。

126

剧院是学校啦，它教育人啦，等等。对这些话，我要把我亲眼看见的事实告诉您：现在的剧院并不比公众高，正好相反，公众的生活倒比剧院高，比它合理，可见它算不得学校，而是一种别的东西。……

写给阿·谢·苏沃林

11月7日，在莫斯科

……讲到剧院的糟糕，责任却不在公众。公众在任何时候、任何地方都是一样的：又聪明又愚蠢，又和善又残酷——这要依当时的心情而定。它们永远是一群羊，需要好牧人和看羊狗，牧人和狗把它领到哪儿去，它就永远跟着走。您愤慨，因为它们对肤浅无味的笑话哈哈大笑，对好听的高调拍手。可是话说回来，它们，这一种愚蠢的公众，遇到《奥塞罗》上演，总把剧院挤满，听到歌剧《叶甫根尼·奥涅金》中达吉雅娜写信的那一段，总是流泪。

公众无论怎样愚蠢，然而整个说来总比柯尔希、演员们、剧作家们聪明得多，诚恳得多，善良得多，可是柯尔希和演员们却自以为比公众聪明。这是双方的误会。……

写给阿·尼·普列谢耶夫

11 月 10 日，在莫斯科

……您看过《日报》上叶 [甫根尼] · 加 [尔欣] 的那篇大言不惭的论文 [1] 没有？有一位好人把这篇文章寄给我了。要是您没看过，那就请您看一遍吧。

要是您想起他先前骂过我，那您就会估量这个倒霉的叶甫根尼的真诚有多少价值了。这类文章所以惹人反感，是因为它们像狗叫。这个叶甫根尼对什么东西叫呢？对创作自由、信仰自由、人身自由……必须说千篇一律和老生常谈的废话，严格地墨守成规，只要杂志或者作家敢于哪怕在小事上表现一点自己的自由，狗叫声马上就起来了。

这个叶甫根尼说我是《新时报》里的人，又称赞我"保持独立见解"。看来，《日报》没有好好付给他稿费，这人就兴致勃勃地向《新时报》送秋波了。

而且这是奇怪的事！法庭采访记者描写被告的时候总是极力用一般通用的文雅口吻，可是批评家先生严厉批评我们这些既非强盗又非窃贼的人的时候，却使出这么可爱的辞藻，例如"流氓""小狗""小娃娃"……。我们在哪方面不如一个被告呢？……

---

[1] 指《交易所新闻》1888 年第 304 号上的论文《文学谈话》，叶·加尔欣在那篇文章里嘲笑《北方通报》杂志，尖锐地批评梅列日科夫斯基发表在那杂志上的关于契诃夫的论文《新天才的老问题》。尽管加尔欣在这篇文章里对契诃夫的创作作了极为肯定的评价，契诃夫仍旧由于他那争论的口吻而气愤。

写给伊·列·列昂捷夫（谢格洛夫）

11月11日，在莫斯科

……您要跟我争论一下剧院问题，那就请便吧，不过我对
剧作家受刑的断头台的厌恶，您是驳不倒的。当代的剧院是蠢
才、卡尔波夫之流、愚鲁、流言蜚语的世界。前些日子卡尔波
夫对我夸口说，他在他那最平庸的《鳄鱼的眼泪》[①]里把"乳臭
未干的自由主义者"痛骂了一顿，因此人家才不喜欢他这剧本，
骂它。这以后，我就越发痛恨剧院，越发喜爱另外那些狂热的
殉教徒：他们一心打算把剧院改造成一种有用的、没有害处的
东西。

您说您是因为等钱用才不得不写"糟糕的小说"。您怎么敢
说这话？您的剧本没有一个赶得上《不可解的谜》和军事随笔
啊！叫鬼逮了您去才好！不过，如果依您的看法您的剧本比小
说强，那我们就别吵了，别惹起无谓的争论了。……

写给阿·谢·苏沃林

11月11日，在莫斯科

今天我为《迦尔洵纪念集》写完了一个短篇小说，好比从肩
膀上卸下了一座山。在这个短篇小说里我对迦尔洵这样稀有的人

---

① 或译《伪善》。

说了我自己的看法，而这看法是对谁也不需要的。我滔滔不绝地写了差不多两千行。关于娼妓问题，我写了许多，可是什么也没解决。为什么您的报纸上没有人写到过娼妓问题？要知道这是一种可怕的罪恶。我们的索包列甫巷是奴隶主的市场。

前些日子我看了《鳄鱼的眼泪》，这是一个姓卡尔波夫的人写得最平庸的、只值十五个小钱的乱七八糟的东西，这人就是《在乡间田地上》《自由的小鸟》等的作者。整个剧本除了充满粗鲁的荒唐外，尽是些十足的谎话和对生活的诽谤。一个贪污成性的村长把年轻的的终身委员①抓在手心里，要他娶自己的女儿，而那女儿爱着一个写诗的文书员。在举行婚礼以前，一个正直而年轻的土地丈量员打开了终身委员的眼睛，终身委员发现了舞弊行为。鳄鱼，即村长，哭了。有一个人物就叫起来："那么，恶受到惩罚，善胜利啦！"剧本就此结束了。

呸！散戏以后，卡尔波夫遇见我，说：

"在这个戏里我把乳臭未干的自由主义者骂了一顿，因此这个戏不招人喜欢，挨了骂……我才不在乎呢！"

如果有一天我也写了这类东西，或者说了这类话，那么请您痛恨我，跟我绝交就是。……

---

① 他是地主和贵族。——契诃夫注。

写给阿·尼·普列谢耶夫

11月13日，在莫斯科

呵！我总算把这个短篇小说①抄完，打了包，寄给您了，亲爱的阿历克塞·尼古拉耶维奇。您收到了吗？看过了吗？恐怕生气了吧？这篇小说完全不适合供家庭阅读用的集子，不优雅，冒出排水管里的那种潮气。可是至少我的良心平静了：第一，我遵守了诺言；第二，我作出合乎我的希望和能力的贡品，献给去世的迦尔洵了。我，作为医生，觉得把精神病写得挺确切，符合精神病学的一切规定。……

柯罗连科没有上我这儿来过。他把中篇小说寄给您了吗？如果寄去了，我很高兴，因为契诃夫的小说我已经读厌，要恶心了。

讲到梅列日科夫斯基的论文②，如果把它看作从事严肃的批评工作的愿望的表现，那它就是非常可喜的现象。它的主要缺点是缺乏朴素。第二个缺点是作者没有认清问题，信心不够。这可以从下面一点看出来：他差不多在每一页上都作出让步，混淆各种概念；有的地方显然紧张、含混。第三个缺点是编者注③，即

---

① 《神经错乱》。
② 指《新天才的老问题》，发表在1888年《北方通报》第11期上。
③ 《北方通报》编者在发表梅列日科夫斯基的论文的时候写了一个编者注："梅列日科夫斯基的论文跟我们某些撰稿人意见的分歧仅仅在对艺术的美学见解的细节方面，而在基本原则方面却跟上述的意见十分接近，因此我们认为在《北方通报》的篇页上可以给这篇论文一个地方，让它发表出来。"

使您打死我，我也完全弄不明白这个注是什么意思。它说的是什么撰稿人呢？那么在普罗托波波夫的每一篇文章下面都请加一个注，说"这篇论文虽然契诃夫不喜欢，我们还是发表了"。编者是跟作者一块儿为每一行文字负责的；他和作者要负责任，第三者在这儿是多余的。谁不同意，谁就可以特意写一篇文章，而不应该突然从峡谷里钻出来进行袭击。编者不管怎样，应当绝对独立自主，至少在读者眼睛里应当这样，这就是他何以是编者的缘故。……

谢谢您，因为您愿意看我的小说校样。不过，话说回来，就是最好、最理想的校样也免不了有错。问题倒不在个别字母印错。因此作者自己应当看自己文章的校样。……

写给阿·谢·苏沃林
11月15日，在莫斯科

……我的《命名日宴会》很中太太们的意。不管我上哪儿去，到处都有太太称赞我。真的，做个医生，而且了解自己所写的东西，那挺不错。太太们说我把分娩写得很准确。在那篇为《迦尔洵纪念集》写的短篇小说里，我描写了精神病。

您的小说怎么样？我很想读一遍。我认为您不会把它写得挺成功，不过我知道我会带着很大的兴趣读完它。您有许多不必要的紧张，您对自己多疑，您忠实，您极力在绳子上站稳，这是说您不自由自在。比方说，您担心写得不够准确，担心读者不懂您的意思，就认为得说明每个情节和动作的原因。列宾娜说："我服毒了！"可是您觉着这还不够，您又逼着她说了两三句多余的话，因此您为满足自己的忠实感觉而牺牲了真实。我不会说这是您性格中的根本特点。这是因为您惯于用政论家的眼睛看一切东西。老兵不管说什么，老是把话引到战争上去，同样您也老是把话引到政论上去。要是您写了十篇小说，再加上五个剧本，局面就会不同：习惯让位给经验了。……

写给叶·米·林特瓦烈娃
11月23日，在莫斯科

……迦尔洵纪念集在十二月出版。我那个短篇小说 [①]，如果不被书报检查官从集子上挖掉，就会登出来。我十分担心书报检查。那篇小说挺大，不很愚蠢。读者读了它会得到益处，它会产生一点强烈印象。我在那里面说到一个极为棘手的老问题，而且，当然，没有解决这个问题。

我请求您注意一下最近一期《俄罗斯思想》上发表的一篇兹拉托弗拉特斯基的小说《哥萨克的主将》。很可爱。……

我那篇论普尔热瓦尔斯基的文章翻译成德文了。我在写一篇论文，有一百行到二百行，不会再多，想写什么不可以写什么：写旅行家也行，写鞑靼人也行，写街上的乞讨也行，写杂

---

① 即《神经错乱》。

七杂八的事也行。我想向连斯基学朗诵和道白。我觉着，要不是因为我口吃，我会成为一个很不坏的律师。我善于把长事说得短。……

写给阿·谢·苏沃林
11月23日到25日之间，在莫斯科

……啊，我已经在开始写一篇什么样的小说啊！① 我会带去，请您看一遍。我在写一篇以爱情为主题的东西。我选了夹评夹叙的形式。一个正派人把另一个正派人的妻子拐跑了，他对这问题写下了自己的看法：他跟她同居——一种看法；他跟她分手——又是一种看法。我时而说到剧院，时而说到"信念的不同"的偏见，时而说到军用的格鲁吉亚大道，时而说到家庭生活，时而说到当代知识分子不会过这种生活，时而说到彼丘陵②，时而说到卡兹别克③。……真是大杂烩，求主保佑我才好！我的脑子张开了翅膀，至于飞到哪儿去，我却不知道。

您写道，作家是上帝的选民④。我不来跟您争论。谢格洛夫说我是文学界的波捷木金，因此我没有资格谈论坎坷的道路、失望等。我不知道我以往受过的苦是不是比鞋匠、数学家、乘务员

---

① 指中篇小说《决斗》，不过后来这篇小说的构思改变了。
② 俄罗斯诗人莱蒙托夫的小说《当代英雄》中的男主人公。他是一个"多余人"的典型。
③ 高加索的山名。
④ 意思是"出类拔萃的人"。

更重，我也不知道用我的嘴说话的是上帝呢，还是比上帝糟糕的什么人。我只容许我自己指出一种小小的不愉快的事，这是我亲身经历过，大概您凭经验也很熟悉的。事情是这样：您和我都爱普通人：人家所以爱我们，却是因为他们看见我们是不平凡的人。比方说，到处都请我去做客，到处都供我吃喝，把我当作婚礼上的将军一样。我妹妹很生气，因为到处都请她去，只由于她是一个作家的妹妹。谁也不把我们当作普通人一样地爱我们。因此势必造成这样的后果：如果明天我们在好朋友眼里变得是普通的凡人，他们就会不再爱我们，光是怜悯我们了。这实在糟糕。再者人家在我们身上所爱的往往是我们自己所不爱的，而且不尊重的东西，这也糟糕。我写过一个短篇小说《头等客车的乘客》，其中有一段叙述我的工程师和教授谈论名望，我是写对了的，这也糟糕。……

列依金寄给我一篇很可笑的通俗喜剧^①，那是他自己写的。这个人在他自己这一类作家当中是独一无二的。……

写给阿·谢·苏沃林

11月28日，在莫斯科

《幸福的思想》^②，亲爱的阿历克塞·谢尔盖耶维奇，不大恰

---

① 名字是《做消防队员的教父》(1888 年出版)。
② 苏沃林所写的短篇小说。

当。在这个题目下面，读者习惯于寻找贝尔纳尔样式^①的作品。此外，这个题目已经不止一次被小报滥用过了。……

这篇小说^②写得相当枯燥。我正在学着写"议论"，极力避开口语。在我着手写长篇小说以前，得先让我的手习惯于在故事形式中自由表达思想。我如今正是在做这种训练。我会把这篇小说给您看一遍。如果我的试验还合用，那就请您拿去；如果不合用，请您对我直说就是。我有许多不合用的货色，我不会因为它们没有发表出来而觉着不舒服。小说的情节是这样：我给一个年轻的太太医病，认识了她的丈夫，那是一个正派人，只是没有世界观的信念；由于自己所处的地位是市民、情夫、丈夫、有思想的人，他就不能不碰到一些无论怎样非解决不可的问题。可是既然缺乏世界观，那怎么能解决呢？怎么能解决呢？我们的结交后来结束了，他给我一份手稿——《我的身世的简述》，其中包括许多短短的章节。我从那里面选了一些我觉得最有趣的章节，献给好心的读者。我的小说直接从第八章开始，用大家早已熟悉的一种情形结束：自觉的生活如果缺乏明确的世界观，就不是生活，而是一种负担，一件可怕的事。我写的是一个健康、年轻、多情的人，会喝酒，会欣赏自然，好玄想，没有书呆子气，也不绝望，而是一个很普通的人。

结果我写出来的不是小说，却成了杂文了。……

---

① 贝尔纳尔是法国喜剧女演员。这里借喻"喜剧式"。
② 指契诃夫的小说《没有意思的故事》，后来情节有所改变。

写给阿·谢·苏沃林

12月23日，在莫斯科

……我把您的剧本[①]重看了一遍。其中有很多好东西，独创的东西，那是以前戏剧文学里没有的，也有许多不好的地方（例如语言）。它的优点和缺点都是可以用来发个小财的资本——这是说如果我们有批评家的话。不过这资本却会空放着，不事生产，到后来陈旧了，成为废物了事。我们没有批评家。尽唱老调的达契谢夫、笨驴米赫涅维奇、冷漠无情的布列宁——俄罗斯批评界的全部阵容就在这儿了。为这个阵容写作却不值得，就如同不值得让一个害着伤风的人去闻花香一样。有些时候我简直灰心了。我写小说是为谁，为了什么目的呢？为了公众吗？可是我没有看见它，也不相信它，就跟不相信鬼一样。它没有修养，没受过好教育，就是其中最优秀的人对我们也不老实，不诚恳。公众需不需要我，我没法知道。布列宁说公众不需要我，我尽写些无足轻重的东西。科学院却给了我奖金。连鬼也弄不懂这是怎么回事。为了钱而写作吗？可是我素来没有钱，而且由于不习惯有钱，对钱就差不多冷淡了。我为钱工作就不起劲。为了赞美而写作吗？可是赞美反而惹得我心烦。文学界、大学生、叶甫列伊诺娃、普列谢耶夫、姑娘等，拼命称赞我的《神经错乱》，可是只有格利果罗维奇一个人看出了初雪的描写，等等，等等。如果我

[①] 苏沃林的剧本《达吉雅娜·列宾娜》。

们有批评家，那我就会知道我是一种材料（至于是好材料还是坏材料，那没关系），那我就会知道那些致力于研究生活的人需要我，就跟天文学家需要星星一样。那我就会努力工作，而且知道为什么工作。现在呢，我、您、穆拉甫林等，却像疯子似的，为了个人的满足而写书和剧本。当然，个人的满足是好东西；人在写作的时候是感到这种满足的，不过这以后又怎么样呢？可是……我要打住了。总之，我为达吉雅娜·列宾娜抱屈。我惋惜的倒不是她服毒自杀，而是她活了一辈子，痛苦地死掉，被人白费力气地写出来，对人们没有任何益处。有许许多多种族、宗教、语言、文化消灭得无影无踪了，它们之所以会消灭，就因为没有历史家和生物学家。同样，由于完全缺乏批评家，许许多多的生命和艺术作品也在我们眼前消灭了。据说我们的批评家没事可做，当代的所有作品都渺小、糟糕。然而这是狭隘的看法。生活不应当只从正面，也应当从反面来加以研究。讲到八十年代没有产生一个作家，那么单是这个看法就是可以用来写成五本书的材料。

这个剧本里的改动不太明显。如果将来由连斯基来念独白，那么这段独白就根本没有删掉的必要。不过列宾娜倒也许因此沾光了。对厌倦生活的年轻人来说，任何引证上帝、母亲等的理论都没有说服力。厌倦就是一种力量，这是应当注意到的。此外，列宾娜还害着厉害的胃病。她能一声不响，也不皱眉地听这段冗长的独白吗？不能。她说："您说得不对头，不对头……"这写得很真。可是第一百三十九页上那些话"为了生活，为了生

138

活……"我却不懂。她不必同意阿达谢夫的意见。如果痛苦逼得她打算生活下去，那我能懂，然而我不相信阿达谢夫的话的力量。再者也用不着他来说服什么人。关于母亲的温存的插句："……我孤孤单单，孤孤单单"——这挺好。Merci 。^①那段拿着花的独白（第一场）未免太短，可以长一点、精辟一点。在您的剧本里，列宾娜的话差不多缺乏精辟。第三幕的结尾全在叶尔莫洛娃的手里。达吉雅娜不该常用"该死的"三个字：该死的欺压者，该死的犹太人……第一幕里列宾娜说到自己宽宏大量的那些新颖的话很好，而且合适，然而柯捷尔尼科夫讲的金牛故事却是任意写出来的，成为多余的装饰品了。

刚才我收到您的信。第四幕结尾去掉了莎霞^②您觉着很刺眼。然而那是应当去掉的。让每个观众都看出来莎霞不在场吧。您坚持要她出场，您说舞台的法则要求这样做。好的，那就让她出场，可是她说什么好呢？说些什么话呢？这样的姑娘（她不是天真烂漫的姑娘，而是一个端庄的姑娘）不会说话，也不应当说话。先前莎霞能说话，动人，可是新的莎霞一出场反而惹得观众心烦。要知道她不能够搂住伊凡诺夫的脖子，说："我爱您！"要知道她不爱他，而且承认这一点了。为了让她在结尾出场，那就得把她从头彻底改写才成。您说，一个女人也没有，这弄得结尾干巴巴了。我同意，只有两个女人可以在结尾出场，

---

① 法语：谢谢您。
② 这是契诃夫在修改自己的剧本《伊凡诺夫》的时候所做的更动。

袒护伊凡诺夫，那就是他的亲娘和那个犹太女人，她们真爱他。不过，她俩都已经死了，因此不能说话了。让孤儿就做孤儿吧，随他去好了。

《熊》出第二版了。您还说我不是好剧作家呢。我已经为沙维娜、达维多夫和别的大臣们想出了一个通俗喜剧，名字叫《雷与电》①。一天晚上，在暴风雨中，我叫县医官达维多夫坐车到女郎沙维娜那儿去。达维多夫正在害牙痛。沙维娜有一种难缠的性格。他们那有趣的谈话屡次被雷声打断。结局，他们结了婚。等到我文思枯竭了，我就会写些通俗喜剧，靠它们生活。我觉着我一年能写它一百篇。通俗喜剧的题材从我心里往外冒，就跟石油从巴库的地里往外冒一样。为什么我不能把我的石油地区让给谢格洛夫呢？……

写给阿·谢·苏沃林

12月26日，在莫斯科

……您写道，不应该为批评家写作，而应该为公众写作；您还说，对我讲来，发牢骚还嫌太早。自以为在为公众工作，那当然很愉快，可是我从哪儿知道我真是在为公众工作呢？由于我写的东西渺小得可怜和其他一些原因，我并没有从我的工作里感到满足，可是公众（我没有说他们下贱）在对待我们的态度上不

————————

① 这个通俗喜剧始终没有写出来。

老实、不诚恳。从来也没听他们说过真话，因此也就弄不明白他们到底需要不需要我。发牢骚对我来说还嫌太早，然而我干的究竟是事业，还是无聊的事呢？对自己提出这样一个问题绝不能说嫌早。批评家沉默，公众说谎，我的直觉告诉我说：我干的是无益的事。我在发牢骚吗？我不记得我上封信的口气怎样了，不过如果真是这样的话，那我不是在为自己抱怨，而是为我们所有的同行抱怨，我为这些同行无限地难过。……

写给阿·谢·苏沃林

12月30日，在莫斯科

……导演认为《伊凡诺夫》中的主人公是一个带有屠格涅夫味道的"多余人"；沙维娜问我为什么伊凡诺夫是坏蛋；您在信上说："必须给伊凡诺夫添上点东西，好让人明白为什么会有两个女人吊在他的脖子上，为什么他是坏蛋，而医生是个伟大的人。"既然你们三个人这样理解我的作品，可见我的《伊凡诺夫》简直没有写好。我大概昏了头，写出了完全不是我想写的东西。要是我那伊凡诺夫变成了坏蛋或者多余的人，医生变成了伟大的人，要是萨拉和莎霞何以爱伊凡诺夫是一种不易理解的事，那么我的剧本显然没有写透，那就谈不到把它上演了。

我是这样理解我的人物的。伊凡诺夫是贵族，进过大学，没有什么特别出众的地方；生性容易冲动，发热，动不动就入迷，诚实坦率，跟大多数受过教育的贵族一样。他住在自己的庄园上，在地方自治会做事。他做什么事，他为人怎样，什么事抓住他的心，引他入迷，都可以从下面他对医生说的话里看出来："不要跟什么犹太女人，或者什么神经病女人，或者什么女学士结婚……不要单人匹马跟千万人抗衡，不要跟风车作战，不要用脑门去碰墙……求上帝保佑您，千万别搞各种各样所谓合理化的农业管理、不同寻常的学校、激烈的言论……"（第一幕第五场）这是他的过去。萨拉见过他的合理的农业管理和别的计划，她对医生谈起他："大夫，这是一个了不起的人，可惜您没有在两三年前认识他。现在他变得忧郁，不爱说话，什么也不干，可是以前……他多么可爱啊！"（第一幕第七场）。他的过去很美，如同大多数俄罗斯知识分子一样。没有一个（或者差不多没有一个）俄罗斯上流人或者念过大学的人不夸耀自己的过去。现在永远比过去糟。为什么呢？因为俄罗斯人的冲动有一种独特的性质：它很快就被厌倦代替了。这种人刚离开学校的凳子，就莽撞地担起自己的力量所不能胜任的担子，在同一个时间里又办学校，又做农民工作，又搞合理化的农业管理，又读《欧洲通报》，还发表演说，给大臣写信，跟恶势力搏斗，对好事鼓掌，讲起恋爱来绝不简简单单，也绝不随随便便，一定要爱一个女学生或者神经病女人，[……]，或者甚至爱上一个自己救出来的妓女，等等，等等……不过，他刚刚活到三十到三十五岁，就已经开始感到厌倦和烦闷了。他的嘴唇上面还没留下像样的小胡子，他就已经老气横秋地说："老兄，别结婚。……相信我的经验吧。"或者说："自由主义究竟是什么东

142

西啊？咱们背地里说一句，卡特科夫倒常常说得对呢。"他已经准备着把地方自治会啦、合理化的农业管理啦、爱情啦、科学啦……一概加以否定。我那伊凡诺夫对医生说（第一幕第五场）："亲爱的朋友，您去年才从大学毕业，还年轻，生机勃勃，我呢，已经三十五岁了，我有权利忠告您。……"这就是过早厌倦的人的口吻。接着，他老气横秋地叹一口气，劝道："您不要如此这般地结婚（见上引的一段），要选择那种平淡而灰色的东西，用不着鲜明的色彩和多余的响声。……总之，要照着老一套来安排全部生活。背景越灰色，越单调，就越好……而我所经历过的生活，却多么叫人厌倦啊！……唉，多么叫人厌倦啊！"

他从生理上感到厌倦和烦闷，可是不明白自己起了什么变化，出了什么事。他害怕，对医生说（第一幕第三场）："你刚才说她快要死了，可是我既没感到留恋，也没感到惋惜，却只感到一种空虚、厌倦。……要是有人在一旁看着我，我这种情形多半很可怕，可是我自己也不懂我的灵魂起了什么变化。……"胸襟狭隘和不老实的人落到这步田地，通常就把全部责任推到环境上去，或者把自己算在多余的人和哈姆雷特的行列里，就此心安理得了。然而伊凡诺夫是个率直的人，公开对医生和观众宣布他不了解自己："我不明白，不明白……"从第三幕的大段独白里可以看出来他是真诚地不明白自己，他在那一幕里跟观众面对面地说话，当着他们的面忏悔，甚至哭了！

他内心所起的变化侮辱了他的正直感。他在外界寻找理由，没有找到，他就开始在自己内心寻找，却只找到一种模糊的犯罪感觉。这是俄罗斯人才有的感觉。俄罗斯人碰到家里有人死了，或者害了病，或者他欠了别人的债，或者他借给别人钱，总是觉着自己有罪。伊凡诺夫时时刻刻讲到自己的某种罪过，犯罪感在每一次震动中滋长着。在第一幕里他说："多半我犯了可怕的罪，不过我的思想乱了，我的灵魂给一种懒惰锁住了，我没有力量了解我自己。……"在第二幕里他对莎霞说："我的良心一天到晚地痛苦，觉着自己罪孽深重，不过我犯的究竟是什么罪，却连我自己也不明白。……"

在厌倦、烦闷、犯罪感以外还添上另一个敌人，那就是孤独感。假如伊凡诺夫是文官、演员、教士、教授，那他就会习惯于自己的处境。可是他生活在庄园上。他住在县里。四周的人要么是酒徒，要么是牌迷，要么是医生之类的人。……他们都不关心他的感情和他内心的变化。他孤独。漫长的夏天，漫长的傍晚，空旷的花园，空荡荡的房间，发牢骚的伯爵，生病的妻子……他没有别的地方可去。因此每分钟他都被一个问题困扰着：怎么办呢？

现在出现了第五个敌人。伊凡诺夫厌倦了，不明白自己，然而生活根本不管这些。它对他提出合法的要求，他呢，不管愿意也好，不愿意也好，非解决这些问题不可。生病的妻子是一个问题；一大堆债务又是一个问题；莎霞缠住他，也是一个问题。他怎样解决所有这些问题，从第三幕的独白和以后两幕的内容里应当可以看出来。像伊凡诺夫这样的人是不能解决问题，只能倒在这些问题的重压下面的。他们茫然失措，摊开两只手，心神不定，怨天尤人，做些蠢事，到头来就放任他们的松懈脆弱的神经，脚下失去了土地，走进"沉沦的"和"得不到了解的"人们行列中去了。

幻灭、冷淡、神经脆弱、疲乏，正是非常冲动的必然结果，这种冲动是我们的青年所固有的，而且程度非常严重。拿文学来说吧，……社会主义就是冲动的一种形式。它在哪儿呢？它在季霍米罗夫写给沙皇的信①里。社会主义者结了婚，批评地方自治会了。自由主义在哪儿呢？连米哈依洛弗斯基都说：现在所有的棋子都搅乱了……

……莎霞说出了她对他的爱。伊凡诺夫快活地叫道："新生活来了！"到第二天他就不相信这生活了，如同不相信鬼一样（第三幕的独白）。他妻子侮辱他，他冒火了，冲动起来，狠狠地侮辱她一番，大家就骂他是坏蛋。如果这没有毁掉他那脆弱的头脑，那他就冲动起来，把自己痛骂一顿。

为了免得使您疲劳到筋疲力尽，我就转换题目来谈医生尔沃夫。这是个诚实、正直、热情的人，然而见解狭隘，头脑简单。聪明人讲到这类人，总是说："他愚蠢，不过他有正直的心。"凡是见解的广阔和感情的自然之类的东西，对尔沃夫来说都是陌生的。这是化成肉身的公式主义，能够走路的思想倾向。他通过一个狭窄的框子看每个现象和每个人，凭先入为主的成见

---

① 民意党人列·阿·季霍米罗夫成为叛徒后，写信给沙塞，表达他忠君的心情。

评断一切。要是有人喊一声："为诚实的劳动让出路来！"他就佩服这个人；谁不喊这句话，谁就是坏蛋、剥削者。中间道路是没有的。他受过米哈依洛夫 [①] 长篇小说的熏陶，在剧院里见过"新人"，也就是新剧作家所描写的剥削者和时代的儿子，"发财的人"（如普罗波里耶夫、奥赫俩比耶夫、纳瓦雷京等） [②]。他把这些都记在心里，而且记得那么牢，一读到《罗亭》，就必定要问自己："罗亭是坏人不是？"文学和舞台把他教导得在生活里和文学里一见着人就要提这问题。……要是他有机会看见您的戏，那他就会怪您没有写清楚柯捷尔尼夫、萨比宁、阿达谢夫、玛特威耶夫等先生们是不是坏人。对他来说，这问题是重要的。至于所有的人都是有罪的，这话在他却不够。您得给他写出圣人和坏人才成！

他到县里来的时候，他的成见已经形成了。他立刻把所有富裕的农民都看成剥削者，而且因为自己不理解伊凡诺夫，就立刻把他看成坏人。这个人的妻子有病，而他却坐上车去看望一个有钱的女邻居——那么他不是坏人吗？显然他要妻子死掉，好娶那个有钱的。……

尔沃夫诚实、正直、有什么说什么，丝毫也没有顾虑。如果必要，他就会往马车底下扔炸弹，打督察的脸，骂人坏蛋。在

---

① 即亚·康·谢列尔·米哈依格夫。

② 普罗波里耶夫是亚·伊·苏木巴托夫 – 尤仁的剧本《链子》里的一个人物；奥赫俩比耶夫是阿·伊·巴尔木的剧本《老主人》中的一个人物；纳瓦雷京是亚·伊·苏木巴托夫 – 尤仁的剧本《阿尔卡扎诺夫一家人》里的一个人物。

任何事情前面他都不会迟疑。他从来没有感到过良心的责备——他既是"诚实的工作者"，就一定要打击"黑暗的势力"！

这样的人是需要的，他们大多数都可爱。即使为了舞台的利益而把他们漫画化，那也是不正直的，而且也没有必要。不错，漫画比较尖锐，因而也就比较容易理解，然而最好还是描绘得含蓄一点，而不是玷污他们。……

现在来谈那些女人。她们为什么爱他？萨拉爱伊凡诺夫，是因为他是好人，因为他热情，他发光，他说话跟尔沃夫一样激昂（第一幕第七场）。当初他兴奋、有趣的时候，她爱上他；等到他在她眼里开始变得模糊，失去明确的面貌，她就不再理解他，到第三幕的结尾就率直而尖锐地说出来了。

莎霞是一个具有最新气质的姑娘。她受过教育、聪明、诚实，等等。缺鱼的时候虾也可以将就，因此她才看中三十五岁的伊凡诺夫。她比别人都高明。她小时候就认识他，在他还没厌倦的时候密切注意过他的活动。他是她父亲的朋友。

像这样的女性，男性是不能用羽毛的鲜艳、机智、勇敢来征服的，然而用抱怨、叹息、失意却能征服她们。这样的女人只在男人走下坡路的时候才爱上男人。伊凡诺夫刚一泄气，这姑娘马上就出现了。她所巴望的正是这个。我的天，她有多么神圣高尚的工作要做啊！她要使沉沦的人复活，把他扶起来，给他幸福……她爱的不是伊凡诺夫，而是这个工作。都德的阿尔让登 ①

———————

① 都德的长篇小说《查克》中的一个人物。

说："生活不是小说！"莎霞却不懂得这一点。她不知道对伊凡诺夫来说，爱情反而只是多余的纠葛，是从背后来的一个额外的打击罢了。结果怎样呢？莎霞在伊凡诺夫身上下了整整一年工夫，结果他没有活过来，反而堕落得越发深了。

我的手指头痛了，我要结束了……要是上述的一切都没有表现在剧本里，那就根本谈不到把它上演了。那是说我没有写出我所要写的东西。那就把剧本收回吧。我不想在舞台上传布异端邪说。要是公众从剧院出来的时候认为伊凡诺夫是坏人，医生尔沃夫是伟大的人，那我只好从此辞职，把我的笔丢给魔鬼了。修改和增补都不济事。任何修改都没法把伟大的人从高台上拉下来，任何增补都不能把坏人改成一个普通的、有罪的人。在剧本结尾把莎霞搬出来倒还可以办到，可是给伊凡诺夫和尔沃夫再添点什么，我已经做不到了。我不知道该怎样添。要是我真添上点什么，那我觉着会把剧本弄得越发糟。请您相信我的感觉才好，要知道这是作者的感觉啊。……

我把我这封信读了一遍。在伊凡诺夫的性格描写中常会碰到"俄罗斯的"这几个字。请您不要为这个生气。当初我写剧本的时候，我所注意的只是必要的东西，也就是专门注意典型的俄罗斯特征。例如，过分的冲动、犯罪的感觉、厌倦，就纯粹是俄罗斯人才有的。德国人从来不冲动，因此德意志根本不理解幻灭的人、多余的人、厌倦的人……法国人的冲动经常保持在一个固定不变的高度上，不会有突然的起落，因此法国人直到衰老始终保持正常的冲动。换句话说，法国人不至把自己的力量消耗在过分的冲动上，他们合理地消耗自己的力量，因此也就不理解精神崩溃。

当然，我在剧本里没有用这类专门名词，例如俄罗斯的、冲动、厌倦等，我满心希望读者和观众会注意到，用不着为他们作出招贴："这不是西瓜，是李子。"我极力朴素地表现我的人物，不耍花招，而且毫不怀疑读者一定会从一句话当中了解我的人物，会重视关于嫁妆等的谈话。

我没有能够把戏写好。这当然可惜。在我的想象里伊凡诺夫和尔沃夫是活人。我凭良心对您诚恳地说：这些人不是由海水的泡沫，不是由先入为主的思想，不是由"聪明才智"，不是偶然在我的脑子里诞生的。他们是我对生活的观察和研究的成果。他们在我的脑子里站着，我觉着我没有作一丁点儿的假，没有卖弄一丁点儿的聪明。如果他们到了纸上变得不生动，不鲜明，那么责任不在他们，而在于我自己不善于表达我的思想。这是说我写剧本还嫌太早。……

写给伊·列·列昂捷夫（谢格洛夫）

12月31日，在莫斯科

……今天我寄出去一封信，其中列举了若干条件。如果根据收到我信的人的意见，我的剧本不适合上述条件中的任何一个条件，那我就严肃地要求收回这个剧本。亲爱的，您会同意我的话：一个剧本必得精彩，才能在全彼得堡的眼睛里比美依和维克多·雨果（《欧那尼》）^①更值得喜爱；您会同意而且了解我不是在装腔作势，也不是在卖俏。我所做的，换了是您，是苏沃林，是任何不常写戏、而又略微知道一点自爱的人，也都会这样做……

① 指1888年在亚历山大剧院上演的列·亚·美依的历史剧《普斯科维契杨克》和维·雨果的历史剧《欧那尼》。

1889 年

写给阿·尼·普列谢耶夫

1月2日，在莫斯科

……我愿意把我的整个灵魂献给那些我为他们工作以及我跟他们一块儿工作的人，而且我认为这不会有什么特别坏的结果。继续唱老调，我办不到，不过在旧瓶子里装上一点新酒，我还办得到。至少截至目前为止，我在不同时期为各报（包括莫斯科和彼得堡两地的报纸）所写的一切东西，我跟报馆人员的一切或多或少的密切接触，并没有坏的结果，甚至我敢于用一种希望来安慰自己，那就是它们还带来了一点益处。……

我有个坏心眼儿的打算：等我的《伊凡诺夫》在彼得堡失败，我就要在文学协会宣读一篇论文，讲一讲怎样不该写剧本，而且从我的剧本里摘出几段我的人物性格描写来念一念。不管怎样，我认为我这些人物是新的，以前还没有人写过。这个剧本不好，可是人物是活生生、不是捏造出来的。……

写给阿·谢·苏沃林

1月6日，在莫斯科

……那段独白我很喜欢。那是个很别致的开端^①。老套头却很多，什么表兄弟啦、手套啦、从衣袋里掉出来的照片啦、偷听啦……在独幕剧里应当写荒唐事——独幕剧的力量就在这儿。请您这样写才好：妻子认真要逃跑，她烦闷，希望找点新刺激；他也认真威胁说他要给她的第二个丈夫戴绿帽子。……关于绿帽子那段话，写得好。偷听不必要：当丈夫回家正赶上妻子刚写完信，抽身到朋友家里去辞过行，然后回到家里来取行李的时候。语言极恰当，正应该这样。

我很喜爱格利果罗维奇，可是不相信他怕我。他自己就是有倾向的作家，仅仅装得是倾向的敌人罢了。我觉着他为一种经常的恐惧苦恼着，深怕失去他喜欢的人们的好意，因此他到处流露出他那精巧的不诚恳。……

写给阿·谢·苏沃林

1月7日，在莫斯科

……我会带着很大的快意在文学协会念一篇论文，讲一讲我怎样起意写《伊凡诺夫》的。我会当众坦白地说出我心里的

---

① 指苏沃林的通俗喜剧《丈夫的烦恼》。

话。我怀着一个大胆的梦想：把这以前人们写过的有关灰心和愁闷的人们的所有作品做一个总结，用我的《伊凡诺夫》为那些作品做一个结束。我觉得所有的小说家和剧作家都感到一种要求，想写那些灰心的人，可是他们都凭着直觉在写，在这方面并没有明确的形象和看法。我在构思方面是差不多击中要害的，可是在描写方面简直差得太远了。我本来应当等一个时期再写才对！我暗自庆幸两三年前总算没有听格利果罗维奇的话写长篇小说！我想象假如我当时听了他的话，我会毁掉多少好东西啊。他说："才能和朝气能征服一切。"才能和朝气能毁掉许多东西——这样说才确切些。除了丰富的素材和才能以外，还需要些别的同样重要的东西。需要成熟，这是一；第二，个人自由的感觉也是不能缺少的，这感觉不久以前才在我心里燃起来。以往我没有这种感觉，顺利地代替这种感觉的却是我的轻浮、粗心大意、对工作的不尊重。

贵族出身的作家从自然界毫不费力地取得的东西，平民作家却要用整个青春的代价去买来。您该写一篇小说，描写一个青年，原是农奴的儿子，做过店员和唱诗班的歌手，进过中学和大学，从小受到教育要尊敬长上，要吻神甫的手，要崇拜别人的思想，要为每一小块面包道谢，挨过许多次打，出去学校的时候没有雨鞋穿，常常打架，虐待动物，喜欢在阔亲戚家里吃饭，只因为觉得自己渺小就毫无必要地在上帝和别人面前假充正经。请您写这个青年怎样把自己身上的奴性一点一滴地挤出去，怎样在一个美妙的早晨醒来，觉得自己血管里流着的已经不是奴隶的血，而是真正的人的血了……

写给阿·谢·苏沃林

1月8日，在莫斯科

……您知道吗？在我那剧本里，莎霞在第三幕中像一只公狼似的走来走去——瞧我把她改成了什么样子！这完全是为了萨维娜。请您告诉萨维娜说：她答应在我的戏里演一个苍白的、不起眼的角色，这使我受宠若惊，甚至使得我鞠躬尽瘁，把这角色在剧本的框子所许可的范围里做了根本的改变。萨维娜在我这戏里会时而像公狼似的走来走去，时而跳到长沙发上去，时而念独白。为了不要让灰心沮丧弄得公众厌倦，我在一场戏里描写伊凡诺夫快活、欢笑、轻松，莎霞也跟他一块儿高兴……可是这不多余吗？我想，这样写是对头的。……不过，谨小慎微是多么难受啊！我一边写，一边为每一个字发抖，深怕破坏伊凡诺夫的形象……

今年夏天我们来写第二个剧本吧！现在我们有经验了。我们抓住魔鬼的尾巴尖了。我想我的《林妖》会写得比《伊凡诺夫》细致得多。只是不应当在冬天，在众人的纷纷议论下，在城市空气的影响下写，而应当在夏天，在一切城里的和冬天的事物显得荒唐可笑、无足轻重的时候写。作家在夏天总比较自由和客观一些。您绝不要在冬天写剧本，如果剧院不是离您一千俄里①远，

---

① 一俄里约合中国两里。

154

那您千万不要为剧院写一行字。在冬天的夜晚写中篇小说和长篇小说是很好的，等将来我变得聪明起来，我也要那样做。……

写给阿·尼·普列谢耶夫

1月15日，在莫斯科

……得有特别的才能，才能够给剧院写出好剧本来（一个作家可以是很好的小说家，同时却是跟皮匠一样的剧作家）；可是写出坏剧本来，然后极力把它改成好剧本，玩种种花招，删削，增补，插进独白，把死人救活，把活人埋进坟墓里，却得有大得多的才能才成。这是难事，好比买来一件士兵穿的旧裤子，无论如何一定要把它改成一件燕尾服一样。这不但会弄得你苦笑，还会逼得你像马一样地嘶鸣起来……

等我弄完我的《傻瓜伊凡》[①]，我就坐下来为《北方通报》写东西了。写小说是安静而神圣的工作。故事的形式是原配的妻子，戏剧形式是装腔作势、吵闹不休、厚颜无礼、使人厌倦的情妇。

我正在慢慢地写我的长篇小说。究竟会不会写出什么东西来，我不知道，然而我在写它的时候却觉得仿佛在吃过一顿丰美的餐饭以后躺在园子里刚刚收割下来的干草堆上一样。那是美妙的休息。啊，要是我昏了头，干起我不该干的工作，那就索性把我枪毙好了！……

---

① 指《伊凡诺夫》。

写给阿·谢·苏沃林

2 月 6 日，在莫斯科

……您用来扎进我的作者自尊心的那根针，我冷淡地接下来了。您说得对。在我的信里伊凡诺夫大概比在舞台上鲜明得多。这是因为关于伊凡诺夫这个角色的描写有四分之一被我删掉了。只要容许我把我的剧本写得加倍的枯燥无味，我情愿牺牲我所获得的成功的一半。公众把剧院叫作学校。如果公众不是伪善者，那就让他容忍这种枯燥无味好了。要知道，学校里是并不畅快的。……

……我正在为第三本书准备材料。我无情地删削一番，真是怪事，我现在对一切短东西有一种狂热。不管我读到什么作品，自己的也好，别人的也好，我总觉着不够简练。……

不过，小报在怎样糟蹋我的《伊凡诺夫》啊！从各方面看来，倒好像他不是伊凡诺夫，而是布朗热似的……

写给阿·谢·苏沃林

2 月 8 日，在莫斯科

评论^①很精彩；我不是用金子的分量，也不是用钻石的分

---

① 指阿·谢·苏沃林对契诃夫的戏《伊凡诺夫》的评论，发表在《新时报》1889 年第 4649 号上。

量，而是用整个灵魂来估量它。我有一个深刻而真诚的信念，就是我所得的大大超过了我该得的。

　　您的来信今天寄到了，在信上您写到您跟居民的谈话。您认为我不该从"定了型的"伊凡诺夫写起。我请求您把自己放在我的剧本的作者的地位上想一想，那么您的感觉就会告诉您说，您的话怎样的不对。为什么您写"定了型的"列宾娜？要是赫列斯达科夫①和察茨基②也不是从"定了型的"写起，那会写成什么样子呢？假如我的伊凡诺夫对大家来说还不明晰，那是因为所有四幕戏都是由一个生手写出来的，完全不是因为我写了"定了型的"人物。托尔斯泰的人物就是"定了型的"，他们的过去和面貌都不清楚，只能凭一些暗示去推测，可是您不会说这些人物使您不满意。症结在于作者才能的大小——da ist Hund begraben③。我的伊凡诺夫的轮廓是描写得正确的，他照那样开始，也正合乎需要——我的嗅觉没有闻出什么虚假的地方；阴影却涂得糟，而就因为阴影涂得糟，您才会怀疑轮廓。

　　女人在我的剧本里并不必要。我最关心的是不容许女人盖过剧本的重心，这重心跟她们是不相干的。如果我能够把她们写得美丽，我就认为我已经把我对她们所应担负的任务做得尽善尽美了。女人参与了伊凡诺夫的毁灭。……可是那又怎么样呢？难道还要我来冗长地说明这种参与吗？这一点是明明白白的，在我

────────────

① 果戈理的剧本《钦差大臣》中的人物。
② 格利包耶多夫的剧本《聪明误》中的人物。
③ 德语：狗就藏在这儿（意谓问题的解答就在这儿）。

以前已经有人讨论过一千次了。

关于《伊凡诺夫》，我接到了匿名信和非匿名信。有一个社会主义者（大概如此）在匿名信上大发雷霆，给我送来了辛辣的责难；他写到有一个青年看过我的戏后自杀了，我的剧本有害等。所有的信都是这样讨论《伊凡诺夫》，显然，人们看懂了，因此我很高兴……

写给符·阿·季洪诺夫

2月10日，在莫斯科

……凭我在舞台上看见的您的剧本来下判断，我只能说，您恐怕不能成为一个戏剧批评家。您是一个松散的人，敏感，不固执，容易犯懒，善于感受，所有这些品质都不适于做一个严格的、不偏不倚的审判官。为了能写批评文章，人在灵魂方面就得像是那种会无情地打您的麻脸女人才成。苏沃林一看见坏剧本，就痛恨作者，可是您跟我只是生气、叹气罢了。因此我断定苏沃林适于做审判官，做猎狗，而我们（您、我、谢格洛夫等），生来就只适于做被告和兔子。月亮有月亮的光荣，太阳有太阳的光荣。……

写给阿·谢·苏沃林

2月14日，在莫斯科

……我很惋惜现在俄罗斯作家没有工夫描写演员，俄罗斯读者也没有机会读到演员，不过应该描写他们才对。截至目前为止，小说家仅仅对演员的放浪形骸发生兴趣，不愿意知道有些演员也有合法的家庭，生活在很像样的客厅里，看书，下判断，而且主要的是他们的薪水比省长的俸禄还多。达维多夫和斯沃包津很有趣味，很有趣味。他俩都有才气，聪明，神经质，而且无疑的，都很新颖。……

写给丽·尼·连斯卡雅

2月15日，在莫斯科

……您的故事 ① 我很需要，我要把它插进将要在夏天发表的一个短短的中篇小说里。我很愿意把所有权归还您，因为这种归还不会使我遭到一丝一毫的损失：我仍旧会利用这个故事

---

① 连斯卡雅应契诃夫的请求，根据鞑靼籍向导的话写下了玛穆希克和别希达乌山的传奇故事。1888年12月8日，契诃夫写信给连斯卡雅的丈夫说："请您转达丽季雅·尼克拉耶芙娜说我为她那篇故事对她无限感激。这篇故事有双重价值：（一）它好；（二）凭我跟批评家和诗人的谈话来下判断，这个故事还没被人利用过。我非常喜欢它，简直茫然失措，不知道该怎么办了：究竟把它插在中篇小说里好呢，还是用它写成一个小小的短篇小说好，或者索性自我牺牲，把它让给一个诗人的好。我大概会照着第一个法子办，也就是把它插在一个中篇小说里，让它作一个装饰品。"可是契诃夫究竟把这个故事用在哪一个作品里，就无从查考了。

的。同一个题材可以由二十个人写，而不至于有互相妨碍的危险……

写给伊·列·列昂捷夫（谢格洛夫）

2月18日，在莫斯科

……您该写小说。它是您的合法的妻子，戏剧却是涂着脂粉的情妇。要么您变成奥斯特洛夫斯基，要么您就丢开戏剧吧。对您来说中间地位是没有的。中间地位被剧作家占去了。小说家们，例如您、我、玛斯洛夫、柯罗连科、巴兰采维奇、阿尔包夫等，都是文学界的校官，不适宜跟那些戏剧界的尉官进行生存斗争了。小说家走进戏剧专家的队伍，应当一开头就做将军，要不然干脆不要进去……

写给阿·谢·苏沃林

2月20日，在莫斯科

……昨天我看了果戈理的《婚事》，那是个精彩的剧本。那几幕戏冗长得不像话，可是由于剧本的惊人的优美而几乎使人觉不出来。……

写给阿·谢·苏沃林

3 月 5 日，在莫斯科

……我在您的书店里买了陀思妥耶夫斯基的书，现在正在读它。书倒挺好，只是很长，很不谦虚。装腔作势的地方很多。……

请您告诉我，为什么要把奥斯特洛夫斯基的《大雷雨》[①] 拿给法国人，去受他们的嘲笑？这是谁想出来的？这个剧的上演纯粹是为了让法国人再一次看得愁眉苦脸，老气横秋地批评说这种戏在他们是枯燥得要命，没法理解的。我恨不能因为那些翻译家先生的缺乏爱国心和轻举妄动而把他们充军到西伯利亚去。……

写给彼·阿·谢尔盖延科

3 月 6 日，在莫斯科

……莱蒙托夫是在二十八岁去世的，可是写出来的东西比你我的东西加在一起还要多。才能被人认识不仅要靠它的质量，而且也要靠它所完成的数量。……

[①] 这出戏于 1889 年在巴黎的包玛尔希剧院用法语上演。

写给符·阿·季洪诺夫

3月7日，在莫斯科

……您的评论[1]使我微微吃了一惊。我简直没有料到您有这么优良的报纸语言。它非常严谨、流畅、扼要、中肯。我甚至羡慕您，因为这种报纸语言我是一向写不来的。

谢谢您那些亲切的话语和热烈的同情。我从小就很少受到亲切的对待，现在我成了大人，就觉得亲切是一种不习惯的、素来很少经历过的东西了。因此我自己也很想对别人亲切一点，可是我不会。虽然明明知道我们这班人缺了亲切就不行，可是我已经变得又粗又懒了。……

求主保佑，让那个使您费尽心血的喜剧得到成功，把您所想望的东西带给您。成功越大，对我们这一代的作家就越好。尽管瓦格涅尔那么说，我却相信我们每个人不会单独成为"我们当中的大象"[2]或者别的什么野兽，我相信我们不能凭别的方式，只能借整整一代人的努力来起作用。将来大家说到我们这些人的时候，不会单单提出契诃夫，也不会单单提出季洪诺夫，也不会单单提出柯罗连科、谢格洛夫、巴兰采维奇、别热茨基，而只是说"八十年代"或者"十九世纪末尾"的作家们。我们或多或少

---

[1] 这篇文章评论剧本《伊凡诺夫》在亚历山大剧院的演出，载在《周刊》1889 年第 6 期上。

[2] 季洪诺夫在写给契诃夫的信上告诉他说瓦格涅尔教授认为契诃夫是俄罗斯最伟大的作家，高出其余一切作家，"他把屠格涅夫所说的关于列夫·托尔斯泰的话用在您身上了，您该记得那句话：'托尔斯泰是我们当中的大象。'……"

像是一个团体。

我没有什么新作品。我准备写一个像长篇小说那样的东西，而且已经动手了。我没有写剧本，一时也不会写，因为没有题材和兴致。要给剧院写作，就得热爱这个事业，缺了这份热爱就写不出什么好东西来。如果没有这种热爱，那就连获得成功也不能使你得到安慰。我要从下一个季节起开始认真地经常到剧院去，学一学舞台方面的东西。……

写给安·米·叶芙烈伊诺娃

3月10日，在莫斯科

……昨天我写完了一个短篇小说，而且把它誊清了，不过这篇东西是供我的长篇小说用的，我现在正在搞这个长篇小说。啊，这是一个什么样的长篇小说啊！要不是因为该死的书报检查的条件作梗，我都可以应许您在将近十一月的时候交卷了。这个长篇小说里没有什么煽动革命的东西，不过书报检查官仍旧会毁掉它。人物当中倒有一半说："我不信上帝。"其中有一个父亲，他的儿子由于持枪抵抗而被判无期劳役；还有一个县巡警局长，为自己的巡警制服害臊；还有一个贵族团长，被人痛恨，等等。为红铅笔预备下的材料 ① 是颇为丰富的。

看在造物主的份上，您把书报检查官丢开吧！虽然他至今

---

① 意思是"书报检查官会删掉的材料"。

还没有删过我的什么东西，可是我仍旧怕他，不喜欢他。对大杂志和报纸来说，书报检查官就是在土耳其①也不该存在。对剧院来说，那就是另一回事了……

写给阿·谢·苏沃林

3月11日，在莫斯科

我在写长篇小说②啦！！！我一个劲儿地写，写，而且看不出会写到什么时候为止。我已经把它的开头，也就是这个长篇小说的开头，重写了一遍，把已经写出来的那部分大加修改和缩短了。我已经清楚地画出了九个人物的面貌。多好的情节啊！我给它起了这样一个名字：《我的朋友们的生活故事》，我把它写成许多各自成篇的故事形式，由情节、思想、人物等的共同性而互相紧密结合起来。每一篇故事都有一个单独的标题。不要以为这个长篇小说是由许多小块凑成的。不，它是真正的长篇小说，是一个整体，其中每一个人物都跟整个小说血肉相连，不能缺少。您把头一章的内容转告了格利果罗维奇，他担心我写的那个大学生，因为那大学生死了，于是不能贯穿在整个长篇小说里，也就变得多余了。不过我那个大学生只是一只大靴子上的一枚钉子而已。他是一个细节。

技巧问题我有点应付不了。在这方面我还差，我觉着我在

---

① 借喻"最专制的国家"。

② 远在1887年，契诃夫就已经起意写长篇小说，那以后，他不止一次地提到他这个意图，不过这个长篇小说始终没有写成。

造成一大堆鲁莽的错误。这个长篇小说会有许多冗长的地方、愚蠢的地方。小说里有不忠实的妻子，自杀、为富不仁的人，具有美德的农民，忠诚的奴隶，说教的老太婆，善良的保姆、县里的好说俏皮话的人，红鼻子上尉。我要极力避免"新人"①，然而有的地方我仍旧走了歪路，写起俗套头来了……

写给阿·谢·苏沃林

4月8日，在莫斯科

……看书比写作快乐。我暗想：要是我能再活四十年，而在这四十年中我一味看书，看书，看书，学会写得有才气，也就是写得简练，那么四十年后我就会用一尊大炮向你们大家放它一炮，震得天空都发抖……

写给阿·尼·普列谢耶夫

4月9日，在莫斯科

……我的长篇小说向前进展了一大段路，搁了浅，静等涨潮了。我要把它献给您——关于这一点我已经写信对您说过了。我把一些好人的生活、面貌、话语、思想、希望等作为这个长

---

① 关于"新人"，请参看 1888 年 12 月 30 日契诃夫写给苏沃林信上的一段话："他受过米哈依洛夫的长篇小说的熏陶，在剧院里见过'新人'，也就是新剧作家所描写的剥削者和时代的儿子，'发财的人'。"

篇小说的基础。我的目的是一箭双雕——真实地描写生活，顺便证明这生活怎样反常。怎样才算正常，我们不知道，我们当中任何人都不知道。我们都知道不正直的行为是什么，可是正直是什么，我们却不知道。我要守住一个小框子，这个小框子最接近我的心，而且已经由比我有力量、比我聪明的人试验过了。这个小框子就是人类的绝对自由，摆脱暴力、偏见、无知、魔鬼等的自由，摆脱欲念等的自由。……

……布列宁的杂文①有的地方可笑，不过总起来说，很无聊。我讨厌批评了。每逢我读到批评文章，我总会变得有点害怕：难道人世间的聪明人就这么少，连批评文章都没有人写了吗？所有的文章都惊人的愚蠢、浅薄，意气用事到了庸俗的程度。《北方通报》上的批评文章，我简直不想看。有时候我甚至觉得我们所以缺乏批评文章，是因为它不需要，就跟小说（当然，现代的小说）也不需要一样。……

写给亚·巴·连斯基

4月9日，在莫斯科

……我把您有心读一遍的《玛尔克·阿甫烈里》②寄给您了。

---

① 指《批评随笔》，发表在《新时报》1889 年第 4708 号上。
② 在安·巴·契诃夫的雅尔塔住宅——博物馆里至今保存着这本《玛尔克·阿甫烈里·安东宁皇帝的深思：什么东西对自己来说才是重要的》，契诃夫在这本书的页边空白地方写了很多的小注。

您在这书页边上空白地方会看见许多用铅笔所写的小注，这对读者却没有任何意义；您顺着次序把它读完好了，因为全书从头到尾都很好。……

写给亚·巴·契诃夫

4月11日，在莫斯科

……我的忠告：你在你的剧本里得极力表现得独创一格，尽量的聪明，然而也不必担心自己会显出愚蠢。自由思想是需要的，可是只有不怕写出愚蠢东西的自由思想家才是需要的。你不必战战兢兢地修改、推敲，自管显得笨拙和莽撞好了。简练是才能的姊妹。同时你要记住：求爱啦，丈夫和妻子的变心啦，寡妇的、孤儿的以及种种其他的眼泪啦，都早已被人写过了。题材必须新颖，情节倒可以没有。……

写给伊·列·列昂捷夫（谢格洛夫）

4月12日，在莫斯科

……您从十月起就差不多天天在各报上反复讲我的《求婚》①。这是为什么呢？关于一篇小东西是写不出很多文章来的；人应当谦虚，不要让自己的名字像水塘上的气泡那样一闪就过

---

① 契诃夫的一个独幕剧。

去了。……

比里宾写信给我说，您常跟他见面。他是个可爱的人，不过略略有点枯燥乏味，而且略略有点官气。他很正派，而且有才能，这我是早已深信不疑的。他的才能很大，可是生活知识一点也没有。凡是缺乏生活知识的地方，也就缺乏勇气。我敢用一瓶香槟酒跟您打赌：您已经向他预言过，说他会成为俄罗斯头一个通俗喜剧作家了。您是个心眼很好，又很慷慨的人，不过请您不要这样希望他，也不要用您的剧作家的声望在他心中加强他在通俗喜剧方面的希望。他是个好杂文家；他的弱点是那种法国喜剧式的、有时候甚至 [……] 的调子。要是他开始生出些不成熟的孩子，那他永生永世也休想摆脱这种调子，我们只好对这杂文家唱"永恒的悼念"了[①]。您要先教他培养严肃的风格和高尚的感情，至于通俗喜剧，反正它也跑不了。……

您为什么不写戏？中篇小说比戏好，不过要是戏剧热已经抓住您，那您与其写一个三幕喜剧，还是写一个正戏的好。工作总是快乐得多，也有益得多的。……

写给阿·谢·苏沃林

5月初，在苏梅

……我因为没有新书可读，就重理旧课，把已经读过的东

[①] 意思是"这个杂文家就灭亡了。"

西再读一遍。我顺手读了冈察洛夫的书，而且吃了一惊。我暗自纳闷：这以前为什么我一直把冈察洛夫看作第一流作家？他的《奥勃洛摩夫》是一个丝毫也不重大的作品。伊里亚·伊里奇本人①就是一个夸大失实的人物，他还没有巨大到值得为他写一本大书的程度。他是一个松懈的懒汉，像这样的人是很多的，性格并不复杂，普普通通，而且浅薄。把这个人物提高到社会典型的地位上去，未免过分。我问自己：如果奥勃洛摩夫不是懒汉，那他会是什么呢？我只能回答说：他什么也不是。既是这样，那就随他去沉睡吧。其余的人物渺小，有列侬金的味道，写得草率，倒有一半是捏造的。他们没有显出时代的特征。也没有提供什么新的东西。希托尔兹没有引起我的信任。作者说他是一个出色的人，可是我不相信。他是个狡黠之徒，把自己想得很好，对自己满意。他有一半是捏造的，有四分之三庸俗而不自然。奥尔迦是捏造出来的，简直牵强得很。主要的毛病是整个长篇小说充满冷、冷、冷。……我从我那半人半神的作家②名单上勾掉了冈察洛夫。

　　可是另一方面，果戈理多么自然，多么有力量，他是多么了不起的艺术家啊！单单他的《马车》这一篇东西就值二十万卢布。简直让你入迷——就是这样的。他是俄罗斯最伟大的作家。《钦差大臣》里第一幕写得最好，《婚事》里第三幕最坏。我要对

---

① 长篇小说《奥勃洛摩夫》中的主人公。
② 指"伟大的作家"。

我的家人大声读一遍。……

写给阿·谢·苏沃林
5月4日，在苏梅

……您写道，我懒了。这并不意味着我比从前懒。我现在的工作时间跟三五年前一样。我已经养成工作的习惯，或者显得像是在工作的习惯：从早晨九点钟起工作到中饭时候，然后从傍晚起工作到睡觉时候；在这方面我称得起是个文官。要是我的工作成绩没有达到每月两个中篇小说，或者没有带来每年一万个卢布的收入，这却不能怪我懒，只能怪我心理方面和生理方面的特点：在医学方面我不够爱财，在文学方面我的热情又不够，因而才能也就不够。我内心的火，燃得均匀而微弱，既不冒出一片红光，也不发出一点爆声，所以我从来没有在一夜之间一口气写完三四个印张，也没有热衷于工作，以致妨碍我在犯困的时候躺下来睡觉；因此我也就没有写出什么了不得的愚蠢文章，也没有写成什么出色的聪明作品。我担心，在这方面恐怕我很像我不喜欢的冈察洛夫，其实在才能方面他要比我高出十个头呢。我的热情太少，此外我还犯了这么一种精神病：已经有两年了，我无缘无故地不再喜欢看我自己的发表出来的作品，而且对评论冷淡，对文学方面的讨论冷淡，对诽谤、成功、挫折冷淡，对巨额稿费冷淡——一句话，我变成十足的傻瓜了。我的灵魂里有一种停滞状态。我用我个人生活的停滞来解释这种停滞。我并没有绝望，也没有厌倦，也没有害忧郁病，而只是忽然间不知什么缘故一切东西都变得不大有趣味了。必须在我身子底下放上点炸药了。①

您再也想象不到，我的《林妖》第一幕已经写成了。虽然挺长，写得倒还对付。我觉着我自己比写《伊凡诺夫》的时候有力量多了。到七月初，这个剧本就会写完了。注意，老板们！五千卢布归我啦。这个剧本奇怪得很，我的笔下会出现这么奇怪的作品，连我自己也觉着奇怪。只是我担心书报检查官不肯放过它去。我也在写长篇小说，我觉着它比《林妖》更好，更贴近我的心；在《林妖》里，我不得不耍花招，装傻相。昨天傍晚我想起来我应许瓦尔拉莫夫为他写一个通俗喜剧。今天我就把它②写好，寄出去了。您看，我正交收获时令！您还说我懒了呢。

您终于注意所罗门③了。以前，每逢我跟您谈起他，不知怎么您总是冷淡地敷衍一下。依我看来，使歌德起意写《浮士德》的，正是《传道书》④。

……大家都用那么一种口气评断剧本，倒好像剧本很容易写似的。他们却不知道好剧本很难写，而坏剧本加倍地难写，加倍地可怕。我巴不得所有的公众合成一个人，写出一个剧本，让

---

① 意思是"我必须振作起来了"。

② 即《不得已的悲剧演员（摘自别墅生活）》。

③ 在1888年11月15日，契诃夫在写给苏沃林的信上向他建议合伙写一个剧本。他在列举种种可能的题材的时候也提到犹太国王所罗门；在契诃夫的《札记》里保留着所罗门的独白的草稿。

④ 《圣经·旧约全书》中的一部。

您和我坐在"N字号"包厢里，把这剧本嘘一通才好。……

写给阿·谢·苏沃林
5月7日，在苏梅

　　……我看完了您所评述的和译成俄文发表在《北方通报》上的布尔热的《学生》。这件事依我看来是这样。布尔热是个有才能、很聪明、有教养的人。他十分熟悉自然科学的方法，对它充满感情，看起来他好像在自然科学系或者医学系好好学习过。他在他打算支配一切的那个领域里并不生疏，这个长处却是俄罗斯的新旧作家都欠缺的。至于书本上的、学术上的心理学，他却跟最优秀的心理学家一样不大懂。懂得心理学跟不懂得心理学是完全一样的，因为它不是科学，而是虚构和假定，有点像是已经交档案室保管的炼金术。因此我不打算谈布尔热究竟是好心理学家还是坏心理学家。这个长篇小说有趣味。我读完它，才明白为什么它那么吸引您。它隽永有趣，有的地方挺俏皮，有些部分富于幻想……如果要讲它的缺点，那么其中主要一点就是对唯物主义流派的狂妄进攻。对不起，这类进攻我是不能理解的。这类进攻从来也不会得出什么结果，只是给思想领域带来不必要的混乱罢了。这是在对谁进攻？为什么进攻？敌人在哪儿？他有什么危险的地方？首先，唯物主义流派不是在报纸文章里那种狭隘意义上的所谓学派或者流派；它不是一种偶然的、暂时的东西，它是不可缺少、不能避免的，不是人力所能左右的。凡是在地球上生存着的东西必然是唯物的。在动物身上，在野蛮人身上，在莫斯科商人身上，凡是高级的、非动物性的东西，都受不自觉的本能的制约；他们身上其余的东西都是物质的，因此当然是不能由他们作主的。高级的生物，有思想的人，也不能不是唯物主义者。他们在物质里寻求真理，因为对他们来说此外没有别的地方可以找到它，因为他们看见的、听到的、感觉到的只有物质。他们必然只能在用得上显微镜、探针、刀子……的地方去寻求真理。禁止人们具有唯物主义思想无异于禁止寻求真理。在物质之外既没有经验，也没有知识，因而也就没有真理。西克斯特先生看起来可能像是把鼻子伸到他生疏的领域里去，根据细胞方面的学理大胆研究人的内部，这也许不好吧？可是这怎么能怪他呢？因为心理现象跟生理现象原就惊人地相似，人没法辨明心理现象是从哪儿开始，生理现象是在哪儿结束。我想，在解剖尸体的时候，就是中毒最深的唯灵论者也不能不生出一个问题：灵魂在哪儿呢？不过如果人知道肉体的疾病和精神的疾病是怎样近似，如果人知道这两种病，用同一种药来治疗，人就不得不拒绝把灵魂跟肉体分开了。

讲到《心理学派的实验》，把恶习接种到儿童身上去，西克斯特本人的形象等，那么它们都夸张得不像话了。

唯灵论者不是学术上的称号，而是荣誉的称号。作为学者，他们是不需要的。不过在他们所做的、所力求达到的一切事情方面，他们也必然跟西克斯特先生一样是唯物主义者。如果他们战胜了唯物主义者，把他们从地球表面上消除了（这是不可能的），那么单凭这个胜利他们就表明自己是最伟大的唯物主义者，因为他们破坏了一个完整的教派，几乎可以说是破坏了一种宗教。

谈唯物主义思潮的有害和危险，尤其是对它作战，那至少也是一件为时过早的事。我们没有充分的证据来构成控诉。理论和假设倒有许多，然而事实却没有，我们所有的反感并没有超出荒诞的热松香①。商人老婆对热松香反感，可是为什么呢？谁也不知道。教士们常常谈到缺乏信仰、道德败坏等。其实并没有什么缺乏信仰的现象。人们总是在信仰什么，就连西克斯特自己也一样。讲到道德败坏，那么以彻底的腐败者、荒淫者、酒徒闻名的，倒不是西克斯特之流，也不是敏杰列耶夫之流，而是诗人、修道院长以及经常到大教堂去的人。

一句话，对我来说布尔热的进攻是不能理解的。要是布尔热在进攻的时候肯费一下神对唯物主义者指出天上的无实体的上帝在哪儿，使人们可以看见他，那就是另外一回事了，我也就会理解他的进攻了。……

写给亚·巴·契诃夫

5月8日，在苏梅

……现在来谈你的剧本②。你决心描写不灰心叹气的人；可

---

① 据基督教的说法，这是在地狱里用来惩治叛教者的可怕的东西。
② 指亚历山大·契诃夫的剧本《扑满》。

是心里害怕。我觉得问题是明明白白的。只有对一切都淡漠的人才不灰心叹气。淡漠的人要么是哲学家，要么就是浅薄的、自私自利的人。对待后者应当用否定的态度，对待前者应当用肯定的态度。当然，有些淡漠的蠢才，人家就是用火红的烙铁去烫，也不会觉着痛，那么关于他们也就无话可说。如果你把不灰心叹气的人理解作对周围生活不冷淡、勇敢而有耐性地忍受命运的打击、带着希望瞩望未来的人，那么问题就明明白白了。改动很多不应当使你不安，因为工作越细致越好。剧本里的人物反而会因此得益。要紧的是你得提防个人因素。要是剧本里所有的人物都像你，这个剧本就一无是处了。在这方面你的《扑满》简直不像话，惹人讨厌。为什么要写娜达莎、柯丽雅、托西雅？倒好像你的外界没有生活似的？！谁有那份兴致想知道你我的生活、你我的思想？要把别人写成别人，不要写成自己。

你得提防语言的雕琢。语言得朴素精练。仆人说话应当朴素，不要夹杂土话。红鼻子的退职上尉、醉醺醺的新闻记者、挨饿的作家、害痨病的女工、挑不出一丁点儿毛病的正直青年、高尚的少女、好心肠的乳母，都已经被人写了又写，应当把他们当作陷坑似的绕过去才行。另外还有一个忠告：到剧院去这么三次，注意观察一下舞台。你得比较一下，这是要紧的。第一幕可以拖长到甚至一个钟头，不过其余几幕不能超过三十分钟。剧本的关键在第三幕，然而也不要过分渲染，压倒了最后一幕。最后还得记住书报检查官。他是严酷而细心的。……

写给阿·尼·普列谢耶夫

5月14日，在卢卡

……我惋惜萨尔蒂科夫①的去世。他是个坚强有力的人。在俄罗斯那些浅薄的、精神上习惯了欺诈的平庸知识分子当中存在着一种猪的习气，如今这种习气因为他去世而丧失了一个最顽强、最不肯退让的敌人。暴露是每个报纸写稿人都做得来的，嘲笑就连布列宁也办得到，可是能够公开蔑视的却只有萨尔蒂科夫一个人。读者们有三分之二不喜欢他，然而他说的话大家都相信。谁也不会怀疑他蔑视的诚恳。……

写给阿·谢·苏沃林

5月14日，在苏梅

……谢格洛夫不是我的敌手。我没有看见他的戏，不过我预感到在我的戏的前两幕里，我写得比他所有的五幕加在一起还要胜过十倍。他的戏可能比我的获得更大的成功，不过这样的竞争我不害怕。我对您说这些话，是为了表明我对自己的工作怎样满意。这个剧本写得枯燥②，七拼八凑，不过仍旧使我觉得是一个真正的作品。从我这个剧本里涌出全新的人物；全剧没有一

---

① 萨尔蒂科夫在 1889 年 4 月 28 日去世。
② 指契诃夫的剧本《林妖》。

个听差，没有一个硬插进去的喜剧人物，没有一个寡妇。人物一共有八个，其中只有三个是插话式的。总之，我极力避免多余，在这点上我觉得已经办到了。一句话，不妨说，我是个聪明的孩子。如果书报检查官不给它当头一棒，那么今年秋天您就会尝到一种美味，这是就连站在艾伊费尔塔上俯瞰巴黎全城的时候也比不上的。……

布尔热那个新的长篇小说的结局我不喜欢。它还可以写得更好一点。这不是一个高明的长篇小说的结尾，而是女衣的长后襟，从加勃留那儿撕下来，用别针别在这高明的长篇小说上面的。审判、法官们的"官派的麻木"等已经不再能打动人心了。西克斯特念祷告词"我们在天上之父"的时候会使得叶甫根尼·柯切托夫感动，可是我觉着心烦。如果必须从头到尾大胆地说真话，那么像西克斯特这样有学问的幻想家在念完"我们在天上之父"以后，应该跳起来像加利留那样嚷道："地球仍旧在旋转！"霞尔洛特去献出自己的那一章，却写得精彩动人。……

写给阿·谢·苏沃林

5月15日，在苏梅

……我来回答您那封关于布尔热的信。我要写得短。除了别的话以外，您写道："让物质的科学自管走它的路，不过也要留下一些东西让人能够借此躲开那种无所不在的物质才好。"物质的科学正在走它的路，至于可以用来躲避无所不在的物质的地方也安然存在着，似乎还没有人去侵犯它。如果有谁受到威胁，那也只是自然科学，却不是那些躲避自然科学的神圣地方。在我的信里，问题提得比您的信里正确，少带伤人的气味，而且我比您更接近"精神生活"。您说到这种那种知识的生存权利，我说的却不是权利，而是和平。我希望人们不要在没有战争的地方看见战争。各种知识永远是和平共存的。解剖学也好，文学也好，都有同样显赫的出身、同样的目标、同样的敌人——魔鬼，它们根本没有理由互相作战。它们中间并没有生存竞争。如果一个人知道血液循环的知识，他就丰富了；如果他此外还学了宗教史和情歌《我想起那美妙的一刹那》，那他不是变得更贫乏，而是更丰富。因此，这纯粹是有利无弊的事。正是因为这个缘故，天才们才不作战，在歌德身上诗人和博物学家才美妙地并存着。

互相作战的不是各种知识，也不是诗学和解剖学，而是各种错误，也就是，人。人在不懂什么事的时候就觉得自己出了毛病。他不是照应该做的那样在自己内部去找这种毛病的原因，而是到外界去找，因而跟他不理解的东西打起仗来。在整个中世纪，炼金术渐渐地经过自然而和平的方式被培养成化学，占星术被培养成天文学；僧侣不懂，看见了战争，就打起来了。我们的六十年代的皮沙列夫就是这样一个好斗的西班牙僧侣。

布尔热也在打仗。您说他不是在打仗，可是我说他是。请您想一想：如果他的长篇小说落在一个有子女在自然科学系念书的人手里，或者落在一个为星期日传道寻找题目的主教手里，那么在它所产生的后果上，会有什么近似和平的东西吗？不会有。

178

请您想一想：如果这个长篇小说被解剖学家或生理学家看到，那会怎样？它不会往任何人的灵魂里吹进和平的空气去，它只会激怒明白人，而把虚伪的观念赠给糊涂人，如此而已。

您也许会说他不是跟物质作战，而是跟反常作战。我同意一切作家都应当跟反常作战，可是为什么要连带损害物质本身呢？西克斯特是一只鹰，可是布尔热把他画成了一幅漫画。《心理学派的实验》是对人类和科学的诽谤。假使我写成一本长篇小说，其中有一个解剖学家为了科学而解剖自己的活老婆和吃奶的儿女，或者一个有学问的女博士到尼罗①去，为了科学的目的而跟一条鳄鱼、跟一条响尾蛇同居，难道这个长篇小说不是诽谤吗？话说回来，我倒真能把它写得隽永而有趣呢。

布尔热为俄罗斯读者所喜欢，如同干旱以后的雷雨一样，这是可以理解的。读者在这个长篇小说里看见一些比自己聪明的人物和作者，看见一种比自己的生活更丰富的生活；而俄罗斯小说家却比读者愚蠢，他们的人物苍白而渺小，他们轻视生活，把它写得枯燥无味。俄罗斯作家生活在排水管里，吃土鳖，爱粗鄙的女人和洗衣妇；他既不懂历史，也不通地理，更不知道自然科学，也不明白祖国的宗教、行政机关、诉讼手续，……一句话，什么也不懂。跟布尔热相比，他只是一只蠢鹅，别的什么也不是。布尔热何以会被人喜欢，是可以理解的，不过仍旧不能因此得出结论，说西克斯特在读祷告词"我们在天上的父"的时候是

---

① 指非洲的尼罗河流域。

对的，他在那时候是真诚的。……

写给阿·尼·普列谢耶夫

6月26日，在苏梅

……我庆贺《北方通报》，因为普罗托波波夫和柯罗连科回来了。讲到普罗托波波夫，谁也不会因为他的批评感到温暖或者冷酷，因为当代所有的批评家先生连一个小钱也不值，他们是在最高程度上的毫无益处的人。不过柯罗连科回来却是一件使人快慰的事，因为这个人还会写出很多好东西。柯罗连科有点保守，他抱住过时的形式（描写手法），他的思想像一个四十五岁的报刊撰稿人，他缺乏青春和朝气，不过所有这些缺点都不那么重要，而且我觉得好像是从外界感染来的。在时间的影响下，他会丢开它们。……

写给阿·尼·普列谢耶夫

9月14日，在莫斯科

……关于柯罗连科，如果现在就对他的前途作出结论，还嫌过早。我和他目前正好处在这样一种局面里：幸福女神正在抉择把我们送到哪儿去才好——上坡呢，还是下坡。摇摆不定是十分自然的。照事物的常例来说，就是暂时的停滞也会有的。

我很愿意相信柯罗连科会成为胜利者，会找到他的支点。在他那方面他有强健的身体、清醒坚定的观点、明朗优秀的头脑，虽然难免有先入之见，不过毕竟没为成见所拘囿。我呢，也不肯活生生地让命运随意摆布。尽管我缺乏柯罗连科所有的那些，不过我另外有些别的东西。我过去犯过一大堆错误，这是柯罗连科没犯过的；凡是犯过错误的地方，也就积累了经验。此外我的战地比较广阔，我的选材比较丰富，除了长篇小说、诗、告密信以外，样样东西我都试过一试。中篇小说啦、短篇小说啦、通俗喜剧啦、论文啦、幽默作品啦、种种荒唐东西啦，我都写过，其中包括给《蜻蜓》[①]写的《蚊子和苍蝇》。要是中篇小说写不下去，我可以写短篇小说；如果短篇小说糟糕，我可以抓住通俗喜剧，依此类推，无穷无尽，直到老死。因此，尽管我打算用悲观主义者的眼睛看自己和柯罗连科，尽管我打算垂头丧气，我仍旧一分钟也不灰心，因为我至今还没看见正面或者反面的理由。再等五年就看得出来了。……

写给阿·尼·普列谢耶夫

9月24日，在莫斯科

这封信，亲爱的阿历克塞·尼古拉耶维奇，随同我的小说一并交邮寄上。我终于对这篇小说摆了摆手，说："躲开我，该死的，到枯燥无味的批评文章的火里去吧！受一受读者的冷淡待遇吧！"我厌烦得不愿意再搞它了。我给它起了个这样的名字《没

[①] 莫斯科的幽默小报。

意思的故事（摘自一个老人的札记）》。您看得出来，这篇小说中最没意思的地方是冗长的议论，可惜又不能删掉它，因为我那个写札记的主人公少了它就不行。这些议论是注定要有，不能缺少的，就跟沉重的炮架子对大炮来说也是一样。它们表明了主人公的心情，他在自己面前的摇摆不定的特征。好朋友，请您看一遍，给我写一封信。这篇小说的毛病和缺陷，您会看得清楚一点，因为它还没有使您厌烦，还没有把您的眼睛磨出老茧，像我似的。……

写给阿·尼·普列谢耶夫

9月30日，在莫斯科

……我为您的信，为您的指教，十分感激您。等我看校样的时候，我一定会利用您的指教。我只在很少的几点上不同意您的意见。例如，这个中篇小说的名字不应该改换。照您的预言，有些混蛋会拿《没意思的故事》取笑一番，不过他们这样做并不见得俏皮，因此用不着怕他们。不过假如有人能取笑得有道理，我倒情愿给他这样一个机会。那位教授不能够描写卡嘉的丈夫，因为教授不认识他，卡嘉也绝口不提他；此外，我的主人公过于不注意四周人们的内心生活，而这正是他的一个主要特征；在四周的人哭泣、犯错、作假的时候，他平心静气地谈论剧院、文学；假如他是另一种气质的人，丽莎和卡嘉也许就不会沉沦了。

是的，关于卡嘉的过去，写得又冗长又乏味。不过此外也没有别的办法。如果我极力把这一段写得有趣味些，那么您会同意：我这个中篇小说就会因而加长一倍了。

至于密哈益·菲奥朵罗维奇的信以及那几个零碎的字"热烈……"，并没有什么勉强的地方。

中篇小说跟舞台一样有自己的条件。例如，我的感觉告诉我说：在中篇小说或短篇小说的结尾，我得人工地把整个小说集中起来好在读者心中留下一个总印象，为此我就得把前面叙述过的事略略提一下，哪怕只是轻轻带过一笔。或许我做得不对也未可知。

您发愁，认为批评家会骂我。那有什么关系呢？礼尚往来。要知道，我的教授也骂了他们啊！……

写给彼·伊·柴科夫斯基

10月12日

……这个月我准备开始排印一本我的小说的新集子，那些小说枯燥无味如同秋天一样，调子千篇一律，这些小说中的艺术成分跟医学紧密地混合在一起，不过这仍旧没有消除我的勇气，斗胆向您提出最恭顺的恳求：请允许我把这本小书^①献给您。我

---

① 契诃夫献给彼·伊·柴科夫斯基的是《灰色的人们》一书，这书在1890年出版。彼·伊·柴科夫斯基送给契诃夫一张签名照片："赠安·巴·契诃夫。热诚的崇拜者彼·伊·柴科夫斯基。1889年10月14日。"

很希望得到您的肯定答复，因为第一，这个呈献会给我带来很大的满足；第二，它略略满足了促使我每天想起您的那种深邃的尊敬感觉。……

写给阿·谢·苏沃林

10月17日，在莫斯科

……要是人家端给您的是咖啡，那么请您不要在杯子里找啤酒。如果我献给您的是教授的思想，那么您得相信我，不要在那里面找契诃夫的思想。多谢多谢。在整个中篇小说[①]里，只有一个思想是我也有的，那就是教授的女婿、骗子格涅凯尔脑子里的想法："这老家伙昏了头啦！"其余的思想都是想象出来，制造出来的。……您怎么会认为这是政论呢？难道您这样重视不管什么样的见解，以致只把这类见解本身看作重心，而不把它们的表现方式、它们的襁源等看作重心吗？那么，连布尔热的《学生》也是政论吗？对于作为作家的我来说，所有那些见解其实是一无价值的。问题不在于它们的内容，这种内容是容易变换的，而且也不新奇。关键在于这些见解的性质，在于它们对外界影响的依赖性质等。应当把它们当作一种实物，当作一种病症那样的加以考察，而只要完全客观，极力不去赞同它们，也不去驳倒它

① 指《没意思的故事》。

们。要是我描写圣维达舞蹈①，您总不至于从舞蹈师的观点来看待它吧？对吗？那么对待见解也应该这样。我完全没有那种狂妄的抱负，想用我在剧院、文学等方面的惊人看法来使您震惊；我只打算运用自己的知识，描写一种绝境：这里有一个和善而聪明的人，尽管居心要接受上帝所创造的当前这种生活，按基督徒的方式想到一切人，可是一旦陷进这种绝境，就会不由自主地发牢骚，出怨言，跟奴隶一样，甚至在强制自己善意评论人们的时候也会辱骂他们。他想为大学生撑腰，可是除了伪善和居民②式的谩骂以外，什么结果也没有……不过，这一点说起来就话长了。……

写给伊·列·列昂捷夫（谢格洛夫）

10月21日，在莫斯科

……我读了您的《穿皮衣的演员》，很高兴有机会向您敬礼。这个短篇小说精彩。特别优美的是那个穿短皮袄的人出现的地方。您真了不起，让努希卡③。只是您何苦在这个温暖亲切的小说里自暴自弃，用居民④式的荒唐字眼，例如"狗血喷头的""夹肉面包的"等等，这种流氓腔的字眼跟温柔的、爱冲动的人是不相称的——我一向认为您是那样的人。希望您把它们丢到九霄云

---

① 即舞蹈病。
② 居民是《新时报》撰稿人佳科夫的笔名。
③ 伊凡的法文名字让的爱称。
④ 居民是《新时报》撰稿人佳科夫的笔名。

外去，让它们遭到三次诅咒才好 [……]。

"使劲踩琴踏板"那句话很好；巡回演员的嘴脸描写得好；篇名也好。

希望您写上十个这样的剧院生活故事，合成一个集子。那会得到充分的成功。

我很高兴，很高兴，因为书报检查宫查禁了《不可解的谜》的改编本。您是活该！这是个教训：下回您就不会再在您的长篇小说和中篇小说上打主意了①。……

写给阿·谢·苏沃林

10月23日，在莫斯科

……假使我住在彼得堡，那我会要您答应我去编小说栏。我会把您和布列宁所赞同的小说修饰一下，磨一磨光，而且我要为那些表面看来不能用的稿子出力帮忙，只要把它们缩短一半，再经过修改，就可以使它们变成过得去的小说。我已经熟习于修改和涂抹稿子了，您看怎么样？如果您不怕两地相隔和等稿子的气闷，那就请您把手边所有被您认为是废品的小说统统交邮挂号寄给我。请您自己寄给我，不要托别人，要不然就会弄得一无结

---

① 参看1889年12月23日契诃夫写给苏沃林的信，那封信上表明把长篇小说和中篇小说收编成剧本是不能容许的事。谢格洛夫把自己的长篇小说《不可解的谜》改编成剧本，起名《娜斯嘉》，被书报检查官查禁了；谢格洛夫写信给契诃夫说："谁想得到呢？书报检查官认为把贵族对美貌的女仆的爱情看成真正的革命的起点，损害了俄罗斯贵族的威信。"

果。我会很快地读它们。我还记得去年冬天有一个晚上，我坐在您家里把一篇已经抛弃的、柯尼的坏小说改了一下，登在《星期六增刊》上，第二天得到许多人的喜爱。……

我写信①给谢格洛夫说，我为他的苦恼很高兴。他是咎由自取！要知道，使他哀叫的那个剧本是由他的长篇小说《不可解的谜》改编成的。那么，这不是剧本，是胡闹。那个长篇小说挺好，可是为什么要糟蹋它呢？而且这是怎样的贫乏！倒好像此外没有题材了似的。

当然，一个男人不应该为女人开枪自杀，虽然不应该，然而很可能。爱情不是儿戏。如果一个男人为女人开枪自杀，那么这个男人是在严肃地对待她，而这一点是重要的。

前者我写信给您不是谈我的中篇小说②是好是坏，而是说明作品中人物所表白的见解不可能成为作品的status③，因为关键不在那些见解本身，而在它们的性质。……

写给亚·谢·拉扎烈夫—格鲁津斯基

11月1日，在莫斯科

……我已经收到您的通俗喜剧④，一会儿就看完了。这篇东

---

① 指1889年10月21日契诃夫写给伊·列·列昂捷夫（谢格洛夫）的信。
② 指《没意思的故事》。
③ 拉丁文：情况（意指"内容"或"基础"）。
④ 指收信人所写的通俗喜剧《老朋友》。

西写得挺好，只是布局很糟，完全不合舞台条件。您自己来判断吧。达霞的头一段独白完全不必要，因为它成了个瘤子。假使您有意把达霞写成一个不只是穿插一下的角色，假使那段使读者生出很大希望的独白跟剧本的内容或效果有点关系，那段独白就合适了。装了子弹的枪是不可以放在舞台上的，除非有人要放枪。不能让读者生出很大希望。索性让达霞一声不响吧——这样倒好些。

果尔希科夫说很多话，多到了卡沙洛托夫尽有一千次的机会可以把他唤到一旁去，小声说："闭嘴吧，老畜牲！老婆在这儿呐！"不过他没有这样做……为什么这样大意呢？这是性格的特征吗？如果是，那就应该表明……其次，那个妻子，倘使我们把她看作女人角色的话，是十分贫乏的。她很少说话，少到了达霞和她可以由哑巴女演员来表演。果尔希科夫挺好，只是在他追述往事的方式上使人觉得有点单调……应当多添一点热情，多添一点变化。例如，关于卡希洛托夫所求的女演员，他讲起来跟讲到纸牌和监狱一样，口气的变换如同等差级数。他本来可以说："从前女演员是什么样子啊！比方拿列波烈洛娃来说！那才气、那风度、那漂亮，一团火！求主保佑我的记性吧，我记得好像有一回我到你的旅馆里去，那时候你跟她住在一块儿；她在研究角色。……"等等。这就是另一种方式了。

换了一个精明的人处在您的地位，在剧本里放上四个人物的时候，就会照这样做：他放上一个有力的男角色和一个有力的女角色，其余两个角色作穿插和陪衬用。在您的剧本里有力的男角色是现成的，就是果尔希科夫。让妻子做那女角色也很便当，应当把丈夫和达霞放在一旁。换了是我，就这样办。丈夫走进来，对妻子介绍在"里沃尔诺饭馆"遇见的老朋友，然后说："好太太，请他喝咖啡吧，我要到银行去跑一趟，一会儿就回来。"妻子和果尔希科夫留在舞台上。果尔希科夫就开始追述往事，滔滔不绝地说出种种不该说的话；丈夫回来，看见破碎的盘盏和那个吓得躲在桌子底下的老朋友；结局是果尔希科夫带着温情和欢喜瞧着那个生气的妻子，说："太太，您可以做个了不起的悲剧演员！梅嘉正该由您来演！"夫妻俩相骂起来，他就念了《李尔王》里那段可怕的独白，仿佛在暴风雨下面一样……或者说点这一类的话……这以后就不是我的事了。

我在看您的短篇小说。我看出您进步很大。只是得丢开库齐亚、谢明这些名字，以及您的人物那种市民、市侩、小官式的气派。应当多来一点花边、白芷香、丁香花，多来一点管弦乐、响亮的话语……也就是您该写得有光彩一点。您的面貌已经形成了，为此我庆贺您。这是好的，我为您的成功高兴。……

写给尼·亚·列依金

11月7日，在莫斯科

……格鲁津斯基已经完全写出了头，定了型。他站稳了脚跟，而且大有希望。叶若夫也写出了头，他的才能也许比格鲁津斯基大，可是智慧不够。他俩已经都不写鲑鱼了。我为他们口语的庸俗味道和他们的文笔的单调黯淡把他俩略略数说了一下。甚至他们最好的小说也由于黯淡无光而使我联想到巴尔明住处的那道木头楼梯。……

写给符·阿·季洪诺夫
11月7日，在莫斯科

……人们应当无情地嘘年纪还轻的职业剧作家，特别是嘘他们草率写成的戏。可是现在，先生，对这种职业剧作家太溺爱了，他们自命不凡了。假如我是公众，那我只用钱来奖励青年人，至于桂冠，我却要留封到他们老了才给他们。……

写给阿·尼·普列谢耶夫
11月27日，在莫斯科

我从《林妖》讲起……对剧本来说，登在大杂志上是极大的光荣。我道谢，不过我请求您允许我辞谢这种光荣，因为我的剧本在还没有上演，也没有在评论里挨到大骂以前，对杂志来说还不是有价值的材料，如果发表出来，许多人就会公正地认为《北方通报》对契诃夫徇私。人们会说：契诃夫的剧本没有上演，却发表了，可是为什么不把那些已经上演和获得成功的剧本拿来发表呢？这是一。第二，我认为一个还没有在彩排时候修改过的剧本是不可以发表的。好朋友，等一等吧，反正时间又不会逃跑。

等到这个剧本在彩排时候经过修改以后，我不等您来约稿就会向您求教。

　《北方通报》怎么样了？莫斯科盛传这个刊物要转到楚依科的手里去。我当然不相信这话。在俄罗斯，大杂志比剧院和大学少，所有读书的、有思想的公众都关心它们的命运。大家注意它们、期望它们，等等，等等。因此应当竭力保护它们不受到破坏，这是我们的根本责任。前者您写信给我说：我们来同心协力地干。现在我回答说：行。……

　涅米洛维奇·弗拉基米尔说他跟您见过面。我觉得这个涅米洛维奇是个很可亲近的人，总有一天他会成为真正的剧作家。至少他已经写得一年比一年好。就是从外表的一面看我也喜欢他：他举止得体，待人极为周到。看来，他很注重自己的修养。……

写给玛·符·基塞列娃

12月3日，在莫斯科

　……过不几天您会接到约稿信，要您在一月前寄出一篇游猎小说①，当然篇幅不大，然而要充满诗意和种种美丽。您不止一次观察过有猎狗参加的游猎、普斯科甫省的居民等，对您来说写一篇合适的东西并不困难。比方说，您可以写一篇随笔《伊凡·加甫利洛夫》或者《受伤的鹿》。在后面这篇小说里，如果

---

① 指《俄罗斯猎人》杂志的约稿信。

您没忘记的话，猎人们打伤一只鹿，鹿像人一样地看着人，谁也不忍下手杀死它。这是个不坏的题材，不过危险在于很难避免感伤气息，应当把它写得扼要、没有废话，照这样开头："某月某日在达拉加诺甫斯基树林里猎人们打伤一只鹿。……"如果您在小说里放进一点眼泪，那就把这个题材的严峻味道和一切值得注意的东西都消除了。……

写给阿·谢·苏沃林

12 月 27 日，在莫斯科

……我在最近所写的一封信里跟您谈到布尔热和托尔斯泰，那时候我根本没有想到漂亮的使女，也没有想到作家必须专门描写恬静的快乐。我只想说：我所喜欢的当代最好的作家都在为恶服务，因为他们都在破坏……有的是 [……]，有的是 [……]①，肉体上还没有厌倦的感觉，可是精神上却有厌倦的感觉，就把自己的幻想发挥到极点，想出一个根本不存在的半人半神的西克斯特和"心理学派的实验"。不错，布尔热安上一个美满的结局，然而这个庸俗的结局不久就被人忘掉，留在记忆里的只有西克斯特和《实验》，它们一下子就杀死一百只兔子：在群众的眼睛里损害科学，而科学是像凯撒的妻子一样不应该受到怀疑的。从作家的庄严的高度蔑视良心、自由、爱情、荣誉、道德，使得公众

---

① 这两个括弧里是作者删掉的骂人话。

相信凡是遏制人的兽性、使人跟狗有所区别、跟自然界经过长期斗争得来的东西，可以很容易地被"实验"弄得丑态百出——如果不是在现在，那就是在明天。难道这样的作家在"促使人们寻求好东西，促使人们思索而且承认坏的确实是坏的吗"？难道他们在促使人们"新生"吗？不，他们在促使法国退化，他们在俄国帮助魔鬼繁殖我们称之为知识分子的那些软骨头和土鳖。这些软弱的、淡漠的、冷酷的、懒洋洋发空论的知识分子甚至没有能力为自己想出一个像样的钞票图案；他们缺乏爱国心，唉声叹气，没有光彩；他们喝一杯酒就醉，常去逛那收费十五个戈比的妓院；他们常发牢骚，乐于否定一切，因为对懒惰的脑筋来说否定比肯定容易；他们不结婚，不肯教育孩子，等等。软弱的灵魂、软弱的肌肉、活动的缺乏、思想的不稳定——所有这些都是因为生活没有意义，因为女人有 [……]，因为金钱是坏东西。

凡是有退化和淡漠的地方，就一定有性欲倒错、冷酷的放荡、堕胎、未老先衰、怨天尤人的青年，就一定有艺术的堕落、对科学的漠不关心，就一定有各种形式的不公平。一个社会，如果不相信上帝，却害怕预兆和魔鬼，否定一切医生，同时又伪善地哀悼包特金，崇拜扎哈陵，就不敢明明白白说出来它熟悉种种不公平现象。……

1890 年

写给尼·米·叶若夫

1月28日，在彼得堡

……我很喜欢《女溺鬼》[①]，不过在女溺鬼父亲的故事里您的笔调有点接近柯罗连科（《树林响起来》）。总的说来，您比我进步大。说真心话，我很高兴。您多看点书吧，您应当在您的语言上下功夫，它犯了略带粗野和雕琢的毛病。换句话说，您应当培养对好语言的鉴赏力，就跟人们对版画、好音乐等培养鉴赏力一样。您该多看点严肃的书，那种书里的语言比小说谨严，规矩。顺便您也就储备了知识，对作家说来知识并不是多余的东西。……

写给阿·尼·普列谢耶夫

2月15日，在莫斯科

……难道您不喜欢《克罗采奏鸣曲》[②]？我不会说这是天才

---

① 叶若夫的短篇小说，发表在《新时报》1890 年第 5004 期上。
② 契诃夫对托尔斯泰的这本小说的态度很快就彻底改变了（请参看本年 12 月 17 日写给苏沃林的信）。

的、永垂不朽的作品，在这方面我做不了审判官。不过依我看来，在我们国内和国外现在所写的一大堆东西里恐怕还找不出一个作品在含义的重要和描写手法的美丽上赶得上它。姑且不提那些艺术上的优点有的地方达到了惊人的程度，单以它非常刺激人的思想这一点来说，我们就该感激这部中篇小说了。人在读它的时候简直忍不住要叫起来："这是实话！"或者："这真荒唐！"不错，它有很恼人的缺点。除了您列举的种种以外，它还有一个使人不愿意原谅它的作者的缺点，那就是托尔斯泰的大胆。他居然讨论他不懂的，而且由于固执也不想弄懂的事情。例如他对梅毒、教养院、女人对性交的厌恶等的判断，不但能够让人驳倒，而且直接暴露这个人的无知，这个人不肯在漫长的一生中劳一下神看两三本由专家写成的书。然而这些缺点好比风前的羽毛，都吹散了。由于这部中篇小说的优点，那些缺点简直看不出来，就算看出来，也只使人烦恼地暗想：这部中篇小说没有逃脱人的一切工作的命运，因为人的一切工作都不完美，都免不了有瑕疵。……

写给莫·伊·柴科夫斯基

2月16日，在莫斯科

……您的《交响乐》^①我很喜欢，关于这个剧本的舞台方面

---

① 莫·柴科夫斯基的剧本《交响乐》发表在《演员》杂志 1890 年第 9 期上。

的长处，我只有在看戏回来以后才能下判断，因此请您允许我眼前不谈它。不过文学方面的优点都是不容置疑的。这个明白晓畅、充满智慧的剧本是用优秀的语言写成的，给人很明确的印象。尽管一半的人物都似乎不典型，像米洛契卡这样的人物着墨太少，可是生活却描写得鲜明，多亏您这个剧本我现在才对以前所不知道的那个圈子里的人有了概念。这是个有益的剧本。可惜我不是批评家，要不然我就会给您写一封长信，对您证明您的剧本很好了。您好像说过公众不会理解您的剧本，因为剧本写的是一个特殊的圈子里的人。老实说，我读剧本的时候原也料着会有过分的地方，可是结果除了"交响乐""歌剧""音调"以外却没找到别的专门字眼，因此请您允许我不同意您所说的那种危险。

叶列娜描写得很好，虽然有些地方她用男人的语言说话。正因为用男人的腔调说话，她追述蒙盖木①的女歌手的那段文字就变得不够热情。换了是我，在这段回忆的话里就会按另一种方式来用标点符号。比方说，在"手里拿着小手提包"后面我会用虚点，其次"她"字索性删掉。不过，要是像叶列娜这样的歌唱家一举一动本来就像男性，那我就错了。所有这些都是小事。

亚德林采夫像苏沃林的阿达谢夫②。霍迪科夫写得精彩，舅舅是个很可爱的野兽……我最喜欢的是第一、二、五幕，最不

---

① 德国的一个小城。
② 苏沃林的剧本《达吉雅娜·列宾娜》中的一个人物。

喜欢的是第三幕，在第三幕里米洛契卡没有说过一句有光彩的长句子，整段话都像是呜咽。结尾很俏皮，再也想不出更好的结局了。

霍迪科夫应当由斯沃包津演。

我想象得到您的《交响乐》在我们的小剧院里会演得多么好。我们的演员们擅长道白，这是重要的。他们会把第二幕演得很妙。……

写给亚·谢·拉扎烈夫—格鲁津斯基

3月13日，在莫斯科

……您的《逃亡》不坏，可是写得太粗心了。在您的文章里，一个人有两个名字：阿尼卡和普罗霍尔。我改了又改，仍旧错过了一个普罗霍尔，他仍旧留在那儿，大概不止一个专心的读者会觉着莫名其妙的。其次，要好好地造句，使它有风趣些、有光彩些，可是现在您的句子好比插在熏鲑鱼肚子里的那根棍子。一个短篇小说应当写五六天，写的时候始终想着它，要不然您绝写不出好句子来。应当让每个句子在写到纸上以前先在脑子里盘桓两天光景，给它涂一涂油。不消说，我由于懒惰而没有遵守这条规则，不过我十分愿意把它推荐给您这个年轻人，因为我不止一回亲身体会到它有益于写作的性质，而且我知道一切真正的大师的手稿都涂改很多，删削的地方纵横交错，涂掉之后用许多补丁加进去，然后这些补钉又被删削，又被涂改。……

写给莫·伊·柴科夫斯基

3月16日，在莫斯科

……昨天我寄给《新时报》一个短篇小说，不久我就会把《林妖》寄给《北方通报》。我寄出《林妖》是很不情愿的，因为我不喜欢看见我的剧本发表出来。

过一个半星期或者两个星期，我那本献给彼得·伊里奇的小书①就要问世了。我愿意做一名荣誉的卫兵，一天到晚站在彼得·伊里奇住着的房子门口，我对他尊敬到了这种程度。如果说到品级，那么在俄罗斯艺术中他如今在列夫·托尔斯泰之后占第二位，第一位早已由列夫·托尔斯泰占据了。（我给列宾第三位；我自己呢，占第九十八位）我早已存着一个鲁莽的梦想，打算献给他一点作品了。我认为这种呈献是我这个末流作家对他那宏大才能的评价部分的、最低限度的表现；由于我在音乐方面无知，我还不能把这评价写在纸上。可惜我的梦想不得不实现在我并不认为是最好的一本小书上。它是由特别灰色的、精神病理学性质的随笔合成的，又有着灰色的题名，因此，对彼得·伊里奇的崇拜者和他自己来说，这个呈献是根本不合口味的。……

---

① 指小说集《灰色的人们》。

写给亚·巴·连斯基

3月16日，在莫斯科

我寄给您，最亲爱的亚历山大·巴甫洛维奇，一篇伊·费·戈尔布诺夫的小品文[①]。这篇东西很有趣味。我以为演员们应当为将来的俄罗斯戏剧史家多写些这类作品。只是可惜，有些地方伊·费说了假话，过分热衷倾向性了。……

写给伊·列·列昂捷夫（谢格洛夫）

3月24日，在莫斯科

……我怕"艺术性"这三个字不下于商人老婆怕热松香。每逢人家对我谈到艺术性和反艺术性，讲到合舞台条件或者不合舞台条件，讲到倾向性、现实主义，等等，我总是仓皇失措，迟疑不定地唯唯诺诺，用不值一个铜钱的、庸俗的、真假参半的话来回答。我把所有的作品分成两类：我喜欢的和我不喜欢的。别的标准我没有，要是您问我为什么喜欢莎士比亚，不喜欢兹拉托夫拉特斯基，我也答不上来。也许将来有一天我变得聪明一点，我就会有一个标准，可是眼前所有关于"艺术性"的讨论只能使我厌倦，使我觉得像是中世纪人们所厌倦的经院哲学的谈话的继续。

---

①《白厅》，发表在《新时报》1890 年第 5043 号上。

如果您所推崇的批评家知道您和我不知道的东西，那他为什么至今一声不响呢？为什么他不向我们揭示真理和确切不移的规律呢？假如他知道的话，那么您放心，他早已就向我们指出道路，我们就会知道应该做什么，福法诺夫就不会住在疯人院里，迦尔洵就会活到现在，巴兰采维奇就不会忧郁，我们也不会像现在这样烦闷无聊，您不会一心想到戏院去，我也不会一心想到库页岛去了。可是批评家闷声不响，要不然就说些懒散的废话来搪塞。要是您觉着他有影响，那也只是因为他愚蠢、不谦虚、鲁莽、嘁嘁喳喳，因为他发出空桶子的响声，吵得你不得不听见。……

写给阿·尼·普列谢耶夫

3月27日，在莫斯科

……《北方通报》停刊的消息使我生出抑郁不安的印象。这件事真不好。说来奇怪，在我们国家里，到处都说俄罗斯杂志少，而同时，光天白日，就在首都，尽管有许许多多写作的人在那儿，杂志却孤立无援地无故灭亡了。……

写给阿·谢·苏沃林

4月1日，在莫斯科

……您骂我客观，说这种客观态度是对善和恶的漠不关心，说它是理想和思想的缺乏等。您希望我在描写偷马贼①的时候应该说明：偷马是坏事。不过话说回来，这种话就是我不说，别人也早已知道了。让陪审员②去裁判吧，我的工作只在于表明他们是什么样的人。我写道，您要跟偷马贼打交道了，那么您得知道，他们并不是乞丐，而是吃得饱饱的人。这些人算得是一种狂热的信徒，偷马不单纯是盗窃，而是癖好。当然，把艺术跟说教配在一起是愉快的事，不过对我个人来说，这却非常困难，并且由于技术条件而几乎不可能。要知道，为了在七百行文字里描写偷马贼，我得随时按他们的方式说话和思索，按他们的心理来感觉，要不然，如果我加进主观成分去，形象就会模糊，这篇小说就不会像一切短小的小说所应该做到的那么紧凑了。我写的时候，充分信赖读者，认定小说里所缺欠的主观成分读者自己会加进去。……

写给伏·米·拉甫罗夫

4 月 10 日，在莫斯科

……在《俄罗斯思想》第三期第 147 页传记栏里，我偶然读到这样一句话："还在昨天，甚至像亚辛斯基先生和契诃夫先生这样的专门写毫无原则的文章的作家，他们的名字……"等等。对批评，人们照例是不回答的，不过就目前这情形来说，问题

----

① 指契诃夫的小说《偷马贼》。
② 指读者。

也许不在于批评，而纯粹在于诽谤了。或许就是对诽谤我也不应该回答，可是过不了几天我要离开俄罗斯本土很久，可能从此不会回来了，因此我忍不住要回答一下。

我从来也不是一个毫无原则的作家或者一个无赖——这两种人是一样的。

不错，我的全部文学活动是由不间断的一系列错误，有时候是粗略的错误组成的，可是这要用我的才具的大小来解释，完全不能用我是好人或坏人来解释。我没有骗过人，没有写过诬蔑或告密的东西，没有阿谀过谁，没有说过谎，没有侮辱过人。简单地说，我有许多篇小说和文章，由于写得拙劣而情愿扔掉，然而没有一行文字会使得我现在为它抱愧。如果容许我假定您把毫无原则理解为一种可悲的情形，那就是我，一个受过教育、常发表东西的人，对我所热爱的人没有作出什么事来，我的活动比方说对于地方自治会、新司法制度、出版自由、一般的自由等，没有留下什么痕迹就消灭了，那么在这方面《俄罗斯思想》应当公平地把我看作自己的朋友，而不应当责难我，因为截至现在它在上述那些事上所做的并不比我多——在这方面您和我都不能负责。

如果从外在的一面来评断作为作家的我，那么我在这一点上恐怕也不应该遭到"毫无原则"的公开责难。直到现在我一直住在四堵墙里面，过着闭塞的生活。我跟您在两年当中只见过一回面，而且比方说，我生平没跟玛奇捷特先生见过面，因此您可以判断，我怎样少出家门。我素来坚决避免参加文学晚会、一般小晚会、会议等，不经邀请从不到任何编辑部去，一向极力要我的熟人把我多看作医生、少看作作家。总之，我是个谦虚的作家。目前我写的这封信在我十年活动的全部时间中是我头一回表现不谦虚。我跟同行相处得很好，我向来不让自己做同行们和他们投稿的报刊的审判官，认为自己不够资格，而且认为在当代出版业的依赖地位下，任何不利于杂志和作家的字句不但冷酷无情、不得体，而且简直有罪。直到现在我决意拒绝的只是那些质量之差已经很明显而且经人证实过的杂志和报纸。每逢我必须在这些刊物当中有所抉择的时候，我总是把优先权给予那些由于物质上的或者别的什么原因而比较需要我效劳的刊物，因此我才没有给您的。杂志写稿，也没有给《欧罗巴通报》写稿，而是给《北方通报》写稿。正是因为这个缘故，我得的稿费不多，如果换一种眼光看待我的责任，我所得的稿费就会比我眼前所得的多一倍。

您的责难是诽谤。我没法请求您把这种诽谤收回去，因为诽谤已经成为事实，就是用斧子也砍不掉了；我也没法用粗心、轻率之类的理由来解释这种诽谤，因为在您的编辑部里，据我所知道的，是些十分正派的、受过教育的人，他们写东西，读文章，而且我相信他们在写或者读文章的时候不是潦潦草草，而是对每个字都自觉地负责的。剩下来我所能做的就只有对您指出您的错误，请求您相信我的沉重心情的诚恳，正是这种心情才促使我给您写了这封信。至于在您这种责难之后我们之间不但不能再有业务上的关系，就连通常的点头之交的关系也不能再维持，这

是不言而喻的。……①

写给阿·谢·苏沃林

12月17日，在莫斯科

……在我出门旅行②以前，《克罗采奏鸣曲》对我来说是件大事，可是现在③依我看来，它显得可笑，似乎不近情理了。要么这是因为我在这趟旅行当中成长起来了，要么就是因为我发疯了——鬼才知道我是怎么回事。……

---

① 后来契诃夫接到拉甫罗夫的道歉信以后，就跟《俄罗斯思想》杂志的编辑部以及伏·米·拉甫罗夫本人恢复了关系。
② 指去库页岛以前。
③ 指从库页岛回来以后。

1891 年

写给阿·谢·苏沃林

2 月 6 日，在莫斯科

歌德和艾克尔曼，我也正好在想着他们。

前不久我在我那伟大的中篇小说[①]里提到他们的谈话。我说它伟大，是因为它真的伟大，那就是说它又大又长，弄得我在写的时候都厌烦了。我写得又大又笨，而且主要的是没有计划。不过呢，反正也没关系。

让布列宁再得一个新证据去证明青年作家一无是处吧[②]。

这篇小说离着结束还远，人物多得很。我对人物总是贪多。在您光临以前我会写好一半，或许还要多一点，我会拿给您，请您看一遍……您那篇关于托尔斯泰的论文[③]是一篇十分可爱的东西。它很好，很好，又有力，又委婉。总之，那一期特别成功：

---

① 指《决斗》。
② 这句话带着讥刺的意味暗指着布列宁在《批评随笔》(《新时报》1891 年第 5341 号) 里面对乌斯宾斯基、柯罗连科、契诃夫的攻讦；他把这些作家叫作具有 "中等才能" 的人，非但没有 "不是一天一天的，而是一个钟头一个钟头地开起花来"，反而开始 "干枯" 了。
③ 论文《短信》(《新时报》1891 年第 5366 号)。

有您的论文，有《弗兰苏阿扎》①。那是一个美妙的短篇小说。托尔斯泰所添的关于妹妹的话（《她是你的妹妹！》）不像您担心的那么伤害了作品。只是这个小说似乎由于它而失去了新鲜活泼的气息。……

写给阿·阿·陀尔任科

5月8日，在阿列克辛

……你住在我们这儿的时候，可以读托尔斯泰的书。他的书就在书架上。你可以找到小说《哥萨克》《霍尔斯托美尔》《波里库希卡》。这些都很有趣味。……

写给阿·谢·苏沃林

5月10日，在阿列克辛

……杰德洛夫－基根的署名是单性②，他是小说家和有趣的旅行家，我只听说过他，却没看过他的作品。不错，您说得对，我的灵魂需要加点香油了。眼前，我会带着快乐，甚至欢喜，读一点严肃的文章，然而不是专门论述我的文章，而是一般的文章。我渴望读严肃的文章，近代俄罗斯批评家却没有一个能够使我满意，

---

① 《弗兰苏阿扎》是经列·尼·托尔斯泰改写过的法国作家莫泊桑的小说（《新时报》1891年第 5366 号）。
② 他的笔名是杰德洛夫。

他们反而惹得我生气。我很想如醉如痴地读点评论普希金或托尔斯泰的新文章，这就会成为我那闲散的头脑所需要的香油。……

在最近一期的《外国文学通报》里发表了一篇沃益达的短篇小说，那是我们的米哈依尔①——课税稽查员，从英文翻译过来的。为什么我不懂外国语言呢？我觉着我会把小说翻译得挺好。每逢我读别人的译文，我的脑子里就会把一些字改换一下，把一些句子重编一下，结果就成了一种轻松的、飘飘然的、类似花边的东西了。……

写给阿·谢·苏沃林

5月18日，在阿列克辛

……昨天我为库页岛的气候忙了整整一天。这类东西是难写的，不过到头来我总算抓住了魔鬼的尾巴。我给那儿的气候描出一个画面，谁看到都会浑身发凉。可是写数字是多么讨厌的事啊！……

写给费·阿·切尔温斯基

7月2日，在包吉莫沃

……我从来没有读过斯卡比切斯基的作品。不久以前，他

---

① 即契诃夫的弟弟密·巴·契诃夫，他翻译了一篇沃益达的小说《雨天》。

的《最新文学史》落到我的手里，我看了一点就丢开了，我不喜欢它。我不懂为什么要写这种东西。斯卡比切斯基之流是一种殉教徒，自告奋勇地跑到街上去叫嚷："皮匠伊凡诺夫作出来的靴子很糟！"或者："细木匠谢敏诺夫作出来的桌子挺好！"谁需要这种叫嚷呢？靴子和桌子不会因此变得好一些。总之，这些先生寄生在别人的劳动上，倚赖着别人的劳动，因此这些先生的劳动在我看来完全莫名其妙。讲到人家在骂您，那倒没关系。他们越早一点向您开枪越好。……

写给阿·谢·苏沃林

7月24日，在包吉莫沃

……有一回您对我夸奖法国作家罗德，说托尔斯泰喜欢他。前几天我凑巧读到他的一个长篇小说[①]，我失望得摊开了手。他是我们的玛奇捷特，只是稍稍聪明一点罢了。矫揉造作和枯燥无味的地方多极了，他竭力打算独创一格，然而使人感到艺术性非常少，就跟在包吉莫沃的时候有一天傍晚您跟我一块儿煮的粥里的盐一样。这个罗德在序言里懊悔自己早先是博物学家，现在则因为近来文学界新兵的唯灵论总算代替了唯物主义而高兴。这是孩子气的夸耀，而且夸耀得粗俗、拙劣。"左拉先生，如果我们不及您那么有才气，那么另一方面我们却相信上帝。"……

---

① 罗德的《三颗心》。

写给阿·谢·苏沃林

8 月 28 日，在包吉莫沃

寄上米哈依洛夫斯基论托尔斯泰的文章一篇。请您读一读以增长见识。这篇杂文挺好，可是奇怪：这样的杂文哪怕写了一千篇，然而事情仍旧没有向前推进一步，人们仍旧不明白为什么要写这类文章。……

写给阿·谢·苏沃林

8 月 30 日，在包吉莫沃

……《库页岛》正在步步前进。有些时候我很想为它下三五年的工夫，拼命用功写它，可是在疑虑重重的时候，我又恨不得把它丢开了事。真的，为它下三年工夫多好啊！我会写出许多乱七八糟的东西，因为我不是专家，不过，真的，我也会写出点正经的东西。《库页岛》是一本好书，因为它会在我死后活一百年：它会成为文学的源泉，而且对一切从事监狱工作和关心监狱的人来说会成为参考资料。……

我这本书里关于逃亡者和流浪汉的那一章写得有趣，而且有教育意义。……

写给阿·谢·苏沃林

9月8日，在莫斯科

......您为我的中篇小说[①]所推荐的题名《虚伪》是不恰当的。只有在内容讲的是自觉的虚伪的小说里，这个名字才合适。不自觉的虚伪不是虚伪，而是错误。托尔斯泰说我们有钱，吃肉也算是虚伪，这就太过分了。......

......请您写一个剧本：一个老化学家发明了一种长生不老的药，人喝下十五滴，就会永远活着；可是化学家把那瓶长生不老的药摔碎了，因为深怕像他自己和他妻子这样卑鄙而讨厌的人会永远活着。托尔斯泰否定人会不死，可是我的天，这句话含着多少意气用事的成分啊！我前天读了他的《跋》[②]。您就是打死我，我也得说这比我所鄙视的《写给省长夫人的信》[③]还要愚蠢，还要令人窒息。让鬼把这世界上的大人物的哲学都抓了去才好！一切大圣大贤都像将军那样专横，像将军那样不礼貌、不客气，因为他们相信自己不会受到处罚。迪奥根把痰唾到人家的胡子里，因为他知道这样做不会出事；托尔斯泰骂医生是无赖，对大问题态度粗暴，因为他也是迪奥根，知道人家不会把他拉到巡警局去，也不会在报纸上骂他。所以，让这世界上的大人物的哲学都见鬼

---

① 指《决斗》。
② 指《克罗采奏鸣曲》的跋。
③ 即果戈理所著的《致友人书简选集》中的信，这些信是果戈理写给卡卢加省的省长斯米尔诺夫的妻子斯密尔诺娃－罗谢特的。这些信的内容暴露了果戈理思想中的落后的、反动的一面。

210

去吧！所有这种哲学以及一切狂妄的《跋》和《写给省长夫人的信》的价值，赶不上《霍尔斯托美尔》^①里面的一匹母马。……

写给阿·谢·苏沃林

10月19日，在莫斯科

……啊，我的好朋友，我是多么烦闷无聊啊！如果我是医生，那我就需要病人和医院；如果我是文学家，我就需要生活在人民中间，而不是在小德米特罗甫卡^②跟一只猫鼬鼠生活在一块儿。我需要哪怕一点点的社会生活和政治生活——哪怕一点点也是好的。眼下这种关在四堵墙当中的生活，没有自然，没有人，没有祖国，没有健康和胃口——这不是生活，而只是一种 [……] 罢了。……

写给阿·谢·苏沃林

10月25日，在莫斯科

……我每天晚上醒过来，就读《战争与和平》。我带着好奇心情，带着天真的惊讶心情读着，倒好像以前没有读过似的。这篇小说好极了。只是我不喜欢拿破仑出现的地方。拿破仑一出

---

① 托尔斯泰的一个描写马生活的故事。
② 莫斯科的一条街。

现，立刻就来了紧张，来了种种的花招，为的是证明拿破仑比实际情形还更愚蠢。彼耶尔、安德烈公爵，或者十分渺小的尼古拉·罗斯托夫所做的和所说的一切，都好，合情合理，自然而动人；可是拿破仑所想的和所做的一切却不自然，不近情理，夸张，毫无意义。等我将来搬到内地去住（我现在一天到晚地巴望做到这一点），那我就干医疗工作，看长篇小说。……

假如我在安德烈公爵左近，我就会把他医好。读起来真觉着奇怪：公爵是一个有钱的人，一天到晚有医生作伴，又有娜达莎和索尼雅看护，而他的伤口却会发出尸首的臭味。那时候医学是怎样的糟糕啊！托尔斯泰写这本很厚的长篇小说的时候，一定不由自主地让自己浸透了对医学的憎恨。……

写给阿·谢·苏沃林

11月30日，在莫斯科

您寄来的两份稿子我现在托您的办事处还给您。一个短篇小说是印度故事①。荷花啦、月桂冠啦、夏夜啦、蜂鸟啦——印度会有这些东西！小说从渴望青春的浮士德开始，用托尔斯泰风味的"真正生活的幸福"结束。我删掉一些地方，润色一下，结果成了一篇虽然没什么了不起，然而轻松，而且读着也还有趣的小说。另一个短篇小说②文理不通，写得有点娘们儿气，而

---

① 这篇小说的作者是列别杰夫，小说发表在《新时报》第5707期上。题名是《活命的水》。
② 这篇小说未发表。

且拙劣，可是有情节，有一点点胡椒。您看，我把它缩短了一半。这两篇小说都可以发表。……我以为，如果多搜集一点这类的小说，然后在校样上读它，就可以编成一期有趣的、花样繁多的圣诞节专号了。……

包包雷金到我这儿来过。……他对我说他要写一篇类似俄罗斯长篇小说生理学之类的东西，说一说长篇小说在我们国家的起源，它的自然发展过程。在他说这件事的时候，我无论如何也不能摆脱一种想法：我自己面前站着的是一个疯子，然而是个文学的疯子，把文学看得比生活中的一切都高。我在莫斯科家里很少看见真正的文学家，因此跟包包雷金所谈的一席话在我看来像是天降的甘露，其实我并不相信长篇小说的生理学和自然发展过程，换句话说，这样的生理学也许有，可是我不相信借现有的各种方法能够掌握它。包包雷金一听到果戈理就摇手，不肯承认他是屠格涅夫、冈察洛夫、托尔斯泰……的祖宗。他把果戈理撇在单独一个地方，放在俄罗斯长篇小说奔流着的河床外面。哼，这我可就不懂了。既然站在自然发展的观点上看事情，那么不但果戈理，就是狗叫也不能放在那个河床外面，因为自然界中万物都是相互影响的，甚至我现在打个喷嚏，也不会对四周的自然界没有影响。……

我正在看谢德林的《内地人日记》。多么冗长乏味！不过同时它跟现实生活又是多么相近啊。……

写给尼·亚·列依金

12月2日，在莫斯科

……柯尔希的剧院常常上演您的《奖章》，这个戏获得了成功。它跟米亚斯尼茨基的《兔子》同时上演。我没有去看，不过朋友们说这两个剧本使人感到文学家和非文学家的有力差别，又说跟《兔子》相比，《奖章》就是一种相当纯净的、具有艺术性的真东西。可不是吗！文学家正在被人从剧院里用扫帚赶出来，剧本由一些年轻的和年老的、没有固定职业的人写着，杂志和报纸由一些商人、官吏、女孩子编着。……

写给阿·谢·苏沃林

12月3日，在莫斯科

……昨天，一个大概很年轻的人从沃罗涅日给我寄来一份稿子，有四十个印张之多，而且写满了蝇头小字。那是一个长篇小说，题名很新：《谦卑的人》。这个年轻作家要求我看一遍，给他写点意见。您想得到我多么害怕！晚上我开始翻看这个长篇小说，原来那里面全是些诚实的往事啦、为民众服务啦、利益的共同一致啦、落下去的太阳啦……另一个已经不年轻的退休上校给我送来两份稿子：《未受邀请的教化者，或无知的果实》和《著名的马车夫》。第二份稿子描写一个有理想的青年出于穷困干了马车夫这一行（这是对冷淡社会的责备，这个社会把它的最优秀的代表逼到这么可怕的地位上），哼，这个马车夫坐在车夫座位上，跟车上的乘客大谈马克思、布克尔、密尔的逻辑学。……

写给阿·谢·苏沃林

12月13日，在莫斯科

……一般说来短篇小说是好的，因为人可以拿着笔一连写它几天而没注意时间在过去，同时又感到这有点像是在生活。这是从卫生的观点来看。至于从益处和其他的观点来看，那么写一篇不坏的、有内容的短篇小说，让读者过十分钟到十二分钟的有趣的时间，就如同吉里亚罗夫斯基所说的一样，绝不是山羊打喷嚏。①……

写给谢·阿·安德列耶夫斯基

12月25日，在莫斯科

……您的小书我已经专心地读完了，十分满意。我记得，留托斯坦斯基的案情我是在乡下一个富有诗意的环境里大声朗诵的，接着大家谈了您很久。您的诗集整个夏天放在我屋里一个圆桌上，我和一切凑巧走到那个桌子那儿去的人整个夏天都

---

① 意思是"绝不是无关紧要的事"。

在读它。现在您这本小书装了封面，跟我的其它 bijoux^① 一齐放在箱子里，等着送到果戈理诞生地索罗钦崔去，我正要到那边去长住。

不过我能够给您写点什么呢？我尊重您的小书和您的作者感觉，这是说我得严肃地写点什么，不能胡来。任何诟骂都不及批评得肤浅那么侮辱人、那么庸俗。我得承认，说来惭愧，在我的信里正是这种肤浅最显著。只有在个别的问题引导着我，或者放在我面前的时候，我才会深入探讨。我的聪明也许不下于斯巴索维奇，我的脑子里有思想，可是它们不会像宽阔的河流一样倾注到纸上来。我尝试过给您写点什么，可是写出来的东西却成了像斯卡比切夫斯基那种格调的报纸文章了。

关于您的演说，那有许多话可以写，要么就索性什么也不写。像您和柯尼等律师的演说，对我来说有双重趣味。第一，我在其中寻找艺术上的优点、技巧，第二，寻找在学术方面或者审判方面有实际意义的东西。您那篇关于某士官生杀死自己的同学的演说惊人的优雅、朴素、生动：人是活的，我甚至看见了悬崖的底下。……

---

① 法文：珍爱物。

1892 年

写给丽·阿·阿维洛娃[①]

2 月 21 日，在莫斯科

……这个短篇小说好，甚至很好，不过假如我是作者或者主编，我就一定为它再花一两天工夫。第一，布局……应当直接从这几个字开始："他向窗子那边走去"……等等。其次，男主人公和索尼雅不应当在走廊上谈话，而应当在涅甫斯基[②]上；他们的谈话应当从半中腰叙起，好让读者想到他们已经谈了很久，等等。第二，杜尼雅那个人物应当改成男人。第三，关于索尼雅，应当多添点描写。……第四，不必让男主人公做大学生和家庭教师——这陈旧了。请把这个男主人公改成税局的官员，把杜尼雅改成军官什么的。……巴雷希基娜是一个不美的姓[③]。《归来》这个名字有雕琢味道。……不过我看我正在忍不住向您报复了，因为您像叶卡捷琳娜时代的宫廷女官那样对待我，也就

---

① 女作家，她有丈夫和孩子，可是她爱了契诃夫一生。她送给契诃夫一个书形表坠，上面刻着数字，按数字找到契诃夫一本书中的第八行，可以看到这样句子："假如你什么时候需要我的生命，就来把它拿去好了。"——编者注

② 彼得堡的一条大街。

③ 这个姓的原意是"利钱"。

是说您不希望我对您的短篇小说不在书面上进行批评，而在口头上进行批评。

要是您乐意的话，我就把您的小说托付戈尔采夫，他在三月一日以前到我这儿来。不过顶好还是改一下，反正也用不着忙。只要您重写一回，就会看出来这个改动怎么样：这篇小说就会变得生动一点，完整一点，人物也鲜明一点了。

讲到语言和风格，那您是好手。假如我是主编，那我就付给您每个印张不下于二百个卢布的稿费。……

您的主人公有点太性急。删掉"理想""冲动"等字。滚它们的！

每逢批评别人的东西，人就会觉得自己像将军一样。

写给丽·阿·阿维洛娃

3月3日，在莫斯科

……我看我的批评恐怕又尖刻，又不清楚，又肤浅。我再说一遍，您那篇小说很好，而且我似乎没有一个字提到要做"彻底的"更动。只要把那个大学生改成另外一个文官就成了。因为第一，不应当支持公众当中的一种错误看法，好像思想是大学生和穷家庭教师才有的特权似的；第二，现在的读者不相信大学生，因为看出他们不是英雄，而是小孩子，他们需要学习。求主保佑您，不要军官也罢——我让步就是，留下杜尼雅也好，不过要请您擦干她的眼泪，吩咐她扑上点粉。让她成为一个自立的、生气蓬勃的、成熟的女人吧，读者会相信她的。夫人，现在人们不相信爱哭的人了。爱哭的女人往往又是女暴君，不过关于这一点，说来就话长了。

我想把这份稿子交给戈尔采夫，只有一个目的，希望看见您的小说在《俄罗斯思想》上发表。我顺便给您开一个我随时可以而且愿意把您的作品寄去的大杂志的名单：《北方通报》《俄罗斯思想》《俄罗斯评论》《劳动》等，《周刊》大概也行。您威吓说主编们不会看得起您，这话不对。你既叫作蘑菇，就得钻进筐子里去①。如果您有意认真地于文学事业，那就不顾一切往前走，什么也不要怕，遇到挫折也不灰心。……

写给阿·谢·苏沃林

3月11日，在莫斯科

……我在读很多东西。我已经看完列斯科夫的《神奇的性格》，它发表在《俄罗斯评论》二月号上。它富于宗教气息，而且颇有辣味。美德、虔诚、荒淫，结合在一起了。不过这篇小说很有趣味。要是您没看过，那就看一遍吧。我又读了皮沙列夫评论普希金的文章，十分幼稚。这个人给奥涅金和达吉雅娜抹了一脸黑泥。不过普希金却始终不会受到损伤。皮沙列夫是包括布列宁在内的现代一切批评家的爷爷和爸爸。同样肤浅的诽谤，同样沾沾自喜的小聪明，对人方面也同样的粗暴、不客气。使得皮沙

---

① 这是一个俄罗斯谚语，含有"既做这事，就得顺应环境"的意思。

列夫变成畜生的，可能不是他的思想，因为他根本就没有思想；而是他那粗暴的口气。我觉得他对达吉雅娜的态度，特别是对我衷心喜爱的她那封美妙的信的态度简直可恶。这种纠缠不已、吹毛求疵的检察官式的批评冒出一股臭气。……

写给丽·阿·阿维洛娃
3月19日，在梅里霍沃[①]

……我以读者的身份给您提一个意见：您描写苦命人和可怜虫，而又希望引起读者怜悯的时候，自己要极力冷心肠才行，这会给别人的痛苦一种近似背景的东西，那种痛苦在这背景上就会更明显地露出来。可是如今在您的小说里，您的主人公哭，您自己也在叹气。是的，应当冷心肠才对。……

写给叶·彼·戈斯拉夫斯基
3月23日，在梅里霍沃

……您的《兵士的妻子》[②]是一篇很好的作品。早先我在《艺术家》上看过您的《富人》，我要承认我不喜欢它：在那个剧本

---

① 1892年3月，三十刚出头、却已在俄国文坛赢得极高地位的契诃夫买下位于莫斯科以南数十公里处的梅里霍沃庄园。——编者注
② 在书报检查官的坚持下，戈斯拉夫斯基被迫改换自己的喜剧的名字。他给它另起了名字——《分离》。1894年这个喜剧在莫斯科剧院上演，没有获得成功。

里您一点也没有独创精神，您的人物从那个早已陈旧的剥削者起，到那个被人叙述过一千次的傻女人止都没有趣味。然而《兵士的妻子》却完全是另一回事。我很久没有看到过这样的好剧本了。戏剧方面我懂得少，关于您的剧本适宜不适宜上演，我不能判断，不过从文学方面说，它完全使我满意。它在文学方面的优点是十分动人，因此我毫不迟疑地把它列进我们最优秀的描写平民生活的剧本里去，而且您看得明白，我忍不住把这看法写信告诉您了。人物生动，而且写得朴素、鲜明。所有的人物都好，就连基利尔也好，虽然由于您要了花招，这个人物有点夸大、雕琢。语言好得很，它恰到好处，十分委婉。

请您原谅，我是个坏批评家；也许我是个好批评家，只是不善于把自己的批评思想写在纸上。因此我不能给您写出什么使得作为作家的您很想读到的东西。

如果书报检查官只是因为剧本里有兵士和兵士的妻子出场而不通过这个剧本，那您可以把兵士改成工人或者莫斯科的马车夫。剧本的本质仍旧会跟以前一样。要知道您所写的、所批评的，不是兵士的生活，而是活人的生活。问题不在军服，也不在农民衣服上。

在第三幕结尾，您的基利尔过于尖刻。我以为应当让他撒娇，好让阿菲米雅凭他的腔调明白是怎么回事。我不知道，也许这种尖刻口气是您着眼于舞台条件而故意写出来的，不过在生活里和在小说里不要这种微细的差异却不行。再者也不必把基利尔写成恶棍。爱女人的青年多半是心眼不恶毒的人，他们具有懒惰的气质，温和，而且跟女人一样无所顾虑——这是他们诱人的一面。至于不幸的、心情苦闷的、被公公和生活压迫着的女人，别人是没法用蛮横和空想来打动她的心的。

"мы-ста"和"щашнадцатъ"①大大破坏了优美的口语。照我根据果戈理和托尔斯泰的著作来判断，正确并不排除语言里的人民气息。这些"мы-ста"和"щашнадцатъ"永远使我觉得像是那种妨碍人观看晴朗天空的 mouches volantes②。它造成一种多余的、恼人的印象。

此外还有什么呢？兵士格利果利原谅那个女人——这从各方面说都很好，大概在舞台方面也好。可是他为什么说野话呢？难道这是必要的，表示性格特征的吗？像原谅这种宽宏大量的美好行为和这种语言也许在生活里可以并存，可是在艺术作品里这种并存却冒出虚假的气味。关于酒生意和利钱的那段话，破坏了原谅和我们大家关于勤务兵所有的那种好意的印象的一切魅力。您笔下的那个青年过早地谈到酒生意和抵押放款，这是可怕的事。鸟爪还没钩住，脚掌也悬空着，您却已经写道，小鸟落网了。让他多活一阵吧！要不然索性从头写起，从鸟爪写起，那就可以使人看明白了。

我再说一遍，这个剧本很好。您把它寄给我，我从心里高兴。我很希望能够跟您谈一谈话，更亲密地结交一下。

---

① 两个依照土音改变拼法的字："我们是"和"十六"。
② 法文：飞虫。

第四幕里在阿菲米雅上场以前，那段谈话您写得十分细致。可是您不认为阿丰卡会把事弄糟吗？要知道最高楼座上的看客会哈哈大笑，弄得演员没法演下去。演员可怜，观众照例不会把阿丰卡看作傻女人，却看作丑角。这是个危险的角色。

我由衷地祝您一切顺利，主要的是祝您得到成功和充分的发展，我诚恳地祝您这样，就跟我诚恳地相信您有真正的戏剧才能一样。……

写给阿·谢·苏沃林

3月31日，在梅里霍沃

……如果他们不忙着发表我的小说，容我有一两个月的修改时间，那就请您允许我把校样寄给您。在当前这时候，这种小心是必要的。假如让·谢格洛夫在发表他那个荒唐的、充满迷信的中篇小说《接近真理》以前，把它给您或给我看过一遍，也许现在它就不会产生这种对青年作家来说不值得称赞的印象了。一个人闭塞地生活在自尊自大、自私自利的甲壳里，仅仅间接地参与社会的思想活动，那么尽管自己不愿意，也仍旧有写出乱七八糟的东西的危险。您允许我把校样寄给您吗？……等我将来写剧本的时候，我需要别尔涅的作品。在什么地方可以买到他的书呢？这是一个头脑很聪明的人，犹太人和胸襟狭隘的人都很喜欢他。

都德的新中篇小说《离婚以后》^①写了三个美妙的女人，不过这篇小说，至少在结尾的地方，是伪善的。如果分离派教徒或者阿拉伯人坚决反对离婚，那我能明了，可是都德以教训者的资格要求互相厌恶的夫妇不要离婚，这就极其可笑了。法国人看厌了裸体少女，现在为了换一换胃口而想来玩弄道德了。……

写给叶·米·沙芙罗娃

4 月 6 日，在梅里霍沃

……这个短篇小说^②照例写得可爱、有风趣、人物生动，不过布局有点糟糕。主人公时而躺在圈椅上，时而摇摇晃晃，时而吃饭，时而打牌，时而散步，总之地点和时间那么多，不能不使人期待很多的情节，然而情节却没有。……

写给丽·阿·阿维洛娃

4 月 29 日，在梅里霍沃

……我正在结束一个中篇小说^③，它很枯燥，因为其中完全没有女人和恋爱的成分。我受不了这类小说，我是不假思索，偶

---

① 都德的中篇小说《罗丝和尼涅特》经亚辛斯基翻译后改名《离婚以后》，发表在《作品》杂志 1892 年第 3 期上。
② 沙芙罗娃的短篇小说《米哈依尔·伊凡诺维奇》。
③ 指契诃夫的《第六病室》。

然写出来的。

……是的！有一回我写信给您说，人在写悲惨的小说的时候应当冷淡。您没有明白我的意思。人可以为自己的小说哭泣、呻吟，可以跟自己的主人公一块儿痛苦，可是我认为这应该做得让读者看不出来才对。态度越是客观，所产生的印象就越有力。我要说的就是这个意思。……

写给彼·瓦·贝科夫

5月4日，在梅里霍沃

……我知道广告的价值，而且不反对它，不过对文学家来说，在他跟读者和同行的关系方面，谦虚和文学方法才是最优良可靠的广告。……

写给阿·谢·苏沃林

5月28日，在梅里霍沃

……我拿《基督山伯爵》① 怎么办呢？我把它缩短，弄得它像是一个害伤寒的人了，一个大胖子变成一个骨瘦如柴的人了。第一部，伯爵还没有发财，文字很有趣味，写得也好，可是第二

① 苏沃林打算把法国作家亚历山大·仲马的长篇小说《基督山伯爵》出一个节本，可是始终没有出版。

部除了少数例外却使人不能忍受，因为伯爵所说的和所做的纯粹表现了夸大的愚蠢。不过总的说来，这个长篇小说写得有声有色。……

写给阿·谢·苏沃林

6月4日，在梅里霍沃

……我有一个有趣的喜剧题材，不过还没有把结局想出来。谁为剧本发明了新的结局，谁就开辟了新纪元。这些可恶的结局却始终没有出世！主人公或是结了婚，或是自杀，没有别的出路。我给我未来的喜剧起这样一个名字：《烟盒》。我要等到想出一个跟开头一样妙的结局的时候才会写它。等我想出这个结局，我只要用两个星期的工夫就可以把它写好。……

写给阿·谢·苏沃林

7月6日，在梅里霍沃

说良心话，我非常喜欢您的中篇小说^①。我是分两次把它看完的，看得那么专心，那么有味，只有在读到激动人心的作品的时候才会有这种情形。这篇小说里有很多新鲜的、新奇的东西，有极多的才气。第一部，在年轻的穆陵出场以前，依我看来是十

---

① 指苏沃林的《在世纪末》。

分别致的；等到教士穆陵出场，用他那没有人需要、没有人感兴趣的纯洁遮蔽了瓦丽雅有罪的、在我们文学中独一无二的形象，使它黯淡无光的时候，我差点害怕得大叫起来。瓦丽雅精彩，甚至很精彩。我现在才相信萨维娜的话，有一回她对什么人说过您了解女人。也许，您完全不了解女人，只是您有细腻的推想能力或者假想本事，这才是真正的才能。跟维达林发生的风流韵事、修道院、安尼雅、神甫、瓦丽雅的思想等都写得有艺术、合情理、有教养、有趣味，这里是就连一行也删不得的。您在好几封信上固执地表明您的愿望，要我"斧削"这个中篇小说，可是我只能做几个校对性质的修改，此外就不行了。缺点是有的，然而只能由作者自己来修改，外人的手反而会弄糟这篇小说。作品越好，它的缺点就越刺眼，因而也就越难修改。依我看来必须修改的地方，您只要用十分钟就可以改好，而我却要忙五天，结果还会搞糟。缺点有这样几项：

（一）看得出来，您把自己的中篇小说搞了二十次。它好比一条平坦美丽的道路，有二十个地方被隧道截断了。从旧建筑物里只留下来一根柱子——娜达莎；其次是一根新的、撇在一边的柱子——放高利贷的女地主；再其次是您已经掩埋了一半的深峡谷——这是个美妙的部分，从旧建筑物里还留下关于维达林的婚姻的暗示等。

（二）剧院里的活动跟维达林的回忆一同开始。开头的一切活动不妨说是维达林的记忆的产物，不过我对这个人的话能够相信，也能够不相信。他那种回忆往事、描画过去的方式显出他的才具：他有艺术的想象力。他是艺术家，甚至是心理学家。不过瓦丽雅究竟是不是如此这般，我还要等一等才能够相信他的话，我要等作者说明自己的看法。您果然说了自己的看法，不过谁也弄不清维达林的回忆在哪儿结束，您的话从哪儿开始，因为您没有划出一条外部的界线。

（三）两个人物在不同的时候活动，其中第二个人物直到第一个在舞台上消失以后才出场。这就把这篇小说分成两半，把瓦丽雅的形象也分成两截了。如果来的不是穆陵，而是维达林，那我就觉得顺眼多了。要知道，谁也没有妨碍维达林改变心意，打算做神甫。那样所以会顺眼得多，也因为纯洁的穆陵并不生动，再说读者也不相信他，因为他至今还没经历过罪恶，对罪恶没有真正地理解，因而对痛苦也没有真正地理解。对那些从来没有跟女人睡过一次觉的人来说，谈论纯洁是很便当的！有瘾的酒徒如果说明不喝酒的益处，应当比有生以来除了牛奶和柠檬水以外什么也没喝过的正派青年更得到信任。讲空道理的道德君子非常使我和我的罪孽深重的心反感，换了我来写您这个中篇小说，那我会毫不踌躇地驱使穆陵去奸淫女仆。因此，不可以让维达林代替穆陵上场吗？让维达林结局开枪自杀好了，这仍旧比穆陵好。而且您自己也觉着穆陵有点不对头，因为他跟瓦丽雅的谈话在整个中篇小说里是最没有趣味的地方——这不是指那些话的内容，而是指他的话缺乏行动的根据。

（四）有关托尔斯泰的那个长句子应当无条件地删掉。第一，照您所写的，瓦丽雅既读过许多正经的书，那么以前不会不知道

228

托尔斯泰的教义；第二，这个长句子消除了神学谈话的一般性质，也就是消除了最有趣的性质；再者，我觉得活人的姓名只能用来装饰报纸上和杂志上的文章，可是不能用来装饰小说。姓名受时尚的铁的规律约束着。现在人们读到女人垫腰衬或者穿硬布衬裙，就觉着有点别扭，过上十年到十五年，读者也许会觉着有关托尔斯泰主义的讨论同样刺眼。我再说一遍：谁也不会相信您的穆陵。难道他能谈"勿抗恶"吗？大家不会相信他？大家会把他说的一切话归之于您打算发表自己的意见，归之于您自己在说话。托尔斯泰虽是个伟大的人，可是即使在您写小说的时候，也就是在您最客观和最自由的时候，也用不着您去研究他。

另外我再也提不出什么意见来，即使您宰了我也不成了。

穆陵的幻觉写得极好。只是可惜，瓦丽雅没有用烛台砸他的脑袋。一切都不错，我深深相信这篇小说会获得成功，我为这个从心里高兴，因为您也许会喜欢小说，在写小说中得以休息。为了让您排遣烦闷无聊和恶劣心境，我除了劝您写剧本和小说以外，不会再痛痛快快地提出别外的药剂了。写作是一种安静的、仔细的、有趣的工作，因为这不是跟数字打交道，也不是跟政治打交道，而是跟那些由您的喜爱被您选中的人打交道。再者，才能，要是您不能满足它的话，会在您灵魂里跳跃，不安地翻筋斗。……

写给米·奥·敏希科夫

10月12日，在梅里霍沃

……您的文章[1]有趣味、有道理、有说服力。如果我办一个杂志，那我一定约您写稿，倘使您拒绝我，我就会伤心。那篇文章有美中不足的地方，您拨出很少的地方来谈语言的性质。对您的读者来说，有一件事很要紧，那就是他要知道为什么原始人或者疯子只使用一二百个字，而在莎士比亚支配下的却有好几万个字。在这方面您的文章写得有点不清楚。例如您写道（见第155页）：语言达到怎样的程度，人民文化水平也就达到怎样的高度。结果就成为这样了：好像语言越丰富，文化就越高。可是依我看来，正好相反：文化越高，语言才越丰富，文字的数量和它们的配合直接依赖着印象和概念的总和；缺了印象和概念，就不会有理解，不会有定义，因而也就没有语言丰富的理由。再者在同一页上有两个地方，由于阐述得不充分也许会使人得出违反您原意的解释：第一，智力不发达的农民和原始人可以有丰富而精练的语言——那么语言的丰富和智力的不发达可以同时并存吗？第二，"语言败坏"究竟是什么意思？完全不清楚。这是指语言退化呢，还是别的意思？要知道，有过这样的事：语言不但败坏，而且甚至消灭了。如果丰富的大俄罗斯语言在生存竞争中消灭了布略特族语言或者芬兰族语言，那么这会是布略特族语言或者芬

---

[1] 敏希科夫的论文《论阅读》，发表在《一周图书》1892年第10期上。

兰族语言的败坏吗？强的吞食弱的。如果工厂的和兵营的语言开始在什么地方占了上风，那么这不能怪它们，这是事物的自然规律。……

写给伊·列·列昂捷夫（谢格洛夫）

10月24日，在梅里霍沃

……那么您在干什么？您在写什么？不管是您的小说也好，剧本也好，我都乐意读一遍。我对跟我同年龄的人比对一切新人关心得多。无论国外怎样骂您的《接近真理》，可是我觉着这个中篇小说比波塔潘科的一切好作品都高出十个头。这是没办法的，他老了！老人总是怨天尤人，脾气固执得……顺便谈一谈您的中篇小说。国外论到它的一切文章当然是纯粹的胡说。那不是批评，而是对作家的攻讦。不过这篇小说从外在的一面看是沉闷的——这是指小说的形式，从内在的一面看也沉闷——这是指小说的调子。书信体和日记体不方便，再说也没有趣味，因为日记和书信比自然的话语和动作容易写。调子从一开头就不对劲。仿佛您在用别人的乐器弹奏似的。以前我在您作品里读到过的那种不可缺少的风味，这儿正好缺乏：既没有忠厚善良，也没有您那种恳切的温和。也许您这样写是必要的，也许惩罚人们是必要的，不过……这是我们该做的事吗？我是个粗鲁而死硬的人，不会用恰如其分的形式来表达我的思想，不过即使缺欠这种表达形式，您也会了解我想说而又不会说的话。……

写给阿·谢·苏沃林

10月27日，在梅里霍沃

……请您读一下《俄罗斯思想》三月号上加陵的一篇《乡间数年》。在情调方面，以及也许可以说在诚恳方面，我们的文学里还从来没有过这一类的东西。开头有点落俗套，结局也夸大，不过中间部分读起来却舒服极了。那么真实，简直美不胜收呢。……

写给阿·谢·苏沃林

11月25日，在梅里霍沃

……您的意思不难明白，您用不着骂自己没有把话说清楚。您是个贪杯如命的酒徒，我却用甜柠檬水招待您，您尝出了柠檬水的味道，就公平地说那里面没有酒精。我们的作品里正好缺乏这种使人陶醉、把人征服的酒精，这一点您说得很明白。为什么缺乏呢？姑且撇开《第六病室》和我自己不谈，我们来一般地说一说，因为这样有趣味些。如果您不嫌乏味，我们就来谈一谈一般的原因，我们来抓住整个时代。请您凭良心说，在跟我同年龄的人们当中，也就是年纪在三十五岁到四十五岁之间的人们当中，有谁给过世界哪怕一滴酒精？难道柯罗连柯、纳德松和现代一切剧作家不是柠檬水吗？难道列宾或者希什金的画看得您脑袋发昏吗？它们可爱、有才气，您挺欣赏，不过

232

同时您无论如何也忘不了您想抽烟。如今，科学和技术倒在经历一个伟大的时代，可是对我们这班人来说，这却是一个疲沓的、发酸的、枯燥的时代，我们本身就发酸、枯燥，只会生出些胶皮孩子[①]，这一点只有斯达索夫看不见——上天赐给他一种难得的本领，就是喝了泔水也会醉。这里面的症结不像布列宁所想的那样在于我们愚蠢，在于我们无能，在于我们老脸皮，而在于一种对艺术家来说比梅毒和阳痿还要糟糕的病。我们缺"一点什么"，这话是对的，这是说您撩起我们的诗神的衣襟，您就会看见那儿是平的。请您回想一下，凡是使我们陶醉而且被我们叫作永久不朽的，或者简单地称为优秀的作家，都有一个非常重要的共同标志：他们在往一个什么地方走去，而且召唤您也往那边走；您呢，不是凭头脑，而是凭整个身心，感觉到他们都有一个什么目标，就像哈姆雷特的父亲的阴魂也自有他的目标，不是无故光临，来惊扰人的想象力一样。有些作家，按照各人的不同情形，有比较切近的目标：废除农奴制度、解放祖国、政治、美丽，或者像坚尼斯·达维多夫一样干脆就是伏特加；有些作家有遥远的目标：上帝、死后的生活、人类的幸福等。其中最优秀的作家都是现实主义的，按照生活的本来面目描写生活，不过由于每一行都像浸透汁水似的浸透了目标感，您除了看见目前生活的本来面目以外就还感觉到生活应当是什么样子，这一点就迷住您了。可是我们呢？我们啊！我们也按照生活的本来面目描写生

---

① 格利果罗维奇的一个中篇小说，起名《胶皮男孩》。

活，而往前就一步也动不得了……您就是拿鞭子抽我们，我们也没法往前走。我们既没有切近的目标，也没有遥远的目标，我们的灵魂里简直空空如也。我们没有政治，我们不信革命，我们没有上帝，我们不怕幽灵，我个人呢，连死亡和眼瞎也不怕。凡是无所要求、无所指望、无所畏惧的人就不能做艺术家。这究竟是不是病，问题倒不在名字上，不过我们得承认我们的情形糟糕透了。我不知道过十年到二十年以后我们的情形会怎么样，那时候也许环境变了，然而跟前，不论我们有没有才能，指望我们写出什么真正有价值的东西来总是轻率的。我们机械地写着，一味顺从已经建立得很久的社会秩序，在那秩序下有的人做官，有的人做生意，有的人写文章……您和格利果罗维奇认为我聪明，是的，我至少还有这样的聪明，那就是不对自己隐瞒这种病，不对自己说谎，不借用别人的破烂东西，如六十年代的思想等，来遮盖自己的空虚。我不会像迦尔洵那样跳楼自杀，不过我也不会用对美好的未来的希望迷惑自己。我既不能为我的病负责，也不能医好我的病，因为我们必须假定，这种病自有一种潜藏着为我们不知道的好目标，上帝不是白白把它送到我们这儿来的……俗语说得好："她不会无缘无故跟一个骠骑兵在一块儿！"好，现在来谈一谈智慧。格利果罗维奇认为智慧可以胜过才能。拜伦聪明得不亚于一百个魔鬼，可是他的才能仍旧存在。如果人家对我说某人胡说八道是因为他的智慧胜过了才能，或者才能胜过了智慧，那我就要说某人既没有智慧，也没有才能。

写给阿·谢·苏沃林

12月3日，在梅里霍沃

……讲到晚近这一代的作家和艺术家在创作中缺乏目标，这是一个充分合法的、顺理成章的奇异现象。要是萨左诺娃无缘无故地害怕热松香[1]，那却不等于说我在信上说假话、昧良心。她写信给您以后，您马上读出了她的不诚恳，要不然您就不会把我的信寄给她了。在我写给您的信上，我常常写些不公平的和幼稚的话，不过我从来没有写过并非出自本心的话。

如果您要找不诚恳，那么在萨左诺娃的信上就有一百万吨。"最大的奇迹就是人本身，我们永远也不会厌倦于研究他。"……或者："生活的目标就是生活本身。"……或者："我相信生活，相信它的光明的时刻；为了它，不但可以，而且应当生活下去；我相信人，相信他灵魂的好的一面"，等等。难道这些话都诚恳，都有意义吗？这不是见解，而是水果糖。她强调"可以"和"应当"，因为她不敢说到事实究竟怎样，我们必须注意些什么。她得先说明事实怎样，然后我才肯听可以怎样、应当怎样。她相信"生活"，这是说如果她是聪明人，那她什么也不相信，或者如果她是乡下娘们儿，那她只相信农民的上帝，在黑地里画十字。

在她的信的影响下，您写信给我说到"为生活而生活"，多

---

[1] 苏沃林把契诃夫在1892年11月25日写给他的信交给《新时报》的写稿人，女作家萨左诺娃看过。

谢多谢。不过话说回来，她那封充满生活乐趣的信如果跟我的信相比，却一千倍地更像坟墓。我写道，目标没有，那么您明白我认为那些目标是缺少不得的，而且我乐意去寻找它；可是萨左诺娃写道，不应该用种种永远不能到手的幸福去引诱人们。……"你得重视当前已经有的东西"，依她看来，我们的全部苦恼就在于我们老是寻找一些高尚而遥远的目标。如果这不是娘们儿的逻辑，这就是绝望的哲学。谁真心地认为高尚而遥远的目标对人如同对牛一样地多余，认为"我们的全部苦恼"就在于寻求那些目标，谁就只得吃喝睡觉，或者等到这种事干腻了，就索性跑过去，一头撞在箱子角上。……

写给阿·谢·苏沃林

12月17日，在梅里霍沃

……要是您见到列斯科夫，请您告诉他莎士比亚的《皆大欢喜》第二幕第一场有一些关于打猎的优美字眼。莎士比亚自己就是猎人，不过从这一场看得出来他对打猎，一般地说对杀死动物，抱着多么坏的看法。

上个星期发表的《皮里》[①] 是一个好短篇小说。……

[①] 短篇小说《皮里》(《关于我怎样变成幸运儿中的不幸者的小说》) 发表在 1892 年《新时报》第 6028 号上，作者署名 "K.H.B."。

写给维·亚—戈尔采夫

2月30日．在彼得堡

　　……这儿，在写文章的人们当中，加陵获得了巨大的成功。关于他，人们议论纷纷。我在宣传他的《乡间数年》。

1893 年

写给约·伊·奥斯特洛夫斯基

2月11日，在梅里霍沃

……我的所谓的 curriculum vitae^①，在主要几点上，您是知道的。医学是我的合法妻子，文学是我的不合法妻子。当然，她俩是互相妨碍的，不过还不至于闹到彼此排斥的程度。我 1884 年在莫斯科大学毕业。我在 1888 年获得普希金奖金。我在 1890 年到库页岛去，关于它我想出版一大本书，这就是我的全部履历表了。不过，还有一件事：在 1891 年我游历了欧洲。我独身。我不富，纯粹靠工钱生活。年纪越大，我就写得越少，变得越懒。我已经感到衰老。我的身体不太好。关于泛神主义^②，虽然您说了我一些好话，可是我向您说的只有这一点：眼睛长得不会高过额头，各人按各人的能力写作。我很想进天堂，可是没有那种力

---

① 拉丁语：生活道路。

② 奥斯特洛夫斯基在写给契诃夫的信上说："最优秀的知识分子读过您最近发表的小说《第六病室》以后，如果可以这样说的话，都拥护您在这本小说里从泛神主义转变到人类中心主义上来。不瞒您说，我为这件事高兴也不下于其他的人。依照我极为明晰的理解，所有的天才和优秀的人应当 viribus unitis（联合起来）扫除放在解决人类迫切问题道路上的障碍。不消说，在这方面，各个时代的小说家都起过主导作用。……"契诃夫仿佛要打断这种富于知识分子气息的雄辩的洪流似的，简单扼要地回答说："……各人照各人的能力写作。"

238

量。如果文学工作的质量完全靠作者的善良意志来决定，那么请您相信我的话，我们可以举出成十成百的好作家了。问题不在泛神主义，而在才能的大小。……

写给阿·谢·苏沃林

2月13日，在梅里霍沃

……我家里的人在看那本从您那儿拿来的彼谢木斯基的书，发现他的书看着很沉闷，他陈旧了。我在看屠格涅夫，迷人得很，不过比托尔斯泰淡得多了！我认为托尔斯泰永远也不会陈旧。语言会陈旧，可是他会永远年轻。……

写给阿·谢·苏沃林

2月24日，在梅里霍沃

……我做不了文艺评论者：我对于谩骂，无论针对什么人的谩骂，都存着一种生理上的厌恶。我说生理上，那是因为每逢我看过普罗托波波夫、居民、布列宁别的人类审判官的文章以后，嘴里老是留下一股铁锈的味道，那一整天的兴致就此断送了。我简直觉着痛苦。斯达索夫骂居民是臭虫①，可是为什么，

---

① 指符·瓦·斯达索夫发表在1893年第45期《交易所新闻》上的一篇论文，它抨击了批评家居民（佳科夫）发表在1893年第6089年《新时报》上、具有反犹太主义思想的一篇论文。斯达索夫用这样的话结束他的文章："臭虫咬人并不危险，可是它的臭气却惹人讨厌。"

为什么居［民］骂安托科尔斯基呢？要知道，这不是批评，不是世界观，而是憎恨，动物性的、永不满足的恶毒。为什么斯卡比切夫斯基骂人？为什么要用那种口气，倒好像他们不是在评断艺术家和作家，而是在审判犯人似的？我不懂，不懂……

我的中篇小说将要在三月号上结束。没有写"续完"，而写了"待续"，那是我弄错了，因为我当时看最后一份校样，百忙中没有写"续完"，却随手写了个"待续"。您不喜欢小说的结尾，因为我把它弄糟了。应当拖长一点才对。然而拖长却也危险，因为人物少。如果老是那两个人物在两三个印张上闪来闪去，那就变得乏味，这两个人物也模糊了。不过，讲到我们这些老头子，还有什么可说的呢？再者，您什么时候才把您的长篇小说寄给我呢？我急等着看它，好给您写一大篇批评呢。

我的天哪！《父与子》是多么华美的东西啊！简直好得了不得。巴扎洛夫的病写得那么有力，我自己都觉着衰弱，而且有那么一种感觉，倒好像我从他那儿传染了这种病似的。再者，巴扎洛夫的结局呢？那些老头子呢？库克新娜呢？鬼才知道那是怎么写出来的，简直是天才的手笔。在《前夜》里，除了叶琳娜的父亲和结局以外，我一点也不喜欢。那个结局充满悲剧气息。《狗》很好：这篇作品的语言简直使人吃惊。要是您忘了看它，就请您把它看一遍。《阿霞》可爱；《风平浪静》写得很糟，使人不满意；《烟》我完全不喜欢；《贵族之家》比《父与子》弱，不过结局也像是奇迹。除了巴扎洛夫家的老太婆，即叶甫金尼的母亲，乃至一般的母亲，特别是上流社会的女人（只是她们彼此相像，例如丽莎的母亲和叶琳娜的母亲），以及原是农奴的、拉夫列茨基的母亲，和那些普通农妇以外，屠格涅夫的一切女人和姑娘都叫人受不了，因为她们是人工做成的，而且，对不起，虚假。丽莎和叶琳娜不是俄罗斯的姑娘，而像是古希腊阿波罗神殿上的先知，过分地装腔作势。《烟》里的伊丽娜，《父与子》里的阿金左娃，以及所有那些热烈的、迷人的、不满足的、追求着什么的母狮子，都是胡诌出来的。一想起托尔斯泰的安娜·卡列尼娜，屠格涅夫的那些小姐和她们的诱人的肩膀就都飞到魔鬼那儿去了。妇女的反面典型，无论是屠格涅夫略略加以漫画化的（例如库克新娜）或者加以取笑的（例如舞会的描写），却写得出色，而且极其成功，就像通常所说的，无懈可击。风景描写是好的，不过……我觉着我们已经丢掉了这类写法，需要换一种样子来写了。……

写给阿·谢·苏沃林

3月4日，在莫斯科

……我不知道关于我的中篇小说[1]的结尾您的看法怎样。我觉得它似乎还不勉强，情节也还流动得顺畅，合乎规律。我写得很匆忙——这就是糟糕的地方了。大概在匆忙中就有些败笔混进来了，这是只有到事后才能发觉的，而那时候就是用斧子

---

[1] 指《匿名氏的故事》，发表在《俄罗斯思想》1893年2月号上。

也砍不掉了。我原想加一个尾声，由我说明这个匿名氏的稿子怎样落到我的手里，而且我已经把这尾声①写好，只是暂时放在一旁，等到出书时候再用，也就是等到这个中篇小说印单行本的时候再用。……

写给亚·伊·艾尔捷尔

3月11日，在梅里霍沃

……我对您写来的那封好意的信十分感激。像您这样的人的好感，我是知道尊重和珍视的。我早已知道您，也早已尊敬您了。……

《加尔杰宁一家人》②我已经读过，不过我没有这本书，如果我能有一本，我会很高兴。……

写给亚·巴·契诃夫

4月4日，在梅里霍沃

……按照我的信念来说，我跟居民之流相距十万八千里。他们作为评论家，简直使我觉得丑恶卑劣，这一点我已经对你说过不止一次了。……

---

① 这个尾声始终没有发表。
② 艾尔捷尔的长篇小说《加尔杰宁一家人，他们的奴仆、信徒、敌人》（1890 年）。

写给阿·谢·苏沃林

4月26日，在梅里霍沃

……我在看彼谢木斯基的著作。这是个有很大很大才能的人！他的最好的作品是《木匠工会》。他的那些长篇小说由于细节烦琐而使人疲劳。他书中一切具有暂时性质的东西，例如他对当时批评家和自由主义者的一切讥刺，他自以为正确而合乎时代的一切批评见解，他作品中随处可见的一切所谓深刻思想，用现代的眼光看起来，都是多么渺小而幼稚。事实也正是这样：长篇小说艺术家应当丢开一切只具有暂时意义的东西。彼谢木斯基的人物是活生生的，他们的性格强烈。斯卡比切夫斯基在自己的《文学史》[①]里抨击他宣扬蒙昧主义和背叛，可是我的天啊，在当代所有作家当中，我看不出有哪个作家及得上彼谢木斯基那么热烈坚定地信奉自由主义思想。他的一切教士、官吏、将军，都是十足的混蛋。谁也不像他那么唾弃旧司法制度和兵士生活。顺便说一句，我也看了布尔热的《国际都市》。在布尔热的这个作品里，有罗马、有教皇、有考列求、有米凯尔·安热洛、有契齐安、有总督、有五十岁的美人、有俄罗斯人、有波兰人，然而即使跟我们的粗糙而简单的彼谢木斯基相比，这一切也显得多么单薄、牵强、甜腻啊。……

把诗人和小说家都赶到乡村去吧！他们何必这样讨饭、半

---

① 斯卡比切夫斯基的《最新文学史》(圣彼得堡，1891年)。

饥半饱地生活着？要知道，对穷人来说，城市生活并不能提供在诗和艺术的意义上的丰富材料。他们生活在四堵墙当中，只在编辑部和啤酒铺里才看见人。……

写给亚·巴·契诃夫

4 月 30 日，在梅里霍沃

……首先要动一下脑筋，改掉这个短篇小说的名字。而且要把它缩短，哥哥，缩短！这篇小说应当直接从第二页开始。小说里那个商店顾客并没有参与这个小说的一切活动，那你为什么给了他一页的篇幅？你得把这篇小说缩短一大半。总之，请你原谅，我不想承认没有经过涂改的短篇小说，应当把它拼命删削一番才成……

写给阿·谢·苏沃林

7 月 28 日，在梅里霍沃

……我没有动笔写西伯利亚生活的剧本，而且已经把它忘记了，不过另一方面我把我的《库页岛》发表了。请您注意。至于以前您在我这儿读过的那些东西，请您忘掉吧，因为那些东西写得假。我写了很久，而且很久都感到我走的路不对，到后来才终于看出了虚伪。虚伪的地方恰好在于我似乎要用我的《库页岛》教导什么人，同时似乎隐瞒着什么，忍住不说。可是，等到我开始描写我在库页岛感到自己成了怎样的怪人，描写那儿有些什么样的坏蛋，我就变得轻松，我的工作就沸腾起来了，虽然写得带点幽默味道。前面的几章发表在《俄罗斯思想》十月号上。……

写给阿·谢·苏沃林

8月18日，在梅里霍沃

……我现在比以前写得多，写得快了。题材云积，都十足地富于生活乐趣。关于《黑修士》我没有回答您，因为我忘记回答了。我不预备把这篇小说交给您，因为我决定不把"待续"的小说交给报纸发表。报上的小说不应当重复杂志过去和现在所发表的那种作品。对报纸来说，实践已经创立了一种特殊的体裁，也就是梅列日科夫斯基在心情发甜的时候叫作"novelli"的那种体裁……

写给伏·米·拉甫罗夫

11月13日，在梅里霍沃

……我很愉快地看完了《没有信条》①。这是个隽永有趣的作品，不过其中有那么多的议论、格言、由《哈姆雷特》和艾木彼朵科尔的书上引来的话，重复、强调，因此有些地方使人看得疲

① 波兰作家显克维支的长篇小说。

劳，仿佛在读诗似的。卖俏多，朴素少。不过这篇小说仍旧美丽、热烈、鲜明，人在读它的时候，很想跟阿涅尔卡结婚，在普洛谢沃吃早饭。……

写给阿·谢·苏沃林

12月18日，在莫斯科

有一回您在信上问起大仲马的《基督山伯爵》的情形。我早已把它缩短了；可怜的书啊，我把它缩短得连去世的斯沃包津看见以后都大吃一惊，画了一张漫画[①]。我应该把它直接带给您呢，还是托书店转给您？

波塔潘科的剧本[②]的演出成绩平平常常。这个剧本里有点东西，不过这点东西却被种种纯粹外部性质的荒唐事（例如医生们的会诊不真实到了可笑的程度），以及莎士比亚式的警句堆垒得密不通风了。乌克兰人是固执的人，他们觉着他们说的话都精彩，他们把乌克兰人的伟大真理看得那么高，不但为它牺牲艺术的真实，而且为它牺牲常识。甚至有这样的警句："真理的火炬烧了拿着那火炬的手。"写得最成功的是第二幕，在这幕里，生活的庸俗总算冲出警句和伟大真理的重围，跑到外面来了。……

[①] 那上面画着契诃夫坐在一个沙发上删节这本书，大仲马坐在他背后流泪。
[②] 波塔潘科的剧本《生活》于1893年在小剧院上演。

写给维·亚·戈尔采夫

12月28日，在梅里霍沃

……唉，《俄罗斯新闻》上的我那个短篇小说^①被他们那么热心地剪了发，以致连头发带脑袋一齐都给剪掉了。纯粹孩子气的圣洁，惊人的怯懦。要是他们只删掉几行，那还罢了，可是照现在这样他们简直是掐掉中段，咬掉结尾，弄得我的小说黯淡失色，读起来简直叫人恶心了。

好，我们姑且假定这篇小说有伤风化，然而既是那样，就根本不该发表它，要不然至少也该对作者说一声或者写信跟作者商量才对。……

---

① 指契诃夫的小说《大沃洛嘉和小沃洛嘉》（或译《两个沃洛嘉》）。

1894 年

写给阿·谢·苏沃林

1月2日，在梅里霍沃

……我的《库页岛》是学院式的作品，我会因它而获得总主教玛卡利的奖金。现在医学不能责备我负心了：我对学问和被老作家称之为学究气的东西作出了应有的贡献。我很高兴我那散文的衣橱里将要挂上这件粗硬的囚衣。让它挂着吧！把《库页岛》发表在报刊上当然是不应该的，这不是报刊上的作品。我想，印成一本小书倒会有点用处。……

……谢尔盖延科在写苏格拉底的生活的悲剧。这些固执的家伙总是抓住大东西，因为他们不会创造小东西，而又有不平常的大野心，因为他们根本缺乏文学鉴赏力。写苏格拉底比写小姐或者厨娘容易。因为这个缘故，我认为写独幕剧不是轻松的事。

写给阿·谢·苏沃林

2月25日，在梅里霍沃

……如果作者描写一个精神病人，那并不等于说作者自己也有病。我写《黑修士》的时候，没有任何灰心的思想，而只是根据冷静的思考。我只是想描写自大狂罢了。不过那个飘过原野的修士却是我自己梦见的，早晨醒来以后我把这梦讲给米沙听了。……

……请您读一遍《俄罗斯思想》十二月号上艾尔杰尔的一个短篇小说《看见幽灵的人》。那篇小说富有诗意，还有一种旧式童话式的可怕味道。这篇东西要算是莫斯科最好的新东西当中的一个了。……

写给阿·谢·苏沃林

3月27日，在雅尔塔

……托尔斯泰的教义不再能感动我了，在我的灵魂深处我对它抱着反感，这当然是不公平的。我的身上流着农民的血，因此农民的美德不会使我惊奇。我从小就相信进化，因为在我挨打的时代和我不挨打的时代中间的差别是极大的。我喜爱聪明人，忠实、客气、机智。讲到人们挑开鸡眼，他们的包脚布冒出令人窒息的臭气，我是毫不介意的，就跟我看见小姐们早晨戴着卷发纸走来走去也不介意一样。不过以前托尔斯泰的哲学强烈地感动过我，有六七年的工夫占据了我的心，影响我的倒不是这哲学的基本原理，那些原理我以前就已经熟悉了，而是托尔斯泰的表达方式、他那种细致周密，另外大概还得算上他那种独特的催眠力量。然而现在我的心里却有一种东西提出抗议。深思熟虑和正义告诉我说：对人类的爱，在电力和蒸汽中比在戒绝性交和戒绝肉食中多。战争是罪恶，法院是罪恶，不过却不能因为得出结论说我应该穿树皮鞋，应该跟长工和他妻子一块儿睡在炉台上，等等，等等。可是问题不在这里，不在"拥护什么和反对什么"，而在于对我来说，不知怎么，托尔斯泰已经消灭了，他不在我的灵魂里了，可是他在离开我的时候对我说：瞧，我一走，您的房子就空了。我就此变得空空如也。种种理论都使我厌倦，我读玛克斯·诺尔道这样的空谈家的著作的时候简直要呕。发烧的病人不饿，可是想吃点什么，他们就这样来表达他们的不明确的愿望："我想吃点什么酸的。"同样，我也想吃点什么酸的。而且这不是偶然现象，因为我发觉四周的人好像都有这种心理。仿佛以前大家都在热恋中，现在不再热恋，要找个新的使人入迷的东西似的。看起来俄罗斯人像是很可能再经历一回对自然科学的热衷，唯物主义运动会再一次变成时新的东西。目前，自然科学正在作出奇迹，它会像玛玛依似的走进群众中去，用它的巨大和宏伟来征服群众。……

写给阿·谢·苏沃林

8月15日，在梅里霍沃

……有时候有这样的事：一个人走过一个三等饮食部，看见一条很久以前煎熟的、冷冰冰的鱼，就淡漠地暗想：谁要吃这种不引人犯馋的鱼呢？可是，没有问题，这条鱼自有人要，自有人吃掉它，而且自有人觉着它挺好吃呢。关于巴兰采维奇的作品也可以这样说。他是一个小市民作家，为那些坐三等车的纯正读者写作。对这类读者来说，托尔斯泰和屠格涅夫太华美、太高贵，有点格格不入，难于消化。这种读者津津有味地吃辣根拌咸牛肉，不承认朝鲜蓟和芦笋①。只要您站在他们的观点上，想象那灰色而荒凉的院子，有知识而又像厨娘一样的太太，煤油的气味，兴趣和美感的缺乏，那您就了解巴兰采维奇和他的读者了。他没有光彩，这一部分是因为他所描写的生活本来就没有光彩。他作假（例如《好书》），因为小市民作家不能不作假。这种人是改良的黄色作家。黄色作家跟自己的读者一块儿犯罪，小市民作家却跟他的读者一块儿假充正经，而且阿谀他们的狭隘的德性。……

---

① 辣根拌咸牛肉是俗常的菜；朝鲜蓟和芦笋是比较名贵的菜。

写给弗·奥·谢赫捷尔

9月22日，在阿巴齐亚

……天在下雨。在阿巴齐亚，一切都枯燥乏味。这儿的海不及雅尔塔那儿的海，旅馆一家紧挨着一家，整个阿巴齐亚……使人想起莫泊桑的《蒙特—奥辽尔》（一个精彩的长篇小说）。……

写给亚·伊·艾尔捷尔

10月15日，在莫斯科

……前者我写信给苏沃林，要他把您的《看见幽灵的人》看一遍，那是一个好作品。顺带说一句，您是一个好极了的风景画家。……

写给叶·米·沙芙罗娃

11月22日，在谢尔普霍甫

……这个短篇小说^①我很喜欢；在这篇小说里，除了那种从前就已经使人不怀疑的才能以外，还使人感觉到成熟。只是我觉得篇名有点矫揉造作。那些人物形象刻画得那么朴素，因此侯爵

---

① 指短篇小说《侯爵》，发表在《艺术家》杂志1894年第6期上。

这个诨名就显得是一种多余的装饰品，好比您把金环穿在农民的嘴唇上一样。……

要是去掉这个诨名，要是把涅里雅改名达霞或者娜达莎，那么小说的结局就会有趣一点，人物也会饱满一点，您看得出来，这不是批评，而是很主观的论断；您有充分权利不理这种论断，虽然依您看来我是一个很重要的人：您的教师。要是您希望知道缺点，那么我只能向您指出一点，这一点在您所有的小说里屡次出现：在画面上占首要地位的是很多的细节。您是个擅于观察的人，您舍不得丢掉这些细节，不过那有什么办法呢？为了完整，只好牺牲他们。这就是物理条件。您一面写，一面得记住：细节，即使是很有趣味的细节，也会使人的注意力疲倦。……

写给达·尔·谢普金娜—库彼尔尼克

12月24日，在莫斯科

……我看了您的《孤独》①，原谅了您的一切罪过。这个短篇小说好得很。无疑的，您聪明，而且狡猾得没个边儿。最使我感动的是这篇小说的艺术性。……

---

① 谢普金娜—库彼尔尼克的短篇小说，发表在《俄罗斯思想》1894年第12期上。

写给伊·伊·戈尔布诺夫—波沙多夫

12月3日，在梅里霍沃

……我把《老园丁的故事》^①交给您全权处理。依我看来，它不适于登载在通俗刊物上，即使改换个别的字眼也不能使它通俗易懂。不过，这是您的事了。请您把修改计划随同校样一并寄下，我会照您的愿望做。

我顺便要提到，《俄罗斯新闻》出于犹太人式的恐惧心理^②，把小说开头园丁说的一段话删掉了："信仰上帝，并不难。就连宗教仲裁者、比龙、阿拉克切耶夫也都信仰他。不，您得信仰人！"。……

---

① 契诃夫的一个短篇小说，最初发表在《俄罗斯新闻》上（1894年12月25日）。
② 指"对书报检查官的恐惧"。

1895 年

写给维·维·比里宾

1 月 18 日，在莫斯科

……目前我没写剧本，而且也不打算写。我年纪大了，已经没有那份冲劲了。我倒想写一个挺长的长篇小说，有一百俄里长。

我常看您的作品，常想起过去的事，每逢我在我的生活道路上碰见一个年轻的幽默小说作家，我就把《包罗津诺》念给他听，说："他们才称得起是勇士，跟你们可不一样！"……从前您和我都是思想很开明的，可是不知什么缘故人家却把我看作保守主义者。不久以前我翻了翻差不多已经被人忘掉的旧《花絮》，我看到那时候您跟我都是那么血气旺盛，不由得奇怪，如今在那些最新的天才当中没有一个还有那样的血气了。……

写给阿·谢·苏沃林

1月19日，在莫斯科

……书报检查官把我那篇小说 [1] 里有关宗教的文字都删掉了。要知道，《俄罗斯思想》总是把自己的文章预先送审。这就消灭了自由写作的一切兴致；人一边写，一边老是觉得嗓子里卡着一块骨头。……

写给丽·阿·阿维洛娃

2月15日，在彼得堡

……我很专心地读了您的两篇小说。《威力》是一篇可爱的小说，可是如果您描写的不是地方长官，而单纯的是个地主，那会更好些。至于《命名日》，那不是小说，而是一种东西，并且是笨重的东西。您把细节堆成一座大山，这座山遮蔽了太阳。应当或是把它写成一个很大的中篇小说，比方说有四个印张那么大，或是把它写成一个小小的短篇小说，从那贵族被抬回家里写起。

总起来说：您是有才气的人，不过您变得沉闷了，或者说得俗一点，走气了，已经属于走气的文学家的行列了。您的语言雕琢，像老作家一样。为什么您的人物要用手杖试探雪

---

① 指中篇小说《三年》，发表在《俄罗斯思想》1895年第1期上，内容经书报检查官删略过。

地的表面的硬劲？为什么硬？倒好像您说的是大礼服或者家具似的（应当是密实，而不是硬）。而且雪的表面也是别扭的说法，如同面粉的表面或者砂土的表面一样。为什么玩这样的花招："尼基佛尔跟门柱拆开了"，或者"他叫了一声，跟墙拆开了"。

您写长篇小说吧。花整整一年工夫写完一个长篇小说，再用半年工夫缩短它，然后拿去出版。您很少修饰您的作品；可是女作家应当不是写，而是在纸上刺绣，因而工作得精细、缓慢。……

写给亚·符·席尔凯维奇
3月10日，在梅里霍沃

……诗可不是我的本行，我从没写过诗，我的脑子总是不肯把诗记牢。我对诗如同对音乐一样只能心领神会，要我明确地说出来为什么我感到入迷或者厌烦，我就办不到了。从前，我倒也尽力跟诗人通信，表明我的看法，然而没有什么结果，我很快就厌烦了，如同一个也许有很好的感觉、然而没有兴致说明自己的想法、也说不清楚自己的想法的人一样。现在我对诗照例只限于写明我"喜欢"或者"不喜欢"。您的诗①我是喜欢的。

----

① 指席尔凯维奇的诗《儿时的情形》；这诗于1890年在彼得堡发表，用笔名"A.尼文"。

讲到您所写的短篇小说，那就是另一件事了。我乐于对它批评一番，哪怕写出二十个印张也可以办到，如果您过些时候把它寄给我。希望知道我的意见，那我会十分愉快地读一遍，给您写一点相当明确的意见，同时我还会感到挺不费力。

在《历史通报》上发表的去世的克烈斯托甫斯基[1]的信，是一封好信，我认为它在文学界会获得成功。人们在这封信里可以感觉到一个文学家，而且是个很聪明的、怀着善意的文学家。……

写给阿·谢·苏沃林

3月23日，在梅里霍沃

……玛明·西比里亚克是个很好的人，很出色的作家。人们在称赞他最近的长篇小说《粮食》（发表在《俄罗斯思想》上），列斯科夫对它特别入迷。他有些真正的好作品，在他的最成功的小说里他把人民描写得一点也不比《主人和工人》[2]差。……

写给叶·米·沙芙罗娃

3月25日，在梅里霍沃

……您最近的这个短篇小说[3]里有很多的人物。这既是优

---

[1] 指克烈斯托甫斯基写给席尔凯维奇的信，信上谈的是创作问题，发表在《历史通报》1895年第59期上。

[2] 指列·尼·托尔斯泰的中篇小说《主人和工人》。

[3] 沙芙罗娃的短篇小说《斯芬克司》。

点，又是缺点。那些人物很有趣，可是他们成群结伙，把读者的注意力分成一千份；他们在一宗小小的"公案"的容积里变得形影模糊，不能在读者的记忆里留下鲜明的印记。您得在两个办法里选择一个：要么把人物弄少一点，要么索性写长篇小说。您选择一个吧。依我看来，应当写长篇小说。如果您本心虽然想写短篇小说，然而却有一大堆形象开始引诱您，而您自己又无论如何也不能放弃把它们合在一起的快乐，那么大概命运本身就在驱使您写长篇小说了。……

写给亚·符·席尔凯维奇

4月2日，在梅里霍沃

……我很喜欢您的短篇小说①。这是一个十分有修养的、富于文学气息的好作品。实际上对这篇小说没有什么可批评的，也许只有在一些小地方可以提出几个不重要的意见。今天是节期的头一天②，我身旁有许多人来来往往，我不得不写写停停、停停写写。因此请您允许我为了便当起见把我的批评意见逐条写明如下：

（1）小说的名字《违背信仰……》不好。它不朴素。这个括号和结尾的那几个虚点使人感到一种精致的做作，我疑心这名字

---

① 席尔凯维奇的短篇小说《违背信仰》，发表在《欧洲通报》1892年3月号上。

② 复活节。

是由斯达秀列维奇先生本人起的。换了是我，就给这个短篇小说用一个词起名字：《桦条》《中尉》。

（2）风景描写方面的陈腔滥调。这个短篇小说应当从这句话开始："看来，索莫夫在激动。"在这前面讲到的那些关于满天乌云、麻雀、伸展到远方去的平原等的一切话，都落了陈套。您对风景是有所感觉的，可是您没有照您所感觉的去描写。风景描写首先应当逼真，好让读者看完以后一闭上眼就立刻能想象出来您所描写的风景，至于把昏光、铅色、水塘、潮湿、白杨的银白、布满乌云的天边、麻雀、遥远的草场等因素搜罗在一起，那算不得图景，因为尽管我有心，却没法把这些东西想象成一个严整的整体。在您这类小说里，风景描写只有在适当的时候，在它能帮助您像音乐或者由音乐伴奏的朗诵那样向读者传达这样那样的心情的时候，才合适，才不致把局面弄糟。例如，在兵营里吹起晚间集合号，兵士们唱"我们在天上的父"的时候，在团长晚间归来的时候，以及后来在早晨他们惩罚那个兵的时候，风景描写都十分恰当，在这种地方您是个能手。闪闪烁烁的远处亮光是有力的效果，关于它只要仿佛出于无意似的提一次就够了，不要屡次提到它，不然的话印象就会削弱，读者的心情也就冲淡了。

（3）一般描写的陈腔滥调："墙边的架子上，许多书籍五光十色。"为什么不简单地说"书架"呢？在您的小说里，普希金的集子"不连贯"，《家庭丛书》的版本是"压缩的"。为什么要这样写呢？您妨碍读者的注意力，使得他疲劳。因为您逼得他停下来想象五光十色的架子或者压缩过的《哈姆莱特》是什么样子，这是第一点；第二，这类写法不朴素，不自然，而且作为方法来说也有点陈旧了。现在只有女人才会这样写："戏报说""嵌在头发当中的脸庞"。

（4）方言，例如"挑拣""茅棚"等，在不大的短篇小说里显得粗糙；不但方言是这样，就是平时少用的字眼例如"三教九流的"也一样。

（5）童年和受难主日的礼拜描写得很可爱，然而用的却是已经被别人写过很多次的格调。

全部意见都在这儿了。可是这都是极不重要的小节！关于每个个别的项目，您都可以说："这是趣味问题"，而且这样说是很正确的。

您的索莫夫尽管想起基督的受难，尽管做了斗争，然而仍旧惩罚了那个兵。这是艺术的真实。总的说来，这篇小说产生了应有的印象。……

写给阿·谢·苏沃林

4月13日，在梅里霍沃

……我正在吃力地看显克微支的《波洛涅茨基一家》。这是波兰式的、加番红花的甜乳渣糕。如果把保罗·布尔热和波塔潘科加在一起，洒上华沙的香水，再分成两半，那就是显克微支了。无疑的，《波洛涅茨基一家》深受布尔热的《国际都市》、罗马、结婚（不久以前显克微支刚结婚）等的影响。这篇小说里有墓洞，有追求理想主义的古怪老教授，有成为圣徒的李奥十三世和他那天神样的脸容，有劝人回到祈祷书上去的忠告，有对颓废派艺术家的诽谤——他死于吗啡中毒，而且临终前行过忏悔礼，受过圣餐，也就是尊崇教会，忏悔了自己的错误。家庭幸福和关于爱情的理论多得不得了，主人公的妻子对丈夫忠实到了极点，而且"凭了心灵"极其细致地理解上帝和生活，弄得读者到头来觉得太甜腻了，别扭得很，仿佛刚刚跟别人吻了很久，连唾液都流出来了似的。显克微支大概没看过托尔斯泰的书，对尼采也不熟，他像小市民那样大谈催眠术；不过另一方面，他那本书的每一页上都要谈到鲁本斯、博尔盖塞、科雷乔、波提切利，这是为了在小市民读者面前夸耀自己的博学，并且暗地里侮辱唯物主义。这个长篇小说的目的是给小市民催眠，让他们去做他们的黄金梦。你得忠实于你的妻子，跟她一块儿用祷告书祷告，积攒钱财，喜爱运动。不论在这个世界也好，在下一个世界也好，你总是万事大吉。小市民很喜欢所谓的"正面的"人物以及有美满结局的长篇小说，因为这使他们心安理得地认为人可以一方面积攒钱财，一方面保持清白，一边做野兽，一边又可以幸福。……

写给叶·米·沙芙罗娃

5月17日，在梅里霍沃

……斯捷波契卡、穆森卡、戈尔连科等对我来说已经不新颖，在您先前的一份稿子里已经遇到过他们了，不过话说回来，我还是很愉快地看完了您这个中篇小说①。您明显地成长起来，稳固下来，写得一次比一次好了。您这个中篇小说我全部都喜欢，只有结局不喜欢，因为我觉得它有点淡，斯捷波契卡失去了他的忠厚，变成"漂亮朋友"②了。

不过，这是趣味问题，这不重要。如果说到缺点，那么不该在小地方吹毛求疵。您只有一个缺点，而且依我看来是一个大缺点，那就是您不润色您的作品，因此它们有的地方显得冗长、臃肿，它们缺乏那种使得短小作品生动活泼的紧凑。您的小说里有智慧、有才能、有散文，可是艺术不够。您把人物塑造得正确，然而不活。您不肯或者懒得用刀子把一切多余的东西都剔掉。要知道在大理石上刻出人脸来，无非是把这块石头上不是脸的地方都剔掉罢了。

我把我的意思表白得准确吗？您能明白吗？有两三处别扭的说法被我画了杠子：教士不论在晚祷的时候，或者在做弥撒的时候，都不读《使徒行传》；《写作狂的癖好》不合适，因为写作狂本身就包含癖好的意思在内，等等，等等。……

写给弗·伊·涅米洛维奇—丹钦柯③

10月6日，在莫斯科

昨天夜深我看完了您的《省长的搜查》。就精细来说，就润

---

① 沙芙罗娃的中篇小说《秋老虎》。
② 指莫泊桑的中篇小说《漂亮朋友》中的主人公杜洛阿。
③ 俄国、苏联戏剧导演，剧作家。——编者注

色的纯净来说，在一切意义上来说，这篇东西都比我所知道的您的一切作品强。它给人留下的印象是强烈的，只是在结尾的地方，从那段跟书记的谈话起，描写得带点醺醉的样子，可是读者却希望听到 piano[①]，因为那结局忧郁。您的生活知识广博，而且我要再说一遍（这话我以前好像已经说过）：您变得越来越好，仿佛您的才能每年都加厚一层似的。……

写给阿·谢·苏沃林

10月21日，在梅里霍沃

……您猜怎么样，我眼下正在写剧本[②]，大概要到十一月底才会写完。我在写它的时侯不是没有感到乐趣，不过大大地违反了舞台条件。喜剧、三个女角色、六个男角色、四幕、风景（湖的景色）。关于文学的讨论很多，情节却很少，爱情有五个普特之多。……

---

① 意大利文：和缓柔弱的琴音。
② 指《海鸥》。

1896 年

摘自日记

……如果一个人被一种他所生疏的工作，例如艺术，吸引住，那么他因为做不成艺术家，就不可避免地变成官僚。有多少人像这样穿着文官制服，寄生在科学、戏剧、绘画上面啊！……

写给叶·米·沙芙罗娃

4 月 18 日或 19 日，在梅里霍沃

……《秋老虎》，我不但自己看了，还给别人看过了。这是个好作品！不过对您来说，夫人，现在不是到了应该扩大您的观察范围的时候了吗？您差不多在每一篇小说里都这样那样地重复了《秋老虎》的情节，同时您所描写的那个小小的世界早已被人写过不知多少次，至少，例如萨尔蒂科夫。在他那军官和母亲的来往信札中（参看《好话》）和小说《信札补遗》中就已经反复写过了。……

写给阿·谢·苏沃林

7月20日，在梅里霍沃

……《传教士山格》^①是一个动人的、有趣的作品，虽然翻译得不像样，读起来倒还隽永。这个剧本写得大意，显然是一口气或者至多分成两次写成的。不过对剧院来说它却不适宜，因为这剧本是没法表演的：没有情节，没有活人，没有戏剧趣味。无论作为戏剧或者作为一般的文学作品，它都毫无意义，主要因为思想不明显。剧本的结局简直混乱，而且似乎古怪。作者自己对于奇迹尚且没有鲜明确切的信念，那就不可能驱使自己的人物创造奇迹了。

《卡尔·比尤林》^②却是另一回事。这完全称得起是剧本：又生动，又新颖，又轻松，又隽永，不过最后一幕是例外，这一幕写得有点娘们儿气，颇有斯米尔诺娃的味道。如果您乐意，如果您将来到菲奥多西亚^③去，那我们就按俄罗斯的风土人情把它重写一遍吧。不过只要三幕就足够了。题名《女人》却未免做作，而且含着思想倾向的味道，它促使观众期待剧本所没有而且也不能表达的东西。最好给它起这样的名字：《女提琴家》或者《在海边》，多写一点海，就可以起这样的名字了。打嘴巴倒不必，只要骂一声坏蛋和说谎的人就够了。俄罗斯的公众喜欢吵架，然而不能忍受相当尖锐的侮辱，例如打嘴巴、当众骂人流氓等。再

---

① 即别尔恩斯捷尔涅·别尔恩松的剧本《超过我们的力量》。

② 即《卡尔拉·比尤林格》，拉乌拉·玛尔霍尔木的剧本。

③ 俄国克里米亚的一个城名。

者，我们的公众也不大相信那种随意打人嘴巴的高尚。……

写给阿·谢·苏沃林

11月8日，在梅里霍沃

……书报检查官把我的中篇小说① 搞成了什么样子啊！这真可怕，可怕！这个中篇小说的结尾变成沙漠了。……

写给叶·米·沙芙罗娃

11月20日，在梅里霍沃

……这个短篇小说② 我很喜欢，很喜欢。这是个可爱而隽永的好作品。不过您照例把情节的进展写得有点疲沓，因此这篇小说有些地方就也显得疲沓了。

请您想象一个大水池，池中的水经过很细的小水道往外流，弄得肉眼都看不见水在流动；请您想象这池子的水面上有各式各样的东西：木片啦，板子啦，空桶啦，树叶啦；所有这些东西由于水流得慢而似乎一动也不动，堵住了细流的口。

您的小说里，情形也是这样：动作少，细节多，那些细节堆积起来了。……

---

① 指《我的生活》。
② 指沙芙罗娃的短篇小说《凯撒的妻子》。

写给弗·伊·涅米洛维奇—丹钦柯

11月26日，在梅里霍沃

亲爱的朋友，我来回答你信上的主要问题：为什么一般说来我们之间很少有严肃的谈话。如果人们沉默，那就是说他们没有话可谈，或者他们怕难为情。有什么可谈的呢？我们没有政治，我们没有社会生活，没有团体生活，甚至没有街道生活；我们的城市生活苍白、单调、停滞、没趣味；谈这类事是枯燥无聊的，不下于跟卢果沃依通信。你会说：我们是文学家，单是这一点就使得我们的生活丰富了。是这样吗？我们深深地陷在我们的职业里，它渐渐把我们同外面的世界隔离了，结果我们的空闲时间很少，钱很少，书很少，我们读书很少而且读得勉强，我们听得很少，我们难得出门旅行……谈文学吗？可是要知道，关于文学我们已经谈得够了……每年谈的总是那一套，总是那一套。关于文学我们通常所谈的，不外乎谁写得比较好，谁写得比较坏，可是一谈到比较普遍、比较广泛的题目，劲头就不足了，因为你的四周既然是冻土带和爱斯基摩人，那么与现实格格不入的广泛思想很快就会消散、逃掉，如同关于永久的幸福的思想一样。谈自己的私生活吗？不错，有时候这也许有趣味，我们或许也会谈，不过在这方面我们总是腼腆、不坦率、不诚恳，自保的本能遏制我们，我们担惊害怕。我们担心在我们谈话的时候有个没有教养、不爱我们而且也不为我们所爱的爱斯基摩人把我们的话听了去。我个人呢，深怕我的朋友谢尔盖延科（你很喜欢他的头脑）在一切火车厢里和房子里举起手指头，大声解答一个问题：为什么在甲小姐爱我的时候，我却和乙小姐同居。我怕我们那些说教，我怕我们的女士。……总之，不要为我们的沉默，为我们的谈话的不严肃和没趣味而责备你自己，也别责备我，而要像批评家所说的那样责备"时代"，责备天气和辽阔的天地，爱责备什么就责备什么，听任环境沿着固有的、注定的、不可挽回的道路前进，指望那美好的未来吧。……

写给阿·谢·苏沃林

12月14日，在梅里霍沃

……您把剧本分成可以上演的和只供阅读的。那么，《破产者》，特别是自始至终只有达尔玛托夫和米哈依洛夫两个人一味谈账目而且获得巨大成功的那一幕，您打算归到哪一类去呢：是只供阅读的还是可以上演的？我认为要是只供阅读的剧本由好演员来演，那它也会成为可以上演的剧本。……

1897 年

摘自日记

……像尼·谢·列斯科夫和谢·瓦·玛克西莫夫之类的作家，是不会在我们的批评家那儿获得成功的。……彼得堡的公众大都由这类批评家操纵着，在那种公众面前奥斯特洛夫斯基从没获得过成功，果戈理也已经不能逗他们发笑了。……

写给叶·齐·柯诺维采尔

4 月 10 日，在梅里霍沃

……为了斯巴索维奇的书①，我很感激您。萨尔蒂科夫也有趣味，不过他那种单调的写法却使人有点疲倦。……

---

① 应当是"为了您寄来的斯巴索维奇和萨尔蒂科夫—谢德林的书"。

写给亚·伊·艾尔捷尔

4月17日，在梅里霍沃

……没有什么新闻。文学界风平浪静。在编辑部里，大家喝茶，喝廉价的啤酒，并不觉着可口，走来走去，显然因为没有事情可做。托尔斯泰在写一本论艺术的小书。他到我的医院里来过，说他把他的小说《复活》丢开了，因为他不喜欢那篇小说，目前专写关于艺术的论文，看了六十本有关艺术的书。他的想法并不新颖，历代所有的聪明老人都用不同的方式重复过这种想法。老人总是容易看见世界的末日，说道德已经败坏到nec plus ultra，说艺术正在变坏，正在衰老，说人们变弱了，等等，等等。列夫·尼古拉耶维奇打算在自己的书里证实现在艺术正在走进最后一个阶段，走进一个没有出路的死胡同（除非往回走）。……

写给阿·谢·苏沃林

5月2日，在梅里霍沃

……前几天我看见了小说家柯罗连科：他的神经出了大毛病。谢格洛夫来找过我。他谈起他的妻子，谈起通俗喜剧，谈起自己的爱国心。他在《俄罗斯通报》上发表一个剧本[①]。它写的

[①] 喜剧《被遗忘的才子》。

271

是俄罗斯文学家的生活。这个剧本浸透了思想上的憎恨精神和虚假，它造成这样一种印象，倒好像这剧本不是幽默作家谢格洛夫写的，而是一只被文学家踩了尾巴的猫写的。……

写给阿·谢·苏沃林

7月12日，在梅里霍沃

……我正在看梅特林克的作品。我看完了他的 *Lesaveugles*、*L'intruse*[①]，正在看 *Aglavaine et sélysette*[②]。这些作品都是希奇古怪的妙东西，不过造成的印象却强大；如果我有一个戏院，我一定演他的 *Les aveugles*。再者这剧本里有壮丽的海洋布景和远处的灯塔。观众是颇为蠢笨的，不过这个剧本的失败却可以避免，只要在戏报上写出剧本的内容就成，当然要写得短：本剧是比利时颓废派作家梅特林克写的，内容如下，有一个老人，是一群瞎子的向导，悄悄地死了；那些瞎子不知道他死，坐在那儿，等他回来。……

写给丽·阿·阿维洛娃

10月6日，在尼斯

……您抱怨我的人物忧郁。唉，这可不能怪我！这在我是

---

① 法文：《盲人》《不速之客》。
② 法文：《阿格拉温和谢里节特》。

不期而然的，我写的时候并不觉得自己在忧郁地写。不管怎样，工作时候我总是心绪很好。人们指出过：忧郁的人，忧郁病患者，写起文章来总很快活，而富于生活乐趣的人倒常用自己的作品惹得读者郁闷。我呢，是个富于生活乐趣的人；至少，在我这一生的前三十年当中，如同俗常所说的一样，我活得很满意。……

写给丽·阿·阿维洛娃

11月3日，在尼斯

啊，丽嘉·阿历克塞耶芙娜，我多么畅快地看完了您的《一封被忘掉的信》。这是一篇优美、隽永、精致的作品。这是一个短尾巴的小东西，然而其中却有很多艺术和才气，我不懂您为什么不继续就照这样写下去。书信是一种不易写好、枯燥乏味的体裁，然而容易写，不过我说的却是笔调、真挚而又差不多热烈的感情、精练的句子……戈尔采夫说得对，您有优美的才能；如果您至今还不相信这一点，那只能怪您自己。您写得很少，很懒。我也是个懒惰的乌克兰庄稼汉，不过话说回来，要是拿我跟您相比，我写出来的东西算得是一座大山了！除了《一封被忘掉的信》以外，在您所有的小说里，字里行间常常露出缺乏经验、没有信心、懒惰的痕迹。您如同俗常所说的一样至今没有"摸熟"，写起东西来像是新手，好比一位姑娘在瓷器上描花。风景您是领会到的，在您作品里也描写得很好，可是您不会剪裁，它常常在不需要它的时候扑到人的眼帘里来，甚至整个小说在无数的片段的风景描写掩盖下完全消灭了，这类描写堆砌起来，从小说的开头差不多一直拖到半中腰去。其次，您没有在造句上下功夫，而这是应该推敲的——艺术也就在这儿。您得删去多余的字，清除句子里的"鉴于"和"借助于"，应当注重文字的音乐性，不能在一个句子里让"开始"和"停止"差不多并列着。亲爱的，像"抓不住小辫子""精神垮台""如入迷宫"之类的词纯粹是侮辱。一句话有两个音同义不同的字并列，我倒还能容许。可是"抓不住小辫子"却有点粗糙、呆笨，只在口语里才适用。粗糙，您是一定感觉得到的，因为您有音乐的感觉；敏锐，《一封被忘掉的信》就可以作证。我会把登载您的小说的报纸保存下来，等到有机会就带给您。您不要介意我的批评，请您再收集点作品寄给我吧。……

写给瓦·米·索包列夫斯基

11月20日，在尼斯

……我看校样，不是为了修改小说的外部；我通常在校样上最后完成我的小说，而且不妨说，是从音乐性的一面来修改它。……

写给玛·巴·契诃娃

12月14日，在尼斯

……许多题材闷在我的脑子里发酸了。我有心写出来，可是不在家里而在外面写，简直是苦事，好比在生疏的缝纫机上缝衣服一样。……

写给费·德·巴丘希科夫

12月15日，在尼斯

……您在一封信上表明一种愿望，要我就地取材，写一篇外国生活的小说寄给您。这样的小说我只能在回到俄罗斯以后凭回忆才写得出来。我只会凭回忆写东西，从来也没有直接从外界取材而写出东西来。我得让我的记忆把题材滤出来，让我的记忆像滤器那样只留下重要的或者典型的东西。……

写给瓦·米·索包列夫斯基

12月26日，在尼斯

……我不能写一篇圣诞节故事寄给您，因为我不喜欢圣诞节专号，那里面装满一大堆小说、诗歌、信教的理论，如同卖现成衣服的铺子里堆满的裤子和背心一样。……

1898 年

写给费·德·巴丘希科夫

1 月 3 日，在尼斯

……我寄给您一份原稿①。劳驾把校样寄来，因为小说还没有完工，没有润色，一直要到我把校样改得一塌糊涂以后才算成功。我只能在校样上加工，在原稿上我什么也看不出来。……

写给阿·谢·苏沃林

1 月 4 日，在尼斯

……德雷福斯一案②正闹得热火朝天、步步进展，可是还没走上轨道。左拉是一个高尚的人。我呢，属于那个秘密集团，已

---

① 指在《国际都市》发表的小说《在朋友家里》(《国际都市》1898 年第 2 期)。

② 德雷福斯一案——1894 年底，法国政府控告祖籍犹太的军官德雷福斯从事间谍活动，判他终身流放。这个控告根据的是伪造的文件。法国作家艾密尔·左拉在报刊上为德雷福斯辩护，结果"由于诽谤罪"而受到法庭审判。
《新时报》(苏沃林主办) 用不公正的偏私态度说明德雷福斯一案和左拉的出面。这个报纸的反犹太攻讦引起契诃夫的愤慨："《新时报》简直惹人恶心。"他在 1898 年 1 月里写信给巴丘希科夫说。

经从犹太人手里得到一百个法郎 ①，我为左拉的热情高兴。法国是一个惊人的国家，它的作家是惊人的作家。……

根据《新时报》发表的摘录来判断，列〔夫〕·尼〔古拉耶维奇〕论艺术的那篇文章不见得有趣味。那些话都陈旧了。在论艺术的时候说什么艺术已经衰老，走进了死胡同，跟它应有的面目大不相同，等等，就无异于说：吃喝的欲望已经衰老，过了时，不合需要了。当然，饥饿是一种古老的东西，我们在吃的欲望中走进了死胡同，可是不管哲学家和生气的老人怎样扯淡，我们现在仍旧得吃东西，以后也会吃东西。……

写给叶·米·沙芙罗娃
1月19日，在尼斯

……《施催眠术者》是一篇可爱的小说；只是可惜这篇小说的前一半有点冗长，损害了后一半，而且可惜您没有把任尼雅塑造成功，她成了一架钟里的一个多余的齿轮。她变得不需要，有了她反而碍事。下级药剂师是没有的。职位是这样：有药剂师，有药剂师助理，有司药助理员。他们合在一起统称药师。医生可以做药房主人，然而这种情形很少很少。

篇名《理想》听起来有点发甜。不管怎样，这不是俄罗斯的字，做篇名不合适。……

----

① 反犹太的报纸，包括《新时报》在内，声称卫护德雷福斯的人是受了犹太人的贿赂。

写给奥·罗·瓦西列娃

1月21日，在尼斯

十分尊敬的女同胞，我很需要涅克拉索夫的诗《铁道》①。您手头可有他的作品？要是您手头没有，那么在卡恩②的什么地方是不是可以找到？我等候您的回音，等到星期五的中午——这是最后的时限。如果您有这本书，请您寄来，或者更简单点，把这一首诗抄在一小张纸上也成。

写给费·德·巴丘希科夫

1月23日，在尼斯

……我们这儿，大家一味地谈左拉，谈德雷福斯。大多数知识分子都站在左拉一边，相信德雷福斯没有犯罪。左拉长高了整整三俄尺，从他那封抗议信上似乎吹出一股清新的风，每个法国人都体会到：谢天谢地，人间总算还有正义，如果人们判决无辜的人，就有人出头打抱不平。法国报纸非常有趣，俄国报纸呢，却恨不得丢掉才好。《新时报》简直叫人恶心。……

---

① 契诃夫的短篇小说《在朋友家里》中有一个名为瓦莉雅的女人，她朗诵了涅克拉索夫的诗《铁道》中的几行。
② 法国南部地中海边上的一个城名。

写给亚·亚·霍恰英采娃

2月2日，在尼斯

……您问我：我是不是仍旧认为左拉做得对。那么我要问您：难道您对我有这么坏的看法，居然能够怀疑我不赞成左拉——哪怕这怀疑只有一分钟？我觉得所有那些目前在法院里审判他的人，所有那些将军和高尚的证人，合在一起都配不上左拉手指头上的一个指甲。我在读速记报告，没发现左拉有什么不对的地方，也看不出这个案子还需要什么 preuves[①]。……

写给阿·谢·苏沃林

2月6日，在尼斯

……您写道，您讨厌左拉，可是在这儿，大家都有一种感觉，仿佛一个新的、更好的左拉出世了。他在这场诉讼里如同在松节油里一样洗净了他原先沾染来的油垢，如今在法国人面前照耀着，发出真正的光辉。这是没人怀疑的纯洁，道德的崇高。……

是的，左拉不是伏尔泰，我们大家也都不是伏尔泰，不过在生活里却有这样一种情形：在这种时候责难我们不是伏尔泰，就是最不恰当的事。请您回想柯罗连科，他保护过穆尔坦多神教徒，把他们从断头台上救出来。哈斯医生也不是伏尔泰，可是他

---

① 法文：证据。

那神奇的一生十全十美地度过而且结束了。

　　我是凭了速记报告了解这案子的，这完全跟报纸上登的不一样，对我来说左拉是清清楚楚的。主要的是，他诚恳，也就是他只凭眼见的东西下判断，而不像别人那样凭臆想。诚恳的人也可能犯错误，这无可争论，不过这类错误比故意的不诚恳、偏见、政治上的考虑等带来的害处小。就算德雷福斯有罪，左拉也仍旧做得对，因为作家的任务不是控告，不是迫害，而是挺身而出，甚至卫护有罪的人，只要他们已经判过罪、受过罚。您会说：那么政治呢？国家的利益呢？可是大作家和大艺术家只应当在必须避开政治的限度上过问政治。即使没有他们，也已经有许多的公诉人、检察官、宪兵了。不管怎样，对他们来说，保罗这个角色总比扫罗①更适当些。无论怎样判决，左拉在审判以后仍旧会感到生活的快乐，他的老年会是美好的老年，日后他死的时候良心会平静，至少也会轻松。法国人心中悲痛，他们抓住一切外来的安慰的话语和正当的责难；正是因为这个缘故别尔恩斯捷尔涅的信和我们的扎克烈甫斯基的文章（这儿的人在《新闻报》上读到它）才会获得这样的成功，也正因为这个缘故，对左拉的辱骂，也就是他们所看不起的小报每天给他们带来的东西，才使人反感。不管左拉怎样冲动，他在法庭上却仍旧代表法国的健全思想，法国人因为这个缘故才爱他。……

------

① 按《新约·使徒行传》的说法，扫罗在未信基督教以前迫害教徒，皈依基督教后改名保罗，热心传教，成为使徒。

写给亚·巴·契诃夫

2 月 23 日，在尼斯

……在左拉这个案子里，《新时报》的态度简直卑鄙无耻。在这方面，我跟老头儿①互相通过信（不过口气极温和），后来我们两个人都沉默了。我不愿意给他写信，也不愿意他来信为他那报纸不体面的态度辩护，把原因归之于他喜爱军人。我所以不愿意，是因为我早已讨厌这一套了。我也喜爱军人，不过要是我有一份报纸，我就不会容许那些仙人掌②在副刊上发表左拉的长篇小说③而不付稿费，同时又在报上对同一个左拉泼泔水。再说，这一切是由于什么呢？这是由于一种为任何仙人掌所不能了解的东西，由于高尚的激情和灵魂的纯洁。不管怎样，在左拉受审的时候骂左拉，那是毫无文学气味的。……

写给阿·谢·苏沃林

9 月 5 日，在梅里霍沃

……《聪明误》④里的索菲雅不能跟达吉雅娜⑤相比，就跟母鸡不能跟鹰相比一样。索菲雅写得很糟，这甚至不称其为人物，

---

① 指苏沃林。
② 仙人掌是带刺的，伤人的。在这儿借喻那些于人有害的人。
③ 《新时报》当时正在发表左拉的长篇小说《巴黎》。
④ 俄罗斯尉作家格利鲍耶陀夫的剧本。
⑤ 普希金的《叶甫盖尼·奥涅金》的女主人公。

而只是具有维克托·克雷洛夫的风味的那种渺小人物罢了。请您原谅我这样胡说。……

写给亚·谢·梅尔彼尔特
10月29日，在雅尔塔

……我觉得在生平事迹的细节方面有些多余的东西。换了是我，我就不会提弟兄和教师，这样反而弄得文章累赘。在标明时代方面，我会遵循另一种方法，"在1839年"对法国人不大能说明问题，也许去掉这种说法，换另一种说法好些："在陀思妥耶夫斯基二十岁的时候。"再者，关于陀思妥耶夫斯基先生开始写作和生活的时代做一点轻快的、很短的历史性和文学性概述，也不会是多余的事。应当指明，他开始写作是在如此这般的环境下，在尼古拉一世执政的时候，在别林斯基和普希金领导文坛的时候（要知道别林斯基和普希金对他有巨大的、压倒性的影响）。而且这些名字，如别林斯基、普希金、涅克拉索夫等，作为年代来说，依我看来比数字更富于表现能力，数字通常只能为听者的注意力迟钝地接受，始终不能说明什么。

您的论文 ① 的笔调流畅可爱，有说服力。……

---

① 指梅尔彼尔特打算在巴黎宣读的一份论述陀思妥耶夫斯基的讲稿。

写给米·巴·契诃夫

11月16日，在雅尔塔

……希望你读一遍《周刊》上纳克罗兴的《巡礼者》。写得很好。

写给阿·马·彼希柯夫（马·高尔基）

11月26日，在雅尔塔

……昨天晚上我看了您的《戈尔特瓦的市集》，很满意，因此起意给您写这样几行，免得您生气，把我想得不好。我为我们的结交很高兴，而且很感激您，很感激那个写信给您谈起我的米罗夫。……

写给阿·马·彼希柯夫（马·高尔基）

12月3日，在雅尔塔

……您问我对您那些短篇小说有怎样的看法。怎样的看法吗？您无疑地有才能，而且是真正的大才能。比方说在《草原上》那个短篇小说里，您的才能就带着不平常的力量表现出来了，我甚至因为这篇小说不是我写的而起了嫉妒心。您是艺术家，聪明人，您的感觉很出色。您擅于雕塑，那就是说您在描写事物的时候看见它，用手摸到它了。这才是真正的艺术。这就是我的看法，我很高兴能把这看法告诉您。我要再说一遍，我很高兴，要是我们能够相识，谈上一两个钟头，您就会相信我对您估价多么高，对您的才具寄托怎样的希望。

现在要我谈一谈缺点吗？可是这却不那么容易。谈论有才能的人的缺点，好比谈论在园子里生长着的一棵大树的缺点，在这方面，主要的，问题不在树的本身，而在于看树的人的趣味。不是这样吗？

我首先要说：照我看来，您缺乏节制。您像是剧院里的一个看客，在表示自己的快乐的时候那么不加节制，因而妨碍自己和别人听戏了。这种缺乏节制，在您用来插在对话中的风景描写里，特别容易让人感觉出来。人在读到它们，读到这类描写的时候，总会希望它们紧凑一点，简练一点才好，有这么两三行也就成了。常常提到爱抚、低语、柔和，等等，会给这类描写添上浮夸和单调，使得读者冷淡，而且差不多疲劳。就是在描写女人的时候（《玛尔娃》《筏上》），以及在恋爱场面上，也可以使人感觉到缺乏节制。这不是才情横溢，也不是淋漓尽致，而是不折不扣地缺乏节制。其次，您常常用些完全不适合您那种小说的字，什么伴奏啦，圆面啦，协和啦——这类字碍眼。您常常说到波浪，在描写知识分子的地方使人感到一种近似慎重的紧张；这倒不是因为您观察知识分子还太少，您是了解他们的，而只是因为拿不稳该从哪方面着手描写他们罢了。

您多大年纪了？我不熟悉您，不知道您是哪儿的人，您是怎样的一个人，不过我觉得趁您年纪还轻，您应该离开尼日尼，

284

到文学界和从事文学的人那边去住上两三年，所谓耳濡目染一下。这倒不是为了去向我们的雄鸡请教[①]，去向他们多多学习，而是为了死心塌地一头扎进文学，爱上它；再者，内地生活使人未老先衰。柯罗连科、波塔潘科、玛明、艾尔捷尔，都是很好的人。也许最初您跟他们相处会觉得有点乏味，不过以后过上两三年，您就会习惯，为他们的好处而看重他们；跟他们来往，对您来说，会大大补偿大城市生活的不愉快和不舒适。……

写给维·亚·戈尔采夫

12 月 4 日，在雅尔塔

……我手头有一二十个短篇小说，那还是在十年前发表的，不过已经加以修改和增补了，它们还没有收进集子，而且早已为人们忘记了。这都是些幽默小说。不知合不合需要？其中每一篇读起来都只要五分钟到十分钟就够了。人们读它们的时候，仿佛喝一杯伏特加一样。如果你要，我就把改订稿寄给你，听凭你发落。……

---

① 典出克雷洛夫的一篇寓言：一只驴劝一只唱得十分好听的夜莺去向雄鸡学习，以便唱得更好一点。

1899 年

写给阿·马·彼希柯夫（马·高尔基）[1]

1 月 3 日，在雅尔塔

……看来，您有点没弄懂我的意思。我上封信[2]上跟您谈起的不是您用字粗糙，而只是您使用外来的、非俄罗斯本土的，或者难得一用的字是不妥当的。例如"宿命的"这类字眼换了在别的作家的作品里，读者就会随便放过去，注意不到，可是您的作品有音乐性、匀称，其中每一根略略粗糙的小线条都很不顺眼。当然，这是欣赏趣味的问题，也许这表明我过分挑剔，或者我沾染了早已养成固定习惯的人的那种保守作风。我在描写中遇到"六等文官"和"二级上尉"还看得下去，可是"卖弄风情"和"捍卫者"（当它们在描写中出现的时候）总是惹得我反感。

您是自学者吗？在您的小说里，您完全是一个艺术家，同时是名副其实的有知识的人。粗糙正好是您最缺少的东西；您聪明，感情细致而优美。您最好的作品是《草原上》和《筏上》，

---

① 契诃夫写这封信回答高尔基在 1898 年 12 月写来的两封信。

② 指本书 1898 年 12 月 3 日契诃夫写的那封信。

不知我在信上跟您提起过没有？这都是模范的好作品，从这些作品里可以看出一个在很好的学校里毕业出来的艺术家。我认为我说得并不错。唯一的缺点是缺乏节制、缺乏优雅。人花费最少的活动量而做到某种明确的动作，那就是优雅。可是您却使人感到花费得太多了。……

风景描写是有艺术力量的，您是真正的风景画家。可是您常把风景比作人（拟人化），例如海呼吸，天空瞧着，草原安然自得，大自然低语、说话、发愁等，这类用语使得描写有点单调，有时候显得太甜，有时候却又含糊不清；风景描写的鲜明和显豁只有靠了朴素才能达到，像"太阳落下去""天黑下来""下雨了"这类朴素的句子就是。这种朴素原是您本来就有的，而且达到了强烈有力的地步，这在别的任何小说家那里却是少有的。

革新的《生活》^①的第一期我不喜欢，这一期有点不严肃。契利科夫的短篇小说幼稚而作假，威列沙耶夫的短篇小说^②是对某个作品的粗糙的模仿，有点像是模仿您的《奥尔洛夫夫妇》，它粗糙，而且也幼稚。一个杂志靠了这种作品是不会有多大起色的。在您的《基利尔卡》里，地方长官的形象破坏了一切，不过总的调子是好的。永远也不要描写地方长官，再也没有比描写无聊的长官更容易的了。读者喜欢这种东西，然而那是最使人不愉快、最平庸的读者。我对地方长官这类最新的人物就跟对"卖弄

---

① 《生活》杂志（1897—1901）从 1898 年底起成为"合法的马克思主义者"的机关报。
② 契利科夫的短篇小说是《外国人》，威列沙耶夫的短篇小说是《安德烈·伊凡诺维奇的结局》。

风情"一样存着反感，因此也许我说得不对。不过我住在乡村里，认识本县和邻县的所有地方长官，我早已熟识他们，发现他们的性格和他们的活动完全不典型，完全没趣味——在这方面我觉得我是对的。

现在谈一谈漫游。这（即漫游）是很好的、诱人的事情，不过一年年过去，不知怎的，人就变得呆笨不灵，困在一个地方动不得了。而且文学这种职业本身也把人吸住了。在挫折和失望中，时间很快地过去，人却没有看见真正的生活，我过去的生活原是十分自由的，现在看来却好像不再是我的过去，而是别人的了。……

写给阿·马·彼希柯夫（马·高尔基）

1月18日，在雅尔塔

……威列沙耶夫有才气，可是粗野，而且似乎是故意做得那样的。他白白地粗野，没有任何必要。不过当然，他比契利科夫有才能得多，也有趣得多。……

写给阿·谢·苏沃林

1月27日，在雅尔塔

……前不久我写了一个幽默的短篇小说①，占半个印张。现

---

① 指《亲爱的》。

在有人写信告诉我，说列·尼·托尔斯泰朗诵了这篇小说，而且朗诵得非常好。……

您看过小说家高尔基的作品没有？这是个毫无疑问有才能的人。如果您还没看过，那就请您要一本他的集子，为了初步认识他而先把两个短篇小说看一遍：《草原上》和《筏上》。短篇小说《草原上》写得出色，用斯达索夫的话来说，这是王牌小说。……

写给伊·伊·戈尔布诺夫—波沙多夫

1月27日，在雅尔塔

……我写《亲爱的》^①时，再也没有想到列夫·尼古拉耶维奇会念它。谢谢您！我读到您信上关于列夫·尼古拉耶维奇的那几行的时候，心里真高兴。……

写给彼·彼·格涅季奇

2月4日，在雅尔塔

……请您看一遍《草原上》和《筏上》。显然，这是一个有

———————————

① 戈尔布诺夫—波沙多夫在1月24日写信告诉契诃夫说："在莫斯科，列·尼当着我（另外还有聚在一起的许多人）念了您的两篇新小说：《出差》和《亲爱的》，念得真好，感情激动。这两篇小说都很好，特别是《亲爱的》……列·尼对它入了迷。他反复地说这是一颗珍珠，说契诃夫是一个真正伟大的作家。他大约朗诵了四次，每一回都很动感情。……"

巨大才能的人；他粗犷，发育不完善，然而仍旧是个有巨大才能的人。要是您没有工夫，那就只看《草原上》也行。……

写给玛·巴·契诃娃
2 月 4 日，在雅尔塔

……有人写信告诉我说，列·尼·托尔斯泰很好、很逗笑地朗诵了我那个发表在《家庭》上的短篇小说《亲爱的》。……

写给亚·巴·契诃夫
2 月 5 日，在雅尔塔

……《新时报》给人一种可恶的印象。从巴黎发来的电讯使人读着不能不生出恶感。那不是电讯，那是最纯粹的伪造和欺骗。还有自吹自擂的伊凡诺夫的文章！卑鄙的彼得堡人的告密！阿木菲捷阿特罗夫的鹰隼般的袭击！这不是报纸，而是动物园；这是一群咬彼此尾巴的饿狼，这是鬼才知道的一群什么东西。……

写给阿·谢·苏沃林
2 月 6 日，在雅尔塔

……由于斯路切夫斯基、格利果罗维奇、戈列尼谢夫—库图索夫、波捷兴等做了科学院院士。俄罗斯作家的作品以及一般说来俄罗斯的文学活动却不会变得有趣些。只是多添了一种不愉快的、永远使人起疑的因素——薪水。……

写给丽·阿·阿维洛娃
2月26日，在雅尔塔

……在彼得堡，在文学界，有什么新闻吗？您喜欢高尔基吗？依我看来高尔基是一个有真正才能的人，他有真正的画笔和颜料，不过这个有才能的人有点缺乏节制、无所顾忌。他的《草原上》是个精彩的作品。可是威列沙耶夫和契利科夫我却完全不喜欢。这不是写作，而是吱吱地叫；他们吱吱地叫，自以为了不起。……

写给弗·加·柯罗连科
3月5日，在雅尔塔

亲爱的弗拉基米尔·加拉克契昂诺维奇，显然因为您的缘故，他们开始把《俄罗斯财富》寄给我了，这使我有机会看到您的美妙的短篇小说[①]。

我衷心感激您，因为您还记得我，因为您寄来这本杂

---

① 《温顺的人（写生画）》（《俄罗斯财富》1899 年第 1 期）。

志——我在很愉快地读它。……

……您认识列·尼·托尔斯泰吗？您的庄园离他的庄园很远吗？如果很近，那我就嫉妒您了。我很喜欢托尔斯泰。您在说到新作家的时候，把梅尔欣也相提并论了。事情可不是这样。梅尔欣自成一家，这是个不被重视的大作家，聪明有力的作家，即使日后他也许不会写出比已经写过的更有价值的东西。库普林我完全没有读过。高尔基我是喜欢的，不过近来他开始胡写了，胡写得惹人生气，因此我很快就要不看他的作品了。《温顺的人》挺好，不过布赫沃斯托夫这个人物原可以不要，他一出场反而给这个短篇小说带来紧张、纠缠不清，乃至虚伪的因素。柯罗连科是个了不起的作家，大家都喜爱他，那不是没有缘故的。除了其他种种优点以外，他还有清醒和纯洁。……

……我理解托尔斯泰，而且似乎理解得很深，我明白他眉毛的每一个动作，不过我仍旧喜欢他。

高尔基在雅尔塔。从外表看，这是个流浪汉，不过骨子里他是个十分文雅的人。我很高兴跟他结交。……

写给瓦·瓦·罗扎诺夫

3月30日，在雅尔塔

……小说家马·高尔基常到我这儿来，我们常谈到您。他是个朴素的人，流浪汉，直到成年才头一次开始读书，而且看了书以后仿佛第二次生到世界上来似的。现在，凡是出版的东西，他都读，而且读起来不存偏见，满腔热诚。……

写给阿·谢·苏沃林

4月24日，在莫斯科

……既然文学工作者没有像军官、律师那样组成单独的同业公会，那么文学工作者荣誉法庭就是无谓的事、荒唐的事了。在亚洲国家，没有出版自由和信仰自由，政府和十分之九的社会人士把报刊工作者看作敌人，生活条件又挤又糟，对美好的未来不存多大的希望，在那种地方才会有像互相泼汦水、名誉法庭之类的娱乐，把写作的人放在可笑可怜的地位上，弄得他们像是一群野兽，被关在笼子里，彼此咬掉对方的尾巴。……

写给阿·马·彼希柯夫（马·高尔基）

4月25日，在莫斯科

……前天我到列·尼·托尔斯泰家里去。他很称赞您，说您是"出众的作家"。他喜欢您的《市集》和《草原上》，不喜欢《玛尔娃》。他说："无论什么东西都可以捏造，唯独心理活动不能捏造，可是在高尔基作品里人恰好碰到了心理活动的捏造，他描写了他没感觉到的东西。"这就是他的看法。我说，等您到莫斯科来的时候，我们就一块儿去看列夫·尼古拉耶维奇。……

托尔斯泰对您的情形问了很久。您引起了他的好奇心。他分明感动了。……

写给丽·阿·阿维洛娃

4月27日，在莫斯科

……啊，好朋友，但愿您知道这个机关，名誉法庭，跟我的感觉、跟我的文学工作者的尊严多么格格不入才好！难道审判是我们的工作吗？要知道，这是命中注定专干这种事的宪兵、巡警、官吏的工作。我们的工作是写作，仅仅写作。即使战斗，造反，审判，那也只能用笔。……

写给阿·马·彼希柯夫（马·高尔基）

5月9日，在梅里霍沃

……我看了《海鸥》没有布景的演出[1]，我不能冷静地评论这个戏，因为海鸥自己就表演得叫人恶心[2]，时时刻刻号啕大哭，特利果林（小说家）像一个患瘫痪病的人那样在舞台上走来走去、说话[3]，他"没有自己的意志"，演员依照这种理解表演得叫我看着要呕出来。不过总的说来还不环，抓得住人。有些地方我甚至不相信是我自己写的。……

要是您起意写剧本，那您就写吧，写好以后寄给我看一遍。希望您一面写，一面保守秘密直到写完为止，要不然人家就会打乱您的计划，破坏您的心境了。……

写给叶·米·沙芙罗娃

5月9日，在梅里霍沃

……要是您把斯特林堡的小说也翻译过来，印成一大本，那多好！这是个出色的作家。他有很不平常的力量。……

---

[1] 1899年5月1日艺术剧院专为契诃夫一个人做了一次秘密演出，这时候契诃夫已经从雅尔塔到莫斯科来了。

[2]《海鸥》里的尼娜由罗哈诺娃扮演。

[3] 斯坦尼斯拉夫斯基扮演特利果林。

写给叶·彼·戈斯拉夫斯基

5月11日，在梅里霍沃

……我看了您的剧本①。……实际上五幕太多了。换了是我，就会直接从您作品里的第二幕写起，这样效果会大一点；凡是第一幕里您认为有价值的东西，我就会搬到第二幕里去。在您的剧本里，幕多、人物多、对话也多，这不是缺点，而是才能的特性。不管怎样，要是您完全删掉某些人物，例如谁也不知道她为什么是十八岁、为什么是诗人的娜嘉，那么剧本反而会得益。她的未婚夫也多余。连索菲雅也多余。为了简练，教师和卡切迪金（教授）也可以合并成一个人物。越是严密，越是紧凑，就越富于表现力、越鲜明。您剧本里的爱情不够热烈，这种爱情成了绕舌，因为那些女人说许多话，甚至侃侃而谈，甚至粗鲁无礼（毒蛇，上流的坏蛋，"我心里起了一种反应"），由于她们年纪不轻而更有惹人不愉快的危险。……爱情不热烈，女人没一点诗意，艺术家没有灵感和宗教情绪，仿佛这些人都是会计员，在他们背后感觉不到俄罗斯的生活环境，感觉不到包括托尔斯泰和瓦斯涅佐夫在内的俄罗斯艺术。这主要因为您大概是故意用一般剧本所用的语言，缺乏诗意的戏剧语言写成的。话语的紧凑、显豁、浮雕性，总之恰好构成您的作者个性

---

① 《自由的艺术家》，于1903年问世。作者采纳了契诃夫的意见，对剧本做了相应的修改。

的那种东西，在您那儿却放在末位，而在 mise en scène^① 和它的闹声中占突出地位的却是上场、下场、角色。显然，这种占突出地位的东西是那样吸引您，弄得您没注意到您的人物竟然说出这种话来："关于这个因盗窃罪而被控的男孩"，弄得您没注意到您的教师与教授的举动和表现简直像波塔潘科的剧本里的理想主义者。总之，您没注意到您不自由，您并非首先是诗人和艺术家，而成了一个职业的剧作家。我写这些是为了把先前在大街上跟您说过的话重说一遍：希望您不要丢开小说不写。照我对您的理解来说，根据您的天赋、根据您才能的力量看来，您是一个艺术家。您应当坐在书房里，写，写，不休息地写上五年光景，避开像毒瘤那样毁灭您的创作个性的影响。您一年应当写二三十个印张，为的是使您了解自己，发展您的才能，成长起来；为的是您好自由地张开翅膀，到那时候您才会驾驭舞台，而不是让舞台驾驭您。

关于您我早已想了这许多。这个剧本只是一个借以说出我的意见的口实罢了。您没问我的意见，也没要我提出忠告，我好像硬要这样做，不过您不会特别生气，因为您知道我对您和您的才能的态度，我一向尊重您的才能，而且尽您所写的很少的作品注意它的发展。我以上所写的只是关于这个剧本的形式方面，而没涉及它的内容。这个剧本本身给我很愉快的印象。人只能在枝节问题上，却不能在总的方面批评它，我跟喜欢这

---

① 法语：全部舞台。

个剧本的符·伊·涅［米罗维奇］—丹钦科有同感。可惜我不会有机会看见它上演，而且一般地说，可惜难得跟您见面。您是那种使人愉快的作家，人跟这样的作家在一起总是想谈谈他的作品。……

写给符·尼·阿尔古钦斯基—多尔戈鲁科夫

5月20日，在梅里霍沃

……关于论普希金的文章，我已经给康·德·巴尔蒙特写过信，我回答他说：一般地说我从来也不写论文，现在也不打算写。谢·巴·嘉吉列夫的信和您的信今天才寄到我这儿[①]，看来我已经迟了。这是说命运自己也要我不写论普希金的文章。请转告谢·巴·嘉吉列夫，说我衷心感激他的信，可惜我不能参加《艺术世界》的普希金专号。请您顺便告诉他，说我只写小说，其他一切，在我都是生疏的，或者做不到的。……

写给米·奥·敏希科夫

6月4日，在梅里霍沃

……我在编辑截至现在我写过的一切东西的时候，删掉了

---

①《艺术世界》杂志的主编谢·巴·嘉吉列夫和诗人康·德·巴尔蒙特请求契诃夫为这个杂志的普希金专号写一篇论文。

两百个短篇小说以及一切非散文的作品，而剩下来的仍旧有两百个印张以上的东西，因而结果仍旧有十二三本。您所熟悉的以前各集子所包含的内容，如今完全淹没在一堆世人所不知道的东西里去了。我收集这一堆东西的时候，惊讶得摊开了两只手。……

我没有参加普希金的纪念日。第一，我没有燕尾服；第二，我怕演说。在纪念性宴会上只要有谁一开始演说，我就变得悲惨，恨不能钻到桌子底下去才好。在这些演讲里，特别是莫斯科人的演讲里，有许多故意的谎话，再者也讲得很不漂亮。在莫斯科，五月二十六日和以后的这些天，一直下雨，挺冷，纪念日没有获得成功，可是讲话的人很多。当然，讲话的不是文学工作者，而是商人（文学贩子）。这个时期我在莫斯科碰见的一切人当中，只有戈尔采夫还显得可爱。……

写给阿·马·彼希柯夫（马·高尔基）[①]
6 月 22 日，在莫斯科

……为什么您老是忧郁，亲爱的阿历克塞·马克西莫维奇？为什么您痛骂自己的《福玛·戈尔杰耶夫》？在这方面，请您允许我直说，除了别的种种理由以外，有两个理由：您是一举成

---

① 写这封信是为了答复高尔基在 1899 年 6 月写来的未注明日期的信。高尔基在那封信上写道："我的心情恶劣极了，我疲倦得很，总之我生活得有点不对头。对我来说，我的《福玛》变得像是一条鳄鱼了。……"

名的，您闹闹哄哄地开始您的事业，现在呢，一切您认为普通的、平常的东西都不能满足您，都使您厌倦了，这是一；第二，文学工作者老是住在内地就不能不受到惩罚。不管您说什么，您已经吞下文学，中了毒，没有挽回的希望了。您现在是文学工作者，将来也永远是文学工作者。文学工作者的自然状态是永远接近文学界，生活在作家旁边，呼吸着文学。您不要跟自然斗争，要从此死心塌地，搬到彼得堡或者莫斯科去住。您尽管跟那些文学工作者相骂，不承认他们，蔑视他们当中的一半人，然而您得跟他们一块儿生活下去。……

写给阿·谢·苏沃林

6月26日，在莫斯科

……您没有弄错，我们确实卖了我们的梅里霍沃。家父去世以后，家里的人已经不愿意在那儿住下去，一切都似乎黯淡无光了。……在小说方面，我写过《农民》以后，梅里霍沃也已经涸竭，对我失去任何价值了。……

写给阿·马·彼希柯夫（马·高尔基）

6月27日，在莫斯科

……上回我写信给您，说您一举成名，闹闹哄哄开始您的事业的时候，我完全没有存什么恶意——责备您或者挖苦您。我并没有提到任何人的功绩，我只不过想对您说：您没有进过文学的初级学校，您是直接从专科大学开始的。现在没有唱诗班而做礼拜，您已经觉着乏味了。我想说的是请您等上两年光景，您就会安定下来，明白您那极可爱的《福玛·戈尔杰耶夫》简直一点过错也没有。

您要步行游历俄罗斯吗？祝您一路平安，顺利无阻，不过我觉得趁您年轻健康，应该花两三年工夫不是步行，也不是坐三等客车去游历，而是就近观察一下读您书的社会人士。然后，过上两三年以后，您就是去步行游历也可以了。……

写给阿·马·彼希柯夫（马·高尔基）

8月24日，在莫斯科

……您的《福玛·戈尔杰耶夫》我片段地读过，随意翻开来，看这么一页。我要到《福玛》登完以后再通体读一遍，要我每个月读一部分，我简直办不到。由于同样的理由，就连《复活》我也没读。……

吉里亚罗夫斯基像旋风似的飞到我这儿来，告诉我说他跟您相识了。他很称赞您。我认识他差不多已经有二十年，他跟我一块儿在莫斯科开始我们的事业，因此我对他有过极充分的观察。……他有点罗士特莱夫的气派①，心神不定，大惊小怪，不过

---

① 果戈里的《死魂灵》中的一个人物，庄园主。

这个人却有一颗忠厚纯洁的心，他完全没有报界先生们所有的那种背信弃义的气质。……

写给阿·马·彼希柯夫（马·高尔基）

9月3日，在雅尔塔

……第一，一般地说，我不赞成把无论什么样的东西献给活人 ①。从前我也把书献给别人，可是现在我觉得这种事也许不应当作，这是就一般的来说。不过就个别的来说，把《福玛·戈尔杰耶夫》献给我却不会使我生出别的感情，只会使我感到快乐和光荣。只是我凭哪一点配得上这种快乐和光荣呢？不过判断是非是您的事，我的事只限于鞠躬道谢了。希望您尽可能不要用多余的字眼来献这本书，那就是请您只写："献给某某"就够了 ②。只有沃棱斯基才喜欢长献词。要是您乐意，我要对您提一个切合实际的忠告：多印一点，例如不要少于五六千册，这本书会销得快。第二版可以跟第一版同时印。另外还有一个忠告：希望您看校样的时候尽量删去形容词和动词的字。您的作品里有那么多的形容字眼，弄得读者的注意力难于辨别，反而使得他疲劳。如果我写"这个人坐在草地上"，这就容易懂，因为它清清楚楚，不妨碍注意力。要是我写："一个高高的、窄胸脯的、身量中等的、

---

① 指在书上题献词。
② 《福玛·戈尔杰耶夫》在1900年出了单行本，上面有献词："献给安东·巴甫洛维奇·契诃夫。高尔基。"

留着棕色胡子的人坐在绿色的、已经被行人用脚践踏过的草地上，一声不响地、心虚地、战兢兢地往四下里看"，那就相反，这句话变得不好懂，使脑筋感到吃力。它不能一下子印进人的脑筋，小说却必须一下子，在一秒钟里，印进人的脑筋。其次还有一点：就天性来说，您是一个抒情诗人，您灵魂的音质是柔和的。如果您是作曲家，您得避免写进行曲。粗鲁、叫嚷、挖苦、痛骂，是不合乎您的才能性质的。因此，要是我劝您在校样上不要姑息那些在《生活》的篇页上时常出现的狗崽子、狗东西、呆鸟等，您会明白我的意思……

　　您的最好的短篇小说是《草原上》……

写给奥·列·克尼碧尔[①]

9月30日，在雅尔塔

　　我遵从您的命令，[②]赶紧回答您的来信。在那封信上您问起最后一幕[③]中的阿斯特罗夫和叶琳娜，您写道："在这一幕中阿斯特罗夫像是热烈的爱人那样对待叶琳娜，抓住自己的感情如

---

① 莫斯科剧院女演员，因饰演《海鸥》中的女主角尼娜而与契诃夫相识，后成为契诃夫的妻子。
② 1899年9月26日克尼碧尔写给信给契诃夫说："关于最后一幕中的阿斯特罗夫和叶琳娜·阿历克塞（即斯坦尼斯拉夫斯基）说了一句话，弄得我慌张起来了；他说在这一幕中阿斯特罗夫像一个最热烈的爱人那样对待叶琳娜，他抓住自己的感情如同一个落水的人抓住一根麦秆一样。依我看来，如果是这样，叶琳娜就会跟他去，不会有勇气对他说：您多么可笑……正好相反，他极无礼地跟她说话，甚至好像讥诮自己的无礼似的。对不对？告诉我，作者，马上告诉我吧。"
③ 契诃夫的剧本《万尼亚舅舅》。

同落水的人抓住一根麦秆一样"。可是这不对，完全不对！阿斯特罗夫喜欢叶琳娜，她凭她的美丽抓住了他的心，不过到最后一幕里他已经知道这不会有什么结果，对他来说叶琳娜从此永远消失了，在这一场里他对她说话的口气就跟说到非洲的炎热一样，他吻她也很随便，只是由于闲着没有事情做罢了。要是阿斯特罗夫把这场戏演得火炽，那么第四幕的情调（平静和疲沓）就全完了。……

寄给莫斯科艺术剧院的电报 [①]

10月1日，在雅尔塔

无限感激。庆贺你们。致以衷心的祝愿。希望我们自觉地、精神饱满永不厌倦地、万众一心地工作，使这美好的开端成为最远大的成绩的保证，使剧院生活成为俄罗斯艺术史中和我们每人生活中的光辉阶段。请相信我的友谊的诚恳。

写给米·奥·敏希科夫

10月2日，在雅尔塔

……我读了纳克罗兴的著作 [②]。这是个很有才具的作家，然

---

① 这个电报是答复 1889 年 9 月 30 日艺术剧院打来的电报，在那封电报上，康谢·斯坦尼斯拉夫斯基和弗·伊·涅米洛维奇—丹钦科用全体的名义在第二季开幕前向契诃夫致意。
② 他的短篇小说集《散文的牧歌》（1899 年，彼得堡）。

而胆怯，不大能抓住读者的心。这个作家的大提琴很好，而且有音乐才能，可是共鸣很差。必须振作一点、勇敢一点，大大扩展观察的范围。他的最好的作品是《巡礼者》和《得意》，其余一切作品无论就笔调或手法来说都是那两个最好的作品的复制。还有一点：应当描写女人，没有女人是无论如何也不行的。我没有照原先打算的那样写信给纳克罗兴，因为我无论如何也想不出来该写些什么。我倒很想跟他见见面，谈一谈。……

写给奥·列·克尼碧尔

10月4日，在雅尔塔

……艺术，特别是舞台，是一个往前走的时候不会不栽筋斗的地方。前面还会有许多失败的日子和整个失败的季节，也会有巨大的错误和深沉的失望。应当为这些做好准备，应当预料到这些，而且应当不顾一切、顽强热烈地追求自己的目标……

写给格·伊·罗索里莫

10月11日，在雅尔塔

……我不怀疑研读医学对我的文学活动有重大影响；它大大扩展我的观察范围，给予我丰富的知识。对作为作家的我来说，这种影响的真正价值只有作家自己兼做医生的人才能领会。医学还有指导的作用，大概多亏接近医学，我才能避免了许多错误。由于熟悉自然科学，熟悉科学方法，我总让自己小心在意，凡是在可能的地方总是尽力用科学根据考虑事情，遇到不可能的地方宁可根本不写。我要顺便说一句，艺术创作的条件不能永远容许作品中的事实跟科学根据充分符合。舞台上的服毒自尽不可能表演得跟实际情形一样。然而就连在这种习惯的情形里也得使人感到与科学根据符合，那就是必须让读者或者观众明白这只是习惯的情形，其实作者是心里有数的。我不属于那种用否定态度对待科学的小说家，我也不愿意属于那种凭自己的聪明推断一切的作家。……

写给奥·列·克尼碧尔

11月1日，在雅尔塔

……我明白您的心境……我很明白，不过假如我处在您的地位，我仍旧不会这样灰心丧气。安娜①这个角色也好，剧本本身也好，都值不得您耗费那么多的感情和神经。这是个老剧本，已经过时了，其中有许多形形色色的缺点，要是过半数的演员始终也摸不着真正的调子，那么当然该由剧本负责，这是一；第二，必须永远丢开对成功或失败的操心，不要让这种操心碰到您。您的责任是按部就班做下去，一天天做下去，不声不响，准备犯那些无法避免的错误，准备遭到挫折，总之顺着您的演员道路自顾

---

① 这是契诃夫的笔误，应是"叶琳娜"，《万尼亚舅舅》中的一个女人。

往前走去，让别人去计算谢幕的次数。写东西或者演戏的时候感到自己做得不对头，这是极平常的，而对新手来说，这又是极有益的！……

写给亚·列·维希涅夫斯基

11月3日，在雅尔塔

……我感谢上苍：我在生活的海洋里游泳，最后总算碰到了像艺术剧院这样的仙岛。……

写给符·亚·波塞

11月19日，在雅尔塔

……我在为《生活》写一个中篇小说①，不久就会写好，在十二月下半月以前一定成了。它一共大约占三个印张，不过人物极多，拥挤不动，密密层层，因此不得不费许多周章。好让这种拥挤不致于太不顺眼。不管怎样，到十二月十日左右，它就可以写好，也许您就可以拿去付印了。不过这儿有一个问题：我满腔害怕，担心书报检查官会拔它的毛。我受不了书报检查官的删改，或者我觉着我受不了。这个中篇小说却有些地方不大合书报检查官的意，因此我不敢明白地写信给您、确实地答复您。现

---

① 指《在峡谷里》。

307

在，当然，我确实地答复您了，不过有个条件：如果您也觉着它有些地方不合书报检查官的意，那就是说如果您也预先看出来书报检查官会把它大改一通，您就把我的中篇小说还给我好了。……

写给弗·伊·涅米洛维奇—丹钦柯

11月24日，在雅尔塔

……你的信里响起一种几乎听不见的颤音，就跟旧钟的那种颤音一样。这就是你写到剧院，写到剧院生活的烦琐怎样使你厌倦的地方。啊，你可别厌倦，别心灰意懒！早晚会有人写出一本论俄罗斯现代戏剧的专著，艺术剧院就会成为其中最好的篇页。这个剧院是你的骄傲，这也是我所喜爱的唯一的剧院，虽然我一次也没有去过。假使我住在莫斯科，我会极力去参加你们的管理工作，即使做个看门人也成，为的是帮上哪怕一点点的忙，而且如果可能，我还要阻止你对这个可爱的机构心灰意懒。……

写给阿·马·彼希柯夫（马·高尔基）

11月25日，在雅尔塔

承您赠书①，十分感谢。有几个短篇小说我已经看过，不过有几个我还没看过，看这几个短篇小说，对我来说，正是我这枯

---

① 指高尔基的集子《随笔和故事》（1889年，彼得堡）。

燥的内地生活里的乐趣。《福玛·戈尔杰耶夫》什么时候出单行本呢？我只片段地读过，现在很想通篇读一遍，分成两三次把它看完。

写给弗·伊·涅米洛维奇—丹钦柯

12月3日，在雅尔塔

……我只在《信使》和《每日新闻》上看到过关于《万尼亚舅舅》的评论。我在《俄罗斯新闻》上看见关于《奥勃洛摩夫》[①]的文章，不过没有看下去；我厌恶这种捏造、这种类比——比作《奥勃洛摩夫》，比作《父与子》，等等。人可以把任何剧本比作任何东西；假使萨宁和伊格纳托夫不用奥勃洛摩夫来类比，而用罗士特莱夫或者李尔王[②]来类比，那么写出文章来会同样深刻，同样通顺。这类文章我是不看的，为的是免得败我的兴。……

---

① 指《奥勃洛摩夫家族》，伊·尼·伊格纳托夫作，发表在《俄罗斯新闻》第298号和325号上，评论《万尼亚舅舅》的演出。这篇论文把伏尼茨基和奥勃洛摩夫作了类比。弗·伊·涅米洛维奇—丹钦柯写信给契诃夫说，早先他从艺术剧院一个演员萨宁嘴里听到过同样的类比。
② 莎士比亚悲剧《李尔王》中的主人公。

1900 年

写给阿·马·彼希柯夫（马·高尔基）

1月2日，在雅尔塔

……我有没有写信告诉过您，说我很喜欢您的短篇小说《孤儿》，而且已经把它寄给莫斯科一个出色的朗诵者了？莫斯科大学医学院有一位教授亚·包·福赫特，朗诵斯列普佐夫的作品很出色。我没有见过比他更好的朗诵者了。因此我就把您的《孤儿》寄给他了。我有没有写信告诉过您，说我很喜欢您的第三卷里的《我的旅伴》？这一篇跟《草原上》同样地有力量。要是我处在您的地位，我就会从您的三卷集里选出最好的作品若干篇，印成售价一卢布的版本，那会是一本在力量上和严整上真正出色的书。如今这三卷集却显得庞杂；差的作品倒没有，不过它使人得到这样的印象，似乎这三卷集里的作品不是由一个作家，而是由七个作家写成的。这是一种征象，说明您还年轻，还没有充分发酵呢。……

写给奥·列·克尼碧尔

1月2日，在雅尔塔

……我已经写信给梅耶尔霍尔德，劝他不要激烈地表演神经质的人。要知道，大多数人都神经质，大多数人只是痛苦，少数人才感到剧烈的病痛，不过在什么地方——在街上或是在家里您见过东奔西跑、跳上跳下、抱住自己脑袋的人？痛苦应当照它在生活里所表现的那样去表现，也就是不用胳膊不用腿，只用口气和眼神，不用手势，而用优雅。知识分子所固有的细致的精神活动应当即使在外在形式上也表演得细致。您会说：舞台条件不许可这样做。然而任何舞台条件也不能允许作假。……

写给阿·谢·苏沃林

1月8日，在雅尔塔

……我在这儿常常会见院士康达科夫。我们谈到科学院普希金文学部①。由于康［达科夫］日后要参加推选未来的院士，我就极力对他施催眠术，怂恿他推选巴兰采维奇和米哈依洛夫斯基。第一位，巴兰采维奇，是一个受尽折磨、疲惫不堪的人。他无疑的是文学工作者，现在已经到了老年，却很穷，在马拉轨道车公

---

① 由于1899年是普希金的一百周年纪念，科学院就创立了文学部。其中的成员，一部分是普通院士，一部分是从有名望的作家当中推选出来的名誉院士。

司里当差，仍旧像年轻时候那样穷，那样当差。薪水和安宁正是他当前需要的东西。第二位，也就是米哈依洛甫斯基，会给新成立的部奠定巩固的基础，他中选会使四分之三的文学界同行感到满意。不过我的催眠术没有灵验，我的事没有办成。他们的法令的补充条款好比托尔斯泰的《克罗采奏鸣曲》的跋①。院士们千方百计摆脱文学工作者，跟文学家相处在他们是一件可怕的事，如同跟俄罗斯院士们相处在德国人也是可怕的事一样。文学家只能做名誉院士，这是毫无意义的，如同做维亚兹玛城或者切烈波维兹城的名誉公民一样：没有薪水，没有投票权。这办法真巧妙！教授们被推选做正式院士，而被推选做名誉院士的却是那些不住在彼得堡的作家，也就是那些不能参加会议、跟教授们相骂的作家。……

写给格·伊·罗索里莫 ②

1月21日，在雅尔塔

……在我的作品里适合孩子读的，有两个狗生活的故事③，我把它们挂号寄给您。此外在我的作品里似乎再也没有这种东西了。一般地说，我不会写供孩子们看的东西，我为他们每十年写一篇。至于所谓的儿童文学，我是不喜欢，也不承认的。供孩子

---

① 契诃夫对这个跋极不满意（请参看1891年9月8日写给阿·谢·苏沃林的信）。
② 这封信旨在答复罗索里莫在1900年1月16日写来的信。罗索里莫要求契诃夫指出在他的小说里有哪些作品可以用来供应他们所编辑的《教师协会儿童模范丛书》。
③ 即《卡希唐卡》和《白额头》。

们看的东西只应当是那些也适合成人看的作品。安徒生、《战船巴拉达号》①、果戈理的作品，孩子们爱读，成人也一样。不应当专为孩子写东西，应当擅于从已经为成人写好的作品里挑选，也就是从真正的艺术作品里挑选。会选药，会定药的分量，比起只因为病人是孩子而特意为他极力想出一种药来，要合理得多，直截了当得多。……

写给阿·谢·苏沃林
1月23日，在雅尔塔

……新剧本②的第一幕和第二幕我喜欢，我甚至认为它比《达吉雅娜·列宾娜》好。《达吉雅娜·列宾娜》接近戏剧，这个接近生活。第三幕不明朗，因为其中没有情节，甚至意图不明。为了让它明朗，意图明确，也许应当重写第四幕。在第三幕里，丈夫对妻子所做的解释很像苏木巴托夫的《链子》；换了是我，宁可让妻子始终待在后台，让瓦丽雅相信父亲胜过相信母亲——在生活中的类似情形里往往是这样的。

我的意见不多。那个受过教育、要做教士的贵族已经过时，引不起兴趣了。大凡做了教士的，从此就无声无息；有的做到普通的大司祭，浑身发胖，早已忘掉任何思想；有的索性丢开

---

① 冈察洛夫的长篇小说。
② 这封信所评论的是阿·谢·苏沃林的剧本《问题》。这个剧本在1902年和1903年分别在莫斯科的小剧院和彼得堡的亚历山大剧院上演。

一切，安宁和平地生活下去。人不能期待他们作出什么有道理的事，他们也不会有什么贡献。在舞台上，那个准备去做教士的青年对观众来说简直会显得讨厌，人们会把他的童年和贞洁看作带有阉割派 ① 的意味。再者，演员会把他演得可笑。您最好描写一个青年学者，幻想着联合各派教会的、秘密的耶稣会徒，或者另外一个什么人，只是这个人要比那个打算做教士的贵族重大一点。

瓦丽雅好。她在第一场所说的话过于激动。应当让她不说俏皮话，因为照现在这样在您的作品里人人都说俏皮话，玩弄字眼，这使得读者注意力有点疲劳，眼花缭乱；您的人物的话语好比白绸衫，太阳时时刻刻照着它，使人看上去眼痛。"伧俗"和"伧俗的"这两个词已经过时了。

娜达莎很好。您不该在第三幕里把她换了个样子。

"拉契谢夫"和"穆拉托夫"这两个姓太带戏剧味，不朴素。给拉契谢夫起一个小俄罗斯的姓吧，这样可以添个花样。

父亲没有爱好，没有明确的面貌；他不喝酒、不抽烟、不打牌、不害病。必须给他添点什么品质，让演员有可以抓住的地方才成。

父亲知道不知道瓦丽雅的罪恶，我以为无关大体，或者不大重要。在这个世界上，性的活动范围当然占重要地位，不过话说回来，并不是一切都依赖着它，绝不是一切；它也并不是在各

---

① 基督教的一个宗派。

处都有决定意义。

等您把第四幕寄来，如果我想到什么，我还会写信告诉您。我很高兴，因为您差不多已经写完了这个剧本。我要再说一遍：您应该写剧本和长篇小说，第一因为一般地说，这是需要的，第二因为这对您有益，给您的生活添一点愉快的变化。

关于院士问题，您不够熟悉。作家不能做正式院士。他们只让作家做名誉院士、副院士、首席院士，至于普通院士，却永远也做不到，或者一时还做不到。他们永远不让他们所不熟悉、不相信的人登上他们的方舟①。请您说说看，有什么必要想出名誉院士的称号呢？

不管怎样吧，他们选上我，我高兴。从今以后，我的出国护照要写上我是院士了。莫斯科的医生高兴了。院士称号好像是从天上掉到我身上来的……

尤利耶夫好。只是不必让他欠女高利贷者的钱。最好让娜达莎瞒过父亲向她借钱。让瓦丽雅拿到钱，给母亲。……

写给费·德·巴丘希科夫

1月24日，在雅尔塔

……罗希要求您把《农民》里面被书报检查官删掉的地方

---

① 典出《旧约全书·创世纪》。从前洪水泛滥时，诺亚带家人登方舟避难；其余的人和动物都死了，此处借喻"禁地"。

给他寄去。不过事实上没有这种地方。只有一章是杂志上没有发表、单行本也没有收进去的，那就是农民们关于宗教和政权的谈话。然而没有必要把这一章寄到巴黎去，就跟一般地说，也没有必要把《农民》译成法文一样。……

您在信上提到高尔基。那么顺便问一句：您觉着高尔基怎样？

他写的东西我不是全部都喜欢，不过有些作品我却很喜欢，很喜欢。对我来说，有一件事不容怀疑：高尔基是由那种终于会变成艺术家的生面团制造出来的。他是真金。他为人善良、聪明、有思想、爱思考，不过他里里外外却有许多不需要的负担。例如他的土气。

写给维·亚·戈尔采夫

1月27日，在雅尔塔

……克列斯托夫斯卡雅的《痛哭》[1]是一篇好东西；一切都好，就是题名不好。这个作品有托尔斯泰的《家庭幸福》的味道，在手法上颇有古风，因此一切都细腻而隽永。玛明的那个中篇小说[2]却是粗糙、乏味、虚假的胡诌。……

---

[1] 克列斯托夫斯卡雅的短篇小说，发表在《俄罗斯思想》1900年第1期和第2期上。
[2] 玛明—西比里亚克的《主人周围》，发表在《俄罗斯思想》1900年第1、3、4期上。

写给米·奥·敏希科夫

1月28日，在雅尔塔

……我担心托尔斯泰去世①。万一他去世，我的生活里就会现出一大块空白。第一，我爱无论哪个人都不及爱他那么深；我是一个无所信仰的人，不过在种种信仰当中我认为跟我最亲切最相近的还是他的信仰；第二，文学界有托尔斯泰在，那么做一个文学工作者就轻松愉快；甚至人在感到自己以往没作出什么事，目前也没做什么事的时候，也不觉着那么可怕，因为托尔斯泰替大家都做了。他的文学事业成为人们对文学所寄托的信赖和厚望的保证；第三，托尔斯泰站得稳、威望大，在他活着的时候，文学中的恶劣趣味、各种庸俗（不论老脸皮的庸俗还是哭哭啼啼的庸俗）、各种鄙俗而充满怨气的虚荣心就会躲得远远的，深深藏在阴影里。单是他的道德威望就足以把所谓的文学士气和文学潮流保持在一定的高度上。缺了他，大家就成了一群没有牧人的羔羊或者一锅难于看清楚的麦粥了。

在结束关于托尔斯泰的这段话以前，我还要说到《复活》；这个作品我不是零零碎碎、分成几个段落读的，而是一气读完，没有中断过。这是个出色的艺术作品。最没趣味的是写到聂赫留朵夫跟卡秋莎的关系的那些地方，最有趣味的是那些公爵、将军、姨妈、农民、犯人、狱中看守。我读到彼得罗巴甫洛甫斯基

---

① 契诃夫之所以会担心托尔斯泰去世，是由于报纸上传播流言，说托尔斯泰得了重病。

堡垒的司令官，那位招魂术士，那位将军的家里的场面，我的心就怦怦地跳起来——写得那么好！还有坐在圈椅上的柯尔查庚太太，还有那个农民，菲朵霞的丈夫！这个农民说自己的女人"抓住人的心"。托尔斯泰的那管笔才真"抓住人的心"呢。这个中篇小说没有结尾，现有的那个结尾不能叫作结尾。写着写着，后来一下子把一切都归结到《福音书》的文字上去，这未免太宗教气了。用《福音书》上的文字解决一切问题，就跟把犯人分成五种一样的专横。为什么分成五种而不分成十种呢？为什么引《福音书》的正文而不引《可兰经》的正文呢？必须先使人相信《福音书》，相信它的确是真理，然后才能用那上面的文字来解决一切问题……那些人写到托尔斯泰的时候，就跟老太婆谈到疯信徒一样，净是些油腔滑调的废话。……

我得到院士称号很高兴，因为知道现在西格玛在嫉妒我，是愉快的事。不过，如果在一场误会以后失掉这称号，我会更高兴。这种误会一定会发生，因为那些有学问的院士很怕我们会震动他们。他们是咬着牙才选上托尔斯泰的。照那儿的人看来，他是虚无主义者。至少有一位太太，一等文官的夫人，这样称呼他；我为这个而衷心地庆贺他。……

写给包·亚·拉扎列夫斯基
1月30日，在雅尔塔

……您问我：短篇小说写完以后，在发表前，应当不应当

318

读给别人听？依我看来，不管是在发表前还是在发表后，都不应当读给任何人听。要听的人日后自己会读它。而且不是在您要他读的时候，而是他自己要读的时候。……

写给伊·列·列昂捷夫（谢格洛夫）

12月2日，在雅尔塔

……直到现在为止，他们①似乎没有演过独幕剧。要是有一个剧本中他们的意，他们就演它。在他们的语言里"中意"的意思是可以上演，而且在导演方面和其他戏剧条件方面都显得有趣。您最好为这个不平凡的剧院写一个四幕剧，有谢格洛夫风味，富于真正的艺术性、像《不可解的谜》一样，其中没有新闻记者，没有高尚的老作家。亲爱的让，揭发、暴躁、盛怒、所谓的"独立精神"，也就是对自由主义者和新人的批判，完全不是您的本行。上帝赐给您一颗善良温柔的心，您要运用它，用柔软的笔尖和轻松的灵魂去写，不要想到您遭受的委屈。您说您是我的崇拜者。我呢，也是您的崇拜者，而且是最固执的崇拜者，因为我了解您，了解您的才能是用什么材料做成的，谁也不能打消我的坚定信念：您有真正的"神的火星"②。然而由于发生过种种无可奈何的事情，您变得容易发怒，没头没脑地钻进琐屑的小

---

① 指莫斯科艺术剧院的主持人康·谢·斯坦尼斯拉夫斯基和弗·伊·涅米洛维奇—丹钦柯。
② 指"才能"。

事，被琐屑的小事弄得疲惫不堪，猜疑心重，不相信自己，因此经常想到疾病和穷困，想到养老金和韦英别尔格。关于养老金，您还想得过早；至于韦英别尔格，如果他对您冷淡，那他在这方面是有某种权利或者根据的。您发表过抗议①，斥责戏剧文学委员会，这件事当时给大家留下了沉重的印象，大概因为这件事是大家不能认可的。希望您客观一点，用善良人的眼睛，也就是用您自己的眼睛看待一切，坐下来写有关俄罗斯生活的中篇小说或者剧本；不是对俄罗斯生活的批评，而是关于俄罗斯生活和我们一般生活的谢格洛夫式的欢歌；我们的生活上帝只赐给一次，如果耗费在斥责 [……]、狠心的女人、委员会上面，的确没有益处。亲爱的让，要正确地对待自己，对待自己的才能，把您的大船放到汪洋大海里去，不要把它停在冯坦卡②。……

写给阿·马·彼希柯夫（马·高尔基）③

2月3日，在雅尔塔

……您得多看，多知道，见闻得广博。您的想象力善于抓取、粘住，可是它在您那儿却像一个没有加足木柴的大壁炉。这是处处都使人感觉到的，特别是在您的小说里。在小说里您描写

---

① 指谢格洛夫的杂文《最后一段纪事》，发表在《新时报》，1897 年第 7827 号。（"最后一段纪事"是普诺金的《鲍利斯·戈都诺夫》中的一句诗。）

② 彼得堡的一条街名，谢格洛夫就住在那儿。

③ 写这封信是为了回答高尔基在 1900 年 1 月底写的那封信。

了两三个人物，可是这几个人物孤立地站在那儿，站在人群外面；看得出来这些人物活在您的想象里，然而只有人物，人群却没抓住。我把您的克里姆小说（例如《我的旅伴》除外，在这类小说里除了人物以外，人还可以感到人物从中走出来的那个人群、气氛、背景，总之应有尽有。您看，我对您唠叨了多少话，这都是为了要您别待在尼日尼。您是个年轻、结实、刻苦的人，要是我处在您的地位，就会动身到印度去，到鬼才知道的地方去，我会再读两次大学。我会这样，是的，我会这样——您笑了，可是我一想到我已经四十岁，我得了呼吸急促病和种种妨碍我自由生活的糟糕毛病，我就觉着十分抱屈。不管怎样，希望您做一个和善的人，和善的朋友，不要因为我在信上像司祭长那样给了您一顿教训而生气。

请您给我写信。我在等《福玛·戈尔杰耶夫》，我至今还没有好好读它。……

写给米·包·波林诺夫斯基

2月11日，在雅尔塔

……您那些短篇小说[①]都好，特别是头一篇。如果不是因为语言的缘故（在这方面您显然还得多下工夫），那您不论把它们

---

① 波林诺夫斯基在奥得萨出版了一本书，名叫《欧洲的阴影》。他把这本书寄给契诃夫，请他说一说他对这本书的看法。

送到哪儿去，都可以发表。……

"在门上显露出来的招牌"，为什么不简单地说"门上的招牌"？

"闹他一段料子裁衣裳"——这是土话，非俄罗斯的说法。……

为什么您这样写犹太人，说这是从"犹太人的生活"来的，而不简单地是从"生活"来的呢？

您看过纳乌莫夫（柯冈）的短篇小说《在偏僻的小地方》①吗？那篇小说也写的是犹太人，可是您觉着这不是从"犹太人生活"来的，而是从一般的生活来的。……

为了锻炼语言，您得多写，多发表。在哪儿发表呢？这却是您的事了。您应当为自己开辟一条道路：文学界的地位，哪怕是很卑微的地位，也不是别人赐给的或者自己顺手拿来的，而是由奋斗得来的！……

写给阿·谢·苏沃林
2月12日，在雅尔塔

……我为第四幕②绞尽脑汁，却什么也没想出来，也许只想到了一点，那就是您不能用虚无主义者来结束这个戏。这样太火

---

① 纳乌莫夫的这篇小说发表在《欧洲通报》1892年11月号上。
② 指苏沃林的剧本《问题》（请参看契诃夫在1900年1月23日写给苏沃林的信）。

炽、太喧嚣，可是对您的剧本来说却适宜有一个平静、抒情、动人的结局。假如您的女主人公一事无成，也没为自己解决什么问题就到了老年，同时看见自己被所有的人抛弃，变得不招人喜欢，也不为人需要，假如她明白她四周的人都是闲散的、没用处的、恶劣的人（她父亲也是这种人），她明白自己错过了生活，这岂不比虚无主义者更可怕吗？……

《复活》是出色的长篇小说，我很喜欢它。只是必须一口气，一次读完它。结局没有趣味而且虚伪，在技术意义上的虚伪。……

写给阿·包·达拉霍夫斯基

2月15日，在雅尔塔

……您写剧本吧，只是不要为了奖金而写。

请您不要写一个剧本，而要写许多剧本。而且您要赶紧写，不然的话就索性不写，因为年长日久，人的韧性就消失了，特别是倘使过去没有使这种韧性得以巩固的经验的话。

高尔基很有才气，而且为人也很可爱。……

写给阿·马·彼希柯夫（马·高尔基）

2月15日，在雅尔塔

亲爱的阿历克塞·马克西莫维奇！您发表在《尼日尼·诺甫

果罗德小报》上的随笔① 对我的灵魂来说是一种香油。您多么有才能啊！我除了小说之类的散文以外什么也不会写。您呢，却能充分运用报纸写作者的那种笔。我起先以为我喜欢这篇随笔是因为您夸奖了我，后来才知道原来斯烈津也好，他的家人也好，亚尔采夫也好，都喜欢这篇文章。那么您索性也写论文吧，求上帝保佑您！

可是为什么不把《福玛·戈尔杰耶夫》寄给我呢？我只片段地看过它，可是这得一口气，一次看完才成，就跟前不久我看《复活》那样。除了聂赫留朵夫和卡秋莎的关系不够明朗，有点捏造以外，这个长篇小说里的一切东西都使我感到有力、丰富、广阔，以及一个怕死而又不愿意承认并且抓住圣经文字的人的不诚恳。

请您写信给他们，要他们把《福玛》寄给我。《二十六个和一个》是一篇好小说，在《生活》这个作风粗率的杂志上一般的发表作品当中这是最好的一篇。在这篇小说里，人可以强烈地感到那个地方，闻到面包圈的气味。……

在《生活》杂志上，不管契利科夫的内地风光也罢，图片《快乐的新年》也罢，古列维奇的短篇小说也罢，都惹得我不痛快。……

是的，我现在有权利摆出架子来：我已经四十岁，不再是

---

① 这篇文章的题名是《文学短评：关于安·巴·契诃夫的新小说（在峡谷里）》（《牛虻》，1900 年第 29 期）。

年轻的人了。我本来是最年轻的小说家，不过您一出现，我马上就老气横秋，已经没有人叫我最年轻的作家了。……

写给符·亚·波塞

2月15日，在雅尔塔

……我收到《福玛·戈尔杰耶夫》，而且是华美的精装本——这真是宝贵而动人的礼物，我衷心感激您。一千次感激！我本来只片段地看过《福玛》，现在却可以好好读一遍了，高尔基的作品不能零散地分成段落发表。要就他应当写得短一点，要就您得把它一次登完，如同《欧洲通报》对包包雷金的作品一样。顺便说到，《福玛》获得了成功，然而只是在聪明而爱读书的人那儿得到成功，在年轻人那儿一样。我有一回在花园里偷听到一位太太（彼得堡人）跟她女儿谈话：母亲骂这本书，女儿却称赞它。……

写给米·奥·敏希科夫

2月20日，在雅尔塔

……您觉得高尔基怎么样？这是个很有才气的人。我不是凭《福玛·戈尔杰耶夫》作出这种判断，而是凭那些篇幅不大的小说，例如《草原上》《我的旅伴》等。……

写给包·亚·拉扎列夫斯基

2月26日，在雅尔塔

……您的短篇小说^①我十分满意地看完了，这一篇比以前您所写得都好。

这个短篇小说好，写得好，西连科和其他人物都刻画得细腻，头一章特别好。我希望您此后就照这样写，一切自会越写越好。《俄罗斯新闻》只发表篇幅不大的小说，相当于一篇杂文的篇幅。他们很少很少发表连载的东西，只有在老写稿人例如包包雷金或者斯坦纽科维奇寄长作品去的时候才连载。如果我是《生活》的主编，我当然会登载您的《司机》，只要跟您通信商量一下这篇东西的结尾就行，甚至不会坚决主张更动它。……

写给符·亚·波塞

2月29日，在雅尔塔

……《福玛·戈尔杰耶夫》写得单调，好比一篇论文。所有的人物说起话来都一样；他们的思想方法也一样。所有人物不是简简单单讲话，而是打定主意才讲的，大家都似乎有什么深藏不露的思想，他们都没有把话说尽，仿佛知道些什么似的，其实什么也不知道，这只不过是他们的 fagon de parlcr^② 罢了——说是说

---

① 拉扎列夫斯基的短篇小说《机缘》。
② 法语：说话的方式。

的，然而偏不说完。

《福玛》里有些地方很美妙。高尔基会成为极伟大的作家，只要他不厌倦、不灰心、不偷懒。……

写给阿·马·彼希柯夫（马·高尔基）

3月6日，在雅尔塔

……艺术剧院从四月十日到十五日要在塞瓦斯托波尔上演，从十六日到二十一日在雅尔塔上演。上演节目有《万尼亚舅舅》《海鸥》、霍普特曼的《孤独者》、易卜生的《海达·加布勒》。请您一定要来。您得多多接近这个剧院，仔细观察，以便写戏。是啊，如果您常去看排戏，您就会更加熟练。没有一样东西及得上排演时候发生的混乱那样容易使人熟悉舞台条件。……

写给阿·谢·苏沃林

3月10日，在雅尔塔

……霍普特曼的《孤独者》^①依我看来是一个精彩的剧本。我虽然不喜欢这个剧本，却十分愉快地读它，据说它在艺术剧院上演的结果好得惊人。

---

① 康·谢·斯坦尼斯拉夫斯基和奥·列·克尼碧尔在回忆契诃夫的文章里都提到安东·巴甫洛维奇很喜欢这个剧本，认为莫斯科艺术剧院应当"抓住《孤独者》这一类型的剧本"。

没有什么新消息。不过也有一件大事：谢尔盖延科的《苏格拉底》在《涅瓦》的副刊上登出来了。我在读它，可是读得十分勉强。这不是苏格拉底，而是一个吹毛求疵、相当迟钝、固执已见的人，他的全部智慧和趣味只在于他专门在所有亲近的人的嘴里找语病。人甚至闻不出这剧本有一点才气，不过它倒很可能得到成功，因为在这剧本里可以碰见像"古希腊两耳瓶"之类的词儿，卡尔波夫就说这剧本适合上演条件。……

写给瓦·米·索包列夫斯基

4月2日，在雅尔塔

……顺便提到，高尔基来了；他是一个在各种意义上都有趣而愉快的人。……

写给阿·费·马尔克思

4月27日，在雅尔塔

……我昨天会见马·高尔基，把您约他在《涅瓦》上写稿的意思转达给他，给他看了您的信。他托我向您道谢，答应一有机会就寄给您一个短篇小说。

明天或者后天，我寄给您第二卷的校订稿，现在再一次请求您不要在我的小说集上冠以"逸事与故事"之类的题名，留下对各卷都通用的名字"短篇小说""中篇小说和短篇小说集""中

篇小说"就行了。我的小说冠上"逸事与故事"这样的题名已经
不相宜了，因为所有这些书名在近十年当中已经废弃、过时，读
者不能理解了。

写给安·伊·彼得罗夫斯基

6月19日，在雅尔塔

……您的短篇小说很好，只是它冗长，损害了它的艺术的
美质。在这篇小说里有许多不必要的细节，有许多像"独特的"
之类的形容字眼，等等，等等。这篇小说的调子被男主人公和丈
夫之间的厮打（这种厮打是完全不必要的）以及火车出轨破坏了。
我觉得这像是安静的海洋的图景，在这海洋上有两三个地方无缘
无故冒出高浪，破坏了印象的庄严、完整、严肃。特别不合宜的
是厮打，又粗暴又多余。……

写给阿·马·彼希柯夫（马·高尔基）

7月7日，在雅尔塔

……您写完剧本[①]了吗？您写，写，写吧，写得平凡而朴素，
然后您会得到很大的赞美！请您照您答应的那样把剧本寄给我，
我会看一遍，把我的意见极坦率地写信告诉您，凡是对舞台不适

---

① 指《小市民》。

宜的字句，我就用铅笔画出来。我一切都会做到，只是请您写吧，不要错过时间和兴致。……

写给奥·列·克尼碧尔

8月20日，在雅尔塔

……剧本开头似乎不错，可是我对这个开头冷淡了，依我看来它庸俗，于是现在我不知该怎么办了。要知道剧本是应当一口气写下去，不能停顿的。……

写给奥·列·克尼碧尔

9月5日，在雅尔塔

……我一直为我的剧本坐在这儿，想得多，写得少，不过我仍旧觉着我挺忙，现在没有工夫写信似的。我正在写一个剧本①，然而并没有赶着写，因此很可能我没有写完剧本就到莫斯科去。人物又多又挤，我担心剧本会变得含混、苍白，所以依我看来最好还是把它拖到下一个季节去。顺便说一句，只有《伊凡诺夫》我才是一写完就马上交给柯尔希去排演的，其余的剧本都在我手边放很久，等着弗拉基米尔·伊凡诺维奇来要，因此我就

———————

① 指《三姊妹》。

有时间对它做种种修改。……

写给阿·马·彼希柯夫（马·高尔基）

9月8日，在雅尔塔

……刚才我在报上看到您在写剧本。写，写，写吧！这是必要的。即使失败了，也没什么。挫折不久就会淡忘，然而成功，哪怕是微不足道的成功，也会给剧院带来很大的益处。……

写给玛·巴·契诃娃

9月9日，在雅尔塔

……《三姊妹》很难写，比以前的剧本都难写。不过呢，那也没什么，或许还是能写出来的，即使这个季节写不完，下一个季节总能写完。顺便说到，在雅尔塔很难写东西，老是有人打搅我，再者我老是觉着好像没有抱着什么目的在写似的，而且昨天写好的东西到今天就不中意了。……

写给奥·列·克尼碧尔

9月15日，在雅尔塔

……我从报上看到你们从九月二十日起开始演戏，还看到大概高尔基在写戏。注意，务必写信来告诉我你们的《白雪公主》

演得怎样，告诉我高尔基的剧本怎么样，如果他真在写的话。我觉得这个人非常、非常可亲。凡是报上写到他的文章，哪怕是各式各样的废话，我看了也总是高兴、有兴趣。讲到我的剧本，那么早晚会写成，在九月、十月，或者甚至十一月。不过我是不是决心让它在这个季节里上演，那还不一定……我不能下决心，那是因为：第一，这个剧本可能还没完全写好，让它在桌上放一放再说；第二，我一定要看排演，一定要！有四个重要的女角，四个有知识的年轻女人；尽管我尊重阿历克塞耶夫[①]的才能和理解，我却不能把她们交给他了事。我至少得看一眼排演才行。……

写给阿·马·彼希柯夫（马·高尔基）

9月28日，在雅尔塔

……有一个 и.А. 丹尼洛夫[②]写了一本《在安静的码头上》，如果尼日尼有，请您买一本，要不然就函购一本。请您把它中间的那篇用日记体写成的短篇小说看一遍。务必看一遍，然后写信告诉我这篇东西是不是真像我觉得的那样挺不错。……

---

① 即斯坦尼斯拉夫斯基。

② и.А. 丹尼洛夫在 1899 年出版了一本短篇小说集，即《在安静的码头上》。应当指出，契诃夫单凭写作手法就猜出来《在安静的码头上》这本书是一个女人写的，猜出来丹尼洛夫这个姓是笔名。作家亚·米·费多洛夫在回忆录里引用契诃夫关于这本书的话：“这本书使人觉得是出于女人的手笔……读起来那么愉快。”按：и.А. 丹尼洛夫是女作家 O. 福利别斯的笔名。

写给奥·列·克尼碧尔

9 月 28 日，在雅尔塔

……今天我看了头几篇关于《白雪公主》的评论。作为娱乐来说，这个剧本只有开头还使人觉着有意思，后来就使人厌倦了。我有这样的看法，你们的剧院应当专演现代剧本，专演它！你们应当处理现代生活，知识分子所过的那种生活，别的剧院由于完全缺乏学识修养，部分的也由于缺乏才能而无法处理这种生活。……

啊，《三姊妹》里有一个什么样的角色给你扮演啊！什么样的角色！要是你肯给我十个卢布，那就把这角色拿去，要不然我就给别的女演员了。在这个季节里我不预备把《三姊妹》给你们，让这个剧本再搁一会儿，出一出汗，或者像商人妻子把馏饼端到桌子上来的时候所说的那样，让它透一透气。……

写给奥·列·克尼碧尔

10 月 14 日，在雅尔塔

……你写到你怎样厌恶《白雪公主》，而且问道："你高兴了吧？"我高兴什么呢？我原来在信上写的是这个剧本不合你们的戏路，演这类戏不是你们的事，即使这个戏获得最大的成功，我也仍旧反对你们演它。你们的责任是演《孤独者》，这才是你们该抓住的那种戏，即使它们，也就是《孤独者》之类的戏，遭到失败，你们也仍旧该演它。……

写给阿·马·彼希柯夫（马·高尔基）

10 月 16 日，在雅尔塔

……《三姊妹》非常难写。要知道这儿有三个女主人公，各人应当有各人的样子，而三个人又都是一个将军的女儿！情节发生在像彼尔姆之类的内地小城里，身份是军界，炮兵。……

写给列·瓦·斯烈津

11 月 1 日，在莫斯科

……高尔基在这儿。我和他几乎每天都到艺术剧院去；而且不妨说，一去就出事，因为公众总是对我们吹呼，仿佛见了塞尔维亚义勇军一样。……

写给奥·列·克尼碧尔 [①]

12 月 28 日，在雅尔塔

……《三人》[②]是一篇好东西，不过那是用旧式手法写成的，因此对习惯当代文学的人来说读起来不轻松。我也几乎没有把它看完。……

---

① 奥·列·克尼碧尔在 12 月 13 日的信上说："苏列尔席茨基要我写信告诉您……托尔斯泰说他不大明白您对高尔基为什么都么热心，说他没法把《三人》看完；他讲到您的时候说您的任何作品他从没看下去过，总之，他说他喜欢您这个作家，您写的东西他素来每篇都读，虽然有时侯不同意那个作品的含义。"

② 《三人》是高尔基的中篇小说。

1901 年

写给康·谢·阿历克塞耶夫

（斯坦尼斯拉夫斯基）

1 月 2 日，在尼斯

……第四幕早已寄给您了，那是在圣诞节以前，按弗拉基米尔·伊凡诺维奇的地址寄去的。我加了许多改动。您写到在第三幕里娜达莎晚上到房子里各处巡视一遍，吹灭火烛，在家具底下找到几个小偷。可是我觉着让她举着蜡烛，顺一条直线走过舞台，什么也不看，像麦克白夫人①一样，倒更好些。这样更简练、更可怕。

写给奥·列·克尼碧尔

1 月 2 日，在尼斯

……你至少把《三姊妹》的一次排演情形描写一下吧。不需要添点什么，删点什么？你演得好吗，我亲爱的？啊，注意！在

---

① 莎士比亚剧本《麦克白》里的人物。

任何一幕里都别作出悲哀的脸相来。生气倒还可以，可就是别悲哀。凡是很久以来就满腔悲苦而又习惯了这种悲苦的人，反而吹口哨，常常发呆。所以你可以常常在舞台上在谈话当中发呆。明白吗？……

写给奥·列·克尼碧尔

1月7日，在尼斯

……我刚刚在《欧洲通报》上看过包包雷金的中篇小说《同学》。这个中篇小说坏极了，干巴巴，然而又有趣味。这篇小说里描写了艺术剧院，赞美了莉莉娜。你看一遍吧。其中谈到《海鸥》和《万尼亚舅舅》。……

写给姚·亚·季霍米罗夫

1月14日，在尼斯

……这儿是对您的问题 ① 的答复：（一）伊里娜不知道屠森巴赫要去决斗，可是猜出来昨天发生了一件蹊跷的事，这件事可能有重大的而且很坏的后果。当一个女人猜出什么来的时候，她总是说："我早知道，我早知道。"

（二）契布蒂金只唱了这几个字："您愿不愿意收下这个枣

---

① 这些都是关于《三姊妹》的问题。

336

子……"这是从一个小歌剧里摘下来的几个字，那小歌剧从前在隐居饭店演过。它的名字我记不得了，如果您乐意，可以向建筑师谢赫捷尔打听一个（他有私人住宅，在叶尔莫拉伊教堂附近）。契布蒂金不必再唱别的，否则他下场的时间就拖长了。

（三）的确，索列尼以为自己像莱蒙托夫；可是他当然不像——甚至他这样想都是可笑的……应当把他打扮得像莱蒙托夫。他跟莱蒙托夫非常相像，不过这只是索列尼个人的想法。……

写给奥·列·克尼碧尔

1月17日，在尼斯

……当然，第三幕①在舞台上得慢腾腾地表演，使人觉着大家累了、困了……为什么这儿要添闹声呢？剧本上写得明白应当在后台一个地方敲钟。……

写给康—谢·阿历克塞耶夫
（斯坦尼斯拉夫斯基）

1月15日，在尼斯

……当然，您说的千对万对：屠森巴赫的尸身完全不应当

---

① 指《三姊妹》中第三幕。

搬上台来。我写戏的时候，自己就觉出来了，而且跟您说过，如果您回想，就会想起来了。至于结尾使人联想到《万尼亚舅舅》，这个问题倒不大。《万尼亚舅舅》本来就是我的剧本，不是别人的，如果你在自己的作品里使人想到你，人们会说：这是应该的。"您愿不愿意收下这个枣子"这句话，契布蒂金不是说，而是唱。这是从一个小歌剧里摘下来的，至于究竟是哪个小歌剧，我却无论如何也想不起来了。可以向建筑师谢赫捷尔打听一下。……

写给奥·列·克尼碧尔

1月20日，在尼斯

……那么《三姊妹》怎么样了？凭你们的信看来，你们都在说昏话。第三幕里一片闹声……为什么要一片闹声呢？闹声只在远处，在台后，而且声音含混，隐隐约约；而这儿，在台上，大家都累了，差不多睡着了。……要是你们演坏第三幕，这个剧本就失败了，我到了这么一把年纪却要遭人嘘了。……威尔什宁念"特拉，特拉，特拉"作为发问，你呢，在这样念的时候是作为回答，你觉着这玩意儿那么别致，因此你一边念"特拉——特拉"，一边嗤嗤地笑。你一念"特拉——特拉"就笑，然而不是大声笑，而是小到刚刚能叫人听见。在这出戏里你别作出《万尼亚舅舅》里的那种脸相，你得年轻活泼一点。记住，你爱笑、爱生气。……

我那时候就说过把屠森巴赫的尸体搬上你们的舞台、是不方便的，可是阿历克塞耶夫却坚持说不搬尸首无论如何也不行。

我已经写信告诉他不要搬尸首，不知道他接着我的信没有。

要是这个戏演失败，我就到蒙特·卡罗 ① 去，输它一个精光。

写给奥·列·克尼碧尔

1 月 21 日，在尼斯

……玛莎在第三幕里的忏悔完全不是忏悔，而只是坦率的谈话。你可以演得兴奋点，可是别绝望，别喊叫；有时候不妨笑一笑；你主要的就照这样演，为的是让人感到夜晚的疲倦。为了让人觉得你比几个姐姐都聪明，你自己至少得认为自己聪明极了。……

我当然在写东西，不过一点兴致也没有。我觉着好像《三姊妹》已经弄得我筋疲力尽，再不然就简直是厌倦写作，老了。究竟是怎么回事，我也不知道。我很想在五年中间搁笔不写，旅行五年，然后回来，坐下写东西。……

写给奥·列·克尼碧尔

1 月 24 日，在尼斯

……我从你那儿得到消息，说是在第三幕里，你们挽着伊里娜走……为什么要这样？难道这合乎你的心境吗？你不应该离

---

① 欧洲一个著名的赌城。

开长沙发。而且难道伊里娜自己不能走了吗？为什么想出这种新奇的主意？上校^①写给我一封长信，抱怨费多季克、罗代、索列尼；抱怨威尔什宁，说他道德败坏，求上帝怜悯，他引诱别人的妻子走上了歧途啊！不过我以为这位上校把我托他办的事办到了，也就是使得军人穿戴得像个军人。顺便说一句，他很称赞三个姊妹和娜达莎，他也称赞屠森巴赫。……

写给米·巴·契诃夫

2月22日，在雅尔塔

……现在《新时报》名声很糟，在那儿工作的完全是些吃饱了的、很满足的人（只是亚历山大^②除外，他什么也看不见）。苏沃林虚伪，非常虚伪，特别是在所谓的开诚相见的时候，也就是他可能说得诚恳，可是谁也不能担保过半个钟点他作出来的事是不是恰好相反。……

写给尼·巴·康达科夫

3月2日，在雅尔塔

……我没看过《根谢尔》，也没读过；因此完全不知道这

① 指维克多·亚历山德罗维奇·彼得罗夫，他是《三姊妹》的排演顾问。
② 即安·巴·契诃夫的大哥，《新时报》的写稿人。

是一个什么样的剧本。不过我喜欢霍普特曼，我认为他是大剧作家。……

写给符·亚·波塞

3月3日，在雅尔塔

……高尔基发表在一月号上的《三人》[①]，我非常喜欢那种写作风格。那些姑娘不真实，那样的姑娘是没有的，那样的谈话也从来没有过，不过读起来仍旧觉着愉快。他发表在十二月号上的那部分我不那么喜欢，它使人感到紧张。高尔基不应该作出那么严肃的脸色来创造（他不是在写，而确实是在创造），应当轻松一点，稍稍站得高一点。……

写给盖·米·契诃夫

3月8日，在雅尔塔

……《三姊妹》会获得巨大成功，不过一定得有三个年轻的好女演员，演员们得会穿军服才成。这个剧本不是为内地的剧院写的。……

---

① 高尔基的《三人》发表在《生活》杂志上（1900 年第 1、2 期，1901 年第 1 期至第 4 期）。

写给伊·阿·布宁

3月14日，在雅尔塔

……我收到了《蝎子社》的校样，那校样极草率，而且只贴一分邮票，因此不得不付欠资的罚款。《蝎子社》为那本书做广告的时候也漫不经心，把我放在第一位。我读完《俄罗斯新闻》上的这份广告，就暗自起誓，从此绝不跟蝎子、鳄鱼、黄颔蛇打交道。……

写给奥·列·克尼碧尔

3月16日，在雅尔塔

……《司托克曼医生》① 未见得会从你们的剧目单上删去。要知道，这是一个保守的剧本。

虽然我抛弃了文学，可是有时候仍旧拗不过老习惯，写点什么。目前我在写一个短篇小说，叫作《主教》，这个题材在我的脑子里已经盘桓有十五年光景了。……

写给阿·马·彼希柯夫（马·高尔基）

3月18日，在雅尔塔

……您的《三人》我读得很满意，请您注意，我读得满意极了。

---

① 易卜生的一个剧本。

写给符·亚·波塞

5 月 21 日，在莫斯科

……您那篇关于莫斯科艺术剧院的文章我很喜欢。不过，为什么霍普特曼的《孤独者》在彼得堡会这样不受欢迎？为什么在莫斯科，大家又喜欢它呢？……

写给阿·马·彼希柯夫（马·高尔基）

7 月 24 日，在雅尔塔

……什么时候您才把《三人》的结尾部分①寄给我？您答应过的，可别忘记！我的奥丽雅②的舅父，一个德国籍医生，素来痛恨当代一切作家，连托尔斯泰也在内，不料忽然迷上了《三人》，到处赞美您。斯基达列茨在哪儿？这是个极好的作家，如果从此搁笔，那就使人心烦而抱屈了。……

写给阿·马·彼希柯夫（马·高尔基）

9 月 24 日，在莫斯科

……我在雅尔塔临行时候到列夫·尼古拉耶维奇家里去过，跟

---

① 高尔基的中篇小说《三人》的结尾部分没有在《生活》杂志上发表，因为这个杂志被迫停刊了。这个中篇小说在 1901 年由知识出版社印单行本。

② 克尼碧尔的名字奥尔迦的爱称。

他见过面。克里姆很中他的意，在他心里唤起一种纯粹孩子气的快乐，不过我对他的健康却不满意。他变得很苍老，他的主要的病就是老，老已经占有他了。我到十月重回雅尔塔，要是您得到许可也上雅尔塔去，那就太好了。雅尔塔到了冬天人就少了，不会有谁来搅扰您，也不会有人来妨碍您工作，这是第一；第二，列夫·尼古拉耶维奇缺人作伴，显然很烦闷，那我们可以常去拜访他。

好朋友，把剧本写完吧。您觉着您写不好它，可是别相信您的感觉，它在蒙哄您。大凡写剧本的时候，总是不满意的，事后也不会满意，那就让别人去判断和裁决吧。只是您不要让别人读它，千万不要让外人读它，您把它直接寄到莫斯科交给涅米洛维奇，或者寄给我转交艺术剧院也成。这以后，如果想起有什么地方没写好，那可以在排演时候，甚至在上演的前夜，加以修改。

您那儿有没有《三人》的结尾部分？……

写给列·瓦·斯烈津

9 月 24 日，在莫斯科

……事实证明《野鸭》[1]是不适宜由艺术剧院上演的。它疲沓、没有趣味、弱。不过《三姊妹》却演得好，有光彩，而且演得比原来写的剧本好。我稍稍插了一下手，以作者身份给他

---

[1] 易卜生的一个剧本。

们某些人提了点意见。据说，现在这个戏演得比过去那一季还要好。……

写给维·谢·米罗留包夫

10月19日，在莫斯科

……对不起，亲爱的，我至今没有把那个短篇小说寄给您。这是因为我中断了我的工作，而中断的东西在我是永远难于完工的。

等我回到家，我会从头写起，给您寄去。请您放心吧！……

高尔基在尼日尼，很健康。他把一个为艺术剧院写的剧本①寄给我了。这个剧本里没有什么新东西，不过这是个好剧本。……

写给阿·马·彼希柯夫（马·高尔基）

10月22日，在莫斯科

……现在离我读您剧本②的时候已经过了五天光景，可是我至今没有给您写信，这是因为我始终也得不到您的第四幕，老是在等，结果没有等着。因此我只看了三幕，不过我以为单凭这三幕也足以判断这个剧本了。不出我所料，它很好，有高尔基风

---

① 指《小市民》。
② 指《小市民》。

格，写得别致、很有趣味。如果从缺点谈起的话，那么眼前我只发现一个缺点，而且是一个没法补救的缺点，就跟红头发人的红头发一样，那就是形式的保守。您驱使有独创性的新人用那种看上去像旧的乐谱来唱新歌；您有四幕戏，人物常发表有教训意义的训诲，人们可以感到您在那些长篇演说之前战战兢兢，等等，等等。不过所有这些都不重要，所有这些，不妨说，淹没在这个剧本的优点里了。毕尔契兴多么生动！他的女儿妩媚，塔季雅娜和彼得也一样，他们的母亲是个写得很好的老太婆。这个剧本的中心人物尼尔塑造得有力，非常有趣的一句话，这个剧本从头一幕起就抓住了人。只是求上帝保佑您，除了阿尔捷木以外，可别让另一个人演毕尔契兴；至于尼尔，那务必要让阿历克塞耶夫—斯坦尼斯拉夫斯基扮演。这两个人会演得恰到好处。彼得让梅耶尔霍尔德演。只是尼尔这个角色，这个非常好的角色，需要加长两三倍；用这个角色来结束全剧，使它成为主要人物。可是不要用它来作彼得和塔季雅娜的对照，让他是他，他们是他们——这些人都精彩美妙，彼此独立。尼尔极力显得比彼得和塔季雅娜高尚，讲到自己怎样了不得的时候，就丧失了我们的正派的工作者所固有的品质，谦虚的品质。他夸耀自己，争吵，不过话说回来，他即使不这样做，我们也还是看得出来他是什么样的人。让他兴高采烈，让他在四幕戏当中始终调皮捣乱，让他做完工以后吃许多东西——单凭这些就足以让他征服观众了。彼得呢，我再说一遍，挺好。恐怕您自己也没料到他有这么好。塔季雅娜也是个写得圆满的人物，只是得注意下列几点：（一）她应当实际是女教师，教孩子，从学校里回来，忙着准备功课和改练习本；（二）应当在第一幕或第二幕里提到以前她曾经打算服毒自尽；那么，有过这种暗示以后，她在第三幕里的服毒就会显得不是出人意外，而是很合适了。捷捷列夫说话过多，这样的人应当夹在别人当中，偶尔露一露面，因为不管怎样，在生活里也好，在舞台上也好，这种人在各处都是插话式的人物。您得让叶连娜在第一幕里跟大家一块儿吃饭，让她坐着，开开玩笑，不然的话她的戏就太少，她也不清楚了。她对彼得吐露爱情未免奇突；在舞台上这种谈情会变得太突出。要把她写成一个热情的女人，即使不是在爱什么人，也显得多情。现在离排演还有很多时间，您尽有工夫把您的剧本修改十来次。我就要离开此地了，多么可惜！我很愿意去看您的剧本的排演，把一切应该告诉您的都写信告诉您。……

写给奥·列·克尼碧尔

11月2日，在雅尔塔

　　……不久高尔基在去莫斯科的途中会路过这儿。他在写给我的信上说他在十一月十日动身离开尼日尼。他答应把剧本里你的角色更改一下，也就是把它扩大一点；总之，他答应做不少改动，这使我非常高兴，因为我相信这个剧本经过修改以后不会变得更糟，而会变得好得多，充实得多。……

写给亚·米·费多洛夫

11月3日，在雅尔塔

……我看完您的剧本^①了，我把我的意见写在下面；同时我认为必须预先声明这不是我的经验，因为我没有经验，或者只有很少的经验；这纯粹是印象。首先，我觉得您的剧本里缺乏一个男性的角色、中心的角色。我时时刻刻以为马上就要有个男人出来，说点很重要的话了，不料没有这样一个男人。捷连佐夫很苍白，完全没有塑造成功。罗曼只稍稍勾了几笔，对演员来说是没有趣味的。沃洛嘉好，只是我认为得把他写得热情点，还得让他现在或者早先有一个时候真正做过机师，使得"放汽""开动轮子"等说法不致成为空洞，而是如同俗常所说的那样，出自心灵深处。不必把孩子搬上台来，如果必要，由人物在台上提到他们就行了。现在我要转变题目，谈一谈女角了。奥尔迦·巴格罗娃好。这是给很好的女演员扮演的角色。只是您得让她少说一点话；她只要说上半句话，说出头几个字，人们就可以明白她的意思了。要是您在第三幕或者第四幕里安排一个发脾气的场面，要是她突然发一阵脾气，随后又平息下来，那简直好极了。我再说一遍，这是个美妙的角色。娜达莎说很多话，老是用同一种口气，很快就使人厌倦了。应当把她塑造得复杂一点、丰富一点。其余的人物是人们早就见过的，落了陈套。另外还有什么呢？椋鸟是在三

---

① 费多洛夫的剧本《平常的女人》。

348

月底飞来，那时候还有雪。剧本结尾的开枪使得观众生出一种想法：这是什么人在自杀，也许是罗曼吧。所有的人物，除去奥尔迦以外，都用一种语言说话，就连罗曼的《有意思》也于事无补。有些不适合这个剧本的多余的字。例如："你一定知道，那就是这儿不能抽烟。"在剧本里要小心地用这个"那就是"，等等，等等。您看，我给您写了这么多：这个剧本的调子好，有费多洛夫风格，读起来轻松，我会很愉快地看它上演。

我把这个剧本寄还您，因为艺术剧院的排演要到一月底才完结，在那之前他们反正也没工夫看您的剧本（他们正在排演涅米洛维奇和高尔基的剧本）。那么要是您乐意的话，目前，在一月底以前，您可以想出一个比较中心的男角来，比较重要而有趣的男角来；开枪不要在台后，而应当在台上，并且不是在第四幕，而是在第三幕。……

好，祝您万事如意，祝您健康，稳稳当当地做您的工作。在亚罗斯拉弗尔，您的剧本《旧房》演得很成功，这我是在《北方》上面看见的。……

写给奥·列·克尼碧尔

11月9日，在雅尔塔

……在寄来的剧目单上我还看到《伊凡诺夫》在排演中。依我看来，这是徒劳无功的工作，不必要的工作。这个剧本你们会演得失败，因为在观众的疲沓心情下这个剧本会显得没有趣味。

我正在怂恿所有的好作家为艺术剧院写剧本。高尔基已经写好了；巴尔蒙特、列昂尼德·安德列耶夫、捷列肖夫等也在写。……

写给奥·列·克尼碧尔

11月12日，在雅尔塔

……《在梦中》① 是个好名字，轻松而好听。我很乐意寄给涅米洛维奇一个短篇小说，不过要知道，我现在所写的这篇东西有点冗长，不适于当众朗诵，而且我眼下所写的这一篇未必能被书报检查官通过，也就是未必会得到许可当众朗诵。……

写给奥·列·克尼碧尔

12月7日，在雅尔塔

……我在看高尔基的中篇小说《三人》的结尾部分。这是个离奇得惊人的结尾。如果这不是高尔基写的，那么谁也不会读它，至少我觉得是这样。……

还在莫斯科的时候我就看过安德列耶夫的作品，后来我在回雅尔塔的路上也看过。是的，这是个好作家；如果他常写，他会得到巨大的成功。他的作品里，诚恳少，朴素少，因此很难看

---

① 涅米洛维奇—丹钦柯的剧本。

惯他的作品。不过读者早晚会看惯，这人会享盛名的。……

写给奥·列·克尼碧尔

12月12日，在雅尔塔

……我以前写的和开始写的，都白写了，因为现在我得重新写起了……我得一口气写下去，要不然我就写不出东西来了。……

写给奥·列·克尼碧尔

12月13日，在雅尔塔

……我在看《小市民》的最后一幕。我看下去，却看不懂。我笑了两回，因为它可笑。结局使我满意，不过这不是最后的结局，而是头一幕或者第二幕的结局。为这最后的结局，得另外想点东西出来才成。……

写给奥·列·克尼碧尔

12月23日，在雅尔塔

……我收到了你的电报 ①。我也收到了涅米洛维奇的电报。

① 这个电报告诉契诃夫说《在梦中》在那天晚上初次由艺术剧院公演。

你演得怎样？演得好吗？很轰动吗？这个剧本本来就热闹、火炽。你们什么时候开始排演《小市民》？第四幕我不满意。应当把它改成头一幕，把第三幕改成第四幕，那这个戏就匀称了。……

写给奥·列·克尼碧尔
12月24日，在雅尔塔

……大家很称赞纳依坚诺夫的剧本《瓦纽欣的孩子》，那真是一个不平常的作品吗？如果是的，那么艺术剧院为什么放过它呢？我觉得涅米洛维奇打呵欠太多了。是啊，要是我来读剧本，你们的剧目单就会丰富得多。你以为怎么样？……

1902 年

写给康·谢·阿历克塞耶夫

（斯坦尼斯拉夫斯基）

1月4日，在雅尔塔

……您的新年电报我收到了，很感激您！我已经打电报向你们的剧院致新年的贺忱，不过我担心这电报没有收到，因为我是寄交弗拉基米尔·伊凡诺维奇收转的。高尔基到我这儿来过，我把寄给他的电报交给他了，后来我们就他的戏谈了很久……我们讲到角色的分配，涅米洛维奇已经把分配名单寄给他了。我觉得尼尔是您的角色，这是一个精彩的角色，是一切剧本里最好的男角。捷捷列夫讲起话来老是那一套，我觉着他抓不住您。这不是一个生动的人物，而是捏造出来的。不过我也可能弄错。……

写给奥·列·克尼碧尔

1 月 5 日，在雅尔塔

……我觉得你们这些演员没有了解《小市民》。卢日斯基不能演尼尔。尼尔是主要角色，英雄的角色，它跟斯坦尼斯拉夫斯基才能完全相合。捷捷列夫呢，却是一个在四幕戏里难于演出什么名堂的角色。捷捷列夫在各幕戏里老是那样，说的也老是那一套，再者这个人物不生动，是捏造出来的。……

写给伊·列·列昂捷夫（谢格洛夫）

1 月 12 日，在雅尔塔

……我多么常常想起您啊，亲爱的让，我多么盼望您写出喜剧来！您一定会写出可笑的、温和的、欢乐的、隽永的喜剧来，这是我深深相信的！今天我在一份报纸上看到《在高加索山中》是格涅季奇的喜剧，可是我记得这是谁的喜剧①，我记得非常清楚，而且极敬重它的作者。从您的信上看得出来布列宁先生之流搅得您不安，然而为什么，为什么您还跟他们周旋，也就是为什么您把自己放在依赖他们的地位上？既是您看不起他们，您为什么不走开呢？不要使自己受屈，亲爱的让，不要使您的才能受屈，不管怎样这才能完全是上帝赐给的；希望您自由，挣脱一

---

① 这个喜剧是列昂捷夫写的。

354

切束缚随心所欲地发展您的才能！……

写给伊·阿·布宁

1月15日，在雅尔塔

……关于《松树》①，不知我给您写过信没有？第一，很感激您寄来校样；第二，《松树》很新颖、很清新、很好，只是太紧凑一点，像是凝成冻的肉汤一样。……

写给康·谢·阿历克塞耶夫
（斯坦尼斯拉夫斯基）

1月20日，在雅尔塔

……我读《小市民》的时候，觉得尼尔是中心人物。这人不是农民，不是作坊工人，而是新人，有知识的工人。依我看来，在剧本里他没有得到充分的描写，把他写得充分是不困难，也用不了多少时间的。可惜，十分可惜，高尔基被剥夺了看排演的机会。

顺便说一句，第四幕写得不好（结局除外），既然高尔基被剥夺了看排演的机会，那么这个不好就变得无可补救了。……

---

① 《松树》是布宁的短篇小说，发表在《上帝的世界》1901 年第 11 期上。

写给奥·列·克尼碧尔

1月20日，在雅尔塔

……我在信上没有跟你谈起我的未来的剧本，这倒不是因为像你所写的那样我对自己没有信心，而是因为我对那个剧本还没有信心。它刚刚在脑子里发出微光，好比最早的晨曦，我自己也还不知道它是什么样子，它会写成什么东西，而且它天天都在变样。假定我们见了面，我就会告诉你，然而写信告诉你却不行，因为什么都没有写，光是说种种的废话，后来就会对这题材冷淡下来了……

高尔基打算坐下来写一个新戏，描写投宿的客人的生活，不过我劝他等这么一两年再写，不必赶着写。作家应当写得多，可是不应该赶着写。……

写给尼·德·捷列肖夫

1月20日，在雅尔塔

……您的出版物①是个美妙有趣的计划，祝您获得最圆满的成功，嫉妒您。只是这个办法未必好：这本书有杂凑的外观、集子的形式，然而话说回来，它仍旧会畅销的。顺便提到，《国际

---

① 捷列肖夫打算出版一种大众化的出版物，选登已经发表的文学作品。这个计划没有实现。

文学新杂志》上目前正在发表歌德的《浮士德》的散文译文，译者是韦英别尔格。译文真妙！那么，您不妨也约人做这种忠实的散文翻译工作，把《哈姆雷特》《奥塞罗》等等用美妙的散文译出来，印出去，定价也是二十个戈比。您不妨跟韦英别尔格见一见面，谈一谈！……

写给奥·列·克尼碧尔

1月21日，在雅尔塔

……我们的小报多么讨厌！天天写到我，写到高尔基，没有一句真话。叫人恶心……

你们只排演到《小市民》的第二幕，然而现在已经是一月底，这出戏分明不能在这个季节里上演了。或者，也许你们还赶得及？高尔基正在着手写一个新剧本，这我已经报告你了。契诃夫呢，却还没有动手。……

写给亚·伊·库普林

1月22日，在雅尔塔

……我通知您一件事：您的中篇小说《在杂技团里》列·尼·托尔斯泰看过了，他很喜欢这篇小说。请您费神，把您的书寄给他，地址是达甫利切斯科耶省，柯烈伊兹，在目次页上您在您认为最好的小说名字下面画上线，好让他从那几篇开头读它。或者把书寄给我也行，我一定会转交他。……

写给奥·列·克尼碧尔

1月31日，在雅尔塔

……你热衷于卢①的剧本，不过要知道，这是文艺爱好者所写的那种剧本，用庄严的古典语言写成，因为作者不会写得朴素，也不会描写俄罗斯生活。这个卢似乎早就写东西了，要是翻寻一下，也许还能在我这儿找到他的信。布宁的《在秋天》②是用不自由、紧张的手写成的，不管怎样，库普林的《在杂技团里》比它强得多。《在杂技团里》是一个自由的、纯朴的、有才气的作品，同时无疑的是由一个了解自己所写东西的人写出来的。……

写给玛·彼·阿历克塞耶娃（莉莉娜）

2月3日，在雅尔塔

……讲到高尔基。他觉着一切都好，生活得精神饱满，只是觉着烦闷，准备坐下来写一个新剧本，题材他已经有了。就我所能了解的来说，过上五年光景，他会写出杰出的剧本来。目前他却仍旧似乎在摸索。……

---

① 卢纳恰尔斯基的剧本《诱惑》。
② 短篇小说《在秋天》发表在《上帝的世界》1902年第1期上。

写给奥·列·克尼碧尔

2月9日，在雅尔塔

……为什么你们演高尔基的戏的时候，逢"O"字就念重音[①]？你们在干什么呀?！！这是庸俗的，就跟达尔斯基演夏洛克[②]的时候用犹太口音说话一样。在《小市民》里，大家跟你和我一样地讲话。

写给奥·列·克尼碧尔

2月13日，在雅尔塔

……我在看屠格涅夫的作品。这位作家所写的东西，在他去世后只能留下八分之一或者十分之一，其余的过上二十五年到三十五年就会送到档案室去。……

写给丹·玛·拉特加乌兹

3月10日，在雅尔塔

……您的诗我早已熟悉，您的头一个集子我已经有了，我把它读熟了，而且柴科夫斯基的抒情歌《又像先前那样孤单》我

[①] 模仿高尔基故乡尼日尼·诺夫戈罗德城（即今高尔基城）的土音。
[②] 莎士比亚剧本《威尼斯商人》里的犹太籍富翁。

很喜爱。总之，您已经是我的老相识了。承赠《歌》一册，我由衷地感激，十分感激。我很愉快地读完了它。

写给奥·列·克尼碧尔

3 月 13 日，在雅尔塔

……老爷爷①复元了，已经坐起来，兴致很好。你看了《农民》②和他的序吗？这部作品没有什么特别的地方，不过挺好，只是那篇序除外，我觉得它有点鲁莽，很不恰当地吹毛求疵……

写给奥·列·克尼碧尔

3 月 16 日，在雅尔塔

……我目前没有写戏，也不想写，因为现在已经有很多剧作家，这个行业变得有点乏味、平庸了。你们应当首先上演《钦差大臣》。斯坦尼斯拉夫斯基演市长③，卡恰洛夫演赫列斯达科夫④。这些戏可以在星期日演出。你呢，可以扮成一个出色的市长夫人⑤。其次可以演《教育的果实》⑥，也是为了星期日演出，并且以备不时之需。……

———————

① 指列·尼·托尔斯泰。
②《农民》是德国作家冯·波连茨的长篇小说，俄文译本在 1902 年出版。
③④⑤ 果戈理的喜剧《钦差大臣》里的人物。
⑥ 托尔斯泰的剧本。

写给伊·阿·别洛乌索夫

3月21日，在雅尔塔

……请您容许我向您致贺①，紧紧地握您的手，我深切地遗憾我没有能够跟您在一块儿。

请您接受我衷心的祝愿，我祝您幸福、祝您成功。求上帝保佑您活到这样一天（也保佑我跟您一块儿活到这天）：到那时候我们可以聚在一起，庆祝您平静的、谦虚的、卓越的文学活动的四十周年纪念。……

写给康·德·巴尔蒙特

5月7日，在雅尔塔

……《燃烧的大厦》②和卡尔德隆作品第二卷，我都收到了，感激不尽。您知道，我喜爱您的才能，您的每一本书都给我带来不小的快乐和激动。这也许是因为我是保守主义者。

您太太翻译的剧本③我也收到了，而且早就收到，转寄给艺术剧院了。这个剧本我喜欢，它是现代剧本，不过写得过分严肃，也许书报检查官通不过。……

---

① 这是为别洛乌索夫的文学活动二十周年纪念而致贺。在同一天，契诃夫写信给尼·德·捷列肖夫，信上说："是的，伊凡·阿历克谢耶维奇·别洛乌索夫是真正值得纪念的人，他是独树一帜的作家，为人也很好。"

② 巴尔蒙特的诗集（1902年）。

③ 剧本《艺术家艾尔采》，作者是德国作家希里亚夫。

写给阿·马·彼希柯夫（马·高尔基）

6 月 2 日，在雅尔塔

……以前做过歌手的那个人^①昨天到我这儿来了，今天来吃饭。他是个很好的人，很有才气，很有趣味。……

在我动身离开雅尔塔的前夜，柯罗连科到我这儿来了。我们商量了一阵，大概过几天就会写信到彼得堡去，提出辞呈。^②……

写给阿·马·彼希柯夫（马·高尔基）

6 月 11 日，在莫斯科

……请您把剧本^③寄来……我会愉快地读它，甚至还不止是愉快。……

写给阿·马·彼希柯夫（马·高尔基）

7 月 29 日，在留比莫甫卡

……我看了您的剧本^④。它新颖，而且毫无疑问得好。第二

---

① 即斯基达列茨（彼得罗夫）。

② 1901 年 12 月高尔基当选为科学院名誉院士，不久沙皇干涉这件事，科学院又决定撤销他的称号。契诃夫和柯罗连科在 1902 年 8 月辞去各自的院士称号，以示抗议。

③ 指高尔基的《在底层》。

④ 指高尔基的《在底层》。

幕很好，这是最好、最有力量的一幕，我在读它的时候，特别是读到它结尾的地方，差点快活得跳起来。这剧本的气氛却阴郁、沉闷，公众由于不习惯会走出剧院的，不管怎样您可能跟您的乐观主义者名声就此告别了。我的妻子将要扮演瓦西里莎，这个放荡而毒辣的女人。维希涅夫斯基在房子里走来走去，模仿那个鞑靼人的样子，他相信这是他的角色。鲁卡呢，啊！不能给阿尔捷木去演，他会照他以前的老样子演，变得厌倦的；不过他会把巡警演得出色，这倒是他的角色；萨玛罗娃演姘妇。您写得很成功的那个演员是个极好的角色，应当让一个有经验的演员来演，斯坦尼斯拉夫斯基就行；卡恰洛夫演男爵。

您的最有趣的人物（除去那个演员以外）都不在第四幕里，那么您要注意，不要因此而有什么坏影响。这一幕可能显得沉闷、不必要，特别是如果比较有力和有趣的演员都不在场，所剩下的只是平常的演员。演员的死亡太可怕：您仿佛无缘无故打了观众一个耳光，而事先又没有让观众有所准备。为什么男爵落魄在小客栈里，为什么他是男爵，这也不够清楚。……

列·安德列耶夫的《思想》是一个矫揉造作的作品，难于理解，分明对谁也没有用处，不过写得倒有才气。安德列耶夫缺乏朴素，他的才能使人联想到人工作出来的夜莺的啼鸣。斯基达列茨固然是麻雀，然而是一只真正的活麻雀。……

写给奥·列·克尼碧尔

8 月 22 日，在雅尔塔

……关于纳依坚诺夫的剧本^①我什么也不知道。它怎么样？不知什么缘故，涅米洛维奇对他很冷淡，而且我现在和从前都觉得涅米洛维奇对他失于公平。顺便说一句，作为剧作家，纳依坚诺夫比高尔基好得多。……

写给奥·列·克尼碧尔

9 月 1 日，在雅尔塔

……我在开始看纳依坚诺夫的剧本。我不喜欢这个剧本。我不打算看完它了。……

写给尼·德·捷列肖夫

9 月 14 日，在雅尔塔

……今天我收到您的《白鹭》^②和《小说和诗选》^③。我已经差不多看完了，有许多作品使我满意，有许多作品使我入迷。您的作品都可爱，《在圣诞节前夜》和《关于盲人的歌》（特别是结尾）

---

① 指《房客》作者把它提交给艺术剧院审查。
② 捷列肖夫的故事集，在 1901 年出版。
③ 这是从文学小组《星期三》的参与者的作品中选出来的一个集子，在 1902 年出版。

我觉得非常好、精彩，这也许是因为我很久没有看小说了。……

写给奥·列·克尼碧尔

9月18日，在雅尔塔

……今天我心里难过，左拉去世了。这是那么突然，而且似乎不是时候。左拉作为作家，我不大喜欢，不过作为人，在德雷福斯一案轰动一时的近几年当中，我是十分敬重他的。……

如果谈起纳依坚诺夫的剧本①，请你告诉纳依杰诺夫，说不管怎样，他有大才能。我不打算给他写信，因为不久就要跟他见面了——请您把这话转告他好了。……

写给亚·伊·库普林

11月1日，在莫斯科

……《在休息中》我已经收到，看完，十分感激您。这个中篇小说好，我一口气就看完了！就跟看《在杂技团里》一样，而且得到了真正的愉快。您要我只谈缺点，这却把我放在困窘的地位上了。这个中篇小说没有缺点，如果可能有什么使人不能同意的地方，那也只是它的一些局部性质的问题。例如您按旧式方法描写您的人物——那些演员，如同一百年前所有的作家描写他

---

① 指《房客》。

们一样，什么新东西也没有。第二，在头一章里您致力于描写相貌，而且又是按旧式方法，这类描写是删掉也行的。把五个人物的相貌描写得很清楚，就会使得读者的注意力疲劳，结果终于失去了任何价值。刮过胡子的演员们是彼此相像的，如同天主教僧侣一样，不管您怎样下功夫描写他们，也仍旧彼此相像。第三，笔调有点粗野，在描写醉汉的时候太过分。……

对于您提出的专谈缺点的要求，我所能回答的只有这些，此外我就什么也想不出来了。……

写给列·瓦·斯烈津

11月5日，在莫斯科

……艺术剧院开幕了，已经在工作。卖座挺好，大家的心情却不太好。现在剧院搬进新居，那地方简陋，然而可爱，很方便，而且漂亮；不过剧本没有，演员们垂头丧气了。今天上演《黑暗的势力》[①]；这剧本写得好像不坏，不过这剧本显得很老，或者观众至少像对待老戏那样对待它。……

写给费·德·巴丘希科夫

11月6日，在莫斯科

……《在底层》是个好剧本。据说，它被书报检查官乱改了

---

① 托尔斯泰的一个剧本。

一通，不过仍旧会上演，不久就要开始正规的排演。再者，现在还有希望：书报检查官也许会化愤怒为怜恤，剧本的有些地方可以恢复旧观。昨天上演《黑暗的势力》，获得相当的成功。有才能的演员不那么多，可是话说回来，在演戏时候，人可以感到他们对这工作怀着很多的诚恳和热爱。……

写给奥·列·克尼碧尔

12月12日，在雅尔塔

……我在写短篇小说①，可是结果写得那么可怕，连列昂尼德·安德列耶夫都望尘莫及。我很想写通俗喜剧，可是我始终没有下这决心。……

写给奥·列·克尼碧尔

12月14日，在雅尔塔

……我接到艾夫罗斯②写来的一封信。他要求我写一下我对涅克拉索夫有什么看法。他说这是用来发表在报纸上的。这真讨厌，可又不得不写。顺便说一句，我很喜爱涅克拉索夫；不知什

---

① 这里所指的短篇小说究竟是哪一篇，有待查考。《契诃夫全集》第十九卷注释中作了一个假定，说这是一个未完成的短篇小说，它的名字是《信》。
② 尼·叶·艾夫罗斯用报纸《每日新闻》编辑部的名义向契诃夫提出要求，请他说明对涅克拉索夫的诗有什么看法，为了纪念这位诗人的忌辰20周年。关于契诃夫的意见请参看下面一篇短文。

么缘故，我对他的错误总比对别的任何诗人的错误更乐于原谅。我把这想法写下来，寄给艾夫罗斯了。……

答问：涅克拉索夫是否过时了？^①

我很喜爱涅克拉索夫，我尊敬他，把他看得很高；要是讲到错误，那我对任何俄罗斯诗人的错误都不及对他的错误那么乐于原谅。他是否还会活很久，我不敢断定，不过我想，他会活很久，在我们这一辈子当中总会活着。无论如何，总不能说他已经过时或者已经陈旧了。

写给奥·列·克尼碧尔
12 月 17 日，在雅尔塔

……你本来就不应该去听伊格纳托夫的演说^②。要知道伊格纳托夫是个没有才具的、保守的人，虽然他自以为是批评家和自由主义者。戏剧培养被动性^③，那么绘画呢？诗呢？要知道，看画或者看评论的读者也不能对画里或者评论里的东西表示同感或者反感。"光明万岁，打倒黑暗！"——这是所有落后的、没有

---

① 这篇答问发表在《每日新闻》1902 年第 7023 号上。这个问题曾经分发给文学和艺术的工作者，为了纪念涅克拉索夫忌辰 20 周年。
② 这演说指的是 1902 年 12 月 10 日在文学小组所发表的演说，题目是《舞台与观众》。尼·尼·巴热诺夫和彼·得·包包雷金是持反对意见的演说者。
③ "戏剧培养被动性"是伊格纳托夫讲演的主题之一。

听觉也没有能力的人的假惺惺的伪善。巴热诺夫是骗子，我早就知道他；包包雷金爱生气，而且衰老了。

如果你不想去参加小组，去找捷列肖夫，那你不去就是，亲爱的。捷列肖夫是个可爱的人，[……]。一般地说，跟所有那些与文学有关联的人打交道是枯燥无味的，只有很少数的人除外。关于我们莫斯科文学界那些老老少少的作家都是怎样落后，怎样衰老，你日后自会明白，只要过上两三年光景你就会看清楚所有这些先生对待艺术剧院的独树一帜采取什么态度了。……

我在《彼尔木地区》报纸上看到对《万尼亚舅舅》的评论，它说阿斯特罗夫喝得很醉；大概他在所有四幕戏里都摇摇晃晃地走路。请你转告涅米洛维奇，说我至今没有答复他的电报是因为我还没想出来下一季该演什么戏。依我看来，戏会有的。梅特林克的三出戏①不妨照我说过的那样伴着音乐演出。涅米洛维奇答应我每星期三写一封信来，甚至把这诺言记录下来了，可是到现在为止一封信也没有、一点声音也没有。

要是你见到列·安德列耶夫，告诉他说，我要1903年的《信使》。……我收到一本亚·米·费多洛夫的诗集②。所有的诗都差（至少我觉得是这样）、无聊，不过其中有一首我很喜欢。照抄如下：

---

① 在1904年到1905年，艺术剧院演出了梅特林克的三出戏：《盲人》《在那里面》《不速之客》。
② 费多洛夫的《诗》（1903年，圣彼得堡）。

窗外街上响起了小风琴。

我的窗子开着，天色近黄昏。

房间里飘进来原野上的白雾，

春天的呼吸在亲切地吹拂。

我不知道我的手为什么发抖，

也不知道我脸上为什么热泪滚流。

我用手托住那倒下来的头，我为你满腔哀怨，

你啊……你离我这么遥远！

写给奥·列·克尼碧尔

12月21日，在雅尔塔

……我还没有得到关于《在底层》的消息，不过我知道这个戏会演得出色。……

写给奥·列·克尼碧尔

12月22日，在雅尔塔

……今天，登着《在底层》消息的报纸来了，我这才知道你们的剧院获得多大的成功。

《砥柱》^① 未必会得到很大的成功，不过现在你们是满不在乎

---

① 即《社会砥柱》，易卜生的一个剧本。

了，眼下你们觉着就连海洋也只能没到你们的膝头了！现在是不论你们在这个季节里演什么戏，都会很好、很有趣了。

……我十分想写通俗喜剧，可总是没有工夫，始终也不能动手。我有一个预兆：通俗喜剧很快就会又红起来。……

写给谢·巴·嘉吉列夫
12 月 30 日，在雅尔塔

……登着论《海鸥》的文章①的那一期《艺术世界》，我收到了，文章也看过了，十分感激您。我看完这篇文章，就又想写剧本了，大概过一月以后真会动笔写它。……

---

① 德·弗·菲洛索福夫的论文《海鸥》(《艺术世界》，1902 年第 11 期)。

写给奥·列·克尼碧尔

1月1日，在雅尔塔

……今天我接到许多信，其中有苏沃林的，有涅米洛维奇的。涅米洛维奇寄来一张剧目单，开列着你们的剧院打算上演的剧本。虽然所有的剧本都好，可是没有一个惹人注意的。《教育的果实》和《乡村一月》①应当排演，好让它们成为保留剧目。要知道，这两个戏都好，有文学味道。……

写给奥·列·克尼碧尔

1月3日，在雅尔塔

……我想把《樱桃园》写成冗长的三幕，不过我也能把它写成四幕，这在我是都可以的，因为三幕也罢、四幕也罢，这个剧本仍旧没什么变动。……

---

① 屠格涅夫的一个剧本。

写给奥·列·克尼碧尔

1月7日，在雅尔塔

……今天我接到你们剧院寄来的、打算上演的剧目单。其中有奥斯特洛夫斯基的《智者千虑，必有一失》。我觉得这个戏完全不适合你们演。……你不妨找找看：能不能在维克多·雨果那儿找到点什么？为了假日演出的？演果戈理的《婚事》倒也好。可以把它演得迷人。……

写给费·德·巴丘希科夫

1月11日，在雅尔塔

……有人从女子中学给我带来了《上帝的世界》第一期，我很愉快地看完了阿尔包夫的文章①。以前我没有机会读到阿尔包夫的作品，我想知道他是怎样一个人，是新作家呢，还是已经阅历很广的作家。……

您那篇论高尔基剧本的文章②我很喜欢，笔调好得很。我没看过那出戏，知道得少极了，不过看了您的文章后，我明白那是个杰出的剧本，它不能不获得成功。……

---

① 阿尔包夫的论文《安东·巴甫洛维奇·契诃夫的创作发展中的两个因素 》，发表在《上帝的世界》1903 年第 1 期。

② 巴求希科失的论文《马·高尔基的〈在底层〉在莫斯科艺术剧院》，发表在《上帝的世界》1903 年第 1 期。

写给奥·列·克尼碧尔

1月11日，在雅尔塔

……我今天终于看了斯基达列茨的诗，也就是使得《信使》因而停刊的那首诗。关于这首诗只有一点可谈，那就是它写得坏；为什么人家那么怕它，我无论如何也不明白。据说把书报检查官监禁起来了？那是为什么？我不懂。只能认为这完全是出于胆小。……

写给奥·列·克尼碧尔

1月14日，在雅尔塔

……我收到了报纸《公民》[①]，在最近一期上高尔基被人称为神经衰弱的病人，他的剧本成就也用神经衰弱来解释。可是我敢说在这个人身上连神经衰弱的影子也找不出来。高尔基在成名以后不得不抵住，或者在一段长时期里不断地抵住憎恨和妒忌的压力。他是一举成名的——这在我们的世界上就是一件不能原谅的事。……

写给奥·列·克尼碧尔

1月26日，在雅尔塔

……我正在为《万人杂志》写一个短篇小说[②]，用的是旧式

---

① 《公民》是一份极端反动的报纸，由梅谢尔斯基公爵主办。
② 即《新娘》。

写法，七十年代的写法。我不知道这会写成什么样子。……

写给奥·列·克尼碧尔
1月28日，在雅尔塔

……要是你再见到巴尔蒙特，就对他说，请他把他的地址写给我。要知道，也许没有一个人像我这样对这个坏蛋那么好；我喜欢他的才能。……

写给奥·列·克尼碧尔
2月1日或2日，在雅尔塔

……《在雾中》①是一个很好的作品，作者向前跨出了一大步；只是结尾，肚子被剖开的地方，写得冷，缺乏诚恳。……

写给康·谢·阿历克塞耶夫
（斯坦尼斯拉夫斯基）
2月5日，在雅尔塔

……不过到二月二十日以后我仍旧打算坐下来写剧本，在三月二十日以前完成它。它已经在我的脑子里成熟了，它名叫

---

① 列昂尼德·安德列耶夫的短篇小说，发表在《万人杂志》1902 年第 12 期。

《樱桃园》，分四幕。在第一幕里从窗口可以看见开花的樱桃树，园子里白茫茫一大片。女人们都穿白衣裳。……

写给奥·列·克尼碧尔

2月7日，在雅尔塔

……你们得到许可演《在底层》没有？我觉得书报检查官对高尔基宣战是不斗到你死我活不肯罢休，而且这不是出于恐惧，而是纯粹出于对他的憎恨。书报检查官的头目兹威烈夫本来算定这出戏要失败，甚至对涅米洛维奇说过这话，不料突然间它轰动起来，而且是怎样的轰动啊！。……

写给尼·德·捷列肖夫

2月7日，在雅尔塔

……我今天接到科学院出版的《俄语辞典》第六版，其中第二卷上也有您的名字。例如在第1626页上"落"后面："从眼睛里洒下冰冷的眼泪，大颗地落到疲劳的胸膛上。捷列肖夫，《空想的草图》。"又，在第1814页上"覆盖"后面："四轮马车又开动，沿了覆盖着新雪的道路走去。捷列肖夫，《在马车上》。"又，在1849页"火光"后面："神像前面点着很多小蜡烛，它们那明亮的火光照在穿着法衣的教士身上。捷列肖夫，《命名日》。"可见从辞典编纂者的观点看来，您是模范作家，而且从今以后您永远是模范作家了。……

写给亚·伊·库普林
2月7日，在雅尔塔

　　……我今天收到科学院出版的第六版《俄语辞典》，在其中第二卷上终于也有您的名字了。例如在第 1868 页上您会找到"雷鸣起来"，在那后面写着："在那很长的纵队的不同部分军鼓一个跟着一个闷声闷气地雷鸣起来。库普林，《过夜》。"

　　又，在"颤摇"后面（第 1906 页）："水面上立刻印下……一个斑点，火光的明亮的映影在这斑点的中央颤摇着。库普林，《布拉文》。"……

写给维·谢·米罗留包夫
2月9日，在雅尔塔

　　……我在写《新娘》，打算在二月二十日以前写完，或者提前一点，也或者稍稍推后一点——这要看我的健康情形，等等而定。不管怎样，请您放心吧，我会把它寄给您。只是有一点请您注意：恐怕那些卫护您杂志的纯洁的未婚夫先生会把我的《新娘》大骂一顿呢！……

写给玛·彼·阿历克塞耶娃（莉莉娜）

2月11日，在雅尔塔

……不管人们怎样挑剔《钦差大臣》《聪明误》《乡村一月》等，可是到头来仍旧得演这些戏。我觉得你们会把《钦差大臣》演得出色，《婚事》也一样。不管怎样，在剧目里有这些戏绝不是多余的事。不知什么缘故，我开始觉得过上三四年光景，新剧本会使人看厌，观众想看的大概不是新戏，而是有文学味道的剧目了。也许我的看法不对。……

写给彼·彼·格涅季奇

2月12日，在雅尔塔

……请您把《安契波德》^① 寄给我。我早就是您的崇拜者，素来喜欢您的才能，可是《安契波德》我没看过。……

写给奥·列·克尼碧尔

2月16日，在雅尔塔

……据说《在底层》已经出版。我得到西纳尼那儿去买一本，不过读剧本我是素来不满意的。我缺乏演员的理解力，我不擅于

---

① 即格涅季奇的《安契波德和其他小说》，在1902年出版。

读剧本。可是读《在底层》仍旧是有趣的。……

写给奥·列·克尼碧尔

2月22日，在雅尔塔

……我收到费多洛夫的一个戏剧集。其中有一篇是《狂风暴雨》。我喜欢这个戏，它比季木科甫斯基所有的戏都好一百万倍。……只是我有这样一个感觉：建筑的本领是有的，而且那本领颇不小，只是用来建筑的材料却很少。……

写给奥·列·克尼碧尔

2月23日，在雅尔塔

……关于我的短篇小说我没有跟你谈过什么，因为这篇小说没有什么新东西、有趣的东西。我写完，读一遍，这才看出来原来这种内容早已有人写过，它已经很旧很旧了。应当写点新的、带点酸味的东西才成。……

写给伊·尼·波塔潘科 ①

2月26日，在雅尔塔

……现在谈一谈那个杂志。第一，你没有写明我作为出版

---

① 波塔潘科打算办一个杂志，建议契诃夫密切参与出版工作。

者的责任究竟应当是什么；你写到钱的时候说钱不需要；我不能在彼得堡住下，因而也就不能参加工作，我没法对它起什么作用，更严重的是下一个冬天我要在国外生活。第二，在出版工作上我不承认任何宪法；领导杂志的应当只有一个人，一个主人，具有一个明确的意志。第三，玛明－西比利亚克、弗·涅米洛维奇－丹钦柯是有才气的作家、很好的人，然而他们不适宜做编辑工作。第四，我永远会做你杂志的写稿人，在这点上是不会有什么问题的。……

写给亚·伊·苏木巴托夫—尤仁

2月26日，在雅尔塔

……我同意你的话：要评断高尔基是困难的，人得在许许多多谈论他的文章和话语里有所辨别才成。他的剧本《在底层》的演出，我没看过，知道得很少，不过已经有《我的旅伴》或者《切尔卡希》这类的小说，足以使我认定他绝不是小作家了。《福玛·戈尔杰耶夫》和《三人》使人读不下去，这些是坏作品，《小市民》依我看来是中学生的作品，不过高尔基的功绩本来就不在于他写的东西都使人满意，而在于他在俄罗斯，乃至在全世界，是第一个带着轻蔑和厌恶谈到小市民的人，而且他正是在社会已经为这种抗议准备成熟的时候来谈的。从基督徒的观点来看也好，从经济观点来看也好，总之从任何观点来看，小市民的存在总是一件大坏事，它好比河上的堤坝，永远只为停滞服务；至于流浪汉，尽管不文雅，尽管醉醺醺，然而仍旧不失为一种可靠的药剂，至少看起来是这样。即使堤坝还没有溃决，可是已经涌出了强有力的危险水流。我不知道把我的意思说清楚没有。依我看来，将来有一天高尔基的作品会被人忘记，然而他本人就是在一千年以后也未必会被人忘记。我是这样想，或者这样觉得，不过也可能我说的不对。……

写给奥·列·克尼碧尔

3月14日，在雅尔塔

……你们要演屠格涅夫的什么剧本？哪，你们还应当演《钦差大臣》和《婚事》，而且还该翻一翻彼谢木斯基的作品，说不定在他那儿也可以找到点儿像《辛酸的命运》之类的东西。……

写给奥·列·克尼碧尔

3月21日，在雅尔塔

……《樱桃园》会写成的，我正在极力把人物尽量减少；这样可以紧凑些。……

写给奥·列·克尼碧尔

3月23日，在雅尔塔

……屠格涅夫的剧本我差不多全读过。关于《乡村一月》，我已经写信告诉过你，我不喜欢这个剧本，可是你们就要上演的《食客》却还可以，写得也不坏，只要阿尔捷木不拖拖拉拉，不演得单调，那么这个戏也会演得不错。《外省女人》得删削一番才成。对吗？那里面有好角色。……

写给弗·亚·吉里亚罗夫斯基

3月23日，在雅尔塔

……亲爱的吉良依舅舅，你的《无法理解的人》①写得精彩，我一面看一面老是笑。舅舅真不坏！……

写给奥·列·克尼碧尔

3月24日，在雅尔塔

……《脆的地方就会裂》②是在那个时代写的：那时候拜仑、莱蒙托夫以及他的毕巧林③还对最好的作家起着十分明显的影

---

① 吉里亚罗夫斯基仿照颓废派风格写成的短篇小说。
② 屠格涅夫的一个剧本（1847年）。
③ 莱尔蒙托夫的小说《当代英雄》中的人物。

响。要知道高尔基也是毕巧林，尽管有点淡、有点俗，然而仍旧是毕巧林。这个剧本可能显得没有趣味；它稍稍长了一点，而且只有作为过去时代的纪念碑看才有趣味。不过我也许说得不对，这是非常可能的。你知道，去年夏天我对《在底层》多么悲观，可是这个戏获得了怎样的成功啊！我不会做审判官。……

写给奥·列·克尼碧尔

4月11日，在雅尔塔

……今天我在《俄罗斯语言》里读到《在底层》的第一次公演情形，读到观众的众多，读到情绪的激昂等。我觉得这篇报导写得有点不安。

你们有没有一个女演员能演《樱桃园》里的那个上了年纪的太太？要是没有，那么这个戏就完了，我也不预备再写它了。……

写给亚·伊·库普林

4月22日，在雅尔塔

……威列沙耶夫到我这儿来过，他很称赞您的《胆小鬼》。……

写给维·维·斯米多维奇（威列沙耶夫）

6 月 5 日，在纳罗—福明斯科耶

……您的书① 现在寄到，对我来说很是时候，因为我手边没有书可看。我读着您的作品和谢·阿克沙科夫的童年生活，觉着很畅快。……

……我在做事。我在校样上把《新娘》② 大改特改一番。……

前几天我看了尤希凯维奇和古谢夫－奥连布尔斯基的书③。依我看来，尤希凯维奇又聪明又有才气，日后他可能有大成就，只是有的地方他常常使人生出一种印象，仿佛他的作品是从外文翻译过来的。像他这样的作家我们还没有过。古谢夫就淡一点了，不过也有才气，只是他那些醺醉的辅祭很快就使人厌烦了。差不多他的每篇小说里都有醉醺醺的辅祭。……

写给安·尼·波波娃

6 月 17 日，在纳罗—福明斯科耶

……弗拉基米尔·弗拉季米罗维奇说得完全对。《新时报》

---

① 维·维·威列沙耶夫的《小说集》（第五版，第一卷，圣彼得堡，1903 年）。
② 据威列沙耶夫的回忆录中的记载，《新娘》中的女主人公出走，原是去参加革命的。威列沙耶夫看过小说校样，指出"像您的娜嘉这样的姑娘不会去参加革命。"契诃夫就在校样上做了更改。
③ 尤希凯维奇的《著作集》第一卷（《知识》，圣彼得堡，1903 年）；古谢夫－奥连布尔斯基的《小说集》（《知识》，圣彼得堡，1903 年）。

在八十年代刊登过一篇我的小说，结尾就像他告诉您的那样。后来我看校样的时候对这结局很不喜欢（现在我已经记不得细节了），显得过分冷酷和严峻；我就把这篇小说丢开了。可是后来我删去结尾，添上两三行作为结尾，结果就成了您发觉在构思上截然相反的东西了。当然，我现在承认，这篇小说我完全不应该收进集子里，至于为什么我收进集子里，这件事怎样发生的，现在我记不得了，因为这已经是许久以前的事了……

写给阿·谢·苏沃林

7月1日，在纳罗福明斯科耶

……您如今在看小说，那么请您顺便看一下威列沙耶夫的小说吧。请您从第二卷那个不长的短篇小说《里扎尔》看起。我觉得您会很满意。威列沙耶夫是个医生，我认识他不久，他给人留下很好的印象。……

写给谢·巴·嘉吉列夫

7月12日，在雅尔塔

……我不能做《艺术世界》的主编，因为我不能住在彼得堡，杂志也不会为我而搬到莫斯科来，借邮局和电报来编辑又不可能，要我只做个挂名的主编对杂志来说并没有任何好处，这是一；第二，如同一张画只能由一个画家来画，一篇演说只能由一个演说家来说一样，一个杂志也只能由一个人来主编。当然，我不是批评家，大约批评栏不会编得好，不过从另一方面来说，我怎么能跟德·谢·梅烈日科夫斯基同住在一个房顶底下呢？他有固定的信仰，跟导师一样地信仰着，同时我却早已失去信仰，只能用困惑不解的眼光看那些有信仰的知识分子了。德·谢－梅烈日科夫斯基无论作为人或者作为文学工作者，都为我尊重，可是如果要我们拉车的话，我们准会把车往两个不同的方向拉去。不管怎样，不管我对这工作的态度是不是错的，可是我素来认为，而且现在也这样相信：主编应当是一个人，仅仅一个人，《艺术世界》尤其应该只由您一个人来编。这就是我的意见，我觉得我不会更改这意见。

请您不要生我的气，亲爱的谢尔盖·巴甫洛维奇；我觉得要是您再编杂志十年，您就会同意我的看法。办杂志好比画画或者写诗，应当是一个人，应当叫人感到那是出于一个意志。这以前《艺术世界》一向是这样，而且这样是好的。必须照这样做下去才对。……

写给弗·加·柯罗连科 [①]

7月15日，在雅尔塔

珍贵的、亲爱的朋友，好人，今天我带着特别的心情想起您。我欠着您很多的情。十分感激您。

---

① 这是给柯罗连科的电报，庆祝他五十岁诞辰。

写给维·亚·戈尔采夫

8月5日，在雅尔塔

……我寄给你巴尔蒙特的诗一篇①，就是先前你寄给我的那一篇，这诗挺好。要是你认为它长，《俄罗斯思想》不宜刊登，那就请你还给他吧。……也就是寄给康斯坦丁·德密特烈维奇·巴尔蒙特。……

写给弗·伊·涅米洛维奇—丹钦柯

8月22日，在雅尔塔

……纳依坚诺夫的这个剧本②好，只是得把主要人物库波罗索夫改成一个鲜明的、比较醒目的好人；得把布景弄得朴素些，不要电话和其他庸俗的东西（这个剧本的布景引得观众有所期待，结果这期待又落了空），得让主人公捷普洛夫和女教师在第四幕结尾不谈钱、不写信，有了朴素而不夸张、不刺眼、不搅扰耳朵的布景，有了安静的、很安静的、朴素的调子，这个戏才可能演得很成功。这就是我对这个剧本的大致看法。

好，讲到我自己的剧本《樱桃园》，那么目前一切都很顺利。我不慌不忙地写着。如果我稍稍延误一点时间，那也不是大问

---

① 指《太阳颂》。
② 指《钱》。

题；我已经把这个剧本里舞台部分的要求减低到最小限度，这个剧本不需要什么特别的装置，演员也用不着费尽心机。……

今年冬天我也打算住在莫斯科。……我会高兴地看《在底层》，这个戏我还没有看过；还可以看《尤利乌斯·恺撒》[①]，我已经预先觉着这个戏好看了。在我那剧本的第二幕里，我已经把一条河换成一个老礼拜堂和一口井了。这样更文静点。只是在第二幕里您得给我布置一片真正的绿色原野和一条路，以及舞台上罕见的远方。……

写给谢·亚·阿历克塞耶夫（纳依杰诺夫）

8月29日，在雅尔塔

……承您惦记我而且把您的剧本寄来，十分感激。我拖了这么久没有给您回信，是因为近来我忙，我自己也在写剧本，还因为不久以前我已经把我对《钱》的看法写信告诉一个人了[②]。依我看来，这个剧本很好，其中的人物生动，剧本简练而优雅，不过换了是我，就会改换剧名，用一个比较朴素的名字，布景也改得朴素些，不要电话，不要那种驱使读者和观众期待发生什么特别事故的华丽布置；我会把库波罗索夫写成仅仅是好人，一目了然的好，为的是使人怜惜他（例如他穿浮士德的衣服的时候）；

---

① 莎士比亚的剧本。
② 指上面那封写给涅米洛维奇－丹钦柯的信。

我会改换他的姓，让他强烈地爱上一个好人——女教师，让这个女教师在剧本结尾的地方不必谈钱和写信。……您的剧本的结尾以及那个看门人都写得好，那些妓女也刻画得好，那个妻子和主人公的岳丈写得饱满。办公室里的职员和工人，我觉得应该写得善良一点。人在舞台上看见恶人，总会期望发生重大事情，要不然就不会使他们满足。

您写到您在赶着写剧本。何必赶着写呢？要是您五年写一个剧本，那也十分够了。

我没有征得您的同意，就让我全家的人都看了您的剧本，其中包括我的妹妹和妻子，她俩都很喜欢这剧本。

我十一月间到莫斯科去。

我认为最好的一幕是您的第二幕，其次是第四幕。您应当在第二幕里把男主人公稍稍润饰一下，好让他在观众面前成长起来，成为一个艺术家；给他多添点勇气。……

请来信告诉我应当如何处置您寄给我的这个剧本的副本。留在我这儿呢，还是寄到什么地方去？

如果可能的话，请您把《第十三号》和《浪子》寄给我。要是不可能，就等到十一月再说，那时候想必我们可以见面了。……

写给弗·伊·涅米洛维奇—丹钦柯

9月2日，在雅尔塔

……很可惜，我们对纳侬坚诺夫的剧本的看法迥不相同；第二幕和《孤独者》有相似之处，库波罗索夫写得不够好，不过话说回来，这并不那么重要。重要的是，这得是戏，在这个戏里得让人感觉到作者。在我有机会读到的当代剧本里，总是没有作者，似乎所有那些剧本是由同一个工厂、同一架机器制造出来的，然而纳侬坚诺夫的这个剧本里却有作者。……

我的剧本（如果我照今天以前的那种工作方式一直工作下去的话）很快就会完工，请你放心。第二幕难写，很难写，不过似乎写得还不错。我把这个剧本叫作喜剧。……

写给维·亚·戈尔采夫

9月3日，在雅尔塔

……在以前你寄给我、现在我寄还你的东西当中，只有克拉宪尼科夫的短篇小说①值得注意。依我看来，把这篇小说稍稍缩短，把有些地方的文字润色一下，然后，求上帝保佑，就可以拿去发表了。……

要是克拉宪尼科夫还年轻，他日后可能成为一个好作家。

---

① 《关于一个女人的故事》（《俄罗斯思想》，1903 年）。

写给玛·彼·阿历克塞耶娃（莉莉娜）

9 月 15 日，在雅尔塔

……请您不要听信别人的话，我的剧本还没有经另外一个活人看过：我为您写的不是一个"假善人"，而是一个很可爱的姑娘，我想您会满意这个角色的。我差不多把剧本①写完了，不过在八天到十天以前我害了病，咳嗽起来，身体变得衰弱——总之，去年的旧故事现在重演了。目前，也就是今天，天气暖和了，我的身体似乎也好了一点，可是仍旧不能写东西，因为头痛。奥尔迦②不会把剧本带去。只要等我有可能坐下来写一整天，我就可以把四幕一并寄去了。我写的这个剧本不是正戏，而是喜剧，有些地方甚至是闹剧，我担心会挨弗拉基米尔·伊凡诺维奇③的骂。康斯坦丁·谢尔盖维奇有一个重大的角色可演。大致说来，角色不多。……

写给奥·列·克尼碧尔

9 月 21 日，在雅尔塔

……今天我觉得身体轻松了一点，显然在复元了：我已经不生气地瞧我的稿子，已经写下去了。等我写完它，我马上打电

---

① 指《樱桃园》。
② 契诃夫的妻子克尼碧尔的名字。
③ 涅米洛维奇－丹钦柯的名字。

报告诉你。最后一幕会很快活，而且整个剧本都快活、轻松。萨宁看了不会满意，他会说我变得浅薄了。……

写给奥·列·克尼碧尔

9 月 23 日，在雅尔塔

……在我的剧本里，第四幕跟别的几幕相比，在内容上显得贫乏，不过效果好。我觉得您角色的结局很不坏。……

写给奥·列·克尼碧尔

9 月 25 日，在雅尔塔

……我觉得我的剧本不管怎样乏味，可是有点新的东西。顺便说一句，在整个剧本里没有开过一次枪。卡恰洛夫的角色好。请你物色一下：谁演十七岁的姑娘，然后写信告诉我。……

写给奥·列·克尼碧尔

9 月 27 日，在雅尔塔

……我已经打电报给你，说剧本写完了，说前后四幕都完工了。我已经在誊清了。我的人物变得生动了，这是实在的，不过剧本本身怎么样，我就不知道了。……

写给奥·列·克尼碧尔

10月2日，在雅尔塔

……我每天在写，虽然写得不多，可总是在写。等我把剧本给你寄去，你就把它看一遍，判断一下：在顺利的条件下，也就是在身体康健的情形下，用这题材可能写成什么样子。照现在这样，这剧本简直是丢脸。一天写上两行，久而久之就习惯了已经写成的东西，等等，等等。……

写给奥·列·克尼碧尔

10月3日，在雅尔塔

……不要为剧本生气。……我正在慢慢地誊清，因为没法抄得快。有几个地方我很不满意，我就重新写过，再抄一遍。不过我很快很快就会完工、寄出去了。……

写给奥·列·克尼碧尔

10月7日，在雅尔塔

……我的剧本……还没抄完，我只勉强抄到第三幕的半中腰。……我拖，拖，拖下去。由于我在拖，我觉得我的剧本长得漫无边际、庞大极了。我害怕了，对它失去了一切兴致。今天我仍旧在抄。……

写给叶·尼·契利科夫

10月7日，在雅尔塔

……您的信来得刚刚凑巧，我正要找您谈谈！我妻子写信给我谈起您，不过主要的是关于您的《犹太人》。我听到了那么多的议论！我已经写信给高尔基，请他把《犹太人》寄给我，现在我含着眼泪央求您把它寄来，不要拖到我们在莫斯科见面的时候了。寄来吧，我的好朋友。我看完，马上就写信给您。一般地说，没有上演的戏，我是不理解，因而也不喜爱的，不过《犹太人》我会专心地读一遍，用想象来弥补欠缺的场面，或许我读一遍以后会有点什么结果也未可知。如果剧本已经写好，而且使您满意，那为什么不把它搬上舞台呢？为什么不试一试呢？或者，至少，为什么不把它翻译成德文呢？寄来吧，说不定我们会想出点什么来。……

写给奥·列·克尼碧尔

10月12日，在雅尔塔

……你我长久的耐性万岁！剧本已经完工，十足的完工，明天傍晚或者至迟十四日早上就会寄到莫斯科去了。同时我会寄给你一点注释之类的东西。即使需要改动，依我看来那也很少了。这个剧本最糟的地方在于我不是一口气把它写完，而是写了很久很久，因此不能不使人感到它有点拖拉。好，那我们往后再看吧。……写戏在我是多困难啊！

对维希涅夫斯基说，他得给我谋个税务员的位子才成。我为他写了一个角色，只是我担心他演过安东尼[1]以后，会觉得这个由安东[2]写成的角色不优雅，笨头笨脑了。不过，他将来演的是贵族。你的角色只在第三幕和第一幕里刻画了一番，在其余各幕里只是一笔带过罢了。不过这也没什么，我并不灰心。可是斯坦尼斯拉夫斯基竟这样胆怯，未免丢脸。要知道，他当初那么勇敢，按自己的意思演特利果林，现在只因为艾福斯没夸奖他，就垂头丧气了。……

写给奥·列·克尼碧尔

10月19日，在雅尔塔

……昨天我没写信给你，因为我一直屏住呼吸等电报。昨天夜深你的电报来了，今天早晨弗－伊的电报来了——共一百八十个字，十分感激。我一直胆怯、担心。我所害怕的主要是第二幕动作少，大学生特洛菲莫夫写得有点不够。要知道特罗菲莫夫屡次流放，屡次从大学里被赶出来，可是你怎样解释这种事呢？……

---

① 莎士比亚剧本《尤利乌斯·恺撒》中的人物。
② 契诃夫自己的名字。

写给奥·列·克尼碧尔

10月21日，在雅尔塔

……今天接到阿历克塞耶夫的电报 [1]，电报上说我的剧本是天才的作品，这无异于过分赞美这个剧本，消灭了它在有利情形下所能获得的成功的一大半。涅米洛维奇还没有把演这个戏的演员的名单寄给我，可是我一直在担心。他已经打电报来，说安尼雅像伊丽娜，他分明想把安尼雅这个角色给玛丽雅·费多罗芙娜演。可是如果安尼雅像伊丽娜，那我也就像布尔德查洛夫了。

安尼雅的最大特色是孩子，快活到了极点，不懂生活，一次也没哭过，只有在第二幕里除外，不过在那一幕里她也只是眼睛里含着眼泪罢了。可是玛·费却会把整个角色演得唉声叹气，再说她也老了。谁演夏洛蒂呢？……

亚历山大·普列谢耶夫就要在彼得堡出版一种像《戏剧和艺术》那样的戏剧杂志。这个人会战胜库盖尔。一月里我要寄给他一篇通俗喜剧，让他去发表。我早就打算写一个比较荒唐的通俗喜剧了。……

---

① 康·谢·斯坦尼斯拉夫斯基在电报上说："我刚刚看过您的剧本，感到了震动。我还不能清醒过来。我发觉自己处在前所未有的入迷状态中。我认为在您所写的一切精彩作品里这是最好的一篇。我由衷地庆贺天才的作者。我体会到每一个字而且重视每一个字。我为这剧本已经引起的以及它日后还会引起的快乐而感激您。祝您健康。阿历克塞耶夫。"

写给弗·伊·涅米洛维奇－丹钦柯

10月23日，在雅尔塔

……我很想到排演场上看一看。我担心安尼雅会给人演出哭哭啼啼的样子来（不知什么缘故你认为她像伊丽娜），我担心会由一个不年轻的女演员演这角色。在我的剧本里，安尼雅一次也没哭过，从来也没用哭哭啼啼的调子说过话，她在第二幕里眼睛里含着眼泪，然而调子仍旧快活、活泼。为什么你在电报上说，这个剧本里有许多泪人儿？他们在哪儿呢？只有瓦里雅一个人才是这样，不过这是因为瓦里雅生性爱哭，她的眼泪不应当在观众心里引起悲伤的感觉。在我的剧本里常常可以碰到"含泪"这两个字，可是这只表明人物的心境，却不是真有眼泪。第二幕里没有墓园。……

写给奥·列·克尼碧尔

10月24日，在雅尔塔

……为什么把我的剧本翻译成法文？^①要知道这是荒唐，法国人无论如何也不会理解叶莫拉伊。也不理解出售房产，只会觉着烦闷。……翻译者有权利不征得作者同意就翻译，我们这儿没有公约，那就让柯去翻译吧，只是我不负责任。……契利科夫的

---

① 1903年10月20日克尼碧尔写信给契诃夫说："柯尔索夫想跟你见面，他想为巴黎的剧院把《樱桃园》译成法文。"

《犹太人》很受称赞，可是这个剧本十分平常，甚至不好。高尔基把它大大吹嘘一番，甚至打算把它翻译成外国文字。……

写给奥·列·克尼碧尔

10月25日，在雅尔塔

……我在写给你的信上骂过契利科夫的剧本，不料事实证明我太性急了。这得怪阿列克辛，他在电话上把这剧本狠狠地骂了一顿。昨天晚上我把《犹太人》看了一遍，它并没有什么特别的地方，不过写得也不那么坏，可以给它打一个三分半①。

不，我根本没有打算让朗涅夫斯卡雅平静下来。只有死才能让这样的女人平静下来。很可能我没弄懂你想说的是什么。演朗涅夫斯卡雅不难，只要从开头起掌握正确的神韵就成：要想出微笑和大笑的样子，要会打扮。……

写给奥·列·克尼碧尔

10月28日，在雅尔塔

……皮希克得由格利布宁扮演。千万别把这角色给维希涅夫斯基演。费尔司由阿尔捷木演，雅沙由莫斯克文或者格罗莫夫演，他们会演出一个十分别致的雅沙来，不过，当然最好由莫斯

---

① 按学校里的课卷评分制，最高是五分。

克文演。要是玛丽雅·彼得罗芙娜同意演夏洛蒂，那还有什么不好的！我早就这样想，可是不敢说出来。至于她娇弱、矮小，那不成问题。演安尼雅，她却嫌老了。不过要紧的是别让维希涅夫斯基演皮希克——求主保佑。我不认识列昂尼多夫。商人非由康［斯坦丁］·谢尔［盖］来演不可。要知道，这不是在庸俗意义上的商人，这一点必须理解。

你们剧院连一封信也没写来。剧目单我现在没有收到，以前也没有收到，在这方面我不会撒谎。

纳依坚诺夫和他的《第十三号》失败了[①]。他本来应该听我的话：写戏不能太多，五年写一个就成了。要知道，《瓦纳兴的孩子》还能养活他很久，这是说他可以不必赶着写。……

替我问候布宁和巴布林。要是见到威列沙耶夫的话，也替我问好，对他说我很喜欢他。……

写给康·谢·阿历克塞耶夫
（斯坦尼斯拉夫斯基）

10月30日，在雅尔塔

……十分感激您写来的信，也感激您打来的电报[②]。目前对

---

① 纳依坚诺夫的剧本《第十三号》在1903年在柯尔希剧院上演没有获得成功。

② 康·谢·斯坦尼斯拉夫斯基在电报上说："整个剧团听了您的剧本的朗诵。朗诵获得极大的、灿烂的成功。听众从第一幕起就被抓住了。每一个细腻的地方都得到体会。我的妻子跟大家一样，十分喜爱它。还没有一个戏像这样被我们一致快乐地接受过。阿历克塞耶夫。"

我来说，信很宝贵，因为我孤孤单单守在这儿；第二，我在三个星期以前寄出剧本去，可是直到昨天才收到您的信，要不是有我的妻子写信来，我就简直什么也不知道，只能任凭我的脑子里装满各种想法，随意猜测了。当初我写罗巴辛的时候，我心想这是您的角色。要是它不合您的意，那就演加耶夫也成。不错，罗巴辛是商人，然而在一切意义上都要算是正派人，他的举动应当十分有礼貌、文雅，不俗气、不滑头；我觉得这是剧本里的中心人物，您会演得很精彩。要是您演加耶夫，那就把罗巴辛给维希涅夫斯基演。这就不会成为艺术的罗巴辛了，不过也还不致于俗气。卢日斯基会把这角色演成冷冰冰的外国人，列昂尼多夫会把它演成小市侩。为这个角色选演员的时候务必不要忽略一件事：瓦里雅这个严肃而信教的姑娘爱罗巴辛，她是不会爱小市侩的。……

写给奥·列·克尼碧尔

10月30日，在雅尔塔

……斯坦尼斯拉夫斯基会成为很好、很别致的加耶夫，不过如果这样的话，那么谁来演罗巴辛呢？要知道罗巴辛是中心人物。要是这个角色不能获得成功，那么整个戏都完了。务必不要把罗巴辛演成一个贫嘴，不必把他演得一定是个商人。这是个软心肠的人。格利布宁不合适，他得演皮希克。求造物主保佑，千万别让维希涅夫斯基演毕尔克。要是他不演加耶夫，那我的剧本里就没有别的可以给他演的角色了，你就这样告诉他吧。不过，你听我说，他愿不愿意试一试罗巴辛？……要是莫斯克文想演叶比霍多夫，那我很高兴。可是那样的话，卢日斯基演什么好呢？……

写给弗·伊·涅米洛维奇－丹钦柯
11月2日，在雅尔塔

……夏洛蒂不是讲残缺不全的俄国话，而是讲纯粹的俄国话：只是有时候字音咬得不清，把阳性和阴性形容词弄混。皮希克是俄国人，为老年人的痛风病、衰老、肥胖折磨着，长得挺胖，穿着长外衣（仿西莫夫），皮靴没有高后跟。罗巴辛穿白背心、黄皮鞋，走路时候抢胳膊，跨大步，顺一条直线走，一边走一边想心事。他的头发不短，因此常常把脑袋往后一扬，思索的时候总是摩挲胡子，而且是从后往前摩挲，也就是从脖子那儿摩挲到嘴那儿。特罗菲莫夫似乎很明显。瓦里雅穿黑衣服，宽腰带。

我准备写《樱桃园》已经有三年了，三年前我就告诉你，要你们请一个演柳波夫·安德列夫娜的女演员。现在呢，走到了死胡同，出不来了。

我现在处在最愚蠢的境况里：我孤单单地坐着，却不知道为什么呆坐着。可是你不应该说：尽管你在工作，剧院却仍旧是"斯坦尼斯拉夫斯基剧院"。大家都只谈你，写文章也是只写你，斯坦尼斯拉夫斯基却因为演勃鲁特[①]而专门挨骂。要是你走,那我也走。高尔基比你我都年轻,他有他自己的生活。……讲到尼日尼剧院,那只是一个不重要的小事,高尔基试一下、闻一闻,就会丢开。顺便说一句,人民戏剧也好,人民文学也好,所有这些都是蠢事,都是人民的糖果。不应当把果戈理降到人民的水平上来,而应当把人民提高到果戈理的水平上去。……

写给康·谢·阿历克塞耶夫
(斯坦尼斯拉夫斯基)
11月5日,在雅尔塔

……剧本里的房子是两层楼,很大。第三幕里本来就已经提到下楼的楼梯。……房子得大,结实,木头的(像阿克沙科夫的房子一样,萨·季·莫罗左夫似乎知道这所房子)或者石头的,都行。房子很老,很庄严,消夏的客人是不会租住这种房子的。这种房子通常被拆掉,用它的材料来造别墅。家具古老,有气派,结实,破产和债款都跟陈设无关。

人们买这种房子的时候,常这样想:盖一所新的、比较小的房子比修理这所旧房子便宜得多,也便当得多。

---

① 莎士比亚剧本《尤利乌斯·恺撒》中的人物。

您的牧童吹得很好^①。这正合需要。

为什么您那么不喜欢《尤利乌斯·恺撒》？我却很喜欢这个戏，极满意地看你们演这出戏。大概，表演不容易吧？在这儿，在雅尔塔，大家纷纷谈论《恺撒》获得空前的、巨大的成功，我想你们要长久演这个戏，而且会场场满座。……

写给奥·列·克尼碧尔

11月10日，在雅尔塔

……要是你问到巴尔蒙特的书《我们要跟太阳一样!》，那我早已收到这本书了。我只能说一句：这是一本大书。……

写给符·留·基根—杰德洛夫

11月10日，在雅尔塔

……纳克罗兴真正有才能，我看了他的《散文的田园诗》。可是他只描写房子四周的美丽花坛、小园，却不敢走进房子里去。您信上写到的别热茨基已经被读者忘记，这也是理所当然的。就连谢格洛夫（军事小说的作家）也被读者忘掉了。……

---

① 1903年11月1日，康·谢·斯坦尼斯拉夫斯基写信告诉契诃夫说："今年夏天我把牧童用牧笛吹出的曲子录了音。那就是您在留比莫甫卡的时候所喜欢的那个牧童。……现在这个底片很有用处。"留比莫甫卡是康·谢·斯坦尼斯拉夫斯基的母亲的地产，在莫斯科附近；1902年夏天契诃夫在那儿住过。

写给康·谢·斯坦尼斯拉夫斯基 [①]

11 月 23 日，在雅尔塔

……割草通常是在六月二十日到二十五日进行，这时候秧鸡似乎已经不叫，到这时候蛙也已经不咯咯地吵了。只有金莺还啼鸣。墓园是没有的，以前很早的时候有过。有两三块墓石，胡乱地丢在那儿，遗留下来的只有这点东西。搭一座桥倒也很好。如果可以让火车不轰隆轰隆响，没一点声息地开过去，那也行。我不反对让第三幕和第四幕的布景相同，只是在第四幕里上场和下场得方便才成。……

写给尼·伊·柯罗包夫

11 月 23 日，在雅尔塔

……我跟苏沃林早已不通信了。布列宁是个宠坏了的、满脑肠肥的动物，心眼歹毒，由于妒忌心重而脸色发黄。这就是我对你问题的答复；如果你想知道详细情形，那等我们见面的时候再谈吧。……

---

① 契诃夫在这封信里回答斯坦尼斯拉夫斯基提出的有关《樱桃园》第二幕排演的问题。

1904 年

写给费·德·巴丘希科夫

1 月 19 日，在莫斯科

……我向您担保，我的文学活动纪念日（如果您指的是二十五周年纪念日）还没有到，而且一时还不会到。当初我到莫斯科来进大学是在 1879 年的下半年，我的头一篇小东西，只有十行到十五行那么长，刊登在 1880 年 3 月或者 4 月里的《蜻蜓》上。如果您很宽容，把这篇小东西就看作开头，那么，即使这样的话，我的纪念日也得迟到 1905 年才能庆祝。

不管怎样，在一月十七日《樱桃园》初次公演那天，大家那么盛大而殷勤地庆祝我，并且实际上又那么出人意料，弄得我直到现在还没法清醒过来。……

写给伊·伊·戈尔布诺夫

1 月 23 日，在莫斯科

……承您惦记，承您赠书（特别是冯·波连茨的书），十分感激；我会十分满意、兴致勃勃地看那些书。……

写给奥·列·克尼碧尔

3月4日，在雅尔塔

……请你写信告诉布德凯维奇说：《海鸥》和《三姊妹》早已译成德文（我并没有因此得着一个小钱），《樱桃园》也已经在进行翻译，供柏林和维也纳用，可是在那边不会获得成功，因为在那边既没有台球，也没有罗巴辛，更没有特罗菲莫夫那样的大学生。……

写给奥·列·克尼碧尔

3月18日，在雅尔塔

……告诉涅米洛维奇说，《樱桃园》第二幕和第四幕里的响声应当缩短，大大地缩短，让人觉着完全是从远处来的。多么不像话啊，虽然剧本上写得那么明白，可是他们连这么一点小事、一点响声，都弄不好。……

写给亚·瓦·阿木菲捷阿特罗夫

4月13日，在雅尔塔

……现在我写得少、读得多。我也看《俄罗斯》，我订了这份杂志。今天我读了知识社出版的《丛刊》，其中有高尔基的《人》，使我联想到年轻教士的说教，这种教士没留胡子，用低音说话，大声念"O"的音。我还看了布宁的精彩的小说《黑土》。这实在是一篇出色的小说，有些地方简直惊人，我劝您也看一看。……

写给包·亚·萨多夫斯科依 [1]

5月28日，在莫斯科

……您的诗随信附还。我个人认为这首诗在形式上是很好的，可是话说回来，诗不是我的本行：在这方面我懂得很少。

讲到内容，那么人感觉到它缺乏说服力量。例如，您的普罗卡热内依说：

"我穿着漂亮衣服站在那儿，不敢往窗外看。"

这使人不懂：为什么普罗卡热内依要穿漂亮衣服，为什么他不敢看呢？

一般地说，您的人物的举动常常缺乏逻辑，然而在艺术里也好，在生活里也好，偶然的事情是没有的。……

写给谢·捷·谢敏诺夫

5月31日，在莫斯科

……我早就知道您！不论作为作家或者作为人，您早就受

---

[1] 这封信所谈的是萨多夫斯科依的诗《普罗卡热内依》。他把这首诗寄给契诃夫，请他批评。

到我的尊重。只是我觉得难过的是我难得有机会跟您见面。……

摘自《札记》

……我们都是人民，我们所做的一切最好的工作都是人民的事业。

第二部

同时代人回忆录中所载
安·巴·契诃夫论文学的话

文学的社会作用

"是的，"他说，"作家不是唧唧叫的鸟。可是谁对您说过我要他唧唧叫？既然我在生活、思索、奋斗、受苦，那么这一切就会在我写的东西里反映出来。我为您把这生活真实的、也就是艺术的写出来，您就会在那里面看见您早先没看见过、没留意到的东西：生活的反常，生活的矛盾……。"

丽·阿·阿维洛娃：《在我生活中的安·巴·契诃夫》，见《同时代人回忆录中的契诃夫》，国家文学出版社，莫斯科，1954年，第188页。

不应当去理会公众。如果公众想要找快活，那就让他们用别的方法去娱乐，报刊写稿人却不是凑趣的人。他可以写得枯燥无味，可是务必要让公众想到生活的乏味，要唤醒社会，要号召人们采取行动。

达冈罗格的席勒：《回忆安·巴·契诃夫（谈话与书信）》，见《近亚速夫海州》，1904年，第182号。

……安·巴用少数几句话叙述了《林妖》的梗概以后，我对一个问题发生了兴趣：为什么这个剧本的中心是一个热爱树林的人。

"这正是一个要解决的问题，"契诃夫简略地回答说，随后就中断了谈话。

古·阿尔斯：《回忆安·巴·契诃夫》，见《戏剧和艺术》，1904 年，第 28 期，第 521 页。

"是的，这张画儿画得好，"他说到一位将军的肖像画，当时我正巧站在那张画面前。"不过，谁需要这种画儿呢？为什么要画它呢？"

这张画引起了普遍的注意，那位画家很有本领。可是契诃夫不愿意把自己的想法深谈下去，直到后来在对比中这个想法才显出它的全部重大意义。

"您还没有看见这一幅吧？"

他虽然不是漫不经心，然而却很快地看完了另一排油画，后来在一幅不大的画面前站住，看了很久。

"哪，"他说，"这就是我打算指给您看的那一幅。它很好。"

我不记得那是谁的画了，不过就连现在那幅画的内容也如同在眼前一样——工厂的后院、黄昏、淡紫色的幽暗，一个年轻的工人抱着一个孩子；他抱得很笨，很不经心，带着一点淡淡的、不肯流露出来的、可能稍稍有点腼腆的温柔表情。

伊·阿·诺维科夫:《两次会晤》,《同时代人回忆录中的契诃夫》,国家文学出版社,莫斯科,1954年,第549页。

"是的,我在写……"安东·巴甫洛维奇勉强回答说,困窘地微笑着。"可是我写得不对头。……我写出来的不是我想写的。……结果写出来的东西很乏味。……现在所需要的完全不是这种东西了。……

"那么是什么东西呢?"

"现在需要的是迥然不同的东西。……要朝气蓬勃。……要有力量。……我们已经熬过灰色的无聊生活了。……现在要转个弯了。……而且是大转弯。[①]……

"我们真的熬过了吗?看上去也未必吧,"我不大相信地说。

"我们熬过了……我敢向您担保……"安东·巴甫洛维奇有把握地说。"这儿,在莫斯科,而且一般地说在大城里,还看不大出来。……在我们南方,浪头却已经澎湃起来了。……人民起了有力的骚动。……不久以前我跟列夫·尼古拉耶维奇谈过。……他也看出来了。……他是个眼光锐敏的老人。……俄罗斯跟蜂巢那样嗡嗡地响着。……您瞧着两三年后会出什么事吧。……那时候您都会认不得俄罗斯了。……"

安东·巴甫洛维奇兴致勃勃,从长沙发那儿站起来,一只手

[①] 安·巴·契诃夫的这些话是针对1902年说的,那时候出现了1905年革命以前的社会热潮。

插在口袋里，开始在房间里走来走去。

"我很想抓住这种朝气蓬勃的气势。……我很想写一个剧本。……写一个朝气蓬勃的剧本。……说不定我会写成。……这很有趣味。……人民有多大的威力、精力、信心啊。……简直惊人啊。"

叶·卡尔波夫：《跟安·巴·契诃夫的最后两次会晤》，见《同时代人回忆录中的契诃夫》，国家文学出版社，莫斯科，1954年，第571页到572页。

您说您看我的戏的时候，您哭了。……其实还不止您一个人哭呢。……可是话说回来，我可不是为了这个缘故才写戏的。那是阿历克塞耶夫把它们弄成这种催泪的东西的。我的原意是在另一方面。……我只想诚实地对人们说："看一看你们自己吧，看一看你们大家都生活得多么糟，多么无聊!……"顶要紧的就是要人们了解这一点，等到他们了解了这一点，他们一定会为自己创造另外一种比较好的生活。……我不会看见那种生活了，不过我知道那会迥然不同，不像目前这种生活。……在它还没到来以前，我会反复地对人们说："你们得明白：你们生活得多么糟，多么无聊!"这有什么可哭的呢？"那些已经了解这一点的人该怎么办呢？"他把我提出来的问题重述一遍，从椅子那儿站起来，凄凉地结束他的话，"可是他们就是没有我也会找着路的。……"

亚·谢烈勃罗夫（季洪诺夫）：《关于契诃夫》，见《同时代人回忆录中的契诃夫》，国家文学出版社，莫斯科，1954 年，第 566 页。

"我不能广泛地在社会范围里工作，"他对希说。"我身体不好，文学是唯一能给我力量的力量。每逢我走进自己的回想、印象、我所创造的新形象的领域，我就忘了自己的病，我就变得有力量了。……"

韦捷尔：《回忆安·巴·契诃夫》，见《波尔达瓦通报》，1904 年，第 453 期。

……有一次他对我说起有一个大杂志登载了这样一句关于他的话："俄罗斯文学界又添了一个没有原则的作家……"，我从来没有像这二次这样在他的声调里听出那么大的悲哀，也从没感到他那么深沉地委屈过。……

谢·亚·叶尔巴捷夫斯基：《安东·巴甫洛维奇·契诃夫》，见《同时代人回忆录中的契诃夫》，国家文学出版社，莫斯科，1954 年，第 543 页。

艺术的真实

"首先，我的朋友，不可以说谎。……艺术之所以特别好，就因为在艺术里不能说谎。在恋爱里、在政治里、在医疗里，都能够说谎，能够骗人，甚至可以欺骗上帝——这样的事情是有的；然而在艺术里却没法欺骗。……"

> 亚·谢烈勃罗夫（季洪诺夫）：《关于契诃夫》，见《同时代人回忆录中的契诃夫》，国家文学出版社，莫斯科，1954 年，第 595 页。

"自然主义也罢，现实主义也罢，都不需要。不必把作家赶到任何框框里去。必须把生活写得跟原来面目一样，把人写得跟原来面目一样，而不是捏造出来。"

> 德·戈罗杰茨基：《回忆安·巴·契诃夫》，见《火星报》，1904 年，第 29 期，第 227 页。

人们要求说，应该有男男女女的英雄和舞台效果。可是话说回来，在生活里人们并不是每时每刻都在开枪自杀、悬梁自尽、谈情说爱。他们也不是每时每刻都在说聪明话。他们做得更多的倒是吃、喝、勾引女人、说蠢话。必须把这些表现在舞台上才对。必须写出这样的剧本来：在那里人们来来去去、吃饭、谈天气、打牌……不过这倒不是因为作家需要这样写，而是因为在现实生活里本来就是这样。"

德·戈罗杰茨基：《回忆安·巴·契诃夫》，见《火星报》，1904 年，第 29 期，第 227 页。

……八十年代，契诃夫以作家身份提出忠告的时候，总是对创作的倾向性提出告诫。在那些年契诃夫是倾向性的大敌。不论冬天在柯尔涅耶夫家的书房里也好，夏天在巴勃基诺的树林里散步也好，他总是带着不变的、古怪的固执心情回到这个问题上来。我们每回谈到这个问题，临了老是由契诃夫用这样一句话来结束：

"不管大家怎么说，可是归根结底，只有一种作品永久不朽：那就是富于艺术性的作品！"

契诃夫在一封大概是写给谢格洛夫的信上，古怪地承认说：他不能解释为什么他喜欢莎士比亚，而完全不喜欢兹拉托夫拉特斯基。不过他在谈到倾向性的时候所说的最后那句话倒可以作为关于莎士比亚和兹拉托夫拉特斯基的问题的绝妙回答。

亚·谢·拉扎烈夫－格鲁津斯基：《安·巴·契诃夫》，

见《同时代人回忆录中的契诃夫》，国家文学出版社，莫斯科，1954年，第123页。

"必须写自己看见的，感觉到的，而且要写得真确、诚恳才成。人家常常问我在这篇或者那篇小说里打算表达什么思想。对这类问题我是不回答的。我的本分是写。您要我写什么，我就能写什么。"他带着笑容接下去说。"要是您叫我写这个瓶子，我就能写出一篇小说来，名字叫《瓶子》。活的形象创造思想，可是思想并不创造形象。"

丽·阿·阿维洛娃：《在我生活中的安·巴·契诃夫》，见《同时代人回忆录中的契诃夫》，国家文学出版社，莫斯科，1954年，第188页。

……他经常劝谢格洛夫："……您得把您的善意的眼睛转到朴素而健康的生活上来，在我们周围这种生活真是太多了。您一睁开眼睛，这种生活的气息马上就扑到您脸上来了。"

伊·纳·波塔潘科：《跟安·巴·契诃夫相处的几年》，见《同时代人回忆录中的契诃夫》，国家文学出版社，莫斯科，1954年，第284页。

"为什么写这种东西？"他不懂地说，"例如一个人坐上潜水

418

艇，到北极去探求静心养性之道，同时他的爱人发出悲惨的哭声，从钟楼上跳下来？这一切都不真实，现实生活里没有这种事。应当写得朴素，写彼得·谢敏诺维奇怎样跟玛丽雅·伊凡诺芙娜结了婚。这就行了。其次，为什么要加小标题，什么心理研究啦、风俗画啦、短故事啦？这些都是装模做样。题名得朴素些，随便脑子里想起什么都行——别的都不要。而且要少用引号、斜体字、破折号——这是矫揉造作。"

亚·伊·库普林：《悼念契诃夫》，见《同时代人回忆录中的契诃夫》，国家文学出版社，莫斯科，1954 年，第521 页。

"……您知道，我希望人家把我的剧本演得十分朴素、单纯。……呐，要像从前一样。……一间房子。……在舞台的前部放一张长沙发和几把椅子。……有好演员表演。……这就行了。……不要有鸟，也不要那种道具的气氛。……"

叶·卡尔波夫：《跟安·巴·契诃夫的最后两次会晤》，见《同时代人回忆录中的契诃夫》，国家文学出版社，莫斯科，1954 年，第 575 页。

……在排演中间，他往往拦住演员们，给他们解释这句话或者那句话的意义，说明他觉得那些人物应该是怎样的，而且时时刻刻叮嘱说：

"好朋友，要紧的是不要戏剧性。……一切都得朴素。……十分朴素。……他们都是朴素而平常的人。"[①]

等到索林的园子里用木板搭成的舞台前面出现了两个女演员，扮演阴影的时候，安东·巴甫洛维奇就摇着手说：

"为什么？为什么要这两位姑娘出来！……您知道，剧本上根本没有这么写。……只有两个木匠，他们搭舞台，身上披着大毛布，并排站着。这就行了！这就是阴影！"

叶·卡尔波夫：《1896 年 10 月 17 日〈海鸥〉在亚历山大剧院舞台上初次公演的经过》，见《关于契诃夫：回忆及论文》，莫斯科，1910 年，第 68 页。

……我们一面走，一面把这天傍晚关于社会问题和文学问题的谈话继续下去。契诃夫讲到诗里面必须表现事物的真精神。他激动地说着，反复讲到他希望他的话能为人所理解。他那些话的大意是整个生活可以为艺术作品提供内容，不过这类作品必须有这样一个特点：真实地表现被描写的事物的精神。

"今天在我们文学问题的争论里我什么也没否定，"他说，停了一停他又接着说，"只是不可以故意写关于坏巡警的诗！只此

---

① 指 1896 年《海鸥》在亚历山大剧院的排演。

而已。"

弗·拉迪任斯基:《回忆安·巴·契诃夫》,见《纪念契诃夫》,俄罗斯文学爱好者协会,1906 年,第 146 页。

"请您告诉我,安·巴,"我读过那个中篇小说[1] 以后问他,"像您所说的那样的村子,像您所写的那样的家庭,您见过吗?难道农民生活得这么糟?"

"我在这篇小说里所描写的正是我在中部一个省份见到的生活。关于这生活我知道的比小说里写的还要多。商人赫雷明一家[2] 在现实生活里是有的。只是实际上他们还要糟。他们的子女从八岁起就开始喝伏特加,从童年起就放荡;他们把整个这一区的人都传染了梅毒。我在这个中篇小说里没提到这一点,"他接着说,"因为人们认为提到这一点是违背艺术性的。"

谢·尼·舒金:《回忆安·巴·契诃夫》,见《同时代人回忆录中的契诃夫》,国家文学出版社,莫斯科,1954 年,第 543 页。

---

[1] 指契诃夫的中篇小说《在峡谷里》,它首次发表在《生活》杂志第 1 期上,那是在 1900 年 1 月。

[2] 中篇小说《在峡谷里》的人物。

生活是作家的学校

"作家应当样样都知道，样样都研究，免得出错，免得虚伪。"他说，走到装花的篮子旁边，注意地瞧着花，"这种虚伪一方面会使读者不痛快，一方面又会损害作者的威信。例如我们的小说家某某，他是描写大自然的美丽的专家，他写道：'她贪婪地闻着鹅掌草的醉人的香气。'可是鹅掌草根本没有气味。不能说芬芳的紫丁香花束和野蔷薇的粉红色花朵并排怒放，也不能说夜莺在清香的、开着花的菩提树的枝头上啼鸣——这不真实；野蔷薇开花比紫丁香迟，夜莺在菩提树开花以前就不叫了。我们的作家的本分就在于观察一切，注意一切。……"

恩·赫－科娃：《我回忆中的契诃夫》，见《彼得堡日报》，1914 年，第 178 号。

……您来得再巧也没有了，您得帮帮我的忙。现在我正在描写一个炮兵旅的行军[①]，深怕有什么地方说了假话。劳驾，请您凭旧日的炮兵的资格细心研究一下这几行吧。

[①] 见契诃夫的短篇小说《吻》。

伊·列·谢格洛夫:《回忆安东·契诃夫》,见《同时代人回忆录中的契诃夫》,国家文学出版社,莫斯科,1954年,第167页。

"谁要描写人和生活,谁就得经常亲自熟悉生活,而不是从书本上去研究它。"

达冈罗格的席勒:《回忆安·巴·契诃夫(谈话与书信)》,见《近亚速夫海州》,1904年,第182号。

"不要到别墅去,在那儿您找不到什么有趣的东西,"契诃夫知道了我的目的以后说。"您得到远方去,到一千、两千、三千俄里以外去。至少您可以到亚洲,到贝加尔湖去一趟。贝加尔湖里的水现出蓝宝石一样的颜色,清澈见底:真美!要是时间不够,到乌拉尔去一趟也行:那儿的风景可真好。您务必要越出欧洲边境,让脚底下感觉到真正的亚洲土地,让自己有权利对自己说:'哪,现在我到了亚洲!'然后您就可以动身回家了。到那时候哪怕您到别墅去也成了。反正事情已经办完了。您会知道多少事,您会带回来多少短篇小说啊!您会看见人民的生活,会在偏僻的驿站上和农民的草房里过夜,完全像是在普希金的时代;臭虫会把您咬死。不过这也挺好。事后您会向我道谢呢。只是沿铁路您务必要坐三等车,坐在普通人中间,要不然您就听不见一点有趣的谈话了。要是您打算做作家,那您明天就买车票到尼日尼去。从那儿您顺着伏尔加河，顺着卡玛河[①]去旅行吧。……"

尼·德·捷列肖夫：《安·巴·契诃夫》，见《同时代人回忆录中的契诃夫》，国家文学出版社，莫斯科，1954年，第440页到441页。

要是您，好朋友，有心做一个真正的作家，您得研究精神病学，这是必要的。

达·尔·谢普金娜－库彼尔尼克：《安·巴·契诃夫》，见《我的生涯》，联邦出版社，1928年，第317页。

……有时候，他谈到某些从人民中间出来的、自修而成的作家，总是补充说："只是他们得进大学念书才成，因为缺乏教育是不行的。"

伊·阿尔特舒列尔：《关于安·巴·契诃夫的片断回忆》，见《俄罗斯新闻》，1914年，第151号。

以前我的周围都是人，他们的全部生活在我眼前流过去；

---

① 乌拉尔边境的一条河。

我熟悉农民，熟悉小学教师，熟悉县医官。如果有的时候我在短篇小说里写乡村教师——在整个帝国里最不幸的人，那我是根据我所熟悉的几十个这种人的生活写成的。"

玛·柯瓦列夫斯基:《关于安·巴·契诃夫》，见《交易所新闻》，1915 年，第 15185 号。

"……当代的大学生生活在长篇小说里和中篇小说里都不是用很中看的颜料画成的。"

"可是这些长篇小说是怎样写出来的呢?"安·巴反驳说。"有一个著名的、可敬的小说家(安·巴说出他的姓来)，来到莫斯科，说:'我想写一个大部头的长篇小说，描写大学生生活，请您给我介绍两三个大学生结交一下吧。'在这样的长篇小说里，人们就丝毫也看不到大学生生活的真相了。……"

达冈罗格的席勒:《回忆安·巴·契诃夫(谈话与书信)》，见《近亚速夫海州》，1904 年，第 182 号。

"您听我说，要尽量常坐三等车，"他劝道。"有时候在那儿可以听见有趣极了的话。"

而且他觉得奇怪，有些作家怎么能一连好几年什么也不看，只从彼得堡自己书房的窗子里看隔壁人家的防火墙。他常常语气里带点焦急地说:

"我不懂，您这么年轻、健康、自由，却为什么不出门，比方说，到澳州去……或者到西伯利亚去。……

　　亚·伊·库普林：《悼念契诃夫》，见《同时代人回忆录中的契诃夫》，国家文学出版社，莫斯科，1954年，第519页。

劳动——才能的训练者

"艺术家,"他说,"得永远工作,永远思考,因为他不这样就没法生活。你怎么躲得开思想,躲得开自己呢!例如看一看涅克拉索夫吧:要是算上现在已经被人忘记的他那些长篇小说和报刊作品,那他真写了一大堆东西;可是现在我们多写居然会挨骂呢。"

弗·拉迪任斯基:《回忆安·巴·契诃夫》,见《悼念契诃夫》,俄罗斯文学爱好者协会,1906年,第149页。

……"您写得多吗?"有一回他问我。

我回答说我写得少。

"这不应该,"他用低而细的中音差不多忧郁地说。"您知道,人得工作……不让两只手闲着……工作一辈子。"他顿了一顿,并没有明显的联系就接下去说:"依我看来,写完小说,应当把开头和结尾删掉。在这类地方,我们小说家最容易说假话。……而且要短,要写得尽量的短。"

伊·布宁:《契诃夫》,见《同时代人回忆录中的契诃夫》，国家文学出版社，莫斯科，1954年，第473页。

……有一天傍晚我到安·巴家里去，看见写字台上放着一张纸，只写了半张，[①]安·巴自己把两只手插在衣袋里，在书房里走来走去。

"哪，我无论如何也抓不住雷雨的场面，我写到这个地方就过不去了！"

过一个星期我又到他家去，桌子上还是摆着那张写了一半的纸。

"怎么样，雷雨写出来了吗？"我问安·巴。

"您瞧，还没写出来呢。我始终没找到合适的颜料。"

罗·阿·敏杰列维奇：《回忆的片段》，见《清晨报》，1914年，第151号。

"头一个条件是必须写得多，总会有所成就的。"他说。"必须写，写，写。一篇小说没发表，那您就写第二篇、第三篇，总有一篇会发表出来。起初人们不注意您，后来忽然留意到了，这以后就容易了。……只是得不屈不挠地、顽强地写。……"

"可是如果没有才能呢……"

[①] 指契诃夫为《草原》的写作。这个中篇小说最初发表在《北方通报》1888年6月第6期。

"您不写作，怎么能知道您没有才能？不劳动，就连才能也没法发现。您既是选中了一种工作，那就抱定宗旨干下去，由别人去下判断。……"

达冈罗格的席勒：《回忆安·巴·契诃夫（谈话与书信）》，见《近亚速夫海州》，1904年，第182号。

"……可是直到现在您，先生，一直在等灵感，觉着自己是艺术的仆人。丢开这种等待吧。把自己引到另一条路上去。我们每个人都应当感觉到自己是一个勤恳的工人才对；那样一来一切就都会顺利了。当然，您常常觉着缺乏题材，觉着您脑子里空洞，可是心灵却充实，觉着您没有力量把心里想的东西统统掌握住，觉着得等它成熟才是。可是您要知道，就算您绝顶聪明，您也绝不能把样样东西都掌握住。等我们死后，一切都会为人所理解，我们现在尽心竭力所做的这部分工作也会为人所理解。到那时候作者的个性也显出来了。要不然您就会一辈子听人家说：'他缺乏鲜明确切的个性，缺乏主见。……'"

伊·阿·布宁：《关于契诃夫》，见《南方边疆日报》，1914年，第12141号。

……契诃夫永远主张青年作家必须尽量多写，有一回他对我说：

"也许发表出来的并不多，可是写的却应当尽量多。在将近三十岁的时候务必要定型：在快到这年纪的时候一切人都得定型。塞万提斯是例外。……再说他也不能提早写作，后来也很困难——监狱里不给他纸。您知道应当怎样写才能写出好小说吗？在小说里不要有多余的东西。这就如同在战船甲板上一样：那儿多余的东西是一样也没有的——在小说里也应该这样做。……"

包·拉扎列夫斯基：《安·巴·契诃夫：个人的印象》，
见《万人杂志》，1905 年，第 7 期，第 423 页到 424 页。

"必须多工作！"他庄重地压低喉咙说。"每天一定得工作。我以前每天写一篇小说。后来就成了习惯。……平时注意观察人，观察生活……那么后来在什么地方散步，例如在雅尔塔的岸边上，脑子里的发条就会忽然咔地一响，一篇小说就此准备好了。"

亚·费多洛夫：《安·巴·契诃夫》，见《纪念契诃夫》，
俄罗斯文学爱好者协会，1906 年，第 166 页。

"您得写，尽量多写，"他对新进的小说家说。"要是您完全没写出成绩来，也不要紧。日后自会好起来的。要紧的是不要白白浪费青春和弹性：现在您要埋头工作才好。您看，您写得倒好，可是您的词汇少。这就得搜集字眼和表现方法，为了这个非

每天写东西不可。"

　　亚·伊·库普林:《悼念契诃夫》,见《同时代人回忆录中的契诃夫》,国家文学出版社,莫斯科,1954年,第518页到519页。

　　现在写作变得困难了。……一般地说,写东西不容易。……自己暗想自己要写什么,那是容易极了。似乎剩下来的只要把想好的写到纸上去就成了。然而正是在这儿才横着莫斯科的马路。每块石头都会叫你绊跤。有时候却又仿佛上了轨道似的,一连写成多少页!按老式想法,也许你会相信这是灵感来了。可是结果这许多页往往不大中用。

　　弗·涅米洛维奇-丹钦柯:《回忆安·巴·契诃夫》,见《契诃夫纪念文集》,莫斯科,1910年,第398页。

　　您听我说,您得一年写五个剧本。您是个健康的人嘛,五个剧本里头大概总有一个是好的。只是务必要让剧本搁一搁,不要把它马上送到世界上去。您写完它,就放在一旁,放好几月不理这份稿子。您开始写新东西。以后,等到您回到原先那个剧本上去,您永远会发现许多要改的地方。剧本搁在一边的时候,有许多新想法和恰当的词藻会来到您的脑子里。您就大改一番,再把稿子搁在一旁。必须这样,您的东西才完整,才是经过深思熟虑的。"

萨·玛蒙托夫:《跟契诃夫的两次会晤》，见《俄罗斯文学》，1909 年，第 150 号。

"您听我说，"他把书递给我说，"为什么您写得少？您应该多写！我在临别时候所想跟您说的就只有这一点！现在您本来可能已经出四本书了，可是不知怎的您出了头一本书就停住了。我自己也很懒，现在为这个很后悔！……务必要写，务必！您本来像夜莺那样开始唱您的歌，不过要是老停在第一本书上，那就像麻雀一样了！我跟您谈一谈我自己吧：要是当初我写了头一批小说就停下来，那人家简直不会把我看作是作家。契洪捷！一小本书，净是些逗笑的小故事！人家以为我就是这么回事了！严肃的作家会说：'这个人跟我们是两路人，因为他老是笑！在我们这时代怎么能笑呢？'"

斯基达列茨:《契诃夫》，见《同时代人回忆录中的契诃夫》，国家文学出版社，莫斯科，1947 年，第 288 页。

反正，赶忙是要不得的。那个剧本①搁上一年反而有好处。大作品永远应当摆一个时期，在这个时期甚至不妨写点别的东

---

① 指费多洛夫的剧本《旧房》。

西，然后再加到那个作品上去。务必要工作！多工作！作品越是有价值，对待它就越得小心。其次，我还要跟您谈一件事！为什么您把剧本在没有排演以前就拿出去发表呢？这不应该！在排演的时候可以看出许多毛病。……甚至在头几次彩排的时候也一样。……演员一道白，您立刻觉着这地方虚伪，那地方伊凡·伊凡诺维奇不是用自己的腔调讲话，甚至讲的是不该讲的话。您以为现在谈到这点已经迟了。不然，这正是时候。务必要工作！工作！真的，这样才好……得能够吃点苦才成！……"

　　亚·费多洛夫：《安·巴·契诃夫》，见《纪念契诃夫》，俄罗斯文学爱好者协会，1906年，第179页。

"您知道我在做什么？"他快活地迎着我说。"十多年来我一直在这笔记本上记下我自己的一切见解和印象。铅笔字已经开始淡了，于是我决定用墨水笔把它重描一遍。您看，我已经描完了。"

他好心地拍了拍那个本子说：

"还没利用的材料，足够写大约五百个印张。足足可以写五年呢。……"

　　尼·加陵：《悼念契诃夫》，见《同时代人回忆录中的契诃夫》，国家文学出版社，莫斯科，1954年，第579页。

……有时候他从桌子上拿过他自己的笔记本来，抬起脸，夹鼻眼镜闪着光；他在空中摇着那个本子，说：

"这儿有整整一百个题材！对了，先生！我可不像你们，年轻人！我是个工作者！您想买两个题材去吗？"

伊·布宁：《摘自笔记本》，见《同时代人回忆录中的契诃夫》，国家文学出版社，莫斯科，1954年，第491页。

作家对自己的严格要求

……可是您得工作。只是看在上帝份上，您务必要对自己严格点。您得担心事后您会不得不抛弃自己写成的东西。您得推敲每一句话，每一个字都得深思。要是您不喜欢文学，最好还是丢开它。

木·伊·彼尔伏兴：《安·巴·契诃夫和雅尔塔人》，见《宇宙》，1910年，第5期，第68页。

"请您替我转告他①，就说他只可以写他自己经历过的，只可以写他当时感觉到的；要是他想拿出去发表，那得等他自己对所写的东西完全满意的时候才成。"

木·尔《九十年代中的安·巴·契诃夫（根据个人的回忆）》，见《土耳克斯坦新闻》，1910年，第47号。

有一个作家抱怨说他开始写作的时候那么差、那么弱，他

---

① M. 斯沃包津，亚历山大剧院演员巴·玛·斯沃包津的儿子。

简直惭愧得要流泪。

"唉，您说的是什么话，您说的是什么话呀！"契诃夫叫道："开头差，这才好！您得明白，要是初开笔的作家一下子就会写得顺顺当当，那他就完了，写作没前途了！"

伊·布宁：《摘自笔记本》，见《同时代人回忆录中的契诃夫》，国家文学出版社，莫斯科，1954 年，第 492 页。

……他谈到人们受挫折的时候，说：

"您要知道，这没什么。这甚至很好。它逼人对自己严格点。只是得尽量多多工作才成。"

亚·费多洛夫：《安·巴·契诃夫》，见《纪念契诃夫》，俄罗斯文学爱好者协会，1906 年，第 170 页。

……作家自己不能评断自己的作品。也许过上十五年光景才行，那时候您读自己的东西就跟读外人的东西一样了。

包·拉扎列夫斯基：《安·巴·契诃夫——个人的印象》，见《万人杂志》，1905 年，第 7 期，第 427 页。

为新形式、朴素、简练而奋斗

"任什么主题都不需要。生活里是没有主题的，一切都搀混着：深刻和浅薄、伟大和渺小、悲惨和滑稽。你们，诸位先生，简直给陈规旧套迷住、降伏住，无论如何也不能摆脱它了。要有新形式、新形式才成啊。……"

伊·尼·波塔潘科：《跟安·巴·契诃夫的几次会面》，见《同时代人回忆录中的契诃夫》，国家文学出版社，莫斯科，1954年，第289页。

"为了着重表现那个女请托人的穷，不必费很多的笔墨，也不必描写她那可怜的、不幸的外貌，只要带过一笔，说她穿着褪了色的外套就行了。"

亚·谢·拉扎烈夫－格鲁津斯基：《安·巴·契诃夫》，见同时代人回忆录中的契诃夫》，国家文学出版社，莫斯科，1954年，第122页。

……他主张在题名、题材、写作方法、句子结构方面都要独创一格。

"老是写人、写人，真是枯燥，"他不止一次说。"要是您已经写了三个关于人的短篇小说，那么写第四个的时候就写马、写狗、写猫吧。就让它比那些写人的小说差一点也不妨，人家倒会带着很大的兴趣读它呢。"

亚·格鲁津斯基：《跟契诃夫的会面和他的信》，见《交易所新闻》，1909 年，第 11186 号。

"写作的技巧，"他对我说，"其实并不是写作的技巧，而是……删掉写得不好的地方的技巧。"

亚·谢·拉扎烈夫－格鲁津斯基：《安·巴·契诃夫》，见《同时代人回忆录中的契诃夫》，国家文学出版社，莫斯科，1954 年，第 122 页。

……哦，您要写长篇小说吗？写吧。可是女人写东西应当像在十字布上绣花一样。要写很多而且详细，写了又删，写了又删。

丽·阿·阿维洛娃：《在我生活中的安·巴·契诃夫》，见《同时代人回忆录中的契诃夫》，国家文学出版社，莫斯科，1954 年，第 204 页。

……他站起来，手里拿着我的练习簿，把它折成两半。

"初写作的作家常常得这样做：把自己的作品折成两半，撕掉头一半。……我这话是认真说的，"契诃夫说。"通常初写作的作家如同大家常说的那样极力'引人走近小说'，倒有一半写的是废话。应当写得让读者无需作者说明就可以从小说的进程中、人物的谈话中、他们的行动中，明白是怎么回事。把您的小说的头一半撕掉了试一试吧；您只要把后一半的开头稍稍更动一下，那篇小说就可以完全看得懂。一般地说，多余的东西是一点也不需要的。是啊，凡是跟小说没有直接关系的东西，一概得毫不留情地删掉。要是您在头一章里提到墙上挂着枪，那么在第二章或者第三章里就一定得开枪。如果不开枪，那管枪就不必挂在那儿。其次，"他说，"得把小说写得生动些，用动作来插在谈话中间。您的伊凡·伊凡诺维奇喜欢说话①。这没什么，可是他不该一连气说上整整一页。让他说一点话，然后您写道：伊凡·伊凡诺维奇站起来，在房间里走来走去，点上烟，在窗口站住。"

谢·舒金：《回忆安·巴·契诃夫》，见《同时代人回忆录中的契诃夫》，国家文学出版社，莫斯科，1954年，第540页到541页。

---

① 舒金的一个短篇小说里的人物。

……契诃夫除了说到别的事以外，还说到一件使他很生气的事，在一个内地剧院里，万尼亚舅舅[①]给演成一个落魄的地主了，那就是周身肮脏、蓬头散发、穿着涂油的靴子。

"他应该是什么样子呢？"有人问他。

"可是我的剧本里一切都写得很详细啊！"他回答说。

这所谓"详细"其实只是在剧本的说明里指出万尼亚舅舅打着绸领带罢了。契诃夫认为对万尼亚舅舅的服装只要标出这样一点就完全够了。

亚·列·维希涅夫斯基：《回忆的片断》，科学院出版社，莫斯科，1928年，第72页。

"您听我说，这样是不行的。我的剧本里写着，他打着很好的领带。很好的！您明白，地主比您和我都穿得讲究。"

这儿问题不在于领带，而在于剧本的主要思想。有天才的阿斯特罗夫和富有诗情的温柔的万尼亚舅舅在穷乡僻壤渐渐憔悴，而蠢材教授却在圣彼得堡纳福，跟那些与他同类的人统治着俄国。这就是领带这个说明的内在意义。

康·谢·斯坦尼斯拉夫斯基：《莫斯科艺术剧院中的安·巴·契诃夫》，见《同时代人回忆录中的契诃夫》，国家

---

① 契诃夫剧本《万尼亚舅舅》中的主人公。

文学出版社，莫斯科，1954年，第358页。

……在《三姊妹》的第四幕里，精神上已经堕落的安德列跟费拉潘谈话，因为谁也不愿意再跟他谈话了。他用内地的、堕落的人的观点向费拉潘描摹他妻子是怎样一个人。这是两页精彩的独白。忽然我们接到一封短信，信上说那段独白得全部删掉，另外仅仅用一句话来代替这一大段独白：

"老婆就是老婆嘛！"

康·谢·斯坦尼斯拉夫斯基：《莫斯科艺术剧院中的安·巴·契诃夫》，见《同时代人回忆录中的契诃夫》，国家文学出版社，莫斯科，1954年，第272页到273页。

……契诃夫对滥调存着几乎是生理上的厌恶。他对我讲起一个我俩都认识的人：

"我拿起某某的小说读起来。开头是这样：'寒气凛冽'。我就读不下去，把它丢下了。"

亚·格鲁津斯基：《跟契诃夫的会晤和他的信》，见《交易所新闻》，1909年，第11186号。

……我年轻时候有一段时期很熟悉空想的小说，可是契诃夫只用一句逗笑的话就把我写这类小说的意思永远打消了。……

"您听我说：这种东西是歌剧。这是庄严结局和一场蓝焰烟火。"

亚·阿木菲捷阿特罗夫：《笔记本》，见《敖德萨新闻》，1909 年，第 7897 号。

……不过有的时候，安·巴不光是开玩笑，他也对我做些指示。他特别劝我避免用现成的字眼和老套头的句子，例如"山岭轮廓美妙""夜晚静悄悄地降在大地上"等。每逢在诗里遇到"小鸟""小星""小花"等带"小"的字，他就受不了。

达·尔·谢普金娜－库彼尔尼克；《安·巴·契诃夫》，见《我的生涯》，联邦出版社，1928 年，第 317 页。

"描写海是很难的。您知道不久以前我在一个中学生的练习簿上读到他怎样描写海吗？'海大'。别的都没有。依我看来，好得很。"

伊·布宁：《契诃夫》，见《同时代人回忆录中的契诃夫》，国家文学出版社，莫斯科，1954 年，第 474 页。

……我十分愉快地想起另一件事，那就是他不能忍受像"俏丽""浓艳""华丽"之类的字眼。

"波隆斯基的作品里有一句话说得好，"我说，"那就是'它好看——可是算不得美。'"

"好极了！"他同意。"不过'华丽'这个词，人们却不知道在画家那儿是用来骂人的！"

伊·布宁：《摘自笔记本》，见《同时代人回忆录中的契诃夫》，国家文学出版社，莫斯科，1954年，第488页。

……我写完剧本《新生活》，就拿给安·巴看。"为什么用这样的题名？"他说。"这样一来人家就要对您存着期待，要求您写出这个《新生活》来了。应当朴素一点，……使得人家没法挑它的毛病。"

叶·尼·契利科夫：《答问》，见《交易所新闻》，1914年，第14231号。

"海笑了，'"契诃夫接着说，兴奋地捻着夹鼻眼镜上的细绳。"当然，您看了挺高兴！……"可是您一读完'海笑了'，就停住了。您以为您停住是因为这句话好，写得艺术。可是不然！您停住，只不过是因为您一时间弄不明白这到底是怎么回事：海——怎么忽然笑起来了？……海不笑、不哭，它哗哗地响，浪花四溅，闪闪放光……您看托尔斯泰的写法：太阳升上来，太阳落下去……鸟儿叫，……谁也没哭，谁也没笑。要知

443

道，这才是顶要紧的——朴素。……"

　　亚·谢烈勃罗夫（季洪诺夫）:《关于契诃夫》，见《同
　　时代人回忆录中的契诃夫》，国家文学出版社，莫斯科，
　　1954 年，第 559 页。

语　言

　　"您得避免一切专门名词，特别是那些很快就废弃的词。有些词过上五六年就完全消灭了，以后在小说或者剧本里碰见它们，就会觉着非常不舒服。您知道，不很久以前，我在沃龙涅日看我自己的通俗喜剧《蠢货》，听到'腰衬'[①]这两个字简直吓坏了。现在这个词已经不存在。在新版本里我就把它删掉了。"

　　　　包·拉扎列夫斯基：《安·巴·契诃夫——个人的印象》，见《万人杂志》，1905 年，第 7 期，第 422 页。

　　"……应当避免不好看、不好听的字。我不喜欢有太多咝音和齿音的字，我总是避免用它们。"

　　　　谢·尼·舒金：《回忆安·巴·契诃夫》，见《同时代人回忆录中的契诃夫》，国家文学出版社，莫斯科，1954 年，第 542 页。

---

① 这是一种絮棉的小枕头样的东西，在 19 世纪末期盛行，太太们把它放在身后衣服里面腰底下，以增添体态的丰盈。

……他差不多用普通的、老百姓的语言讲话，他的每一个字都使人感到真实、恳切、善意。

"我觉得您给您的书起的名字《特征和心情》不完全妥当。щтрихи① 不是俄国字。"

<blockquote>
阿历克塞·莫欣：《大作家的新事迹》，第二版，圣彼得堡，1908年，第96页。
</blockquote>

"为了做一个真正的作家，"他教导说，"必须把自己完全献给这个事业。玩票态度在这儿就跟在各处一样不会使人有什么成就。在这种艺术里如同在一切行业里一样，需要才能，可是也需要劳动。得真正埋头苦干才行。首先是锤炼语言，得推敲话语和文字。您留意过托尔斯泰的语言没有？很长的完全句、补充句，彼此堆叠在一起。不要以为这是出于偶然，以为这是缺点。这是艺术，而且是辛劳以后的成果。这种完全句给人强烈有力的印象。"

<blockquote>
谢·尼·舒金：《回忆安·巴·契诃夫》，见《同时代人回忆录中的契诃夫》，国家文学出版社，莫斯科，1954年，第542页。
</blockquote>

---

① 来自德文，意思是特征。

"现在，"他说，"我在看果戈理的作品。有趣的语言：多么丰富而复杂！"不过安·巴最赞美的是莱尔蒙托夫的语言。"我没见过比莱尔蒙托夫更好的语言，"他不止一次地说。"我想这样做：拿过他的小说来，像学校里那样分析句子，分析句子的各部分……我想这样来学习写作。而且，"他又说，"您留意到一般说来语言在怎样发展、怎样改进吗？您留意到有些字不久以前被认为是不能删略的，现在却被删略了吗？比方说，不久以前大家还这样写：'距今若干年以前'，可是现在大家写：'几年前'，把'距今'省掉了。这样倒好，而且人们反而纳闷：为什么以前要添上那两个多余的字呢？在报上人们写得很粗心，"他说，也指的是语言，"在达冈罗格，有人在报上这样写到我：'我们的同胞①契诃夫'。"

　　谢·尼·舒金:《回忆安·巴·契诃夫》，见《同时代人回忆录中的契诃夫》，国家文学出版社，莫斯科，1954年，第542页到第543页。

---

① 契诃夫是达冈罗格人，因此应称"同乡"。"同胞"是指"同国人"。

反对主观

……我记得有一天他跟我谈起我的一个中篇小说：

"一切都好，写得艺术。不过，比方说，您的小说里这样写着：'……而她，这可怜的姑娘，为了她受到的考验很愿意向命运道谢。'可是应当让读者读完她为了考验而感激命运以后，自己说'这可怜的姑娘'才对。……又例如您的小说里写着：'这种情景看上去是动人的'（那女裁缝怎样照应害病的姑娘）。这也应当让读者自己说：'这情景多么动人啊……。'总之，您自管喜爱您的人物，可就是千万不要说出声来！"

达·尔·谢普金娜·库彼尔尼克：《安·巴·契诃夫》，见《我的生涯》，联邦出版社，1928 年第 321 页。

……我对契诃夫说，大概雅尔塔给他的写作提供了新的颜料，他却反驳说：

"我不能描写当前我经历的事。我得离印象远一点才能描写它。"

彼·阿·谢尔盖延科：《关于契诃夫》，见《关于契诃夫：

回忆和论文》，莫斯科，1910 年，第 169 页。

"……前些时候我想到您……老是想：为什么比较起来您写得这么少！您知道这是为什么？……

"这完全是因为您主观到了极点！让，这样是不行的。……不能光是挖掘您早先经历过的事——那本来是任什么样的神经都受不了的！作家务必要把自己锻炼成一个目光锐敏、永不罢休的观察家！……您明白，要把自己锻炼到让观察简直成为习惯……仿佛变成第二天性了！……"

伊·列·谢格洛夫：《回忆安东·契诃夫》，见《同时代人回忆录中的契诃夫》，国家文学出版社，莫斯科，1954年，第 145 页到第 146 页。

"要到你觉着自己像冰一样冷的时候才可以坐下来写。"他有一回说。

伊·布宁：《契诃夫》，见《同时代入回忆录中的契诃夫》，国家文学出版社，1954 年，莫斯科，第 480 页。

……后来安·巴开口说：

"有两个地方我稍稍删了一点。我已经说过：不要由作者出面说明。凡是该说的话都让您描写的人物去说。注意，某某最近发表一篇小说，"安·巴念出一个著名作家的名字，"那是一篇精彩的小说，然而作者用说明破坏了它。我念到那些说明的地方简直不痛快；我不明白为什么要这样做。在小说里是不应当作政论家的。"

谢·舒金：《回忆安·巴·契诃夫》，见《同时代人回忆录中的契诃夫》，国家文学出版社，莫斯科，1954 年，第480 页。

……他还开导说：作家得对自己的人物的欢乐和哀愁漠不关心。"在一个好中篇小说里，"他说，"我读到一个大城市里的滨海饭店的描写。我一下子就看出来作者觉得那音乐、电灯光、纽扣眼里的玫瑰花等了不起，他自己正在欣赏它们。这可不好。人得站在这些东西外面，即使对它们知道得很清楚，连细节都不漏，却要轻蔑地、居高临下地看它们。这样才能写得真实。"

亚·伊·库普林：《悼念契诃夫》，见《同时代人回忆录中的契诃夫》，国家文学出版社，莫斯科，1954 年，第521 页。

才　能

……谈到创作，安·巴说：

"首先，得工作。不过没有才能也仍旧不会有很大的成就。比方说，把这儿这个桌子按它的原来面目描写一番，"他略略停顿一下，接着说，"这比写欧洲文化史难得多。……"

达冈.罗格的席勒：《回忆安·巴·契诃夫》，见《近亚速夫海州》，1904 年，第 182 期。

……他有一回说：

"真正的作家好比古代的先知，他比平常人看得清楚些。"

谢·尼·舒金：《回忆安·巴·契诃夫》，见《俄罗斯思想》，1911 年，第 10 期，第 61 页。

……大家谈到莫泊桑的才能的时候，契诃夫说：

"有才能的人是没法模仿的，因为每一个真正有才能的人都有他完全独特的地方。金子是不能用人工来制造的。因此，不论什么人，也不论什么时候，总是没法模仿莫泊桑的。在这点上不管怎么说，即使模仿也模仿不了。……"

"不过到底该怎样解释才能呢？"我问。

"没法解释。才能就是才能，完了。"

包·拉扎列夫斯基：《安·巴·契诃夫——个人的印象》，见《万人杂志》，1905 年，第 7 期，第 425 页。

……他激昂地证明说：成熟得又早又快的是天才，要不然就是有本领的人，也就是并非独创一格的、实际上缺乏才能的人，因为本领往往等于适应的才干，它容易生长；可是才能好比一切活的东西，是逐渐生长，寻求表现自己的路子，而又往往走上岔路的。

伊·布宁：《摘自笔记本》，见《同时代人回忆录中的契诃夫》，国家文学出版社，莫斯科，1954 年，第 492 页。

"怎么会没有题材呢？"安东·巴甫洛维奇坚持自己的主张。"一切都是题材，到处都有题材啊。您看这堵墙。似乎它连一点有趣的地方都没有。可是您凝神看着它，就会在那里面有所发现，找到别人以前还没注意到的东西，那您就可以把它写下来了。我向您担保，好小说是可以因此写成的。又例如月亮，虽然已经是个很老的题材，可是仍旧可以用它来写成好东西。而且会写出有趣味的东西来。不过当然也得注意观察月亮，得到自己的发现，而不是别人的、已经陈旧的东西。

"难道这不就是题材吗？"他指一指窗外的街道，那儿已经开始发亮了。"您看，那儿有个修士拿着捐款箱募集铸钟的经费。……难道您没感觉到好题材自己出来了吗？……这儿有点悲惨的味道：一个穿黑衣服的修士在苍白的曙光中出现。……"

尼·德·捷列肖夫：《安·巴·契诃夫》，见《同时代人回忆录中的契诃夫》，国家文学出版社，莫斯科，1954年，第439页到440页。

"自从莫泊桑凭自己的才华为创作定下那么高的要求以后，写作就变成难事了，不过还是得写，特别是我们俄罗斯人，而且在写作中得大胆。有大狗，也有小狗，可是小狗不应该因了大狗的存在而心慌意乱。所有的狗都得叫，各自用上帝赐给它的声调叫。"

伊·布宁：《契诃夫》，见《同时代人回忆录中的契诃夫》，国家文学出版社，莫斯科，1954年，第479页。

有一回人们发现我有"契诃夫的气味"。他活跃起来，甚至兴奋起来，带着柔和的激昂声调叫道：

"啊，这是多么愚蠢！啊，多么愚蠢！人家也向我啰唆过，说我有'屠格涅夫情调'。我俩的不同就跟快腿猎狗和普通猎狗的不同一样。我从您那儿连一个字也偷不过来。您比我尖锐。比方您写过：'海冒出西瓜的香味。……'这好得很，我却无论如何也不会这样说。您是贵族，'俄罗斯一百个文学家'当中的最后一个；我呢，是平民出身，而且'因此而自豪'，"他引用他自己作品里的话，笑着说。……

伊·布宁：《摘自笔记本》，见《同时代人回忆录中的契诃夫》，国家文学出版社，莫斯科，1954 年，第 490 页。

"喜爱不喜爱，都没关系，"契诃夫回答说，皱起眉头。"要紧的是得有才能。"

伊·布宁：《纪念契诃夫》，俄罗斯文学爱好者协会，1906 年，第 76 页。

我要求由我来读一遍那个短篇小说。"您要知道，"等我读完，他开口说。"关于初写作的作家，首先可以由语言来下判断。如果这个作者没有自己的'笔调'，那他绝不会成为作家。要是他有笔调，有自己的语言，那么他要当作家就不是没有希望了。到那时候才可以考虑他的写作的其他方面。"

谢·舒金：《回忆安·巴·契诃夫》，见《同时代人回忆录中的契诃夫》，国家文学出版社，莫斯科，1954 年，第 540 页。

戏剧和剧作

"在舞台上得让一切事情像生活里那样复杂，同时又那样简单。人们吃饭，仅仅吃饭，可是在这时候他们的幸福形成了，或者他们的生活毁掉了。……"

古·阿尔斯：《回忆安·巴·契诃夫》，见《戏剧和艺术》，1904 年，第 28 页，第 521 页。

"必须把剧本写'活'在舞台上，例如在树林或者花园的布景中，让别人觉出一种真实的生活气息，而不是画在画布上的那种东西。在房间里不要有道具的气味，而要有真正住宅的气味。"

弗·季洪诺夫：《安东·巴甫洛维奇·契诃夫。回忆和书信》，见《关于契诃夫。回忆和论文》，莫斯科，1910 年，第 230 页。

"我的确在写戏，而且一定会写成，"他说，"名字是《伊凡·伊凡诺维奇·伊凡诺夫》。……您明白吗？……伊凡诺夫有千千万万……都是最最普通的人，完全不是英雄。……这才困难。……您有没有过这样的情形：在写作当中，两段插曲已经在想象中变得清楚明白了，可是这两个插曲的中间却忽然成了一片空白……"

"您是说，"我说，"必须在这二者之间不是通过想象，而是通过逻辑，搭起一座桥来吗？……"

"是啊，是啊。……"

"对，有过这种情形，不过遇到那种时候我就丢下工作，等着。"

"是的，不过在戏里没有这种桥是不成的啊。"

弗·加·柯罗连科：《安东·巴甫洛维奇·契诃夫》，见《同时代人回忆录中的契诃夫》，国家文学出版社，莫斯科，1954年，第104页到第105页。

……契诃夫关于剧作的技术方面的见解，我记下了几条。

"如果第一幕里您在墙上挂了一管枪，那么在最后一幕里就得开枪。要不然就不必把它挂在那儿。"

"把邮差、巡官、巡警等搬上舞台，在作者方面是任性胡为的表现。为什么逼着可怜的演员穿上衣服，打扮起来，呆站在后台，一连几个钟头让过堂风吹着呢？"

"在话剧里，不该怕闹剧。然而其中若是有许多议论，却会使人反感。它弄得剧本恹恹无生气。"

"再也没有比写一个好的通俗喜剧更难的事了。真要把它写成了，却又多么愉快啊！"

古·阿尔斯：《回忆安·巴·契诃夫》，见《戏剧和艺术》，1904 年，第 28 期，第 521 页。

……过了几年，我们在莫斯科会面了，有一回我对契诃夫埋怨说，为什么他没把他答应写的通俗喜剧（《催眠术的力量》[1]）写好，他就沉吟着，仿佛自言自语地说：

"没有办法呀。……那种必要的心境没有嘛！您要明白，为了写通俗喜剧就得有一种完全特殊的精神状态才行。……那是一种富于生活乐趣的心境，就跟初上任的准尉一样，可是，见鬼，在我们这糟糕的时代上哪儿去获得这种心境呢？……对了，让，写一个诚恳的通俗喜剧绝不是无关紧要的小事！"

伊·列·谢格洛夫：《回忆安东·契诃夫》，见《同时代人回忆录中的契诃夫》，国家文学出版社，莫斯科，1954 年，第 125 页。

"让，这才是您的真正风俗画。……亲爱的，不要丢开通俗

---

[1] 关于这个作品的构思的详情，可参看伊·烈·谢格洛夫的回忆录，载于《同时代人回忆录中的契诃夫》，国家文学出版社，莫斯科，1954 年。

喜剧……您得相信这是一种最高尚的作品,并不是每个人都会写的!"

伊·列·谢格洛夫:《回忆安东·契诃夫》,见《同时代人回忆录中的契诃夫》,国家文学出版社,莫斯科,1954年,第152页。

……契诃夫对我做过几次宝贵的指示,他讲到"在戏剧创作中尽量朴素和接近生活的必要,这不但指人物的话语,甚至也指剧本的名字和人物的姓"。

伊·列·谢格洛夫:《回忆安东·契诃夫》,见《同时代人回忆录中的契诃夫》,国家文学出版社,莫斯科,1954年,第171页。

"您绝不要怕作者。演员是自由的艺术家,您得创造一个完全不顾作者本意的形象。等到作者的和演员的这两个形象汇合成一个,就产生了真正的艺术作品。比方说,柴科夫斯基写出一个跟普希金本意完全不同的叶甫根尼·奥涅金,可是他们共同创造了一个迷人的艺术作品。表演应当尽量朴素、深刻、高尚。"

苏列尔席茨基和莫斯克文:《关于契诃夫》,见《契诃夫纪念集》,莫斯科,1910年,第437页。

一个剧本，人在没有看见它演出以前，是没法下断语的。

玛·柯瓦列夫斯基：《关于安·巴·契诃夫》，见《交易所新闻》，1915 年，第 15185 号。

"戏剧要么只好完全退化，要么得采取以前从没见过的全新的形式，"他说。"我们甚至没法想象一百年后戏剧会是什么样子。"

亚·伊，库普林：《悼念契诃夫》，见《同时代人回忆录中的契诃夫》，国家文学出版社，莫斯科，1954 年，第519 页。

"我从没见过，"他说，"我的剧本在内地怎样演出。……不过我想得出来！我素常认为就连最有才能的导演排演任何剧本的时候也不能缺少作者的亲自指导，亲自指示。……对剧本的解释往往各式各样，可是作者有权利要求单独按他的解释来排演剧本，表演角色。……必须让戏的气氛表现得正合作者的本意。我不是光说我自己，我说的是一般。我知道舞台工作者在这方面的看法是完全两样的。'支配作者'成了俄罗斯舞台，特别是内地舞台所采取的方法，成了公民的权利。……不久以前，一个很著名的导演对我说到一个剧本：'我把它改了又改，直到把作者的粗糙好歹磨平为止。……'这种被导演擅自据为己有的编辑权真使人愤慨。在两条道路当中必须选一条：如果剧本不是合宜上演的剧本，而且没有文学气息，那就根本不要上演，要是它有趣味，那就照作者所希望的形式演给观众看。……"

"往往，"我插嘴说，"作者倒同意导演删削和修改，只要剧本上演就成。"

"我说的不是这一流的作者。……确实有这样的文学工作者，他们答应按出版者的命令写作。……只要发表出来就成！"

"是有这种情形。"

"不过比方拿莎士比亚来说吧。……莎士比亚大概绝不会答应那些照例常常毫无学识的演员来改动和删削他的伟大作品！当初我头一回看喜剧《驯悍记》①演出的时候，从心底里生气。要注意，那一回演彼特鲁乔的是一个有修养的、很受欢迎的演员、作为喜剧演员来说他被认为是俄罗斯舞台上的头一把手。结果怎样呢？最后一幕的最后一场完全被他删掉了。……这位旅行演出的演员是这样结束这出戏的：他对凯萨琳娜说：'现在，我们去睡觉！'这句话，莎士比亚的剧本里原是有的，不过这出喜剧并不是用这句话结束的，而且这句话是顺带说说的。……可是这位演员情愿把别的话都删掉，用这种庸俗的句子来结束全剧。……这是为了效果！既然他们对待莎士比亚尚且这样，我想得出来，比方说，对待我会是什么样子！在我的剧本里，效果根本没有，可是任何演员都能处处制造效果。……"

---

① 莎士比亚的剧本。

西格:《契诃夫（根据个人的回忆）》，见《敖德萨新闻》，1904年，第6356号。

……有一天安东·巴甫洛维奇看《万尼亚舅舅》演出。

到第三幕里，苏尼亚说："爸爸，您得仁慈些。"她说完，就跪下来吻父亲的手。

"可是不必这样做，要知道那不是戏，"安·巴说。"全部含义和全部的戏都在人的内部，而不在外部的表现上。在苏尼亚的一生中，这以前有戏，这以后也有戏，独独这时候是单纯的事故，放枪的余波。要知道放枪不是戏，而是事故。"

尔沃夫－罗加切甫斯基:《在同时代人和书信中的安·巴·契诃夫》，莫斯科，1923年，第66页。

……只有一件事他坚持得特别厉害：如同在《万尼亚舅舅》里一样，他在这儿[1]也担心我们会把内地生活夸大，漫画化，把军人演成俗常的、磕响马刺的、戏里的阔少，他要我们把军人演成平常的、和气的好人，不穿戏装而只穿旧军服，不要戏里那种军人姿态、耸起的肩膀、粗野等。

"这种东西是没有的，"他特别激昂地劝道，"军人变了，他们已经变得有教养了，有许多人甚至已经开始明白：在和平时期

---

[1] 指1901年由莫斯科艺术剧院上演的《三姊妹》。

他们应该把文化带到遥远的穷乡僻壤去。"

康·谢·斯坦尼斯拉夫斯基:《在莫斯科艺术剧院中的契诃夫》,见《同时代人回忆录中的契诃夫》,国家文学出版社,莫斯科,1954 年,第 371 页到 372 页。

……最使他吃惊,而且使他到死也不能承认的,是他的《三姊妹》以及后来的《樱桃园》是俄罗斯生活的沉重的正剧。他真心相信这是快活的喜剧,几乎是通俗喜剧。……

康·谢·斯坦尼斯拉夫斯基:《在莫斯科艺术剧院中的契诃夫》,见《同时代人回忆录中的契诃夫》,国家文学出版社,莫斯科,1954 年,第 370 页。

安东·巴甫洛维奇把我叫到一边去,低声说:
"我正在结束一个新剧本 ①。……"
"什么样的剧本?它叫什么名字?什么样的题材?"
"等到剧本写好,您自然会知道。比方说,斯坦尼斯拉夫斯基,"安东·巴甫洛维奇微笑着说,"他就没问我什么题材,他还没看到剧本就问剧本里有什么响声。您猜怎么样,他真猜着了,说对了。我的剧本里有一场戏,在后台确实得发出一种响声,挺

---

① 指《樱桃园》。

复杂，没法用一两句话说清楚，可是很重要！非照着我的意思发出那种响声不可。康斯坦丁·谢尔盖耶维奇倒正巧弄明白该是什么样的声音了。……

"难道这东西，这个响声，真那么要紧吗？"

安东·巴甫洛维奇脸色严肃，简短地回答说：

"要紧得很，"他说，随后微笑了，"可是您只想知道题材。……"

费·德·巴丘希科夫：《跟契诃夫的两次会见》，见《俄罗斯太阳报》，1914 年，第 228—225 号。

"比方就拿《樱桃园》来说。……难道这是我的《樱桃园》吗？难道这是我的人物吗？除了两三个演员以外，他们表演的都不是我的人物。……我写的是生活。……这是有点灰色的平淡生活。……然而这并不是那种讨厌的唉声叹气。人们却忽而把我弄成一个好哭的人，忽而又把我弄成一个简直枯燥无味的作家。……可是以前我写过好几本快活的短篇小说啊。……批评家把我打扮成一个泪人儿。……他们随自己的意思，凭他们的脑子把我捏造出来，这是我从没想到过，做梦也没看见过的。……这渐渐惹得我生气了。……"

叶·卡尔波夫：《跟契诃夫的最后两次会晤》，见《同时代人回忆录中的契诃夫》，国家文学出版社，莫斯科，1954 年，第 575 页到第 576 页。

作 家

"……我很喜欢普希金的诗。"

> 丽·阿维洛娃:《在我生活中的契诃夫》,见《同时代人回忆录中的契诃夫》,国家文学出版社,莫斯科,1954年,第 212 页。

契诃夫教我重视莱蒙托夫。……

> 玛·德罗兹多娃:《回忆安·巴·契诃夫》,见《新世界》,1954 年,第 7 期,第 212 页。

他热烈地喜爱文学。对他来说,谈论作家,赞美莫泊桑、福楼拜、托尔斯泰,是一件快活事。他特别常常带着入迷的神情讲到他们,另外也讲到莱蒙托夫的《塔曼》①。

"我不明白,"他说,"他当时差不多还是个小孩子,怎么就会写出了这样的作品!只要写出这样的一个作品,再加上一个好

---

① 莱蒙托夫的小说《当代英雄》中的一部分。

的通俗喜剧，那就尽可以安心死掉了。"

伊·布宁：《契诃夫》，见《同时代人回忆录中的契诃夫》，国家文学出版社，莫斯科，1954年，第478页到第479页。

……我记得他好几回极力要我相信冈察洛夫是个陈旧的、没有才能的、乏味的作家。

谢·叶尔巴捷夫斯基：《安东·巴甫洛维奇·契诃夫》，见《同时代人回忆录中的契诃夫》，国家文学出版社，莫斯科，1954年，第533页。

"……他[1]是有才能的作家，而且无疑的有很大的才能，不过有的时候他却缺乏敏感。唉，他用检察官和辩护人口吻所说的那些话怎样损伤了《卡拉玛佐夫》[2]呀——那些话完全多余，完全多余。"

包·拉扎列夫斯基：《安-巴·契诃夫：个人的印象》，见《万人杂志》，1905年，第7期，第425页。

---

① 指陀思妥耶夫斯基。
② 即陀思妥耶夫斯基的长篇小说《卡拉玛佐夫兄弟》。

……有一回他对我说他没看过陀思妥耶夫斯基的《罪与罚》。
"我要把阅读这本书的快乐保留到我将近四十岁的时候。"
等到他已经过了四十岁，我对他问起这件事。
"是的，我看过了，可是没有得到多大的印象。……"
他对莫泊桑却估价很高，也许高过一切法国作家。

弗·涅米洛维奇－丹钦科：《契诃夫》，见《同时代人回忆录中的契诃夫》，国家文学出版社，莫斯科，1954年，第404页。

……后来谈话转到诗上，他忽然活泼起来："您听我说，您喜欢阿历克塞·托尔斯泰的诗吗？依我看来，他是演员！他年轻时候一穿上歌剧的戏装，这辈子就休想脱得下来了。"

伊·布宁：《契诃夫》，见《同时代人回忆录中的契诃夫》，国家文学出版社，莫斯科，1954年，第473页。

"……这是精彩的作品①！也许它在格利果罗维奇的作品中是最好的一个。他早期的作品里有许多甜腻的地方，而且我们背地里说一句，他的幽默依我看来都不逗笑。不过这个——这一篇，却是精彩的作品！有力量的作品！"

---

① 格利果罗维奇的《卡烈林的梦》（《俄罗斯思想》1887年第1期）。

亚·格鲁津斯基：《关于契诃夫（回忆的片断）》，见《俄罗斯真理》，1904 年，第 99 期，第 3 页。

"我跟他 ① 谈得不多，因为当时医生不准我多说话 ②，再者……尽管我对列夫 - 尼古拉耶维奇存着最深的敬意，可是在许多方面我都跟他意见分歧……在许多方面！"他着重地说，咳嗽起来，这分明是因为他激动了。

伊·谢格洛夫：《回忆安东·契诃夫》，见《同时代人回忆录中的契诃夫》，国家文学出版社，莫斯科，1954 年，第 163 页。

"不久以前我到亚斯纳亚·波里亚纳他 ③ 家里去过，"契诃夫说，他那阴郁的脸色忽然开朗了。"这是个多么有趣的人啊！谁要是打算研究他，谁就可能掉到他里面去，如同掉进一个不见底的井里一样。……他有多么强大的精神力量啊！你跟他谈话的时候，就觉着自己完全被他降伏了。……我没有遇见过一个人比他更有魔力，而且可以这么说：比他更和谐。他通体和谐而美丽。在他的迷人的精神相貌上，没有一小笔，没有一根最细的线条，

---

① 指列夫·托尔斯泰。
② 1897 年，列夫·托尔斯泰去探望契诃夫。当时契诃夫肺结核病发作，躺在莫斯科的一家医院里。
③ 指列夫·托尔斯泰。

是没有勾勒完工的：他一切都极显著、极准确、极明白。这个人差不多十全十美。近视的批评家指出他的性格似乎分裂成两部分，说他有艺术家的一面，又有哲学家的一面，这两个因素似乎在他内部互相敌对。这是什么样的胡说！托尔斯泰既是艺术创作中的哲学家，又是哲学中的艺术家。……这是完整地惊人的性格。"

> 勃·谢契宁：《在文学界》，见《历史通报》，1911 年，第 3 期，第 881 页。

……他不止一次说过：

"您只要想一想看，他呀，他居然写出来安娜[①]自己在怎样感觉，怎样看，她的眼睛怎样在黑地里发亮！"

"认真说，我怕他，"他说，笑了，仿佛为这种惧怕高兴似的。

> 伊·布宁：《摘自笔记本》，见《同时代人回忆录中的契诃夫》，国家文学出版社，莫斯科，1954 年，第 489 页。

……我上契诃夫家去告别。安东·巴甫洛维奇正在房间里走来走去，看见我，就用激动的声调说：

"您知道，有一个坏消息。……"

[①] 托尔斯泰小说《安娜·卡列尼娜》中的女主人公。

"什么消息?"

"据最近消息,托尔斯泰病更重了。多半他要死了。要知道,他是艺术中的了不得的巨人!您要知道,有些人,他们之所以不敢做坏事,就因为托尔斯泰还活着。"

包·拉扎列夫斯基:《安·巴·契诃夫:个人的回忆》,见《万人杂志》,1905年,第7期,第422页到423页。

"要是列·尼·托尔斯泰去世,那就坏了;我们俄罗斯文学工作者缺了他就糟糕了。"

伊·阿尔特舒列尔:《关于安·巴·契诃夫的回忆片断》,见《俄罗斯新闻》,1914年,第151页。

"托尔斯泰的思想也许是最高尚的哲学,最伟大的利他主义,不过这种思想对生活来说却不适用①。有成千累万的事例表明人们必须用侮辱来回报侮辱,不能不这样回报。到处都得有为个人神圣权利的奋斗;如果不要这种奋斗,那就是不道德。"

"不过奋斗就是流血啊,"我回答说。……

"可是,容我问一句,哪儿有过不流血的事呢?拿全部历史来说,难道您没看见它通体沾满了血吗?那么多战争,那么多骚

———————

① 指托尔斯泰的"勿抗恶"主张。

动。……人类正是通过这些血迹向较好的生活走去。这是在所难免的。交战的双方是不肯轻易放弃自己的权利的。"

洛恩格陵：《安·巴·契诃夫》，见《南方评论》，1904年，第 2540 号。

契诃夫说："米哈依洛夫斯基是一个大社会学家，同时是一个不称职的批评家，他天生不懂什么叫作小说。"

木·尔：《九十年代的契诃夫（根据个人的回忆）》，见《土尔克斯坦新闻》，1910 年，第 47 号。

"……他[①]在他的书里完全跟在生活里一样。他好比一块黑土：肥沃、扎实、水分丰富，可以耕种一千年而不加肥料。这种黑土上滋生着野草和野菜，多得数不清；在它们的深处自由自在地生活着野兔、草原鸡、鹧鸪、鹌鹑……这是果戈理赞美的那种草原。……

"是的，谢天谢地，他没有追求精雕细琢。不过另一方面，保尔·布尔热之流却会在他每个短篇小说里找出足够写五大本长篇小说的材料来。你知道，我读玛明的作品时，总觉着自己写的东西有点淡，倒好像我一连四十个昼夜都在吃素似

---

① 指德·纳·玛明—西比利亚克。

的。……"

"我现在才明白他为什么会这样，"安·巴随后又回到这个题目上来。"那边，在乌拉尔，多半所有的人都是这样：不管你怎样用臼来磨他们，他们仍旧是麦粒，却成不了面粉。人读着他的作品，跟那些魁梧的汉子来往（那些强壮、固执、稳定、像黑土一样的人），不知怎么，就会变得快活起来。我在西伯利亚遇见过那样的人，不过要描写他们，恐怕得在他们当中诞生和成长才行。语言也一样。……我们的作家极力让语言接近人民，可是越离越远。那种语言要么就是捏造出来的，要么就是生僻得很。我知道一个民粹派作家，他写作时候总是热心地翻达里辞典和奥斯特洛夫斯基的作品，在那里面搜集适当的、人民的字眼。……玛明的文字却纯正，再者他自己说话就用这种语言，他不懂别的语言。玛明是那种直到死后才会被人认真阅读和尊重的作家。你知道这是为什么？这是因为这一类作家没有使自己的作品适应当前占着优势的潮流。……"

伊·波塔潘科:《跟安·巴·契诃夫相处的几年》，见《同时代人回忆录中的契诃夫》，国家文学出版社，莫斯科，1954年，第286页到第287页。

"他[1]不但是作家，而且是诗人。大诗人。……他为人也多

---

[1] 指高尔基。

么好，可是同时却有许多人不了解这一点。……"

包·拉扎列夫斯基：《安·巴·契诃夫：个人的印象》，见《万人杂志》，1905年，第7期，第423页。

我们的谈话转到文学。……我说高尔基击中了要害，猜出了社会人士的情绪。

"不对，"契诃夫回答说，"他创造了那种情绪，他促使人们对新人物发生兴趣。"

《据安·安努钦教授关于契诃夫的回忆》，1902年；见《马·高尔基与安·契诃夫：通信、论文、语录》，国家文学出版社，莫斯科，1951年，第196页。

……我知道契诃夫喜欢而且重视高尔基，我自己呢，也乐于称赞《海燕》的作者。我用了不少感叹词和惊叹号，不久就累得简直喘不过气来了。

"对不起……我不明白……"契诃夫带着那种像是被别人踩了脚似的不愉快的客气口吻打断我的话。"你们都喜欢他的《海燕》和《鹰之歌》。……我知道您会对我说：这是政治！可是这算什么政治呢？'不要畏惧，不要疑虑，前进！'这还不是政治。前进到哪儿去呢——不知道？！要是你号召人们前进，那就得指出目的、道路、方法。在政治方面光凭'匹夫之勇'是绝不会作出什么事来的！"

亚·谢烈勃罗夫（季洪诺夫）:《关于契诃夫》，见《同时代人回忆录中的契诃夫》，国家文学出版社，莫斯科，1954年，第559页。

"……可是不然！"契诃夫生气地说，向我摇手，好像要拂掉香烟的雾似的。"您完全没有重视高尔基的应该重视的东西。他确实写过精彩的作品。比方说《筏上》就是。您明白吗？在雾里航行……夜晚……沿着伏尔加河……。这是一篇出色的小说！在我们整个文学里，这类作品，另外我只知道一个，那就是莱蒙托夫的《塔曼》。……"

亚·谢烈勃罗夫（季洪诺夫）:《关于契诃夫》，见《同时代人回忆录中的契诃夫》，国家文学出版社，莫斯科，1954年，第560页。

"现在您引证《福玛·戈尔杰耶夫》[①]，"他接着说，眼角皱出了细纹。"可是又不恰当！这篇小说完全是直线式的，靠同一类人物建立起来的。……所有的人物都说一种话，把'O'音念得特别响。……只有贵族才会写长篇小说。我们这班人（平民，各

---

① 高尔基的长篇小说（1898年）。

种不同出身的人）写长篇小说已经不行了。……我们造起鸟笼来可是很内行的。不久以前我看见一所这样的房子：三层楼、二十个小窗子、雕花的门廊，门廊上写着'酒馆'！这是巴尔费依[①]，不是鸟笼！为了建筑长篇小说就一定得熟悉使一大堆材料保持匀称和均衡的法则。长篇小说就是一座大宫殿，作者得让读者在这宫殿里自由自在，而不要像到了博物馆里那样又惊奇又烦闷。有的时候得让读者忘记人物，忘记作者，暂时休息一下。因此就得有风景描写，或者写点可笑的事，埋一条新的伏线，写几个新的人物。这话我对高尔基说过好多回，可是他不听。……他不是高尔基，而是高而傲。……"

亚·谢烈勃罗夫（季洪诺夫）：《关于契诃夫》，见《同时代人回忆录中的契诃夫》，国家文学出版社，莫斯科，1954 年，第 559 页到第 560 页。

"他[②]是个有才能的、出色的作家。……他为什么单是写戏呢？这完全不是他的行业啊。虽然《在底层》是个很好的作品，不过话说回来这不是戏。……如果《在底层》是小说，那会好得多，充实得多、明朗得多。……高尔基应当写小说，而不是写戏。……不过呢，关于我，他也可以说这话。……真的，我哪能算是剧作

---

① 古希腊的一个神殿。
② 指高尔基。

家？……可是戏剧诱惑人，吸引人。……没有办法，老是想写戏，想写戏。……我好几次对自己许下愿：以后光写小说，可是办不到。……总是对舞台入迷。……我骂剧院，不喜欢它，同时又爱它。……是的，这是一种古怪的感情。……现在连安德列耶夫也开始写戏了。……大家都要写戏的！"契诃夫说，好意地笑了。

叶·卡尔波夫：《跟安东·巴甫洛维奇·契诃夫的最后两次会晤》，见《同时代人回忆录中的契诃夫》，国家文学出版社，莫斯科，1954 年，第 576 页。

"……可是他①是个很好的、朴实的人。……朴实得很，心好、谦虚。……而且有才能。……他的《第八音》是好作品。他那斗篷、黄鞋套、帽子、夹鼻眼镜等等使他显得傲慢。……他本心是十分朴实的。"

叶·卡尔波夫：《跟契诃夫的最后两次会晤》，见《皇家剧院年鉴》，1909 年，第 5 版，第 8 页。

他常常说：

"我们算得什么剧作家！唯一的真正剧作家是纳依坚诺夫，他是天生的剧作家，他的内部有真正的戏剧创作的发条！他从现

---

① 指斯基达列茨。

在起得再写十个剧本，让九个失败，第十个却会得到简直惊人的成功！"

伊·布宁:《摘自笔记本》，见《同时代人回忆录中的契诃夫》，国家文学出版社，莫斯科，1954 年，第 485 页。

"哼，列昂尼德·安德列耶夫算得上什么作家呢？这纯粹是律师的助手，老是非常喜欢说漂亮话。……"

亚·谢烈勃罗夫（季洪诺夫）:《关于契诃夫》，见《同时代人回忆录中的契诃夫》，国家文学出版社，莫斯科，1954 年，第 561 页。

"请您转告布宁，要他写，写，写。他会成为大作家的。请您替我把这话告诉他。别忘记。"

尼·捷列肖夫:《安·巴·契诃夫》，见《同时代人回忆录中的契诃夫》，国家文学出版社，莫斯科，1954 年，第 453 页。

我不止一次听他这样说到巴尔蒙特：
"这是个有才气的诗人。这还用说！"

亚·费多洛夫:《安·巴·契诃夫》，见《纪念契诃夫》，俄罗斯文学爱好者协会，1906年，第170页。

有一天，在玛丽雅·巴甫洛芙娜①布置的晚会上，康·德·巴尔蒙特朗诵自己的诗。有许多年轻人聚集在那儿，我跟安东·巴甫洛维奇坐在隔壁房间里。安东·巴甫洛维奇稍稍推开那扇通到客厅去的门，听了一会儿，然后说：

"您听我说，要是现在你们有人把涅克拉索夫的诗好好念一遍，那会怎么样？那样一来，巴尔蒙特的诗还有什么道理！"

亚·维希涅夫斯基:《回忆的片断》，科学院出版社，1928年，第102页。

现在对作家提出了很大的要求，作家要想出人头地是很难的了。莫泊桑在短小的短篇小说领域里取得了世界荣誉和名望。读者觉得其他作家的作品都是重复，而且是拙劣的重复了。……"

包·拉扎列夫斯基:《安·巴·契诃夫——个人的印象》，见《万人杂志》，1905年，第7期，第424页。

---

① 契诃夫的妹妹。

⋯⋯安东·巴甫洛维奇看《野鸭》的上演，分明觉着乏味。他不喜欢易卜生。有时候他说：

"您听我说，易卜生不懂生活。生活里不是这样的。"

康·斯坦尼斯拉夫斯基：《在莫斯科艺术剧院中的安·巴·契诃夫》，见《同时代人回忆录中的契诃夫》，国家文学出版社，1954年，第347页。

《海达·加布勒》演出的时候，他到休息时间常常走进化装室里来，到戏已经开演的时候还坐着不走。这使得我们心慌——既然他不忙着到观众席去，可见他对我们的表演不满意。等我们问到他这一点的时候，他却完全出乎我们意外地说：

"您听我说，易卜生算不得剧作家！"

康·斯坦尼斯拉夫斯基：《在莫斯科艺术剧院中的安·巴·契诃夫》，见《同时代人回忆录中的契诃夫》，国家文学出版社，莫斯科，1954年，第363页。

他非常不喜欢易卜生，可是非常喜欢霍普特曼。当时剧院正在排演《米卡艾尔·克拉美尔》，安东·巴甫洛维奇聚精会神地看它。

康·斯坦尼斯拉夫斯基：《在莫斯科艺术剧院中的

安·巴·契诃夫》，见《同时代人回忆录中的契诃夫》，国家文学出版社，莫斯科，1954 年，第 375 页。

……他不知疲倦地说到《孤独者》①是一个多么精彩的作品。

康·斯坦尼斯拉夫斯基:《在莫斯科艺术剧院中的安·巴·契诃夫》，见《同时代人回忆录中的契诃夫》，国家文学出版社，莫斯科，1954 年，第 366 页。

---

① 霍普特曼剧本。

反对颓废派

"现在大家都写得很好，坏作家根本没有了，"他用坚决的口气说。"也就因为这个缘故，要想成名就难得多了。您知道这种变化是谁造成的吗？是莫泊桑。他作为语言的艺术家，向作家们提出了极大的要求，弄得他们再也不能按旧方法写作了。您现在试着把几篇我们的古典作品重读一遍，比方把彼谢木斯基或者奥斯特洛夫斯基的作品重读一下，是啊，您只要照这样试一试，就会看出来那都是些多么陈旧的老套头了。另一方面，拿我们的颓废派来说，他们只是装得病态和疯癫罢了——他们都是结实的大汉。不过在写作方面他们倒是能手。"

亚·库普林：《悼念契诃夫》，见《同时代人回忆录中的契诃夫》，国家文学出版社，莫斯科，1954 年，第 520 页到第 521 页。

"颓废派是根本就没有的，过去没有，现在也没有。"契诃夫毫不留情地驳斥我。"您在哪儿找到他们的？……在法国有莫泊桑，在我们这儿，我开始写短小的小说——文学的新潮流就是这样。至于颓废派，《新时报》上的观察者①把他们大骂一顿，他们反倒高兴了。……他们是骗子，不是颓废派！他们贩卖腐烂的货色。……宗教、神秘主义、种种恶作剧！俄罗斯农民素来不信宗教，农民早已把魔鬼藏到浴棚里的椅子底下去了。这都是他们故意想出来愚弄读者的。您不要相信他们。他们的腿根本不是'苍白的'②，而是跟大家一样毛茸茸的。"

亚·谢烈勃罗夫（季洪诺夫）：《关于契诃夫》，见《同时代人回忆录中的契诃夫》，国家文学出版社，莫斯科，1954年，第560页。

"不，所有这些莫斯科的新艺术③都是胡闹，"他说。"我想起在达冈罗格的时候看见过一个招牌：'人工矿泉水商店'。这种艺术跟它一样。只有有才能的东西才是新的，有才能的就是新的。"

伊·布宁：《契诃夫》，见《同时代人回忆录中的契诃夫》，国家文学出版社，莫斯科，1954年，第482页。

……他谈到莱蒙托夫的《帆》的时候，多么热烈啊！

---

① 瓦·瓦·罗扎诺夫的笔名。
② 这儿指的是瓦·雅·勃柳索夫的诗，它只有一行："啊，把你那苍白的腿盖上吧。"
③ "莫斯科的新艺术"是指团结在"蝎子"出版社四周的一些象征派文学工作者。

"这篇诗抵得过巴尔蒙特和乌烈尼乌斯以及他们的全部作品。"有一回他说。

"哪一个乌烈尼乌斯?"我问。

"难道没有这样一个诗人吗?"

"那么,他叫乌普利吉乌斯[①],"他认真地说。"他们多半住在敖德萨。在那儿,他们认为全世界最有诗意的地方是尼古拉耶夫斯基大街:有海,有咖啡馆,有音乐,有种种方便——随时可以擦皮鞋。"

伊·布宁:《摘自笔记本》,见《同时代人回忆录中的契诃夫》,国家文学出版社,莫斯科,1954年,第487页。

"一般地说,我不属于任何阵营。……当然,我对进步文学的代表们怀着深深的敬意。……可是有许多疯疯癫癫的自由主义者钻进这个队伍里去了。……他们没有真诚的信念,没有灵魂,更要紧的是没有一点才能的影子。……"

西格:《契诃夫(根据个人的回忆)》,见《敖德萨新闻》,1904年,第6357号。

……我们谈到当代的文学。

---

① "乌烈尼乌斯"和"乌普利吉乌斯"是契诃夫用来讥诮象征派的。

"我们的批评家老是喊叫文学的贫乏。……他们总是这一套老年人的唠唠叨叨，别的就没有了。……其实相反，现在出现了许多有才能的青年作家。我们用不着唉声叹气。"

安东·巴甫洛维奇热烈地谈到高尔基、安德列耶夫、库普林，谈到文学中的新潮流。他对颓废派作家采取否定态度，说他们虚伪地装腔作势，毫无意义地模仿外国作家：

"他们在俄罗斯文学中上不着天，下不着地。他们没有未来，也没有过去。……他们，这些俄罗斯的梅特林克，是些悬在半空中的人。……不过他们不久就会完事，写不下去的。可是高尔基、安德列耶夫、库普林，却会在文学史上留存。他们的作品会长久被人阅读。"

叶·卡尔波夫：《跟契诃夫的最后两次会晤》，见《皇家剧院年鉴》，1909年，第5版，第8页。

论批评家

"……只因为我们这个时代没有好批评家，许多有益于文明的东西和许多优美的艺术作品，就埋没了。"

米·巴·契诃夫:《在契诃夫的周围》，科学院出版社，莫斯科及列宁格勒，1933年，第193页。

……有一回有人在他面前埋怨大杂志上那些"严肃的"文章乏味而沉闷。

"可是您不要去读那些文章，"安东·巴甫洛维奇肯定地劝告说。"这是朋友文学……同人文学。这是由红先生、黑先生、白先生写出来的。一个人写出一篇论文来，另一个就驳他，第三个来调停前两个的冲突。这好比他们三缺一而玩文特①一样。至于读者是不是需要这类文章，他们从来也不同一问自己。"

马·高尔基:《安·巴·契诃夫》，见《同时代人回忆录中的契诃夫》，国家文学出版社，莫斯科，1954年，第462页。

---

① "文特"是一种牌戏，需四个人才能玩。

"批评家好比马虻，专门搅扰马耕田，"他说，露出他那聪明的笑容。"马在工作，全身筋肉像大提琴上的弦那样拉紧，这时候一只马虻飞到马屁股上来，弄得它发痒，还嗡嗡地叫。马只好皱起身上的皮，摇尾巴。它嗡嗡地叫些什么呢？它自己也未必明白。这纯粹是因为它有一种不安定的性格，而且想表现自己，仿佛在说：'我也活在这世界上啊！您看，我甚至能嗡嗡地叫，对样样事都能嗡嗡地叫几声！二十五年来我不断读到对我的小说的批评，却连一个有价值的指示也记不得，一句善意的劝告也没听到过。"

马·高尔基：《安·巴·契诃夫》，见《同时代人回忆录中的契诃夫》，国家文学出版社，莫斯科，1954年，第463页。

关于定期刊物的意见

"请问，安东·巴甫洛维奇，难道您不满意您现在的文学工作吗？"

"不是这样的。……一般说来，任何人在任何时候对任何事情都不会满意。这是跟世界一样永恒的定律。人总觉着从来也没说出想说的话，从来也没说完想说的话。桂冠和成就不会给您那种您所盼望的满足。……不过我说的根本不是这些。……我本来讲的是报纸工作。……您要知道，这种工作比广义的文学工作，例如，比小说写作更能吸引人。小说家、剧作家、艺术家，都不可能经历到那种在斗争时候一定会经历到的、美妙的兴奋感觉。……各种激动都有各自的快乐。各种斗争也一样。就连'为斗争而斗争'也一样。你们，报纸写稿人，常有机会看见自己的斗争的直接结果。……这种快乐就连最杰出的作家也不会经历到。……"

西格：《契诃夫（根据个人的回忆）》，见《敖德萨新闻》，1904 年，第 6354 号。

"他们老是提《新时报》[①]！不过要知道，这儿也可以有这样的打算。……一份报纸拥有五万个读者；我不是说《新时报》，而是说一般的报纸。对这五万个、四万个、三万个读者来说，在副刊上读一篇我的没有害处的五百行文字，远比读五百行有害的文字有益得多——如果我不给他们写稿，另外那五百行有害的文字就会在副刊上发表的。这道理其实很明白！因此，每一家报纸只要约我写稿，我就一定给它写。……"

亚·格鲁津斯基：《关于契诃夫：片段的回忆》，见《俄罗斯真理》，1904 年，第 99 号。

另一回，安东·巴甫洛维奇又谈到报刊工作者：

"现在报刊工作者完全不同了。首先，他们成了家，住下来，跟一切城里人一样。这对他们的工作起了很有害的作用。报刊工作者得完全自由，各处都去，去掉一切旧习气和小市民式的道德。如果必要的话，不妨在码头上，在什么地方的小船上，在草原上过夜，到娼寮盗窟去访问，因为到处都是人，报刊工作者得熟悉他们，为此就必须研究他们。报刊工作者得往下走，到地下室去，因为那儿住着无家无业的人或者犯罪的人；他也得往上走，到社会的高处去。可是我们却有种种旧想法：这样做不方便，那样做又不合章法。"

---

①《新时报》是苏沃林主办的一份反动报纸，米哈依洛夫斯基责备契诃夫不该为它写稿。

"不过这是为什么呢？要知道，一切事情都已经为大家所熟悉，也描写过了。"

"人们写得很少。每一回您都会发现一点新东西的。……"

达冈罗格的席勒：《回忆安·巴·契诃夫》，见《近亚速夫海州》，1904 年，第 182 号。

"……为拥有广大读者的报纸写稿的工作是一种很有成效的、很吸引人的文学工作。……"

西格：《契诃夫（根据个人的回忆）》，见《敖德萨新闻》。1904 年，第 6354 号。

……他从没抛弃过参加报纸工作的渴望，至少在他一生的最后十年中是这样。

"该办一份便宜的报纸，报价是四个卢布一年。这样的报纸是需要的。"

"办一份人民的报纸吗？"

"什么叫作'人民的'？我们都是人民。不是办人民的报纸，而是办大家都能看懂的报纸：农民能看，三等文官也能看，任什么人都能看。眼前就有个榜样：《万人杂志》。这份杂志办得挺好，人人都看，这才是真正的人民杂志。不应该办专门的人民杂志。要知道，我也是从人民中间来的，不瞒您说，我的爷爷就是一个普通农民。可是话说回来，我就是不想看那种专门的‘人民的’杂志。"

弗·叶尔米洛夫：《契诃夫的光辉的纪念（根据我的回忆）》，见《舞台与生活》，1909 年，第 15-28 期，第 455 页。

杂 项

……安东·巴甫洛维奇在这时候喜欢谈文学，喜欢反复说我们大家都应该写，写，写得尽量多。"我们同心协力，也许就会写出点什么来。"

弗·季洪诺夫：《安东·巴甫洛维奇·契诃夫》，见《关于契诃夫：回忆和论文》，莫斯科，1910年，第227页。

他钦佩托尔斯泰，把他跟另外一切作家完全分别开来。在他那时代的文学中，他发现许多有才能的作家，同时又发现作品中的人物千篇一律。有一回他表白了他这种意见，说当代的作家不善于描写人物，实际上大多数俄罗斯作家各写一个人物，少数作家写两个，只有很少几个作家（他的同辈）才写三个人物。这些人物化了装，在许多小说里换上不同的性别、年龄、官阶、环境。不过，契诃夫说，一般说来不应该抱怨我们现代文学贫乏（应当说明：在九十年代就跟现在一样，各处都纷纷抱怨："现在我们的文学多么贫乏啊，比方说在七十年代那是什么样子：有屠格涅夫，有陀思妥耶夫斯基，有民粹派作家！"）——"不可以凭一两年的情形来评断文学，"安东·巴甫洛维奇说，"抱怨文学贫乏的这类牢骚是素来就有，将来也会有的，可是如果凭十年到十五年的发展情形来看文学，那它就显得丰富了。"

木·尔：《在九十年代的安·巴·契诃夫（根据个人的回忆）》，见《土耳克斯坦新闻》，1910年，第47号。

"比喻、特征、细节、风景等是不必记下来的——在需用的时候它们得自动出现才成。可是单独的一件事、少见的姓氏、专门名词等却得记在本子上，要不然就会忘记、散失了。"

亚·库普林：《悼念契诃夫》，见《同时代人回忆录中的契诃夫》，国家文学出版社，莫斯科，1954年，第520页。

人名索引

三 画

马克思，卡尔 （1818—1883），国际无产阶级革命运动的领袖，马克思主义的奠基人。

四 画

巴尔明，里奥多尔·伊凡诺维奇 （1841—1891），俄罗斯诗人，《火星》和《花絮》的撰稿人。

巴兰采维奇·卡齐米尔·斯坦尼斯拉沃维奇 （1851—1927），俄罗斯作家，写小说。

巴卡洛维奇 （1857—？），俄罗斯艺术家。

巴雷谢夫，伊凡·伊凡诺维奇 （1854—1911），俄罗斯幽默杂志撰稿人，笔名米亚斯尼茨基。

巴尔木 俄罗斯剧作家。

巴丘希科夫，费多尔·德米特利耶维奇 （1857—1920），俄罗斯教授、文学史家、批评家，《上帝的世界》杂志的主编。

巴尔蒙特，康斯坦丁·德米特利耶维奇 （1867—1942），俄罗斯诗人。

巴热诺夫，尼古拉·尼古拉耶维奇 （1857—1923），俄罗斯医师、精神病学家。

巴布林 （即纳依坚诺夫）。

戈尔采夫，维克多·亚历山德罗维奇 （1850—1906），俄罗斯政论家，《俄罗斯思想》杂志的主编。

戈洛赫瓦斯托娃，奥尔迦·安德列芙娜 （？—1894），俄罗斯女剧作家。

戈尔布诺夫，伊凡·费多罗维奇 （1831—1895），俄罗斯作家、演员。

戈尔布诺夫－波沙多夫，伊凡·伊凡诺维奇 （1864—1940），俄罗斯作家、教师、列·托尔斯泰学说的信奉者、"媒介"出版社主持人。

戈斯拉夫斯基，叶甫根尼·彼德罗维奇 （1861—1917），俄罗斯作家，写小说和剧本。

戈列尼谢夫－库图索夫，阿尔塞尼·阿尔卡列维奇 （1848—1913），俄罗斯诗人。

戈罗杰茨基，德·木 雅尔塔出版商和书商。

戈烈洛夫，伊凡·尼古拉耶维奇 （1849—1925），俄罗斯戏剧演员，艺名弗拉基米尔·尼古拉耶维奇·达维多夫。

瓦尔拉莫夫，康斯坦丁·亚历山德罗维奇 （1848—1915），俄罗斯亚历山大剧院演员。

瓦西列夫斯基，尼波里特·费多罗维奇 （1850—1920），俄罗斯作家，写小品文，《蜻蜓》杂志的主编，笔名布克瓦。

瓦格涅尔，尼古拉·彼得罗维奇 （1829—1907），俄罗斯动物学家、作家。

瓦连契诺夫 俄罗斯柯尔希剧院演员。

瓦西列娃，奥尔迦·罗吉奥诺美娜 契诃夫的朋友．曾将契诃夫的一部分小说译成英文。

瓦斯涅佐夫，维克多尔·米哈依洛维奇 （1848—1926），俄罗斯艺术家。

比里宾，维克托尔·维克托罗维奇 （1859—1908），俄罗斯幽默作家，笔名格莱克。

比比科夫，维克托尔·伊凡诺维奇 （1863—1892），俄罗斯小说家。

比龙，艾尔恩斯特·姚加恩 （1690—1772），俄罗斯女王安娜·姚阿诺芙娜的宠臣，在她做女王时期实际统治俄罗斯。

扎哈林，格利果利·安东诺维奇 （1829—1897），俄罗斯内科医师。

扎克列夫斯基 俄罗斯记者，《新闻报》撰稿人。

尤希凯维奇，谢敏·索洛莫诺维奇 （1868—1927），俄罗斯作家。

丹尼洛夫 （即福利别斯）。

木·尔（M.л），不详。

尤仁 （即苏木巴托夫 - 尤仁）。

贝科夫，彼得·瓦西列维奇 （1843—1930），俄罗斯诗人、批评家、书目提要编纂者、众多期刊主编。

贝尔纳尔　法国喜剧女演员。

车尔尼雷夫斯基，尼古拉·加夫利洛维奇　（1828—1889），俄罗斯批评家、社会活动家。

冈察洛夫，伊凡·亚历山德罗维奇　（1812—1891），俄罗斯作家。

韦坚斯基，阿尔塞尼·伊凡诺维奇　（1844—1906），俄罗斯批评家，文学史家，笔名玛利斯塔尔霍夫。

韦英别尔格，彼得·伊萨耶维奇　（1831—1908），俄罗斯文学史家、诗人、翻译家。

韦捷尔　不详。

乌斯宾斯基，格烈勃·伊凡诺维奇　（1840—1902），俄罗斯作家。

五　画

布列宁，维克托尔·彼得罗维奇　（1841—1926），俄罗斯反动的批评家和记者，主要为《新时报》撰稿。

布朗热，巴威尔·亚历山德罗维奇　（1864—1925），俄罗斯工程师，列夫·托尔斯泰的学说的信奉者。

布尔热，保尔　（1852—1935），法国反动作家。

布克尔，亨利　（1821—1861），英国历史学家。

布宁，伊凡·阿历克塞耶维奇　（1870—1953），俄罗斯作家，诗人。

布尔德查洛夫，盖奥尔吉·谢尔盖耶维奇 （1869—1924），俄罗斯莫斯科艺术剧院的演员。

布克瓦（即瓦西列夫斯基）。

布德凯维奇，拜达里雅·安东诺芙娜 俄罗斯内地的女演员。

包特金，谢尔盖·彼得罗雏奇 （1832—1889），俄罗斯医学界临床学奠基人之一。

包包，彼尔 （即包包雷金）。

包包雷金，彼得·德米特利耶维奇 （1836—1921），俄罗斯小说家。

包罗兹季娜 俄罗斯柯尔希剧院的女演员。

包尔盖西，巴尔托洛米奥 （1781—1860），意大利古币学家。

卡尔波夫，叶甫契希·巴甫洛维奇 （1859—1926），俄罗斯作家、导演。

卡特科夫，米哈依尔·尼基弗罗维奇 （1818—1887），俄罗斯反动的政论家，《俄罗斯通报》杂志的主编。

卡恰洛夫，瓦西里·伊凡诺维奇 （1875—1948），俄罗斯莫斯科艺术剧院的演员。

卡尔德隆，彼得罗 （1600—1681），西班牙刷作家。

叶若夫，尼古拉·米哈依洛维奇 （1862—1942），俄罗斯作家、记者。

叶甫列伊诺娃，安娜·米哈依洛芙娜 （1844—?），俄罗斯《北方通报》杂志的主编兼发行人。

叶尔莫洛娃，玛丽雅·尼古拉耶芙娜 （1853—1928），俄罗斯莫斯科小剧院的女演员。

叶尔巴捷夫斯基，谢尔盖·亚科夫列维奇 （1854—1933），俄罗斯作家、医师、社会活动家。

叶尔米洛夫，符拉基米尔·叶甫格拉福维奇 教育家。

安东宁，玛尔克·阿甫烈里 罗马皇帝（160—181）。

安德列耶青斯基，谢尔盖·阿尔卡杰维奇 （1847—1918）。俄罗斯诗人、法学家、犯罪学家。

安托科尔斯基，玛尔克·玛特维耶维奇 （1843—1902），俄罗斯雕刻家。

安徒生，汉斯·克里斯显 （1805—1875），丹麦儿童文学作家。

安德列耶夫，列昂尼德·尼古拉耶维奇（1871—1919），俄罗斯作家。

安娜·米哈依洛芙娜 （见叶甫列伊诺娃）。

加勃留，艾密尔 （1833—1873），法国作家，写侦探小说。

加里莱，加利留 （1564—1642），意大利天文学家、物理学家。

加尔欣，叶甫根尼·米哈依洛维奇（1860—?），俄罗斯批评家，记者，教师。

加陵 – 米哈依洛夫斯基 （1852—1906），俄罗斯作家，工程师。

尼古拉耶夫 （即库里科夫）。

尼采 （1844—1900），德国哲学家。

艾尔捷尔，亚历山大·伊凡诺维奇 （1855—1908），俄罗斯小说家。

艾木彼朵科尔 （纪元前 490—430），希腊哲学家，唯物主义者。

艾福罗斯，尼古拉·叶菲莫维奇 （1867—1923），俄罗斯戏剧批评家，记者。

艾克尔曼，姚冈·彼得 （1792—1854），德国作家，歌德的秘书。

卢果沃依 （即阿·亚·季洪诺夫）。

卢日斯基，瓦西里·瓦西列维奇 （1869—1931），俄罗斯莫斯科艺术剧院的演员。

卢纳恰尔斯基，安纳托里·瓦西列维奇 （1875—1933），前苏联批评家，社会活动家。

皮罗果夫，尼古拉·伊凡诺维奇 （1810—1881），俄罗斯外科医师，解剖学家，教师，社会活动家。

皮沙列夫，德米特里·伊凡诺维奇 （1840—1868），俄罗斯批评家，教育学家。

古列维奇，柳包芙·雅科芙列芙娜 （1866—1940），俄罗斯女作家、批评家、翻译家；自 1891 年起到 1898 年止任《北方通报》的主编。

古谢夫－奥连布尔斯基，谢尔盖·伊凡诺维奇 （1867—？），俄罗斯作家。

左拉，艾密尔 （1840—1902），法国作家。

司托，比切尔 （1811—1896），美国女作家，她的代表作是《汤姆叔叔的小屋》。

切尔温斯基，费多尔·阿历克塞耶维奇 （1864—？），俄罗斯诗人、小说家。

尔沃夫－罗加切甫斯基 （即罗加切甫斯基）。

古尔梁德，伊里亚·亚科夫列维奇 俄罗斯文学家，笔名阿尔斯。

切尔尼果威茨 （即维希涅夫斯基，费·弗）。

六 画

列依金，尼古拉·亚历山德罗维奇 （1841—1906），俄罗斯幽默作家，《花絮》杂志的主编。

列昂捷夫，伊凡·列昂捷维奇 （1855—1911），俄罗斯小说家、剧作家，笔名伊凡·谢格洛夫。

列曼，安纳托里·伊凡诺维奇 （1859—1913），俄罗斯记者、文学工作者。

列宾，伊里亚·叶菲莫维奇 （1844—1930），俄罗斯现实主义画家。

列维丹，伊萨克·伊里奇 （1861—1900），俄罗斯风景画家。

列斯科夫，尼古拉·谢敏诺维奇 （1831—1865），俄罗斯作家。

列昂尼多夫，列昂尼德·米罗诺维奇 （1873—1941），俄罗斯莫斯科艺术剧院的演员。

托罗，亨利 （1817—1862），美国作家。

托尔斯泰，列夫·尼古拉耶维奇 （1828—1910），俄罗斯现实主义作家。

米哈依洛夫 （即席勒—米哈依洛夫）。

米哈依洛夫斯基，尼古拉·康斯坦丁诺维奇 （1842—1904），俄罗斯批评家、政论家、民粹派思想家。

米赫涅维奇，弗拉基米尔·奥西波维奇 （1841—1899），俄罗斯记者，《交易所新闻》报的撰稿人。

米克路霍–玛克拉依，尼古拉·尼古拉耶维奇 （1846—1888），俄罗斯学者、旅行家。

米亚斯尼茨基 （即巴雷谢夫）。

米罗夫 （即米罗留包夫）。

米罗留包夫，维克托尔·谢尔盖耶维奇 （1860—1939），俄罗斯记者，《万人杂志》的主编兼发行人。

达契谢夫，谢尔盖·斯皮利多诺维奇 （1848—1906），俄罗斯历史学家、政论家。

达堆多夫，弗拉基米尔·尼古拉耶维奇 （即戈烈洛夫）。

达尔玛托夫，瓦西里·潘捷列莫诺罗奇 （1845—1912），俄罗斯剧作家，演员。

达尔斯基（普萨良），米哈依尔·叶果罗维奇 俄罗斯演员和导演。

达维多夫，坚尼斯·瓦西列维奇 （1784—1839），俄罗斯诗人，曾参加 1812 年卫国战争。

达拉霍夫斯基，阿卜拉木·包利索维奇 俄罗斯记者，报纸《达冈罗格通报》的主编，笔名"达冈罗格的席勒"及"达罗夫"。

达冈罗格的席勒（即达拉霍夫斯基）。

达里，弗拉基米尔·伊凡诺维奇 （1801—1872），《俄语太辞典》的编纂者。

伊凡谱夫，米哈依尔·米哈依洛维奇 （1848—1927），俄罗斯作曲家，《新时报》的音乐批评家。（他曾著文称赞他所编的歌剧的上演。）

伊格纳托夫，伊里亚·尼古拉耶维奇 （1858—？），俄罗斯记者。

西纳尼，伊萨克·阿卜拉莫维奇 （？—1917），雅尔塔书店的主人。

西格 不详。

吉里亚罗夫斯基，弗拉基米尔·阿历克塞耶维奇 （1853—1953），俄罗斯作家，记者。

托尔斯泰，阿历克塞·尼古拉耶维奇 （1882—1945），苏联小说家。

仲马，亚历山大 （1803—1870），法国作家。

考列求 （1489—1534），意大利文艺复兴时期的画家。

伏尔泰 （1694—1778），法国著名作家。

吉里亚依 （见吉里亚罗夫斯基）。

西格玛 俄罗斯小说家和《新时报》撰稿人绥罗米亚特尼科夫的笔名。

西莫夫，维克托尔·安德烈耶维奇 （1858—1935），俄罗斯画家，莫斯科艺术剧院布景家。

亚辛斯基，叶罗尼木·叶罗尼莫维奇 （1850—1930），俄罗斯小说家、记者，笔名玛克辛·别林斯基。

亚尔采夫，格利果利·费多罗维奇 （？—1918），雅尔塔画家。

亚历山德罗夫，维克托尔·亚历山德罗维奇 （1838—1906），俄罗斯剧作家，笔名维·克雷洛夫。

夹鼻眼镜 （基塞列娃的笔名。）

七　画

克尼碧尔，奥尔迦·里昂纳尔多芙娜 （1870—1959），莫斯科艺术剧院的女演员，安东·契诃夫的妻子。

克拉木斯科依，伊凡·尼古拉耶维奇 （1837—1887），俄罗斯画家。

克拉索芙斯卡雅，叶丽莎威达·福明尼奇娜 （1822—1898），俄罗斯柯尔希剧院的女演员。

克雷洛夫，伊凡·安德列耶维奇 （1768—1844），俄罗斯寓言家。

克雷洛夫（即亚历山德罗夫）。

克拉宪尼科夫，尼古拉·亚历山德罗维奇（1878—1941），俄罗斯作家。

克列斯托甫斯基，弗塞沃洛德·弗拉基米罗维奇（1840—1895），俄罗斯作家。

克列斯托芙斯卡雅，玛丽亚·弗塞沃洛多美娜（1862—1910），俄罗斯女作家、演员。

苏格拉底 （纪元前第五世纪到第四世纪），希腊哲学家。

苏木巴托夫－尤仁，亚历山大·伊凡诺维 （1857—1927），俄罗斯剧作家，小剧院的演员。

苏列尔席茨基，列奥波尔德·安东诺维奇（1872—1916），俄罗斯文学工作者、艺术家、戏剧教师。

苏沃林，阿历克塞·谢尔盖伊奇 （1834—1912），俄罗斯作家、剧作家，反动的《新时报》的发行人。

苏沃林，瓦西里 阿历克塞·苏沃林的儿子。

别热茨基 （即玛斯洛夫）。

别洛乌索夫，伊凡·阿历克塞耶雅维奇（1863—1929），俄罗斯诗人、翻译家。

别林斯基，维萨里昂·格利果列维奇 （1811—1848），俄罗斯批评家。

别尔恩松，别尔恩斯捷尔涅 （1832—1910），挪威作家，社会活动家。

别尔涅，卡尔·留德维格（1786—1837），德国政论家。

希巴仁斯基，伊渡里特·瓦西列维奇（1844—1917），俄罗斯剧作家。

希米特果夫，艾威林娜　俄罗斯内地的女演员。

希什金，伊凡·伊凡诺维奇（1832—1898），俄罗斯画家。

希里亚夫　德国作家。

沙佳罗娃，叶连娜·米哈依洛芙娜（1864—1932），俄罗斯女作家。

李文格斯统，大卫（1813—1873），英国的非洲旅行家。

沃益达（即拉梅）。

纳德松，谢敏·亚科夫列维奇（1862—1887），俄罗斯诗人。

纳克罗兴，普罗科菲·叶果罗维奇（1850—1903），俄罗斯小说家。

纳乌莫夫，阿历克塞·阿瓦库莫维奇（1840—1895），俄罗斯画家。

纳依坚诺夫，谢尔盖·亚历山德罗维奇（1869—1922），俄罗斯剧作家，笔名阿历克塞耶夫。

库拉科夫，A.　《花絮》杂志的撰稿人。

库普林，亚历山大·伊凡诺维奇（1870—1938），俄罗斯作家。

库盖尔，亚历山大·拉方洛维奇（1863—1928），俄罗斯批

504

评家，笔名 HoMonovus。

连斯基，亚历山大·巴甫洛维奇（1847—1908），俄罗斯小剧院的演员。

连斯卡雅，莉季雅·尼古拉耶芙娜　俄罗斯小剧院演员连斯基的妻子。

玛斯洛夫，阿历克塞·尼古拉耶维奇（1852—？），俄罗斯小说家、剧作家。

玛奇捷特，格利果利·亚历山德罗维奇（1852—1901），俄罗斯作家。

玛尔思特德国女作家叶甫根尼·姚恩（1825—1887）的笔名。

马尔克思，阿道尔夫·费多罗维奇（1838—1904），俄罗斯出版商。

玛卡利，米哈依尔·彼得罗维奇（1816—1882），莫斯科总主教、神学家、教会史家。

玛玛伊（？—1380），鞑靼的可汗，后被德米特里大公击败。

玛尔霍尔木　瑞典女作家拉乌拉·汉松（1854—1928）的笔名。

玛明－西比童亚竟，德米特里·纳尔基索维奇（1852—1912），俄罗斯作家。

玛克西莫夫，谢尔盖·瓦西列维奇（1831—1901），俄罗斯作家、人种志学家。

玛蒙托夫，萨瓦·伊凡诺维奇 （1842—1918），俄罗斯大工业家，莫斯科私立歌剧院的创办人。

八　画

阿尔包夫，米哈依尔·尼洛维奇 （1851—1911），俄罗斯作家，《北方通报》的主编。

阿利斯塔尔霍夫（即韦坚斯基）。

阿基米德 （纪元前 287—212），希腊数学家。

阿维洛娃，丽丽雅·阿历克塞耶芙娜 （1865—1942）俄罗斯女作家。

阿拉克切耶夫，阿历克塞·安德列耶维奇（1769—1834），俄罗斯沙皇政府的军事大臣。

阿木菲捷阿特罗夫，亚历山大·瓦连契诺维奇 （1862—1923），俄罗斯记者、作家。

阿尔古青斯基—多尔戈鲁科夫，弗拉基米尔·尼古拉耶维奇：俄罗斯公爵，业余文学工作者。

阿历克塞耶夫，康·谢 （即斯坦尼斯拉夫斯基）。

阿历克塞耶夫 （即纳依坚诺夫）。

阿尔捷木 （阿尔捷米耶夫），亚历山大·罗焦诺维奇(1842—1914)，俄罗斯莫斯科艺术剧院的演员。

阿历克塞耶娃 （即莉莉娜）。

阿尔斯 （即古尔梁德）。

阿加福波德·叶津尼冲　（亚历山大·契诃夫的一个笔名）。

阿尔特舒列尔，伊萨克·纳乌莫维奇　（1870—1943），雅尔塔医师，为契诃夫诊过病。

阿列克辛，亚历山大·尼古拉耶维奇　（1863—1923），俄罗斯医师，契诃夫住雅尔塔时往还甚密。

阿克沙科夫，谢尔盖·季莫菲耶维奇　（1791—1859），俄罗斯作家。

波尔菲列夫　俄罗斯漫画家，《花絮》杂志撰稿人。

波隆斯基，亚科甫·彼得罗维奇　（1820—1898），俄罗斯诗人。

波米亚洛夫斯基，尼古拉·盖拉西莫维奇　（1835—1863），俄罗斯作家。

波波娃，安娜斯达霞·尼古拉耶芙娜　彼得堡医师。

波捷木金，格利果里·亚历山德罗维奇　（1739—1791），俄罗斯国务人员、元帅，女王叶卡捷林娜二世的宠臣。

波塔潘科，伊格纳契·尼古拉耶维奇　（1856—1929），俄罗斯作家。

波捷兴，阿历克塞·安契波维奇（1829—1903），俄罗斯剧作家、小说家。

波塞，弗拉基米尔·亚历山德罗维奇　（1864—1940），俄罗斯记者、社会活动家，早期合法马克思主义者刊物《新文字》和《生活》的主编。

波林诺夫斯基，米哈依尔·包利索维奇　俄罗斯记者、文学工作者。

波建茨，维尔盖尔木 德国作家。

彼希柯夫 （高尔基的本姓）。

彼谢术斯基，阿历克塞·费奥菲拉克托维奇 （1820—1881），俄罗斯作家。

彼得堡人 （即苏沃林）。

彼得罗夫，维克托·亚历山德罗维奇 俄罗斯上校军官，经契诃夫邀请而在莫斯科艺术剧院排演《三姊妹》时担任化装顾问。

波得罗甫斯基，安德烈·伊凡诺维奇 俄罗斯律师、记者。

波得罗夫，斯·加 （见斯基达列茨）。

波尔伏兴 （1870—?），不详。

拉梅，玛丽·鲁易丝·德·拉 （1839—1908），英国女作家，笔名沃益达。

拉多日斯基 （即彼捷尔森）。

拉甫罗夫，伏科尔·米哈依洛维奇 （1852—1912），俄罗斯杂志《俄罗斯思想》的主编兼发行人。

拉扎烈夫—格鲁津斯基，亚历山大·谢敏诺维奇 （3861—1927），俄罗斯小说家、剧作家。

拉扎列夫斯基，包利斯·亚历山德罗维奇 （1871—1919），俄罗斯作家。

拉特加乌兹，丹尼尔·马克西莫维奇 1868—?），俄罗斯诗人。

拉迪任斯基，弗拉基米尔·尼古拉耶维奇 （1859—1933），俄罗斯诗人，小说家，地方自治的活动家。

杰德洛夫–基根 （即基根–杰德洛夫）。

梅列日科夫斯基，德米特里·谢尔盖伊奇 （1865—1914），俄罗斯反动的作家。

美耶尔荷尔德，符塞沃洛德·艾米列维奇 （1874—？），莫斯科艺术剧院的演员。

梅尔彼尔特，亚科甫·谢敏诺维奇 俄罗斯学者，在巴黎讲授俄罗斯文学，翻译家。

梅谢尔斯基，弗拉基米尔·彼得罗维奇 （1839—？），俄罗斯记者、小说家。

罗德，艾杜阿尔德 （1857—1910），法国作家。

罗扎诺夫，瓦西里·瓦西列维奇 （1856—1919），俄罗斯唯心主义哲学家，批评家，政论家，《新时报》的撰稿人。

罗哈诺娃 俄罗斯莫斯科艺术剧院的女演员。

罗索里莫，格利果利·伊凡诺维奇 （1860—1928），俄罗斯神经病理学教授，曾与契诃夫在莫斯科大学同学。

罗希，坚尼斯 法国作家，契诃夫小说的翻译者。

罗加切甫斯基，瓦西里·尔，尔沃维奇 （1874—1930），俄罗斯批评家，笔名尔沃夫–罗加切甫斯基。

季斯捷尔洛，P. A. 俄罗斯批评家。

季霍米罗夫，姚西甫·亚历山德罗维奇 （？—1908），俄罗斯莫斯科艺术剧院的演员。

季洪诺夫，弗拉基米尔·阿历克塞耶维奇　（1857—1914），俄罗斯小说家、剧作家。

季洪诺夫，阿历克塞·阿历克塞耶维奇　（1853—1914），俄罗斯小说家，笔名卢果沃依。

季洪诺夫，亚历山大·尼古拉耶维奇　（即谢烈勃罗夫）。

季木科甫斯基，尼古拉·伊凡诺维奇　（1863—1922），俄罗斯小说家、剧作家。

季霍米罗夫，列夫·亚历山德罗维奇　（1850—1923），俄罗斯民粹派的叛徒。

陀思妥耶夫斯基，费多尔·米哈依洛夫斯基　（1821—1881），俄罗斯作家。

陀尔任科，阿历克塞·阿历克塞耶维奇　（1866—1942），契诃夫的表弟。

林特瓦烈夫，巴威尔·米哈依洛维奇　契诃夫的朋友，地方自治会的工作者。

林特瓦烈娃，叶连娜·米哈依洛芙娜　俄罗斯医师。

易卜生，亨利·姚冈（1828—1906）。

雨果，维克托尔　（1802—1885），法国作家。

居民　（佳科夫的笔名）。

佳科夫，亚历山大·亚历山德罗维奇　（1845—1895），俄罗斯的反动记者，《新时报》的撰稿人，笔名居民。

迦尔洵，符塞沃洛德·米哈依洛维奇　（1855—1888），俄罗斯作家。

果戈理，尼古拉·瓦西列维奇 （1809—1852），俄罗斯作家。

九　画

契诃夫，亚历山大·巴甫洛维奇 （1855—1913），安东·契诃夫的哥哥，记者、作家。

契诃夫，米哈依尔·巴甫洛维奇 （1865—1936），安东·契诃夫的弟弟，文学工作者。

契诃娃，玛丽雅·巴甫洛美娜 （1863—1957），安东·契诃夫的妹妹，契诃夫博物馆的馆长。

契诃夫·盖奥尔吉·米特罗方诺维寄　安东·契诃夫的表哥。

契利科夫，叶甫根尼·尼古拉耶维奇 （1864—1932），俄罗斯小说家，剧作家。

契齐安，威切里奥 （1477—1576），意大利画家。

柯罗连科，弗拉基米尔·加拉克契奥昂诺维奇 （1853—1921），俄罗斯作家。

柯切托夫，叶甫根尼·尔沃维奇 （1845—1905），俄罗斯记者，《新时报》撰稿人。

柯尔希·费多尔·阿达莫维奇 （1852—1921），莫斯科一家私人剧院的创办人。

柯尼，安纳托里·费多罗维奇 （1844—1927），俄罗斯自由主义的法律工作者，政论家。

柯谢娃　俄罗斯柯尔希剧院的女演员。

柯诺维采尔，叶菲木·齐诺威维奇　俄罗斯律师。

柯尔索夫　契诃夫作品的翻译者。

柯罗包夫，尼古拉·伊凡诺维奇　俄罗斯医师，曾与契诃夫在莫斯科大学同学。

柯尔涅耶夫，亚科甫·阿历克塞耶维奇　俄罗斯医师，在莫斯科郊外有私人房屋，契诃夫全家在1886年到1890年之间曾在这所房子里居住。

柯瓦列夫斯基，玛克辛·马克西莫维奇（1851—1916），俄罗斯法学家、历史家。

洛恩格陵　（即盖尔佐－文诺格拉德斯基）。

兹拉托夫拉特斯基，尼古拉·尼古拉耶维奇（1845—1911），俄罗斯民粹派作家。

兹威烈夫　俄罗斯书报检查官头目。

勃蒂塞里，散德罗（1444—1510），意大利文艺复兴时期的画家。

勃柳索夫，瓦列里·亚科威维奇（1873—1924），俄罗斯诗人。

威列沙耶夫（即斯米多维奇）。

显克微克，亨利（1846—1916），波兰作家。

哈斯，费多尔·彼得罗维奇（1780—1853），俄罗斯医师，慈善家。

拜伦，乔治（1788—1824），英国诗人。

512

勃鲁特，玛尔克·尤尼　（公元前 85—42），古罗马政治活动家。

迪奥根　（公元前大约 404—323），希腊哲学家。

姚恩，叶　（见玛尔里特）。

洛陵斯基，阿基木·尔沃维奇　（1863—1926），俄罗斯批评家，《北方通报》杂志主持人之一。

十　画

格利果罗维奇，德米特里·瓦西列维奇　（1822—1899），俄罗斯作家。

格莱克　（即比里宾）。

格鲁津斯基　（即拉扎烈夫 - 格鲁津斯基）。

格拉玛 - 美谢尔斯卡雅，亚历山德拉·亚科芙列芙娜（1856—1942），俄罗斯柯尔希剧院的女演员。

格拉多夫 - 索科洛夫，列昂尼德·伊凡诺维奇　（1846—1890），俄罗斯亚历山大剧院和柯尔希剧院的演员。

格拉多夫斯基，格利果利·康斯坦丁诺维奇　（1842—1920），俄罗斯政论家，《交易所新闻》报的撰稿人。

格利鲍耶陀夫，亚历山大·谢尔盖耶维奇　（1795~1829），俄罗斯剧作家。

格涅季奇，彼得·彼得罗维奇　（1855—1927），俄罗斯小说家、剧作家、艺术史家。

格利布宁，弗拉基米尔·费多罗维奇（1873—1933），俄罗斯莫斯科艺术剧院的演员。

格罗莫夫，米哈依尔·安波里纳烈维奇（？—1919），俄罗斯莫斯科艺术剧院的演员。

索洛甫佐夫（即尼·尼·费多洛夫）。

索包列夫斯基，瓦西里·米哈依洛维奇（1846—1913），俄罗斯法学家、社会活动家、政论家，担任具有温和的自由主义思想的报纸《俄罗斯新闻》的主编。

莫斯克文，伊凡·米哈依洛维奇（1874—1946），俄罗斯莫斯科艺术剧院的演员。

莫罗左夫，萨瓦·季莫费耶维奇（1862—1905），俄罗斯的富有的工厂主。

莫欣，A.H

莫杰斯特（见甫斯基，莫·伊）。

莫泊桑，吉（1850—1893），德国作家。

柴科夫斯基，彼得·伊里奇（1840—1893），俄罗斯作曲家。

柴科夫斯基，莫杰斯特·伊里奇（1850—1916），俄罗斯作曲家柴科夫斯基的弟弟，剧作家，歌剧中歌词的作者。

高尔基（彼希柯夫），阿列克塞·马克西莫维奇（1868—1936），俄罗斯 - 苏联作家。

席尔凯维奇，亚历山大·符拉季米罗雏奇（1857—？），俄罗斯诗人、考古学家。

莉莉娜（阿历克塞耶娃），玛丽雅·彼得罗芙娜（1866—

514

1943），俄罗斯莫斯科艺术剧院的女演员，斯坦尼斯拉夫斯基的妻子。

莎士比亚·威廉 （1564—1616），英国剧作家。

拿破仑·波拿巴 （1769—1821），法兰西第一帝国皇帝。

席勒－米哈依洛夫，亚历山大·康斯坦丁诺维奇 （1838—1900），俄罗斯小说家、记者，笔名米哈依洛夫。

都德，阿尔丰斯 （1840—1897），法国作家。

莱蒙托夫，米哈依尔·尤烈维奇 （1814—1841），俄罗斯诗人。

涅米洛维奇－丹钦柯，弗拉基米尔·伊凡诺维奇 （1858—1943），俄罗斯剧作家、导演，莫斯科艺术剧院的创办人之一。

涅克拉索夫，尼古拉·阿历克塞耶维奇 （1821—1878），俄罗斯诗人。

诺尔道，玛克斯 （1849—1923），德国政论家。

诺托维奇，奥西普·康斯坦丁诺维奇 （1849—1914），俄罗斯记者、出版者，温和的自由主义报纸《新闻报》的主编。

诺维科夫，伊凡·阿历克塞耶维奇 （1877—?），俄罗斯作家。

十一画

基塞列娃，玛丽雅·符拉季米罗芙娜 （? —1921），俄罗斯儿童文学作家。

基塞列甫斯基，伊凡·普拉统诺维奇（1839—1898），俄罗斯柯尔希剧院的演员。

基根–杰德洛夫，弗拉基米尔·留德维果维奇（1856-1908），俄罗斯小说家、批评家，笔名杰德洛夫。

敏希科夫，米哈依尔·奥西波维奇（1859—1919），俄罗斯反动的记者，《新时报》的撰稿人。

敏杰列维奇，罗季昂·阿卜拉莫维奇（1866—1927），俄罗斯诗人，幽默刊物的撰稿人。

敏杰列耶夫，德米特里·伊凡诺维奇（1834—1907），俄罗斯化学家。

密尔，约翰·司杜阿尔特（1806—1873），英国资产阶级经济学家、实证主义哲学家。

梅特林克，莫里斯（1862—1949），比利时象征派作家。

盖尔佐–文诺格拉德斯基，彼得·契狄奇 笔名洛恩格陵。

康达科夫，尼科季木·巴甫洛维奇（1844—1925），俄罗斯学者、考古学家、科学院院士。

符亚左甫斯基 俄罗斯柯尔希剧院的演员。

屠格涅夫，伊凡·谢尔盖耶维奇（1818—1883），俄罗斯作家。

维希涅夫斯基，亚历山大·列昂尼多维奇（1861—1943），俄罗斯莫斯科艺术剧院的演员。

维尔霍夫，福道尔福（1821—1902），德国动物学家。

萨尔蒂科夫–谢德林，米哈依尔·叶甫格拉福维奇（1826—

1889），俄罗斯作家。

萨维娜，玛丽雅·加甫利洛芙娜（1854—1915），俄罗斯亚历山大剧院的女演员。

萨左诺娃－斯密尔诺娃，索菲雅·伊凡诺芙娜（1852—？），俄罗斯女作家，《新时报》的撰稿人。

萨玛罗娃，玛丽雅·亚历山德罗维奇（？—1919），俄罗斯莫斯科艺术剧院的女演员。

萨多夫斯科依，包利斯·亚历山德罗维奇（1881—1938），俄罗斯象征派诗人。

萨宁（宪别尔格），亚历山大·阿基莫维奇　俄罗斯莫斯科剧院的演员、导演。

十二画

斯坦尼斯拉夫斯基（阿历克塞耶夫），康斯坦丁·谢尔盖耶维奇（1863—1938），俄罗斯导演、演员，莫斯科艺术剧院创办人和主持人之一。

斯雏特洛夫，尼·符　俄罗斯柯尔希剧院的演员。

斯沃包津，巴威尔．玛特维耶维奇（1850—1892），俄罗斯亚历山大剧院的演员。

斯沃包津，玛　俄罗斯演员巴·玛·斯沃包津的儿子。

斯卡比切夫斯基，亚历山大·米哈依洛维奇（1838—1910），俄罗斯批评家，具有自由主义民粹派思想的政论家。

斯米尔诺夫　俄罗斯省长。

斯米尔诺娃－罗谢特，亚历山德拉·奥西波芙娜（1810—1882），俄罗斯女作家。

斯米尔诺娃，索菲雅·伊凡诺芙娜（1852—？），俄罗斯女记者，《新时报》的撰稿人。

斯巴索维奇，弗拉基米尔·丹尼洛维奇（1829—1906），俄鸣斯法学家、作家。

斯达索夫，弗拉基米尔·瓦西列维奇（1824—1906），俄罗斯艺术史家、批评家、政论家。

斯达秀列维奇，米哈依尔·玛特维耶维奇（1826—1911），俄罗斯历史学家，彼得堡大学教授，自由主义杂志《欧洲通报》的发行人。

斯路切夫斯基，康斯坦丁·康斯坦丁诺维奇（1837—1904），俄罗斯诗人、小说家。

斯特林堡，奥古斯特（1849—19t2），瑞典作家。

斯列普佐夫，瓦西里·康斯坦丁诺维奇（1837—1904），俄罗斯民主主义作家。

斯烈津，列昂尼德·瓦连契诺维奇（1860—1909），俄罗斯医师，契诃夫在雅尔塔时的亲密朋友。

斯坦纽科维奇，康斯坦丁·米哈依洛维奇（1843—1903），俄罗斯作家。

斯基达列茨　俄罗斯诗人和作家斯捷潘·加夫利洛维奇·彼得罗夫（1868—1941）的笔名。

斯米多维奇，维肯契·维肯切维奇 （1867—1945），俄罗斯作家，笔名威列沙耶夫。

普列谢耶夫，阿历克塞·尼古拉耶维奇 （1825—1893），俄罗斯诗人、翻译家。

普希盒，亚历山大·谢尔盖耶维奇 （1799—1837），俄罗斯诗人。

普罗托波波夫，米哈依尔·阿历克塞耶维奇 （1848—1915），俄罗斯批评家、政论家。

普尔热瓦尔斯基，尼古拉·米哈依洛甫斯奇 （1839—1888），俄罗斯旅行家、中亚细亚的探险家。

费多洛夫，亚历山太·米特罗方诺维奇 （1868—?），俄罗斯小说家、剧作家、诗人。

费多洛夫，尼古拉·尼古拉耶维奇 （1856—1902），俄罗斯法学家、作家，笔名索洛甫佐夫。

舒金，谢尔盖·尼古拉耶雏奇 （1873—1931），俄罗斯雅尔塔的教士、文学工作者。

捷列肖夫，尼古拉·德米特烈维奇 （1867—?），俄罗斯作家。

谢甫琴科，达拉斯·格利果列维奇 （1814—1861），乌克兰诗人。

谢赫捷尔，弗兰兹·奥西波维奇 （1859—1926），俄罗斯画家、建筑师、科学院院士，契诃夫的亲密朋友。

谢尔盖延科，彼得·阿历克塞耶维奇 （1854—1930），俄罗斯小说家，曾与契诃夫在达冈罗格中学同学。

谢普金娜－库彼尔尼古，达吉雅娜·尔沃芙娜 （1874—1953），俄罗斯女作家、翻译家。

谢敏诺夫，谢尔盖·捷连切维奇 （1868—1923），俄罗斯作家。

谢烈勃罗夫，亚历山大·尼古拉耶维奇 （1880—？），俄罗斯作家。

谢契宁，布·阿 不详。

谢格洛夫 （见列昂诺夫）。

谢德林 （见萨尔蒂科夫－谢德林）。

十三画

奥包连斯基，列昂尼德·盖奥烈维奇 （1845—1906），俄罗斯批评家、小说家，《俄罗斯财富》杂志的主编。

奥斯特洛夫斯基，亚历山大·尼古拉耶维奇 （1823—1886），俄罗斯剧作家。

奥斯特洛夫斯基，姚西福·伊萨耶维奇 俄罗斯医师，曾与契诃夫在达冈罗格中学是同学。

奥斯特洛夫斯基，彼得·尼古拉耶维奇 （1839—1906），俄罗斯剧作家亚·尼·奥斯特洛夫斯基的同父异母的弟弟，业余批评家。

奥克列依茨，斯坦尼斯拉甫·斯坦尼斯拉沃维奇 （1834—

？），俄罗斯反动的记者、小说家、若干杂志的发行人。

福法诺夫，康斯坦丁·米哈依洛维奇（1862—1911），俄罗斯诗人。

福赫特，亚历山大·包格达诺维奇（1848—1930），俄罗斯莫斯科大学医学院教授。

福利别斯，O. A　俄罗斯女作家，出版《在安静的码头上》一书，笔名丹尼洛夫。

福楼拜，古斯达甫（1821—1880），法国作家。

楚依科，弗拉基米尔·维克托罗维奇（1839—1899），俄罗斯文学史家、翻译家，《光芒》报的主编。

塞万提斯，萨维司拉（1547—1616），西班牙作家。

十四画

赫洛波夫，尼古拉·阿方纳谢维奇（1852—1909），俄罗斯小说家、剧作家。

赫尔岑，亚历山大·伊凡诺维奇（1812—1870），俄罗斯作家、政论家。

赫－科娃　不详。

歌德，约翰·沃尔甫汉（1749—1832），德国作家。

十五画

德雷福斯，阿尔弗莱德（1859—1935），法国军官。

德罗兹多娃，玛丽雅·季莫费耶芙娜 （1871—？），俄罗斯画家，玛·巴·契诃娃的朋友。

嘉吉列夫，谢尔盖·巴甫洛维奇 （1872—1929），俄罗斯现代主义派杂志《艺术世界》的主编。

鲁班斯，彼得·巴乌尔 （1577—1640），法兰达斯派画家。

鲁威尔 （安东·契诃夫的一个笔名）。

十六画

霍普特曼，汉尔加尔特 （1860—？），德国作家、剧作家。

霍恰英采娃，亚历山德拉·亚历山德罗芙娜 （1865—？），俄罗斯女画家，契诃夫全家的亲密朋友。

穆拉甫林 俄罗斯反动文学家戈里冲（1860—1917）的笔名。